Un garde du corps pour Maisy

Une visiteuse trop troublante

LISA CHILDS

Un garde du corps pour Maisy

Traduction française de
CHRISTIANE COZZOLINO

BLACK ROSE

HARLEQUIN

Collection : BLACK ROSE

Titre original :
SOLDIER BODYGUARD

Réalisation graphique : E. COURTECUISSE (HarperCollins France)

HARPERCOLLINS FRANCE
83-85, boulevard Vincent-Auriol, 75646 PARIS CEDEX 13
Service Lectrices — Tél. : 01 45 82 47 47

www.harlequin.fr

ISBN 978-2-2804-3517-8 — ISSN 1950-2753

1

Cooper Payne fixait le vieil homme avec des yeux ronds. La requête de Xavier Bentler, assis en face de lui, le laissa un instant sans voix. Ce n'était pourtant pas la première fois que Cooper avait affaire à un grand-père autoritaire qui s'arrogeait le droit de régenter la vie de ses proches : celui de sa femme avait trouvé le moyen de continuer à manipuler ses petites-filles par-delà la mort.

— Je crains que ce ne soit pas possible, dit Cooper. Cole fait partie de mon équipe. Je ne peux pas lui mentir.

Xavier Bentler avait quatre-vingt-six ans mais on lui en donnait facilement vingt de moins. Cooper avait du mal à croire qu'il se relevait d'une crise cardiaque. À se demander si le vieux filou n'avait pas feint… Roué comme il l'était, il en était parfaitement capable. Cette crise cardiaque avait obligé son petit-fils, Cole Bentler, à regagner la demeure familiale, où il n'avait pas mis les pieds depuis des années – et où, cependant, il n'avait fait que passer.

Cette mission était-elle encore une ruse de Xavier pour attirer à nouveau Cole en Californie ?

— Qui vous parle de lui mentir ? dit Xavier avec un petit sourire. Si vous n'entrez pas trop dans les détails, il n'a aucune raison de refuser cette mission.

Cooper secoua la tête et passa une main dans ses cheveux en brosse. Pas question qu'il cache quoi que ce soit à Cole ! La dernière fois qu'il avait missionné l'un de ses gardes du corps sans l'informer précisément de ce qui l'attendait, il avait failli le perdre – définitivement. Il ne s'y risquerait plus car il y allait de la vie de ses employés – des employés qui étaient en outre tous des amis et qui, comme c'était le cas de Nikki Payne, faisaient parfois partie de sa famille.

Tous ses gardes du corps avaient servi dans la même unité que lui dans le corps des *marines*. Cela créait des liens, aussi Cooper les considérait-il tous, au final, comme étant de sa famille.

— Je suis désolé mais c'est impossible.

Il ne voulait pas trahir un ami. Une fois lui avait suffi. Cette fois-là, bien sûr, c'était une blague plus qu'autre chose. Mais manquer de perdre Jordan « Manny » Mannes n'avait rien eu de drôle.

— Il y a déjà eu un mort, d'après ce que j'ai compris, continua Cooper.

Xavier Bentler soupira.

— Hélas oui, confirma-t-il. Mais il y en aura bientôt un autre, j'en ai bien peur.

Ce que Cooper craignait, lui, c'était que le prochain soit Cole, s'il lui confiait la mission en question. Plissant les yeux, il scruta le vieil homme en se demandant comment celui-ci pouvait faire de telles prédictions. Avait-il, comme la mère de Cooper, des espèces de prémonitions ? Ce don troublant avait toujours fait beaucoup d'envieux dans leur entourage. Cooper avait la chance d'en avoir hérité, ce qui, dans sa profession pouvait parfois se révéler d'une grande utilité.

Comme maintenant…

— Ce meurtre, Cole peut l'empêcher, déclara Xavier Bentler. S'il accepte de la protéger.

Cooper crut deviner de qui il s'agissait. Mais il ne put s'empêcher de demander confirmation.

— Shawna ?

Le vieil homme acquiesça en souriant, visiblement ravi que Cooper connaisse la personne qu'il souhaitait mettre sous protection.

Cooper, en revanche, était de plus en plus réticent à accéder à cette demande. Il savait que Shawna avait fait beaucoup de mal à son ami par le passé.

Mais il savait aussi que s'il arrivait malheur à la jeune femme, Cole passerait le reste de sa vie à se le reprocher.

— C'est pourquoi je compte sur vous pour convaincre Cole d'accepter cette mission, conclut Xavier.

Renonçant à discuter, Cooper acquiesça de mauvaise grâce. Le vieil homme le mettait face à un sacré dilemme. Si Cole refusait, il risquait de démissionner de la Payne Protection Agency. Et s'il acceptait, il risquait d'y laisser sa peau.

Voir Shawna Rolfe endeuillée et le visage baigné de larmes fut pour Cole un véritable crève-cœur. C'était pour éviter qu'un jour elle ne le pleure, comme elle pleurait aujourd'hui son mari, qu'il avait préféré rompre leurs fiançailles, six ans plus tôt. Depuis, il avait l'impression qu'un grand vide s'était creusé dans sa poitrine, comme s'il avait lui aussi subi une perte.

Sa relation avec Shawna ne méritait sans doute pas de tels regrets. Lorsqu'il avait appris les fiançailles de Shawna, quelques mois seulement après leur rupture, Cole avait compris que la jeune femme ne l'avait probablement jamais aimé. Il avait été blessé par la facilité avec laquelle elle avait remplacé à son annulaire la bague qu'il lui avait offerte.

Passant à travers les vitraux de l'église, le soleil fit

étinceler son alliance en or jaune lorsqu'elle leva la main pour sécher les larmes qui dégoulinaient derrière ses lunettes noires. Des lunettes qui semblaient n'avoir d'autre utilité que de cacher ses yeux gonflés car, de toute évidence, elle avait beaucoup pleuré.

Le vide que ressentait Cole se mua en souffrance. Il n'avait jamais supporté de voir Shawna pleurer. C'était déjà le cas lorsqu'ils étaient à l'école primaire. Cole tabassait systématiquement les garçons qui la faisaient pleurer.

Il ne pouvait pas s'en prendre à son mari, qui trônait devant le maître-autel, réduit à l'état de cendres. Il n'y avait pas eu grand-chose à brûler car l'homme était mort dans un attentat à la voiture piégée.

Pourquoi ? Qui pouvait en vouloir à un professeur de musique ? Les élèves du lycée dans lequel il travaillait étaient en train de jouer un florilège des airs préférés de leur professeur bien-aimé. Mais comme plusieurs d'entre eux sanglotaient en même temps, leur prestation laissait à désirer. À l'évidence, Emery Little avait été un homme très apprécié. Un homme que tout le monde semblait avoir beaucoup aimé. Mais Cole se méfiait des apparences. Il savait à quel point elles pouvaient être trompeuses.

Grand-père pensait que ce n'était pas Little qui était visé par l'attentat à la voiture piégée. Mais Shawna. Tuer une infirmière n'avait cependant pas plus de sens que de tuer un professeur de musique. La question du mobile avait d'ailleurs été la première que Cole avait soulevée, tout à l'heure, lorsqu'on l'avait quasiment forcé à accepter cette mission.

— Quel pouvait bien être le mobile du meurtrier ?

Tous les gardes du corps de la Payne Protection Agency étaient réunis autour de la table de la salle de conférences. Cooper avait apparemment tenu à ce qu'ils soient présents lorsqu'il annoncerait à Cole que sa prochaine mission consisterait à protéger son ex-fiancée.

Comme il leur arrivait souvent de se faire des blagues, Cole, croyant à une plaisanterie, avait éclaté de rire.

Mais son hilarité avait été de courte durée, Cooper lui rapportant la tragédie et lui expliquant que son grand-père avait fait le voyage jusqu'à River City, dans le Michigan, pour venir solliciter les services de l'agence.

— Mais pourquoi ? avait dit Cole, sidéré. On ne tue pas sans raison. Il doit bien y avoir un mobile.

— La jalousie, peut-être, avait suggéré Nikki Payne, ses sourcils auburn arqués au-dessus de ses yeux marron rivés sur lui.

Cole était le seul à avoir une raison d'être jaloux. Mais il y avait belle lurette qu'entre Shawna et lui tout était fini. Lars Ecklund, qui était le fiancé de Nikki et l'ami de Cole, n'avait peut-être jamais mis la jeune femme au courant.

— Au cas où tu ne le saurais pas, j'ai rompu mes fiançailles avec Shawna, dit Cole. Il y a longtemps.

Ils avaient été fiancés pendant de nombreuses années. Cole avait offert à Shawna une première bague juste après l'obtention de leur baccalauréat, puis une autre – une vraie bague de fiançailles – au retour de son stage commando. Il y a six ans, lorsqu'il avait rompu, à la veille de partir pour une mission extrêmement dangereuse, Shawna avait tenté de lui rendre la bague – un solitaire de deux carats acquis grâce à l'héritage que lui avait légué son père. Mais Cole n'en avait pas voulu. Il pensait que cette mission serait la dernière et qu'il ne reverrait jamais Shawna. Contre toute attente, il était revenu – et avait découvert qu'entre-temps Shawna s'était mariée.

— Je n'ai aucune raison d'être jaloux, avait-il insisté.

N'empêche qu'il l'était.

Et pas qu'un peu. Cela le rendait malade de voir Shawna pleurer un autre homme. Non, tout le monde n'avait pas aimé Emery Little. Lui, il le détestait. Parce qu'il faisait pleurer Shawna. Et surtout, parce que contrairement à lui, Emery Little avait réussi à se faire aimer d'elle.

Il n'aurait pas dû mentir à cette réunion – parce que son patron avait eu beau jeu d'utiliser son mensonge contre lui.

— Si tu n'as aucune raison d'être jaloux, tu n'en as donc pas de refuser cette mission, avait fait remarquer Cooper. Occupe-toi de ton vol sans délai. Il faut que tu partes maintenant si tu ne veux pas manquer l'enterrement.

Il aurait préféré le manquer. Cette épreuve était au-dessus de ses forces. Il ne supportait pas d'entendre chanter *ad nauseam* les louanges du mari de Shawna et de la voir pleurer comme une Madeleine. Mais heureusement ses collègues étaient là, assistant tous, bon gré mal gré, eux aussi à la cérémonie. Cooper ne lui ayant pas vraiment donné le choix, Cole avait imposé ses conditions.

— J'exige que nous collaborions tous ensemble sur cette mission.

Cooper avait haussé un sourcil et protesté pour la forme.

— Mobiliser toute l'équipe sur une seule et même mission ne semble pas très judicieux.

— Le passé a pourtant montré que c'est quand nous sommes tous ensemble que nous sommes le plus efficace et le moins vulnérable, avait rétorqué Cole.

Cooper n'avait pas pu dire le contraire. Ils étaient donc tous venus à l'enterrement : Cooper, Manny, Dane, Lars et Nikki. Cole et eux occupaient presque la totalité d'un des bancs de l'église. Son grand-père avait non pas engagé un garde du corps mais toute l'équipe de la Payne Protection Agency. Tout du moins de la franchise dirigée par Cooper.

Entouré de ses collègues et amis, Cole rongeait son frein en silence. Il n'était visiblement pas le seul à trouver le temps long…

Enfin, Shawna se faufila vers l'autel pour récupérer l'urne contenant les cendres de son mari. Bien que petite et menue, d'apparence frêle, elle s'acquitta de sa tâche sans difficulté. La masse de ses longs cheveux bruns lui descendait presque jusqu'à la taille. Elle se souleva lorsque Shawna se retourna pour descendre l'allée centrale.

Mais arrivée au niveau du premier banc, elle marqua une pause. Une petite fille la rejoignit. Shawna la prit par la main.

Cole n'en croyait pas ses yeux. Avec ses tresses brunes et son teint diaphane, la fillette était le portrait craché de sa mère au même âge. Il la revoyait encore dans la cour de récréation de l'école primaire, pleurant à chaudes larmes parce qu'une brute l'avait fait tomber et qu'elle s'était écorché les genoux. La petite fille n'avait pas les genoux écorchés mais elle pleurait son papa.

La présence de cette enfant n'aurait pas dû le surprendre. Il avait entendu dire que Shawna et son mari avaient fondé une famille. C'était d'ailleurs la raison pour laquelle il ne s'était pas attardé lorsqu'il était revenu en Californie pour voir son grand-père qui avait été terrassé par une crise cardiaque. Cole ne voulait surtout pas risquer de tomber sur Shawna.

Il commençait à regretter d'avoir accepté cette mission. Mais comment aurait-il pu refuser de protéger Shawna ?

La savoir en danger le mettait dans tous ses états. Si la bombe qui avait tué son mari lui était destinée à elle, le meurtrier ferait-il une nouvelle tentative ?

Cole était de l'avis de son grand-père : mieux valait ne pas prendre le risque. Xavier Bentler sortit du banc derrière la petite fille et commença à descendre l'allée centrale avec l'enfant et sa mère. Shawna était son infirmière à domicile : elle était censée prendre soin de lui mais, apparemment, c'était l'inverse. En tout cas, à ce moment-là.

Ils allaient arriver à la hauteur du banc qu'occupaient Cole et ses amis. Shawna avait les yeux baissés. Il était peu probable qu'elle le remarque.

Mais lorsqu'elle ne fut plus qu'à quelques pas de lui elle leva la tête, et leurs regards se croisèrent. Elle le fixa un instant, immobile, puis la fillette la tira pour qu'elle avance et, posant une main sur son dos, le grand-père de Cole incita lui aussi la jeune femme à se remettre en route. Croisant à son tour le regard de Cole, le vieil homme lui adressa un signe de tête, puis il escorta Shawna jusqu'à la limousine noire stationnée devant l'église, en bas de l'escalier.

Bien que ses collègues et lui eussent préalablement vérifié que le véhicule n'avait pas été piégé, Dane les accompagna et prit place à côté du chauffeur, Astin, qui était au service de Xavier depuis de nombreuses années.

Dane était armé mais Cole espérait qu'il n'aurait pas à faire usage de son pistolet en présence de la fillette. Le trajet ne serait pas long. Avec un peu de chance, tout allait bien se passer.

Avant même que le pasteur annonce que Xavier Bentler conviait toutes les personnes présentes à se retrouver chez lui pour partager un déjeuner informel, Cole savait qu'il échouerait là-bas après la cérémonie. À la maison. Façon de parler car il ne s'était jamais vraiment senti chez lui dans cet horrible manoir.

Il jeta un coup d'œil à ses amis. Seul Manny était au courant de ses origines. Les autres risquaient de tomber des nues en découvrant la maison familiale. Une telle opulence était parfois gênante. C'était une des raisons pour lesquelles il rechignait à parler de lui. Son passé était quelque chose qu'il avait du mal à assumer. Mais s'il l'évoquait aussi peu, c'était aussi parce qu'il la lui rappelait elle, et qu'à chaque fois son cœur saignait.

Il était de retour.

Après six longues années d'absence. Mais Cole Bentler était encore plus beau que dans son souvenir. Ses yeux étaient d'un bleu si intense. Ses cheveux blonds avaient un peu foncé, et il lui parut plus grand et plus musclé qu'autrefois. Mais elle le revoyait essentiellement adolescent et ne se référait pas à l'homme qu'il était devenu par la suite.

Comme il fallait s'y attendre, les années qu'il avait passées dans les *marines* l'avaient transformé. Contrairement au stage commando qu'il avait fait juste avant de s'engager et au retour duquel il l'avait demandée en mariage. C'était après, à l'issue de toutes ces missions, de tous ces mois d'absence, qu'il était revenu taciturne, distant et méconnaissable.

Elle préférait se rappeler le gentil garçon dont elle était tombée amoureuse plutôt que l'homme froid et dur qui lui avait brisé le cœur.

Mais qu'était-il donc venu faire ? Lorsque Shawna s'assit à l'arrière de la limousine et que Xavier s'installa en face d'elle, tête baissée, comme pour éviter son regard, elle comprit.

— Vous l'avez mis au courant ?

C'était donc là qu'était allé Xavier, la veille. Il avait disparu pendant plusieurs heures. Elle avait pensé qu'il était parti disputer un tournoi de golf et fumer les cigares dont elle le privait. Elle aurait dû se douter qu'il mijotait quelque chose. Le grand-père de Cole s'y entendait pour préparer des petits coups en douce.

Et comme d'habitude, il se moquait pas mal d'avoir été démasqué.

Shawna n'en revenait pas que Cole soit venu. Elle ne s'attendait pas à ce qu'il assiste à l'enterrement de son mari.

— Je l'ai engagé comme garde du corps. Pour vous, annonça Xavier tout à trac.

Shawna en resta bouche bée.

Maisy aussi fut surprise.

— Pourquoi maman a-t-elle besoin d'un garde du corps ?

Ses yeux bleus s'écarquillèrent d'effroi lorsque la réponse à sa question lui vint spontanément à l'esprit.

— C'est pour empêcher qu'on ne la tue, elle aussi…

Sa voix se brisa, et elle se mit à sangloter. Shawna se rapprocha d'elle et passa un bras autour de ses frêles épaules. Elle ne supportait pas de voir sa fille pleurer. Elle avait fait de son mieux pour tenir la fillette de cinq ans éloignée des médias. Mais même si elle n'avait pas entendu parler de l'attentat à la voiture piégée à la télévision, Maisy aurait su ce qui était arrivé à son père. L'explosion l'avait réveillée.

D'une voix qu'elle voulut calme et posée, Shawna dit à Xavier :

— Je n'ai pas besoin de garde du corps.

Elle lui jeta un regard noir, espérant qu'il avait capté le message.

— Bien sûr que si ! déclara Maisy visiblement terrorisée. Je ne veux pas qu'on te tue, toi aussi.

Touchée par la détresse de la fillette, qui tremblait comme une feuille, Shawna serra l'enfant contre elle.

— Ne t'en fais pas, ma chérie. Il ne m'arrivera rien.

Maisy opina du bonnet et leva vers sa mère ses grands yeux bleus ourlés de longs cils noirs.

— Je sais, dit-elle. Parce que grand-père X a engagé un garde du corps.

Sauf que l'homme qu'il avait chargé de la protéger était celui qui lui avait fait le plus de mal jusque-là. Qu'est-ce qui allait empêcher Cole de la faire souffrir à nouveau ?

Surtout si d'aventure, il apprenait la vérité…

2

Comment pouvait-il protéger quelqu'un qui ne restait pas en place et qu'il passait son temps à chercher des yeux ? Cole faisait de son mieux mais Shawna semblait insaisissable. Elle passait d'un invité à l'autre, échangeant quelques mots avec chacun, acceptant les condoléances et en présentant à son tour.

Il la soupçonnait cependant de jouer avec lui au chat et à la souris car, à chaque fois qu'il entrait dans une pièce, elle en sortait.

Or la maison était immense. Si vaste que Cole avait réussi à éviter sa famille, réunie au grand complet. Tous vivaient encore avec son grand-père, dans ce grand manoir aux allures de gentilhommière normande. Même sa mère et son beau-père. Auxquels s'ajoutaient, bien entendu, ses deux oncles et leurs enfants respectifs qui, bien qu'adultes, ne semblaient pas presser de voler de leurs propres ailes.

Cole découvrait, non sans surprise, que Shawna était très proche de tous ces gens-là, bien plus que lui ne l'avait jamais été.

Du vivant de son père, c'était différent, bien sûr. Cole éprouvait alors un sentiment d'appartenance – du moins avec son père. Pas plus qu'il ne vivait au manoir, Coleman Bentler Sr. ne travaillait pour Xavier, contrairement à ses frères aînés. Il avait tracé sa propre voie, sans l'aide de personne.

Mais lorsqu'il était mort…

À Cole, il avait transmis non seulement tout son argent mais aussi une certaine animosité envers sa famille. Cole pouvait comprendre que sa mère ne l'ait pas digéré. Son père et elle n'avaient jamais été heureux ensemble. Tiffani avait fini par avouer qu'elle s'était fait mettre enceinte pour le contraindre au mariage. Plus tard, Coleman s'était vengé en ne lui léguant rien du tout, ni à elle ni à ses propres frères, neveux, et autres parasites, qui comptaient pourtant bien hériter.

Non, tous ces gens qui toisaient Cole avec autant de haine et de ressentiment n'étaient décidément rien pour lui.

Sa vraie famille, c'était sa brigade. Il avait été idiot de s'inquiéter de ce que ses amis penseraient lorsqu'ils découvriraient à quel point il était riche. Aucun n'avait été impressionné par le manoir. L'argent, ils s'en moquaient, eux. Manny, Cooper, Lars et Dane étaient comme ses frères. Les autres membres de la brigade, ceux qui étaient toujours engagés, comptaient aussi beaucoup pour lui, même s'il les voyait moins souvent.

Bien qu'il l'ait quittée presque six ans plus tôt, Shawna conservait elle aussi une place dans son cœur et ses pensées. Il l'avait tant aimée qu'il avait tout fait pour qu'elle soit heureuse, y compris sacrifier son propre bonheur. Avait-elle été heureuse auprès d'Emery ?

Emery l'avait appelé, une fois, car il voulait lui parler. Mais Cole, qui s'apprêtait à partir en mission, l'avait envoyé promener. Il n'avait ni le temps ni l'envie de parler à ce type. Et surtout, il ne se sentait pas la force de converser avec l'homme qui couchait avec la femme de sa vie.

Avec le recul, il s'en voulait un peu de l'avoir rembarré

aussi durement. Comme il s'approchait de l'urne, posée sur une table dans la bibliothèque, entre deux gerbes de fleurs et des photos du défunt, Cole songea qu'Emery Little était plutôt bel homme. Brun aux yeux marron foncé, il avait les traits fins. Presque trop fins au goût de Cole, qui trouvait que son visage manquait un peu de virilité. Mais peut-être était-ce sa jalousie qui faussait son jugement…

— Tu connaissais mon papa ? demanda une voix flûtée tandis que des petits doigts agrippaient son bras et tiraient sa manche pour attirer son attention.

Cole baissa les yeux vers la fillette avec un serrement de cœur dont il avait du mal à s'expliquer la raison. Regrettait-il que la petite ne soit pas sa fille ? Était-il jaloux d'Emery, encore une fois ? Ou était-ce simplement parce qu'elle lui rappelait douloureusement sa mère ?

Elle ressemblait tellement à Shawna avec ses beaux cheveux bruns et son teint de porcelaine. Ses yeux n'étaient pas marron, cependant, mais d'un bleu très vif.

Il secoua la tête.

— Non. Je connaissais ta maman…

Ou du moins croyait-il la connaître. Il s'était manifestement trompé, hélas.

Le regard de la fillette s'anima, et elle s'exclama :

— Je sais qui tu es !

Shawna lui aurait-elle montré une photo de lui ? Des photos, elle devait en avoir tout un tas, entre les soirées et les bals de fin d'année auxquels ils avaient assisté, sans compter tous les instantanés qu'elle avait pris de lui au cours de leur relation. À moins qu'elle n'ait tout déchiré lorsqu'il avait rompu leurs fiançailles ?

La fillette ne le laissa pas longtemps dans l'expectative.

— Tu es le petit-fils de grand-père X !

Il y avait des photos de lui partout dans la maison

de son grand-père. Sur la plupart, Cole plastronnait en uniforme, lors de la remise des diplômes.

Mais quelque chose l'interpella.

— Grand-père X ? répéta-t-il, interloqué.

Pourquoi l'appelait-elle ainsi ?

Cole sentit son cœur s'affoler. Serait-elle… sa fille ?

Tout occupée qu'elle avait été à éviter Cole, Shawna s'aperçut qu'elle ne savait pas où était passée sa fille. Il y avait tant de monde chez Xavier – tous parent ou ami du défunt. Emery était un homme formidable, si gentil et si attachant que cela n'avait au fond rien d'étonnant. Il n'avait pas mérité de mourir ainsi. Mais ce genre de mort, on ne la souhaitait à personne.

Il lui manquait déjà tellement. À elle, mais aussi à Maisy. Shawna ne souffrait pas autant, cependant, que lorsque Cole l'avait quittée. Car si elle aimait Emery, elle n'avait jamais été amoureuse de lui.

Il n'en avait pas pris ombrage. Lui non plus n'était pas amoureux d'elle, mais l'un et l'autre s'accommodaient parfaitement de cette situation. Ils s'entendaient bien et cela leur suffisait. Ne pouvant vivre avec leurs moitiés respectives, ils avaient décidé de se mettre ensemble – pour donner un foyer à l'enfant qu'elle portait.

Mais où diable était Maisy ?

Sans doute en avait-elle eu assez de toutes ces larmes, de toutes ces embrassades. Shawna elle-même avait eu son compte.

Elle avait l'impression d'être un imposteur, une hypocrite finie. Tout le monde pensait qu'Emery et elle filaient le grand amour alors qu'en réalité ils avaient contracté un mariage de convenance.

Mais peut-être était-ce précisément la raison pour laquelle Emery et elle s'entendaient si bien. Ils avaient échappé aux tracas engendrés par le coup de foudre – la passion, la crainte de l'abandon, la peur de souffrir.

Après Cole, Shawna s'était juré de ne plus jamais s'y laisser prendre. Elle voulait se consacrer à sa vie de couple, à Emery. Jamais elle n'aurait imaginé qu'il la quitterait ainsi.

Un jour, elle le savait, il risquait de partir pour aller vivre avec la personne qu'il aimait vraiment. Shawna avait souhaité le voir heureux et, dans les quelques jours qui avaient précédé sa mort, il avait semblé croire que son rêve allait enfin pouvoir se réaliser.

Cette femme était-elle présente aux funérailles ? Shawna ne la connaissait pas, Emery n'ayant jamais mentionné son nom. Mais peut-être Maisy en savait-elle davantage. Il n'y avait pas plus curieuse qu'elle ; elle avait les oreilles qui traînaient partout et était au courant de tout.

Au grand dam de Shawna…

Était-elle planquée quelque part, en train d'espionner quelque conversation ? Ou s'était-elle réfugiée dans la bibliothèque pour regarder ses livres d'images ?

Shawna se fraya un chemin à travers les gens agglutinés dans le grand salon, se contentant de les saluer d'un signe de tête, au passage. Il fallait qu'elle retrouve Maisy. Sans qu'elle puisse en expliquer la raison, un sentiment d'urgence l'avait saisie. Allongeant le pas, elle franchit presque en courant les portes coulissantes de la bibliothèque. Lorsqu'elle vit Maisy, en grande conversation avec son géniteur, elle en resta bouche bée.

Cole fixait la fillette d'un air dubitatif. Il était de toute évidence en train de se poser des questions…

Pourvu qu'il ne découvre pas le pot aux roses, songea Shawna, pétrifiée.

Il ne le lui pardonnerait jamais s'il apprenait la vérité.

— Maisy ! cria-t-elle en s'avançant vers sa fille. Au cas où tu l'aurais oublié, tu ne dois pas parler à des inconnus.

Maisy se mit à rire, comme s'il s'agissait d'une plaisanterie. Avait-elle deviné, par quelque instinct secret, que Cole était son père ? Ou avait-elle surpris des commérages, car la grossesse de Shawna avait beaucoup fait jaser ? Par chance, cette grossesse était longtemps passée inaperçue, si bien que personne n'était sûr de rien.

— Cole n'est pas un inconnu, maman, protesta Maisy. C'est le petit-fils de grand-père X.

Se tournant vers Shawna, Cole haussa un sourcil d'un air interrogateur.

— Grand-père ?

— Il tient beaucoup à ce qu'elle l'appelle comme ça depuis que nous habitons ici, expliqua Shawna.

Et même avant cela, en fait. Bien qu'il ne lui ait jamais demandé confirmation, elle le soupçonnait de connaître la vérité.

— Vous habitez ici ? demanda Cole, interloqué.

— Je travaille pour ton grand-père.

Elle n'avait pas prévu de quitter son travail à l'hôpital, mais Xavier n'avait pas eu besoin d'insister beaucoup pour la décider. Lorsqu'elle l'avait vu arriver aux urgences, si mal en point après son infarctus, cela avait été un choc terrible pour elle.

Elle avait déjà perdu beaucoup d'êtres chers. Pour aider Xavier à se remettre, elle aurait fait n'importe quoi. Et c'est comme ça qu'elle avait démissionné. Et même rogné sur les heures qu'elle passait au lycée à encadrer les pom-pom girls. C'était grâce à cette activité, qu'elle pratiquait depuis qu'elle-même avait été élève dans ce lycée, qu'elle s'était liée d'amitié avec Emery.

Comment se faisait-il que Cole n'ait pas su qu'elle travaillait à présent pour son grand-père ? Il est vrai qu'il fréquentait très peu sa famille. Ce qu'elle pouvait comprendre aisément.

Sauf en ce qui concernait son grand-père.

Et sa mère.

Pourquoi Cole s'était-il coupé d'eux ? Cela la dépassait. Elle aurait donné tout ce qu'elle avait pour avoir encore sa famille. Mais ses parents étaient morts. Un accident survenu lors d'une de leurs fréquentes sorties leur avait coûté la vie alors qu'elle était encore enfant. C'était à peine si elle se souvenait d'eux. Maisy se souviendrait-elle d'Emery ?

Il avait toujours été si affectueux avec l'enfant, la considérant comme sa propre fille. Shawna n'avait pas reçu autant d'amour de la part de sa tante et de ses cousins lorsqu'elle était allée vivre avec eux. S'il n'y avait pas eu Cole…

Elle se serait sentie si seule. Mais à l'école primaire, dès le premier jour, Cole avait volé à son secours et menacé son cousin de lui flanquer une volée s'il s'avisait à nouveau de l'embêter. À l'époque, elle l'avait considéré comme un héros.

Aujourd'hui, Cole était son cauchemar.

— Moi aussi, je travaille pour grand-père, désormais, dit-il.

Comme si elle avait besoin de ça ! songea Shawna, catastrophée.

— Il n'aurait pas dû t'engager. Je n'ai nul besoin d'un garde du corps.

— Bien sûr que si ! s'écria Maisy. Je ne veux pas qu'il t'arrive quelque chose !

La fillette fondit en larmes, ses frêles épaules secouées par de gros sanglots.

Shawna se baissa pour la prendre dans ses bras, mais

Cole fut plus rapide qu'elle. Sa réaction surprit autant la fille que la mère, car Maisy se calma instantanément.

Tandis qu'il la portait sur un de ses bras herculéens, il lui souleva le menton de son autre main.

— Je vais faire en sorte qu'il n'arrive rien à ta mère, promit-il.

Maisy battit des paupières et leva vers lui ses grands yeux bleus si semblables aux siens. Shawna prit peur. Comment pouvait-il ne pas savoir ? Maisy avait ses yeux. Cole aurait tout de suite dû deviner qu'elle était sa fille.

Maisy le scrutait sans rien dire. Avait-elle conscience de la ressemblance ? Ou se demandait-elle simplement si elle pouvait lui faire confiance ?

— Tu es sûr ? demanda-t-elle.

— Sûr et certain. Je suis garde du corps. C'est mon métier de protéger les gens.

Un léger soupir s'échappa des lèvres de Maisy.

— Dommage que tu n'aies pas été là pour mon papa !

— Je ne savais pas qu'il était en danger. Sinon, je l'aurais protégé lui aussi.

Et voilà que maintenant il mentait à leur fille ! songea Shawna. À deux reprises, en plus. La première, lorsqu'il avait promis de protéger Shawna et la seconde, en prétendant qu'il aurait protégé Emery. Elle savait que son conjoint avait essayé d'entrer en contact avec Cole. Romantique dans l'âme, Emery voulait l'aider à reconquérir son amour perdu, bien qu'à ce moment-là lui-même ait renoncé à reconquérir le sien. La conversation qu'il avait eue avec Cole l'avait cependant dissuadé d'aller plus loin.

— Emery n'était pas en danger, dit Shawna, sur la défensive. Il a été victime d'un accident tragique.

— C'était une bombe, déclara Maisy d'une voix tremblante.

Shawna tressaillit. La fillette avait encore écouté aux

portes. Il allait vraiment falloir lui faire perdre cette mauvaise habitude.

Cole haussa à nouveau les sourcils, surpris par la perspicacité de la fillette qui s'empressa d'ajouter :

— Je l'ai entendu *esploser*. Et même qu'elle a cassé ma fenêtre.

La déflagration avait fait voler en éclats les carreaux de plusieurs fenêtres du bungalow et ébranlé les autres.

— Cela s'est passé ici ? demanda Cole.

Shawna secoua la tête.

— Non, chez nous.

Elle était en train de faire leurs valises en vue de leur emménagement au manoir. Emery venait de partir au travail.

— Grand-père X dit qu'ici, c'est chez nous, maintenant. Il veut qu'on reste ici parce qu'il a besoin qu'on prenne soin de lui.

Shawna réprima un ricanement. Certes, Xavier avait eu un infarctus et restait fragile mais, dans les faits, c'était lui qui prenait soin d'elles deux – surtout maintenant.

— Et si tu allais voir comment va grand-père ? suggéra Shawna. Juste pour t'assurer qu'il n'a besoin de rien.

Acquiesçant d'un hochement de tête, la fillette se tortilla jusqu'à ce que Cole la repose par terre, ce qu'il fit promptement, comme s'il était surpris de la tenir dans ses bras. Il n'avait apparemment pas perdu toute compassion, comme Shawna l'avait cru lorsqu'il avait rompu leurs fiançailles et lui avait brisé le cœur.

Au lieu de s'en aller, Maisy se planta devant lui, lui prit la main et tira dessus pour l'obliger à se pencher vers elle. Lorsqu'il fut à sa hauteur, elle posa sa paume sur sa joue et le regarda droit dans les yeux.

Malgré son jeune âge, la petite fille était d'une perspicacité redoutable. Shawna craignait qu'elle ne finisse par apprendre la vérité et ne lui reproche de la lui avoir cachée.

— Tu me jures de protéger ma maman ?

Cole soutint le regard de l'enfant un long moment avant de répondre d'un ton solennel :

— Oui, je te le jure.

Satisfaite, Maisy lâcha sa main et sortit de la bibliothèque en trottinant.

Toujours baissé, Cole exhala un soupir mal assuré. Shawna prit peur. Et s'il avait deviné… ?

— Elle est drôlement précoce, fit-il remarquer.

Puis il se redressa et planta ses yeux bleus dans ceux de la jeune femme.

— Quel âge a-t-elle ?

Elle savait où il voulait en venir. Sa question n'était pas innocente.

Contrairement à lui, elle avait du mal à mentir.

— Cinq ans, répondit-elle avant de s'obliger à préciser, dans le seul but de dissiper ses soupçons, tout juste cinq ans.

Elle laissait ainsi entendre que la petite était trop jeune pour être sa fille. En réalité, Maisy allait bientôt fêter son sixième anniversaire. D'ici là, il fallait à tout prix qu'il soit parti. Sinon, il devinerait son secret. Un secret de polichinelle, elle le savait, auprès de tous les autres membres de la famille de Cole.

Elle leur avait fait croire que le bébé était prématuré. Bien que née deux semaines plus tard que prévu, Maisy était si petite que personne n'avait ouvertement mis en doute sa parole. Au fond, cela les arrangeait de croire que l'enfant était d'Emery et non de Cole, car cela faisait une héritière de moins avec qui partager la galette. Ils n'arrêtaient pas de se chamailler pour des histoires d'argent, comparant les rentes que leur versait leur grand-père et spéculant sur ce qu'ils allaient hériter de lui à son décès.

C'était aussi pour ça que Shawna avait accepté l'offre de Xavier de devenir son infirmière à domicile. Elle voulait qu'il vive le plus longtemps possible. D'une part, parce qu'elle avait beaucoup d'affection pour lui, et de l'autre, pour faire bisquer sa détestable famille. Cole avait lui-même fait les frais de ces vautours, surtout après que son père avait fait de lui son seul et unique héritier.

Non qu'elle se préoccupe plus que ça du sort de Cole, mais elle aimait bien Xavier, de qui elle s'était beaucoup rapprochée à l'époque où Cole l'abandonnait régulièrement pour partir en stage commando ou en mission. Et même après leur rupture, elle avait continué de fréquenter Xavier qu'elle s'était toujours efforcée de rassurer lorsqu'il se faisait du souci pour son petit-fils préféré.

Le regard de Cole, toujours rivé sur elle, la mettait étrangement mal à l'aise, à tel point qu'elle ne put réprimer un frisson.

— Elle est mignonne, dit-il. C'est tout ton portrait au même âge.

— Mon mini-moi, comme disait Emery.

Sa voix se brisa à l'évocation de son conjoint disparu. Elle sentit monter les larmes, comme si elle n'avait pas déjà assez pleuré, et se mit à cligner des yeux pour tenter de les refouler.

— Je suis désolé, murmura Cole.

Shawna hocha la tête. La disparition d'Emery lui causait un vif chagrin, mais elle avait connu pire. Bien pire…

Il y avait d'abord eu la mort de ses parents. Puis la rupture avec Cole, l'amour de sa vie. Il ne fallait pas qu'elle se plaigne, cependant, car elle avait Maisy.

Son rayon de soleil. Sa raison de vivre.

— Je ne comprends pas, dit-elle, songeuse. Emery n'avait pas d'ennemis. Qui pouvait lui en vouloir ?

— J'ai lu le rapport de police. La bombe était non pas dans sa voiture mais dans la tienne. C'est à toi qu'elle était destinée.

Shawna en eut le souffle coupé, comme si elle avait reçu un coup de poing dans l'estomac. Elle n'utilisait plus sa voiture depuis qu'elle travaillait au manoir. Xavier tenait absolument à ce qu'elle prenne la sienne et se fasse conduire par son chauffeur. Alors quand ce matin-là la voiture d'Emery avait refusé de démarrer, elle lui avait proposé de lui prêter la sienne. Elle avait insisté pour qu'il la prenne puisqu'elle-même n'en avait pas besoin.

Son petit SUV dormait dans le garage depuis des semaines. Elle avait charrié Emery qui préférait utiliser sa vieille guimbarde plutôt que sa voiture à elle, en parfait état. Mais comme ils n'étaient mari et femme que sur le papier, il n'osait pas trop prendre ses affaires. Il avait longtemps hésité, ce matin-là.

Pourquoi avait-elle autant insisté ? Elle aurait mieux fait de lui suggérer de se faire conduire par le chauffeur de Xavier. Mais en ce cas, c'est Maisy et elle qui seraient montées dans le SUV.

Maisy, qui avait toute la vie devant elle.

Un flot de larmes la submergea à nouveau, qu'elle ne put contenir, cette fois. Secouée de sanglots, elle s'abandonna au chagrin. Jusqu'à ce que des bras musculeux l'entourent et l'attirent contre un torse puissant. Shawna se mit alors à trembler comme une feuille.

Ce n'était plus pour Maisy qu'elle avait peur, mais pour son pauvre cœur. Qui s'emballait dangereusement. Sous sa joue, elle sentait le cœur de Cole, qui cognait fort lui aussi, à l'unisson du sien.

Non, il ne fallait pas qu'il soit son garde du corps.

Malgré la promesse qu'il avait faite à leur fille, il n'était pas en mesure de la protéger.

Même si la bombe qui avait tué Emery lui était destinée, comme il le prétendait, la vraie menace, c'était lui qui la constituait. Il la troublait toujours autant. Rien n'avait changé. Or il était exclu qu'elle renoue avec lui.

Leur histoire avait failli la détruire. Si elle succombait à nouveau à son charme, elle risquait cette fois d'y laisser sa peau.

Un sourire aux lèvres, Xavier Bentler referma tout doucement la porte coulissante de la bibliothèque, préservant ainsi l'intimité du couple qui y était enlacé. Par chance, Maisy n'était pas dans les parages. Il l'avait envoyée chercher des cookies à la cuisine. Contrairement aux cigares, les cookies n'avaient pas encore été bannis de la maison par Shawna.

Se retournant, il se heurta à ce qui lui parut être un poteau métallique. Cooper Payne l'empoigna par l'épaule pour le remettre d'aplomb.

— Vous jouez à un jeu dangereux, déclara Cooper.

— Que voulez-vous dire ? demanda Xavier, feignant de ne pas comprendre.

— Ma mère adore jouer les entremetteuses, elle aussi.

Xavier haussa les épaules.

— Je ne sais pas ce que vous insinuez par-là, mais ce qui est sûr, c'est que mon infirmière est en danger. Elle a besoin d'être protégée.

Il avait le pressentiment que c'était peut-être à cause de lui qu'elle était en danger.

— Mais vous auriez très bien pu faire appel à une autre société que la nôtre, fit remarquer Cooper. Ou même à une des franchises de la Payne Protection Agency que gère mon frère. Mais comme par hasard c'est nous que vous avez choisis. Ou plutôt lui.

Nullement déconcerté, Xavier acquiesça d'un hochement de tête.

— Naturellement. C'est mon petit-fils, que diable. Je sais qu'il n'y a pas mieux.

Il savait aussi que personne ne protégerait Shawna aussi bien que Cole. Il était prêt à parier que c'était la raison pour laquelle ce petit crétin avait rompu ses fiançailles avec la jeune femme, six ans plus tôt. Cole avait voulu lui éviter de souffrir au cas où il mourrait prématurément dans l'exercice de ses fonctions.

Quel imbécile. Il n'avait réussi qu'à la faire souffrir... de son vivant.

Le patron de son petit-fils le scrutait d'un air pénétré. Ce gars-là n'était pas né de la dernière pluie. On ne la lui faisait pas. Pas étonnant que Cole et lui soient copains.

— Il est compétent, je vous l'accorde, dit Cooper. Mais tout le monde l'est, à l'agence – y compris ma sœur. Et croyez bien que nous ferions tous l'impossible pour qu'il n'arrive rien à Shawna et à sa fille.

— Me voilà rassuré. J'ai donc eu raison de faire appel à vous.

Cooper ricana.

— Nous savons l'un et l'autre que si vous nous avez engagés, ce n'est pas seulement parce que nous sommes compétents. Vous jouez les entremetteurs, monsieur Bentler. C'est un jeu très dangereux.

— Plus dangereux que les bombes ?

— Quand les sentiments s'en mêlent, cela devient compliqué, dit Cooper. On est moins concentré. Or Cole ne peut se permettre la moindre distraction. Le rôle que vous l'obligez à tenir auprès de Shawna l'expose au danger. Il risque sa vie bien plus sûrement que quand il était en mission dans le corps des *marines*.

Xavier se crispa, soudain très inquiet.

— Comment cela ?

— Cole n'hésitera pas à se sacrifier pour la sauver.

— Mais il n'est pas seul. Vous allez tous veiller sur Shawna.

— Sur Shawna. Mais Cole va non seulement tout faire pour protéger la mère, mais il a aussi à cœur de veiller sur l'enfant. Et il les protégera, quitte à y laisser sa vie.

Xavier n'avait pas pensé à cela. Il savait que son petit-fils avait parfois pris des risques, aussi bien dans son nouveau métier de garde du corps que quand il était dans les *marines*. Mais il ne lui était pas venu à l'esprit que la mission qu'il lui avait confiée pouvait lui être fatale.

Bon sang ! Qu'avait-il donc fait ?

3

Le cœur battant à tout rompre, Cole songea qu'il ne se sentait jamais aussi vulnérable que quand il tenait Shawna Rolfe dans ses bras.

Ou plutôt Shawna Little. Puisqu'elle était désormais une femme mariée.

N'empêche qu'il aimait toujours autant la prendre dans ses bras. Bien qu'elle soit petite et menue, et lui grand et costaud, elle semblait avoir été faite pour lui. Du moins en apparence. Car contrairement à lui, qui était un dur à cuire, Shawna était fragile.

En fait, ils n'avaient pas grand-chose en commun, elle et lui. Jamais il n'aurait dû la demander en mariage, surtout à la veille de s'engager dans les *marines*. Mais à l'époque il était jeune et arrogant, et si sûr d'être invincible. Après la mort de son père, qui avait toujours été un homme farouchement indépendant et d'une force de caractère exceptionnelle, Cole aurait pourtant dû savoir que personne n'était invincible.

Il avait fallu quelques missions pour qu'il comprenne que sa vie tenait à peu de chose. Il avait voulu éviter à Shawna un nouveau chagrin. Lorsqu'elle était enfant, la mort de ses parents l'avait presque anéantie.

La rupture de leurs fiançailles ne l'avait pas affectée plus que cela. Elle avait vite tourné la page. Dieu sait que Cole avait essayé de s'en réjouir. Elle s'était mariée avec un homme qui avait un bon métier et ne risquait pas sa vie. Emery Little n'aurait jamais dû mourir.

Sincèrement navré, Cole réitéra ses condoléances.

— Je suis vraiment désolé, dit-il.

Shawna s'écarta, le repoussant sans ménagement.

— Désolé de quoi ? demanda-t-elle, les joues soudain très rouges.

— Que ton mari soit mort.

— Vraiment ?

— Oui, bien sûr. Sa mort est la dernière chose que j'aurais souhaitée.

Elle tressaillit.

— Parce que je voulais que tu sois heureuse, expliqua-t-il.

— Vraiment ? répéta-t-elle, visiblement perplexe. Pourtant, quand tu as rompu avec moi…

Il avait été contraint de lui dire des choses très dures pour la convaincre que tout était fini, qu'elle ne devait plus compter sur lui. Apparemment, le message était passé au-delà de toute espérance.

— Nous n'étions pas fait l'un pour l'autre, dit-il.

Pas plus hier qu'aujourd'hui. Son métier de garde du corps était aussi dangereux que celui de *marine*.

— Mais ce n'est pas pour autant que je ne voulais pas que tu sois heureuse.

Il aurait préféré, cependant, qu'elle attende un peu avant de se marier et de fonder une famille. Mais c'était de l'hypocrisie de sa part puisqu'il n'avait rompu que pour éviter qu'elle ne le pleure. Or la mission était accomplie.

Elle secoua la tête en signe de dénégation. Elle ne le croyait pas. Il ne voulait pas se disputer avec elle – étant donné les circonstances, ç'aurait été mal venu.

— Tu es là pour quoi, au juste ? demanda-t-elle.

— Mon grand-père a fait appel à la Payne Protection Agency pour veiller sur toi.

— Mais pourquoi toi ?

— C'est à moi que la mission a échu.

Elle eut un rire amer.

— Tu aurais pu la refuser. Ton patron ne t'aurait pas viré pour autant, je suppose.

— Peut-être que si.

Mais c'était peu probable. Cooper aurait sans doute compris, si Cole lui avait expliqué qu'il avait toujours des sentiments pour Shawna et que jamais il n'arriverait à tirer un trait sur elle. Mais il avait menti et prétendu qu'il n'avait aucune raison d'être jaloux du défunt mari de la jeune femme. Pourquoi diable avait-il raconté des bobards ?

— Et alors ? répliqua Shawna. Comme si tu avais besoin de ce travail ! Tu pourrais très bien ouvrir ta propre agence de sécurité. Ou ne rien faire du tout, comme les autres membres de ta famille.

Ils étaient tous censés travailler dans l'entreprise florissante de son grand-père, mais c'était bidon. Aucun d'eux ne travaillait vraiment.

Et c'était pourquoi Cole tenait tant à garder son emploi. Il ne voulait pas vivre aux crochets de son grand-père, comme les autres. Tel qu'elle le connaissait, il n'était pas du genre à se laisser entretenir. Mais elle pouvait se tromper sur son compte. Après tout, elle n'avait pas prévu qu'il la quitterait.

Si elle s'était mariée, peut-être était-ce pour le punir. Pour le faire souffrir autant qu'il l'avait fait souffrir.

— Ma vraie famille, c'est la Payne Protection Agency, dit-il. Ses membres ont été mes compagnons d'armes et sont aujourd'hui mes collègues de travail.

Il ne parlait pas seulement de son ancien commando,

mais aussi de Nikki et des autres Payne qui les avaient accueillis, lui et ses amis, parmi eux.

— Et c'est pour ça que tu n'as pas refusé ? demanda-t-elle. Parce que, eux, tu ne pouvais pas les laisser tomber ?

Il comprit à son ton qu'elle lui en voulait toujours d'avoir rompu leurs fiançailles. Depuis, de l'eau avait pourtant coulé sous les ponts, et elle avait trouvé le bonheur auprès d'un autre homme. Sauf que cet homme, elle l'avait perdu.

Emery Little était mort.

Et Cole devait découvrir pourquoi. Le tueur visait-il réellement Shawna ? Auquel cas, elle était effectivement en danger.

— Tu as besoin d'un garde du corps, déclara-t-il. Même ta fille s'inquiète pour toi.

— Je n'ai jamais dit le contraire. Ne serait-ce que pour rassurer Maisy. Mais je refuse de t'avoir toi comme garde du corps.

— Pour quelles raisons ?

— Allons, Cole ! Les raisons, tu les connais aussi bien que moi.

Il secoua la tête.

— Non, je ne vois vraiment pas. Après tout, tu t'es mariée et tu as fait un enfant. Tu as tourné la page.

— Mais je n'ai jamais réussi à…

Le cœur de Cole manqua un battement. Et si elle ne l'avait jamais oublié ? Et si elle avait toujours des sentiments pour lui ?

— … À oublier ce que tu m'as dit, compléta-t-elle. Quand tu as rompu avec moi, tu m'as dit que tu ne voulais plus jouer les preux chevaliers auprès des demoiselles en détresse. Parce qu'il y avait des gens confrontés à de réels dangers qui avaient besoin de toi.

Il se souvenait à peine de ce qu'il lui avait dit. Il voulait juste la mettre en colère et faire ainsi mieux passer la rupture. Là encore, c'était mission accomplie.

— Tu as dit qu'il était grand temps que je grandisse un peu et me prenne enfin en charge.

Elle était toute rouge, et ses yeux étincelaient de colère.

Cole perdit son sang-froid, lui aussi.

— Et tu n'as rien trouvé de mieux que d'épouser le premier venu moins de deux mois après notre rupture !

— Espèce de salaud !

Cole en avait entendu d'autres. Ses parents avaient passé leur vie à s'insulter. C'était aussi une des raisons pour lesquelles il n'aurait jamais dû demander Shawna en mariage. Il n'avait aucune idée de ce qu'était le bonheur conjugal, ses parents s'étant toujours détestés. Quant à son grand-père, il s'était marié trois fois. Et ses oncles ne pouvaient pas davantage se poser en exemple.

Il ne chercha pas à faire revenir Shawna à de meilleurs sentiments. À quoi bon ?

Elle fit volte-face et s'élança vers la porte que quelqu'un avait dû fermer, à un moment ou à un autre. Elle batailla quelques secondes pour faire coulisser les battants, réussit finalement à les entrouvrir et se faufila à l'extérieur.

Refusant de laisser ce qui venait de se passer – ou ce qui s'était passé entre eux il y a six ans – le détourner de sa mission, Cole s'empressa de lui emboîter le pas.

Shawna venait de perdre son mari dans un attentat qui la visait probablement elle. Elle était en danger, et même si elle n'était pas d'accord, il devait la protéger.

Sauf que lorsqu'il déboucha à son tour dans le hall, elle avait disparu.

Une fois dehors, Shawna inspira un grand coup. Une odeur douceâtre de cigare lui emplit les poumons, provoquant chez elle une violente quinte de toux. En bas des marches qui permettaient de sortir du garage par la porte de service, il y avait un mégot de cigare mal éteint.

C'était donc là que Xavier venait se planquer pour fumer. Si elle essayait de le confondre, le vieux filou serait capable d'accuser son chauffeur. Et comme il n'y avait pas plus loyal que Astin, celui-ci serait trop heureux de le couvrir.

Xavier embobinait tout le monde – y compris elle – et finissait toujours par faire ce qu'il voulait. D'où la présence de Cole, qui n'était revenu que parce que son grand-père l'y avait forcé. Et pas pour elle, comme elle l'avait un instant espéré. Mais il y a six ans, et encore tout à l'heure dans la bibliothèque, Cole lui avait clairement signifié qu'il n'en avait rien à faire d'elle.

Mais il se trompait sur son compte. Elle n'était pas la femme fragile et sans défense qu'il l'accusait d'être, et elle n'avait pas épousé Emery pour qu'il la protège. Elle l'avait épousé pour qu'il protège Maisy. Elle ne voulait pas qu'on sache que la fillette était une Bentler. Shawna tenait à ce que son enfant soit à l'abri des tourments qu'avait connus Cole.

Et aujourd'hui, pour protéger Maisy, elle était prête à accepter d'avoir un garde du corps. À condition que ce garde du corps ne soit pas Cole.

Même s'il avait été son super héros lorsqu'ils étaient enfants. Même s'il avait accompli, en tant que *marine*, des faits héroïques pour lesquels il avait été décoré.

Pourquoi n'était-il plus le même avec elle ?

D'accord, elle avait épousé Emery, mais seulement après que Cole avait rompu leurs fiançailles et lui avait brisé le cœur. Elle n'aurait jamais cessé de l'aimer s'il ne l'avait pas laissé tomber.

Quoi qu'il en soit, force lui était d'admettre que Cole la troublait toujours autant. Six ans s'étaient pourtant écoulés depuis leur rupture. Une rupture qui l'avait dévastée. Malgré tout, Cole lui mettait toujours le corps, le cœur et l'esprit en émoi. Tout comme autrefois.

Si seulement elle pouvait ne rien ressentir, sombrer dans une espèce de léthargie comme après l'explosion, quand elle avait compris qu'Emery était mort…

Pauvre Emery.

Elle dut à nouveau refouler ses larmes. Il fallait qu'elle rentre, à présent, et rejoigne les autres. Mais elle redoutait de tomber sur Cole. Elle avait eu beau lui dire qu'elle ne voulait pas de lui comme garde du corps, il était peu probable qu'il soit parti. Mais même si c'était le cas, elle ne serait pas pour autant débarrassée de lui. Car Cole occupait toutes ses pensées.

Tantôt elle le revoyait enfant, quand il jouait auprès d'elle les preux chevaliers. Tantôt il était cet homme qui lui avait tout appris de l'amour et de la passion. Mais parfois, il était aussi ce monstre impitoyable qui lui avait brisé le cœur.

Plongée dans ses pensées, Shawna s'avisa soudain que pressée de lui échapper, elle était sortie seule. Si elle était réellement en danger, ce n'était pas très malin de sa part.

Il était peu vraisemblable que la bombe lui ait été destinée. N'empêche qu'elle se trouvait dans sa voiture et non dans celle d'Emery…

Elle frissonna. Le fond de l'air était frisquet et lui donnait la chair de poule. Sa robe avait bien des manches longues mais le tissu était très léger. Il lui fallait un gilet. Le plus simple était encore de rentrer. D'aller retrouver les autres.

D'aller retrouver Maisy.

Poussant la porte de service, elle entra dans le garage qui était maintenant plongé dans l'obscurité. Tout à l'heure, la lumière était allumée. Avait-elle éteint par mégarde en sortant ? Elle manipula l'interrupteur mais il était déjà dans la bonne position. Perplexe, elle le fit basculer. Sans plus de succès.

Y avait-il une coupure d'électricité ?

Il n'y avait pourtant pas d'orage. Elle tendit l'oreille mais le seul tumulte perceptible était celui qui faisait rage dans sa tête et dans son cœur.

Soudain, un bruit de moteur se fit entendre. Le garage comportait plusieurs boxes, Xavier possédant plusieurs voitures. On aurait dit que toutes les voitures avaient leurs moteurs en marche.

De plus en plus déconcertée, Shawna avança à tâtons et se cogna violemment le genou au pare-chocs arrière d'un des véhicules. La douleur irradia tout le long de sa jambe, lui arrachant un cri.

Il faisait tellement noir qu'elle n'avait plus aucun repère et n'arrivait pas à retrouver son chemin. Le garage communiquait avec le manoir ; c'est pourquoi elle était sortie par-là, choisissant l'issue la plus proche. Mais sans doute aurait-elle mieux fait d'aller sur le balcon du premier étage ou dans le vaste patio, qui donnait sur le parc, à l'arrière.

Elle n'avait pas réfléchi. Son altercation avec Cole l'avait mise dans un tel état qu'elle avait ressenti le besoin de prendre l'air et d'échapper un instant à cette ambiance délétère.

Mieux valait en outre qu'on ne la voie pas comme ça.

Des condoléances, elle en avait reçues plus qu'il n'en fallait. La compassion des gens la mettait mal à l'aise car c'était à cause d'elle qu'Emery était mort. C'était à elle que la bombe était destinée puisqu'on l'avait mise dans sa voiture.

Mais qui pouvait vouloir la tuer ?

Qu'avait-elle fait de mal ? Elle n'avait pas que des

amis, certes, ni dans sa famille ni surtout au sein de celle de Cole. À cause de Maisy, qu'ils soupçonnaient d'être une héritière de plus, mais aussi parce que Shawna était très proche de Xavier. Les cousins de Cole ne valaient pas mieux que les siens.

Songeant qu'elle avait laissé sa fille seule avec tous ces tordus, elle reprit tant bien que mal sa progression entre les boxes du garage. En passant devant une autre voiture, elle s'aperçut que celle-ci aussi avait le moteur qui tournait.

En fait, elles étaient toutes en marche.

Les gaz d'échappement emplissaient l'air qui devint très vite irrespirable et toxique à cause du monoxyde de carbone qu'il contenait.

Que se passait-il ?

Les poumons en feu et les yeux larmoyants, Shawna renonça à retrouver la porte de communication avec le manoir et fit demi-tour pour gagner la sortie.

Dans l'obscurité, elle tâtonna à la recherche de la poignée. D'une main tremblante, elle la tourna, d'un côté puis de l'autre. En vain. La porte était fermée à clé. Ou bloquée.

Shawna était enfermée dans le garage. Condamnée à mourir asphyxiée.

Quelqu'un cherchait donc bel et bien à la tuer.

Elle ne voulait pas mourir. Elle ne voulait pas faire de sa fille une orpheline. Car il n'était pas certain que Cole accepte de s'occuper d'elle.

Pardonnerait-il à Shawna de lui avoir caché l'existence de l'enfant pendant toutes ces années ?

Mais dans l'immédiat la mansuétude de Cole était le cadet de ses soucis. Sa priorité était de sortir de là. Vivante.

Elle n'était pas aussi démunie qu'il le croyait. Elle

allait lui montrer de quoi était capable la prétendue demoiselle en détresse.

Elle sortirait de là. Elle ne savait pas encore comment mais elle trouverait.

Parce que Maisy avait besoin d'elle.

Je ne peux pas continuer à vivre après ce que j'ai fait. C'est moi qui ai posé la bombe qui a tué mon mari. Je voulais mettre fin à mon mariage. Je veux maintenant mettre fin à mes jours.

À l'aide de la gomme qui se trouvait au bout de son crayon, le tueur tapa le message sur le clavier de l'ordinateur portable de Shawna. Il allait devoir se contenter de cela puisqu'il n'y avait pas moyen d'imprimer le message et de le lui faire signer – bien qu'il soit toujours possible d'obliger Shawna à signer.

Mais sans doute était-ce trop tard. Elle devait déjà être morte. Cette fois, elle n'en réchapperait pas.

Pourquoi avait-il fallu que ce soit Emery, son mari, qui démarre sa voiture…

Si tout s'était passé comme prévu, elle ne serait plus de ce monde, et Little serait vivant. Le tueur contempla l'urne qui trônait sur la table dans la bibliothèque. La mort de Little ne lui faisait ni chaud ni froid. Ce n'était pas comme si Emery Little avait été blanc comme neige. Il s'était mis à poser des problèmes, lui aussi, des problèmes qui avaient obligé le tueur à modifier ses plans.

Au départ, il s'agissait d'envoyer Emery Little en prison, pas au cimetière. Si tout s'était passé comme prévu, Little aurait été accusé du meurtre de Shawna.

Mais il avait fallu rectifier le tir. À présent, Shawna serait tenu pour responsable de la mort de Little et de la sienne. Et Cole et ses potes pourraient s'en retourner d'où ils étaient venus.

La présence de Cole à l'enterrement avait été une surprise. Une mauvaise surprise.

Mais Shawna morte, il n'aurait plus aucune raison de rester. Il fallait qu'elle meure.

4

Mais où peut-elle bien être ?

Le manoir était si vaste qu'il ne pouvait l'explorer dans ses moindres recoins, mais Cole avait fait le tour des pièces principales sans trouver trace de Shawna. Il avait croisé certains membres de sa famille – qui ne semblaient pas franchement ravis de le voir – et il avait interrogé ses collègues gardes du corps. Ils s'étaient tous lancés à la recherche de la jeune femme.

Sans succès.

Elle n'avait pourtant pas pu se volatiliser.

Cole revint sur ses pas jusqu'à la bibliothèque, où il l'avait vue pour la dernière fois. Les portes coulissantes étaient ouvertes, à nouveau, les cousins de Cole, sa mère et son beau-père étant entrés pour se recueillir une dernière fois devant l'urne contenant les cendres d'Emery Little.

En voyant sa mère, toujours aussi blonde et aussi svelte, Cole se demanda quel était son secret de jouvence. Tiffani ressemblait toujours à la reine de beauté qui avait séduit son père lors d'un stage dans l'entreprise de celui-ci, trente ans plus tôt. Elle paraissait bien trop jeune pour être la mère de Cole, mais il est vrai qu'elle n'avait jamais vraiment joué ce rôle.

Elle avait toujours été plus proche de Shawna que de Cole. Les deux femmes se voyaient au lycée où elles encadraient les pom-pom girls. Il ignorait si elles partageaient toujours cette activité. Il aurait pu lui poser la question mais il préférait ne pas lui adresser la parole. Depuis la mort de son père, il était en froid avec sa mère.

Ses cousines – les jumelles Lori et Tori – le fusillaient du regard. À l'instar de sa mère, elles se décoloraient les cheveux et portaient des lentilles de contact de couleur. Leurs efforts pour ressembler à Tiffani étaient vains et pitoyables. Il y avait également ses cousins Bobby et Reggie qui, bien qu'un peu plus âgés que lui, avaient oublié de grandir et s'habillaient et se comportaient encore comme des étudiants, même à un enterrement. Ils ne lui firent même pas l'aumône d'un regard.

Jeffrey Inman, son beau-père, était le seul, apparemment, à remarquer sa présence. Il lui adressa un petit signe de la main et lui sourit. Militaire à la retraite, Jeffrey n'était sans doute pas un mauvais bougre, mais Cole n'avait pas envie de lui parler.

Manny se trouvait lui aussi dans la pièce. Il ne connaissait les gens autour de lui qu'à travers les descriptions que lui en avait faites Cole, quand il était en veine de confidences, car Manny et lui vivaient en colocation. Aussi à l'aise que s'il faisait partie de la famille, Manny bavardait avec les uns et les autres. Les jumelles peroxydées semblaient avoir jeté leur dévolu sur lui et lui sortaient le grand jeu. Manny faisait bonne figure, comme à son habitude. Cole préférait le voir parler à tout le monde plutôt que tout seul dans son sommeil, comme cela lui arrivait si souvent.

Mais lui au moins arrivait à dormir, contrairement à Cole qui passait ses nuits à penser aux missions auxquelles ils avaient pris part.

Et à Shawna, aussi.

Il l'imaginait au lit avec lui. Nue et offerte. Ou tendre

et souriante. Mais quand il ouvrait les yeux, elle avait disparu.

Exactement comme maintenant.

Il se rendit compte qu'il y avait un bon moment qu'il n'avait pas vu Maisy et se souvint que Shawna avait demandé à la fillette d'aller voir comment allait son grand-père.

Quittant la bibliothèque, Cole longea le couloir en direction de la cuisine où il pensait surprendre Xavier en flagrant délit de gourmandise. Délaissant le somptueux buffet dressé dans la salle à manger, le vieil homme était capable d'avoir gagné la cuisine pour s'empiffrer en douce de gâteaux et autres friandises dont il raffolait.

Mais Cole trouva la cuisine déserte. Le personnel devait être occupé à regarnir le buffet.

Des cookies étaient tombés par terre. Il fallut qu'il marche dessus pour s'en apercevoir. Il y en avait tout le long de l'îlot central. Comme il se baissait pour les ramasser, il vit deux petits pieds dépasser de dessous le comptoir de granite.

S'accroupissant, il se trouva nez à nez avec la petite fille, assise sur le carrelage, les genoux remontés sous le menton. Elle avait des miettes de biscuit sur les lèvres et partout sur son collant noir.

— Qu'est-ce que tu fais là ? demanda Cole, complètement désemparé.

Les yeux de la fillette s'emplirent de larmes, qu'elle tenta vainement de refouler. Le cœur serré, Cole la tira de sous le comptoir et la prit dans ses bras.

— Est-ce que ça va ? demanda-t-il bêtement.

Il était clair que ça n'allait pas du tout. La pauvre gosse venait de perdre son père et comptait sur lui pour ne pas perdre aussi sa mère.

Qui avait disparu. Et qu'on cherchait partout. Comme

c'était lui qu'elle fuyait, et qu'elle n'avait rien contre les autres gardes du corps, l'un d'eux allait bien finir par la retrouver.

Maisy leva vers lui ses grands yeux bleus.

— Moi aussi j'ai perdu mon papa, dit Cole.

Elle posa une main sur sa joue, comme elle l'avait déjà fait un peu plus tôt dans la bibliothèque.

— Je suis désolée. C'est ce qu'on n'arrête pas de me dire. Ils sont tous désolés. Ce n'est pourtant pas leur faute, hein ?

C'était forcément la faute de quelqu'un. Cette bombe, quelqu'un l'avait posée. Et ce n'était sûrement pas Emery Little qui avait tout ce qu'il fallait pour être heureux : un bon métier, des élèves qui l'adoraient, une merveilleuse petite fille, et une épouse… de rêve.

En pensant à Shawna et à ce que Maisy venait de dire, Cole fut parcouru d'un frisson. L'assassin du père de la fillette se trouvait-il dans la maison ? Avait-il assisté aux funérailles ? Présenté ses condoléances à l'enfant ?

— Je ne sais pas, répondit-il en toute franchise. Mais je trouverai le responsable, je te le promets.

Cole s'en voulut de lui faire des promesses qu'il n'était pas sûr de tenir mais, tout comme il s'était senti obligé de veiller sur Shawna à l'école primaire, il avait l'impression de ne pas avoir le choix.

— Et ton papa, sais-tu qui l'a tué ? demanda Maisy.

Il secoua la tête.

— Personne. Il est mort dans un accident.

Son père vivait à cent à l'heure. Littéralement. Il avait perdu le contrôle de son coupé sport dans un virage en épingle à cheveux et s'était écrasé en bas d'une falaise.

— Mais ça fait longtemps, ajouta Cole. Alors c'est plus facile.

— Plus facile ? répéta Maisy, perplexe.

Ce n'était probablement pas le terme adéquat. Cole se sentait de plus en plus démuni.

— Ou plutôt, moins douloureux, se corrigea-t-il en haussant les épaules.

Maisy poussa un petit soupir.

— Tant mieux. Et pour maman aussi, ce sera moins douloureux ?

Cole eut de nouveau un pincement de cœur. Il ne supportait pas de penser que Shawna souffrait, surtout à cause d'un autre homme.

— Oui, de moins en moins, répondit-il en se voulant rassurant.

La fillette le scrutait d'un drôle d'air. Avait-elle deviné qu'il était jaloux. Elle était tellement futée. Et elle avait à peine cinq ans. Il avait du mal à le croire.

— Ne t'en fais pas pour ta maman.

— Mais au fait tu es censé être son garde du corps, non ?

— Eh bien, c'est-à-dire que…

Il n'aurait pas demandé mieux que de s'acquitter de sa mission. Si seulement il savait où était Shawna…

— Tu as promis, je te rappelle.

— Oui, c'est vrai.

Pas sûr que Shawna lui permette de tenir sa promesse.

— En fait, je ne sais pas où elle est, avoua-t-il humblement.

— Moi, je sais, dit Maisy.

Mais elle n'eut pas le temps de lui en dire plus, Manny faisant brusquement irruption dans la cuisine, un ordinateur portable dans les mains.

— Ah, te voilà enfin ! Regarde un peu ça.

Lorsqu'il vit la fillette dans les bras de Cole, Manny rougit.

— Il vaudrait peut-être mieux… Des fois qu'elle sache déjà lire.

— Qu'est-ce que c'est ? demanda Maisy en fronçant les sourcils.

Mais Cole la reposa par terre et tint l'ordinateur au-dessus de sa tête pour prendre connaissance du mot d'adieu dans lequel Shawna reconnaissait avoir tué son mari.

— Non, c'est impossible, murmura-t-il en secouant la tête.

Shawna n'était pas une meurtrière. Sinon, elle l'aurait tué, il y a six ans, quand il avait rompu leurs fiançailles. Elle était hors d'elle. Jamais il ne l'avait vue aussi furieuse.

— Qu'est-ce que c'est ? répéta Maisy en le tirant par le bras.

— Rien. Mais si tu sais où est ta mère, il faut que tu nous le dises. Tout de suite !

Consciente de l'urgence dans sa voix, la fillette blêmit, et sa lèvre inférieure se mit à trembler, comme si elle allait se mettre à pleurer.

Cole, mortifié, s'accroupit à côté d'elle.

— Ne pleure pas, ma puce. Si tu pouvais me dire où est ta mère, ce serait bien. Parce que comme tu le sais, je suis censé la protéger.

Il espérait juste retrouver Shawna à temps. Mais si l'assassin avait écrit ce prétendu mot d'adieu, c'était de toute évidence parce qu'elle était morte.

Complètement paniquée, Shawna avait de plus en plus de mal à respirer. Heureusement que le garage était immense et haut de plafond, sinon elle aurait déjà été asphyxiée par le monoxyde de carbone.

Les yeux larmoyants à cause des gaz d'échappement, elle tâtonnait dans l'obscurité pour trouver les boutons qui permettaient d'ouvrir de l'intérieur les portes électriques. Elle finit par mettre la main dessus, juste à côté de la porte de service qui, comme la porte de derrière, était verrouillée de l'extérieur.

Mais Shawna eut beau presser frénétiquement tous les boutons, pas moyen d'ouvrir. Ou d'allumer la lumière. Quelqu'un avait dû couper l'électricité.

Il aurait fallu défoncer une des portes, mais elle en était bien incapable. Face à son impuissance, il lui sembla entendre Cole la traiter de demoiselle en détresse pour la taquiner.

En réalité, elle était plus forte qu'il ne le pensait. Physiquement, peut-être pas, en raison de sa stature. Mais elle compensait par un mental d'acier.

Avec un mental pareil, elle pouvait se tirer de presque toutes les situations.

À condition, bien sûr, de ne pas perdre connaissance. Parce que si elle s'évanouissait, c'était fini.

Songeant à Maisy, Shawna repoussa vaillamment les ténèbres qui menaçaient de l'engloutir et se dirigea tant bien que mal vers l'une de ces fichues voitures dont les gaz d'échappement saturaient l'air. Les portières étaient verrouillées.

Elle n'eut pas plus de chance avec le véhicule suivant. Comment ce piège mortel avait-il pu être mis en place à l'insu d'Astin, le chauffeur de Xavier ? se demandait Shawna en s'avançant vers un autre box, sans désarmer.

C'est alors qu'un obstacle la fit trébucher et qu'elle tomba. Un corps, gisant sur le béton, inerte, amortit sa chute.

Astin ! Sa casquette avait volé à plusieurs mètres de lui, et du sang maculait le sol et l'aile avant gauche du véhicule près duquel il se trouvait.

— Oh ! mon Dieu !

Affolée, Shawna prit le poignet de l'homme. Son pouls était faible mais il battait, constata-t-elle, rassérénée. Astin était un brave homme et, comme tous les employés de Xavier, il faisait un peu partie de la famille – aussi atypique soit-elle.

Se penchant vers lui, elle s'assura qu'il respirait encore. C'était le cas. Heureusement, parce que dans l'état où elle se trouvait elle-même, elle aurait été bien incapable de pratiquer une réanimation cardio-respiratoire.

Astin était vivant, soit, mais il fallait le sortir de là de toute urgence.

Forte de cette pensée, Shawna se releva. En prenant appui sur le sol, sa main effleura un objet métallique. Un pied-de-biche !

Elle s'en empara aussitôt.

Ce truc pesait une tonne, songea-t-elle, l'esprit à peu près aussi embrumé que l'air ambiant. Elle suffoquait, toussait comme une tuberculeuse et pour ne rien arranger, elle avait les jambes en coton. C'était à peine si elle tenait encore debout. Mais elle devait tenir bon.

Et trouver à tout prix un moyen de sortir de là.

Maisy l'attendait. Maisy avait besoin d'elle.

Bandant les muscles de ses bras, elle souleva le pied-de-biche et le balança de toutes ses forces sur la portière de la voiture. Il rebondit contre la fenêtre et lui échappa des mains, tombant avec fracas sur le sol de béton.

En quoi donc étaient faites les vitres de cette voiture ? Pourquoi ne s'étaient-elles pas brisées ?

En proie à une nouvelle quinte de toux irrépressible, Shawna s'agenouilla pour ramasser le pied-de-biche.

Impossible de se relever. Ses jambes, tous ses muscles, l'avaient lâchée. Elle était comme une poupée de chiffon, incapable de bouger, incapable de penser. Il ne lui restait plus qu'à s'allonger à côté du chauffeur et à attendre que Cole vienne à son secours.

Car Cole l'avait toujours tirée d'affaire.

Sauf qu'elle lui avait bien fait comprendre qu'elle ne voulait pas de sa protection. Qu'elle n'avait pas besoin de son aide. C'était faux, bien sûr, mais elle était loin d'imaginer ce qui l'attendait.

La bombe qui avait tué Emery lui était bel et bien destinée. Quelqu'un voulait qu'elle meure. Et ce quelqu'un allait peut-être bien arriver à ses fins.

— Il nous faut un pied-de-biche, déclara Manny en essayant de forcer la porte de service, sur un des côtés du garage.

S'infiltrant sous la porte, les gaz d'échappement des véhicules qui vrombissaient dans le garage commençaient à envahir le vestibule séparant la maison du garage dans lequel s'était enfermée Shawna, apparemment.

Cole, cependant, n'avait pas pris pour argent comptant le mot d'adieu qu'elle avait laissé. Et il avait peut-être raison…

Parce que la serrure de la porte avait été comblée par une espèce de colle industrielle ultra-puissante. À force de s'acharner sur la poignée, Manny s'en était mis plein les mains. Perdant patience, en jurant comme un charretier il se mit à balancer de grands coups de pied rageurs dans la porte récalcitrante.

Il y avait une autre porte dans le vestibule, qui donnait sur l'allée cochère. Cole sortit en trombe et fonça jusqu'à l'avant du garage. Un panache de fumée noire filtrait de dessous les portes électriques.

Cole essaya vainement d'en soulever une à la force des bras. Tandis qu'il s'échinait sur la porte, Manny entendit vrombir plus fort, à l'intérieur, l'un des moteurs de voiture, comme si quelqu'un enfonçait la pédale d'accélération. Puis il y eut le bruit de la porte volant en éclats et le crissement des pneus de la limousine noire qui venait de passer à travers.

Et peut-être d'écraser Cole.

Car Manny ne le voyait plus. Il vit en revanche la personne qui était au volant de la limousine. Une femme avec de longs cheveux bruns.

Elle était bien vivante.

Mais elle avait probablement tué Cole.

5

Cole avait l'épaule en compote. Pour éviter la voiture, il s'était jeté sur le côté et avait atterri sur le sol de béton, à moins d'un mètre des roues de la limousine qui avait continué sa course folle sans s'arrêter, accélérant encore dans l'allée avant de percuter une voiture en stationnement. Il y eut un fracas épouvantable de verre brisé et de tôle froissée. Puis le klaxon se mit à hurler.

Bondissant, Cole se précipita vers la limousine. La voiture que la limousine avait emboutie n'était plus qu'un amas de ferraille. Il n'y avait heureusement personne à l'intérieur.

La limousine avait mieux résisté au choc, mais l'avant était complètement défoncé, et de la vapeur ou de la fumée s'échappait du capot. Elle risquait de prendre feu d'un instant à l'autre. Il fallait absolument sortir le conducteur.

Ou plutôt la conductrice. Le pare-brise était en miettes mais, en se penchant pour jeter un coup d'œil à l'intérieur, il vit à travers la fenêtre que c'était Shawna qui était au volant. Inconsciente. Peut-être grièvement blessée car la limousine, qui avait un certain âge, n'était pas équipée d'airbags qui auraient pu amortir le choc, la protéger.

Mieux que lui ne l'avait fait. En tant que garde du corps, il s'était montré en dessous de tout.

Déformée, la portière refusait de s'ouvrir. Il dut passer son bras par la fenêtre. Écartant doucement les cheveux de Shawna, dont la tête reposait sur le volant, il posa deux doigts au creux de sa gorge. Pouls inexistant. Il déplaça sa main de quelques centimètres et perçut sous ses doigts un battement si ténu qu'il était presque imperceptible.

— Elle est vivante ! murmura-t-il avant d'exhaler un grand soupir de soulagement.

Maisy venait de perdre son père. Elle n'allait pas aussi perdre sa mère.

Levant les yeux vers le capot de la limousine, Cole comprit que ce qui s'échappait du moteur était non pas de la fumée, comme il l'avait craint, mais de la vapeur, le radiateur ayant probablement été pulvérisé.

Tout risque d'explosion semblait écarté. Mais Shawna avait besoin d'être secourue. Sans lâcher son pouls, Cole se servit de son autre main pour sortir son téléphone et appeler le 911.

— Envoyez immédiatement une ambulance à l'adresse suivante, dit-il.

Lorsqu'il donna l'adresse du manoir, la régulatrice ne put masquer sa surprise. Tout le monde, dans le coin, connaissait le manoir et son propriétaire.

— Il y a eu un accident, précisa Cole. Une femme est blessée. Inconsciente.

— Il ne s'agit pas d'un accident, déclara Manny en le rejoignant. Et il y a un second blessé, un homme qui saigne abondamment de la tête et a probablement été intoxiqué au monoxyde de carbone. Dane est train de tenter de le réanimer mais je ne suis pas sûr qu'il y parvienne.

Le cœur de Cole manqua un battement. Il y avait un moment qu'il n'avait pas vu son grand-père. Était-il le second blessé ?

Bien que la régulatrice lui ait demandé de rester en

ligne jusqu'à l'arrivée des secours, Cole mit fin à l'appel et se tourna vers Manny.

— Qui est-ce ? demanda-t-il en désignant le garage de la pointe du menton.

Par la porte défoncée du garage, il apercevait ses autres collègues de l'agence accroupis autour d'un homme gisant sur le sol.

— À en juger par l'uniforme, dit Manny, ça doit être le chauffeur.

— Astin…

Il y avait si longtemps qu'Astin était au service de Xavier qu'il faisait à présent un peu partie de la famille. Cole avait plus d'affection pour lui que pour la plupart de ses cousins.

Manny attira son attention sur un objet qui se trouvait à l'intérieur de la limousine, sur le siège passager à côté de Shawna. C'était un pied-de-biche, taché de sang.

— Tu crois qu'elle l'a frappé ? demanda Manny.

— Non, certainement pas. Jamais Shawna ne ferait une chose pareille.

Manny ricana.

— Réveille-toi, mon vieux ! Il faut que tu te rendes à l'évidence.

— Quelle évidence ? demanda Cole.

Et si Shawna avait perdu connaissance non pas à cause de la collision mais à cause du monoxyde de carbone ?

— Elle aussi a besoin d'être réanimée, décréta-t-il d'un ton sans appel. Sortons-la de la voiture.

— Nous ferions mieux de ne pas la bouger. Les secours vont arriver d'une seconde à l'autre. Ils vont venir avec une minerve et tout ce qu'il faut.

Cole acquiesça.

— Oui, tu as raison. Mieux vaut attendre. On ne sait jamais.

À peine avait-il prononcé ces mots que le hurlement des sirènes se fit entendre au loin.

— Ne te serais-tu pas cogné la tête ? demanda Manny tout à trac.

— Quoi ?

— Quand elle a failli t'écraser, est-ce que tu t'es cogné la tête en tombant ?

Manny s'adressant à lui comme à un simple d'esprit, Cole comprit que son ami, qui le scrutait d'un air soucieux, s'inquiétait pour sa santé mentale.

— Non, je ne me suis pas cogné la tête. Tout va bien, Manny. Je t'assure.

Mais Manny ne semblait pas convaincu.

— Tu es en danger, mon vieux. D'autant plus en danger que tu n'en as pas conscience.

— Qu'est-ce que tu me chantes là ? demanda Cole, perplexe.

Préoccupé par l'état de santé de Shawna et d'Astin, il n'arrivait pas à savoir si Manny plaisantait, comme à son habitude, et ce même dans les situations les plus stressantes, ou s'il s'en faisait vraiment pour lui.

— Tu es en danger parce que tu ne peux pas être objectif. Tu ne réfléchis pas ; tu n'écoutes que ton cœur.

Cole soupira. Manny n'avait pas tort. Il était effectivement sur le point de retomber amoureux de Shawna. Et il se sentait fondre pour l'adorable Maisy, qui était tout le portrait de sa mère au même âge.

— Elle a laissé un mot d'adieu, continua Manny. Elle a avoué le…

— Ce mot d'adieu n'est pas d'elle. Elle n'a pas tué son mari, et je suis prêt à parier qu'elle n'a pas non plus tenté de se suicider ou d'assassiner Astin.

Le chauffeur les avait souvent conduits à des bals et à des fêtes, quand ils étaient plus jeunes. Ils avaient toujours pu compter sur lui et ils l'aimaient bien. Jamais Shawna ne lui aurait fait le moindre mal.

Mais à lui, Cole, aurait-elle été capable d'en faire ?

Elle avait bel et bien failli l'écraser.

Sans doute lui en voulait-elle encore pour toutes ces horreurs qu'il lui avait dites lorsqu'il avait rompu leurs fiançailles…

— Je te rappelle qu'il y a six ans, poursuivit Manny, implacable, tu as découvert qu'elle n'était pas du tout celle que tu croyais. À peine avais-tu rompu avec elle que Shawna épousait en justes noces le premier venu. Tu ne la connais pas, en fait. Tu t'es toujours laissé berner par cette fille.

Les paroles de Manny étaient comme autant de coups de poignard dans le cœur de Cole. Manny avait sûrement raison. Il avait longtemps cru que Shawna était follement amoureuse de lui, aussi avait-il préféré rompre pour ne pas risquer de faire d'elle une épouse éplorée s'il avait péri au cours de la mission particulièrement dangereuse qui l'attendait.

Mais il avait survécu. Et elle avait fait sa vie sans lui. Il s'était bien trompé sur son compte, ça oui.

Shawna l'avait déçu, aucun doute là-dessus. Mais de là à être une meurtrière…

Et si elle l'avait tué ?

Shawna se souvenait des quelques secondes qui avaient précédé le moment où elle s'était évanouie. Elle avait mobilisé le peu de forces qu'il lui restait pour écraser la pédale d'accélérateur de la limousine et foncer dans la porte du garage.

Elle avait vu Cole valdinguer dans les airs.

C'était la dernière chose dont elle se souvenait.

Sous ses paupières closes, elle ne cessait de se repasser la scène, se demandant anxieusement si elle l'avait touché.

Elle essayait aussi de se rappeler ce qui s'était passé ensuite. Mais tout se mélangeait : les gyrophares, les questions des urgentistes, l'hôpital…

Elle ne savait même pas où elle était. Et n'avait aucune nouvelle ni de Cole ni de sa fille. Se réveillant en sursaut, elle voulut se dresser sur son séant.

— Maisy ! appela-t-elle, éperdue.

— Allons, du calme, dit une voix grave mal assurée. Maisy va très bien. Et vous aussi. Nous vous avons ramenée à la maison.

Lorsqu'elle ouvrit les yeux, elle ne reconnut pas le bungalow qu'elle partageait avec Emery et sa fille. De lourds rideaux masquaient les fenêtres de la pièce dans laquelle elle se trouvait. La seule source de lumière provenait de la lampe Tiffany posée sur la table de nuit. Cette chambre était celle qu'elle occupait dans le manoir de Xavier Bentler. Xavier qui était assis à son chevet et lui tenait gentiment la main. Sa peau était ridée et parsemée de taches de vieillesse mais sa poigne était étonnamment ferme pour un homme de quatre-vingt-six ans.

Elle était censée être son infirmière. Au lieu de quoi, c'était lui qui jouait les infirmiers auprès d'elle.

— Cole…

Sa voix était rocailleuse, méconnaissable. Combien de temps avait-elle dormi ?

— Il n'est pas loin, dit Xavier. Je vais aller le chercher, si vous voulez.

Mais elle refusa de lâcher sa main.

— Non, ce n'est pas la peine, murmura-t-elle.

Elle voulait juste s'assurer que Cole allait bien.

— Est-ce que… je l'ai touché ? bredouilla-t-elle.

Xavier se mit à rire.

— C'était votre intention ?

Elle secoua la tête.

— Alors vous n'avez rien à craindre, lui assura-t-il en lui tapotant la main. Il a fait un bond de côté pour éviter la limousine. Cole a d'excellents réflexes, vous savez. Sinon, il ne serait jamais revenu vivant de toutes ces missions périlleuses auxquelles il a participé.

S'il était revenu, ce n'était sûrement pas pour elle, en tout cas. Personne ne l'aurait jamais revu si Xavier n'avait pas fait appel à la Payne Protection Agency et ne l'avait obligé à revenir.

Le grincement de la porte la tira de ses sombres réflexions.

— Elle s'est réveillée ? demanda une voix bien timbrée.

Ce n'était pas Cole, mais un de ses collègues. Un grand brun aux yeux d'un bleu surnaturel. Elle l'avait vu avec Cole et les autres agents, à l'église.

— Oui, absolument, répondit-elle.

— Je suis Cooper Payne.

— Il dirige l'agence de sécurité que j'ai engagée pour vous protéger, expliqua Xavier. Je ne vous félicite pas, Payne, ajouta-t-il d'un ton sévère. Nous avons failli les perdre, elle et Astin.

— Comment va-t-il ? demanda précipitamment Shawna en repensant au chauffeur gisant inanimé sur le sol du garage.

Elle s'était tellement inquiétée pour Cole qu'Astin lui était presque sorti de l'esprit.

— Ça va, répondit Xavier. Encore une chance qu'il ait la tête dure ! On va le garder un jour ou deux à l'hôpital, le temps de s'assurer qu'il n'a pas de commotion cérébrale et de soigner ses poumons.

Pas seulement ses poumons, songea Shawna. S'il avait

inhalé beaucoup de monoxyde de carbone, il pouvait souffrir d'insuffisance organique.

— Est-ce qu'on l'a mis dans un caisson hyperbare ?

— Dans un quoi ? demanda Xavier.

— Dans un caisson d'oxygène.

C'était ce qui était préconisé dans les cas les plus graves d'exposition au monoxyde de carbone. Astin avait passé plus de temps qu'elle dans le garage. C'était sans doute là que l'avait surpris la personne qui avait tenté de les assassiner.

— Oui, oui, confirma Xavier. C'est bien ce qu'on a fait.

Puis, comme pour s'en convaincre lui-même, il ajouta :

— Il devrait s'en sortir sans dommages.

Il fallait l'espérer, mais rien n'était moins sûr. Le monoxyde de carbone avait pu occasionner des lésions cérébrales ou des problèmes cardiaques. En tant qu'infirmière urgentiste, elle avait vu de nombreux cas similaires. Il s'en était fallu de peu, songea-t-elle en frissonnant, qu'elle-même ne soit gravement intoxiquée.

— Mais s'il n'a toujours pas repris connaissance, commença-t-elle.

Cooper Payne l'interrompit.

— Il vient de se réveiller, annonça-t-il.

Xavier poussa un énorme soupir de soulagement.

— L'un de mes hommes, en faction à l'hôpital, a même pu lui parler lorsqu'il est revenu à lui, continua Cooper. Astin n'a pas vu celui ou celle qui l'a frappé.

Tout en parlant, il dévisageait Shawna d'un air suspicieux.

Il n'était pas le seul à la soupçonner. À côté de Cole, qui n'avait pas encore ouvert la bouche, se tenait un autre agent, un brun aux yeux marron, dont le regard exprimait la méfiance et même l'hostilité.

Elle l'avait déjà rencontré – lorsque Cole lui avait

présenté quelques-uns de ses compagnons d'arme. Un certain Manny, si ses souvenirs étaient bons…

Mais peu importait son nom, décida-t-elle en renonçant à sonder sa mémoire plus avant car elle avait terriblement mal à la tête. Ce qu'elle aurait surtout voulu savoir, c'était pourquoi il la fixait de cet air mauvais.

— Je… n'ai pas vu non plus qui l'a frappé, dit-elle. C'est en essayant de sortir du garage que je l'ai trouvé, évanoui par terre.

— Tu essayais de sortir du garage, dit Cole, sortant enfin de son silence mais semblant s'adresser à ses collègues plutôt qu'à elle.

— Oui, évidemment, répondit Shawna avant de se mettre à tousser.

— Elle a besoin de repos, déclara Xavier avec autorité. Pas question de l'interroger maintenant.

— Nous ne sommes pas les seuls à vouloir lui poser quelques questions, dit Payne. La police aussi va souhaiter l'interroger sur ce qui s'est passé. Et nous ne pouvons la protéger si nous ignorons de quoi il retourne vraiment.

Elle grimaça car sa migraine s'accentuait. Elle avait l'impression d'avoir reçu un coup sur la tête, comme Astin.

— Elle souffre, fit remarquer Cole. Grand-père a raison. Nous ne pouvons pas l'interroger maintenant.

L'un de ses collègues – le dénommé Manny – ricana.

— Elle a failli t'écraser, et tu n'es pas plus pressé que ça d'avoir des explications ?

Shawna regarda Cole.

— Je ne voulais pas t'écraser. J'essayais juste de sortir de ce maudit garage.

— D'après le médecin, vous êtes sortie juste à temps, dit Xavier. En défonçant la porte, vous avez probablement sauvé aussi la vie d'Astin.

Si le chauffeur finissait par décéder, elle se sentirait responsable de sa mort. Et si elle avait écrasé Cole…

— Tu es sûr que tu n'as rien ? lui demanda-t-elle. Je t'ai vu valser dans les airs.

— J'ai bondi de côté pour éviter la voiture. Tu ne m'as pas touché.

— Était-ce votre intention ? demanda Manny, mais pas du ton amusé qu'avait eu Xavier lorsqu'il lui avait posé la même question.

Elle en resta bouche bée.

Cole donna un coup dans l'épaule de son copain.

— Qu'est-ce qui te prend, Manny ?

— Après ce qu'elle t'a fait, comment peux-tu encore lui faire confiance ?

Shawna crut que son cœur allait se décrocher. Avaient-ils deviné que Maisy était la fille de Cole ? Connaissaient-ils son secret ? Si c'était le cas, il était normal qu'ils lui en veuillent et ne lui fassent plus confiance.

Elle dévisagea Cole à nouveau mais ne décela dans son expression aucune trace de ressentiment. S'il avait été au courant, il l'aurait détestée de lui avoir caché la vérité. C'était donc à autre chose que Manny faisait allusion.

— Que voulez-vous dire ? demanda-t-elle en se tournant vers lui.

Bien sûr, Manny devait lui en vouloir de s'être mariée si peu de temps après sa rupture avec Cole. Mais elle n'était pas à l'origine de cette rupture. C'était Cole qui avait voulu rompre, pas elle.

— J'ai trouvé le mot d'adieu dans votre ordinateur, dit Manny.

— Quoi ? Où est mon ordinateur ?

Machinalement, elle jeta un coup d'œil sur sa table de nuit.

— Entre les mains de notre expert en informatique. Je

l'ai trouvé dans la bibliothèque, à côté de l'urne contenant les cendres de feu votre mari.

Elle tressaillit en pensant à Emery. Cette journée qu'ils étaient censés lui consacrer, à commémorer sa mémoire, avait viré au cauchemar. Secouant la tête, elle voulut se lever mais Xavier l'en empêcha.

— Ce n'est pas moi qui l'ai mis là, affirma-t-elle.

— Je te l'avais dit, fit remarquer Cole. C'est un coup monté.

— Comment ça ?

Ni Cole ni Manny ne répondirent à sa question.

— Si elle avait voulu se suicider, continua Cole, elle n'aurait pas cherché à tout prix à sortir du garage.

— Me suicider ? Mais qu'est-ce que vous racontez ?

Xavier la rasséréna d'une petite tape sur le bras.

— Tout va bien, mon chou. Nous savons bien que vous n'avez pas tué Emery.

— Emery ?

Elle avait l'impression d'être dans un horrible cauchemar dont elle n'arrivait pas à émerger. Elle n'avait pas tué Emery mais il était mort par sa faute. Parce que quelqu'un cherchait manifestement à la faire passer de vie à trépas. Pourquoi ?

— Ce n'est pas vous qui avez écrit le mot d'adieu contenant des aveux que j'ai trouvé dans votre ordinateur ? demanda Manny.

Quel mot d'adieu ? Quels aveux ? Shawna n'y comprenait strictement rien et paniquait de plus en plus.

— Jamais de la vie ! J'aime trop ma fille pour faire une chose pareille.

Sous le coup de l'indignation, elle repoussa drap et couverture et sortit du lit. Juste à ce moment-là, la porte s'ouvrit, et Maisy entra en trombe dans la chambre et se jeta dans ses bras.

— Maman ! s'exclama la fillette, des traces de larmes sur les joues. Je suis si contente que tu ailles bien !

Shawna la serra contre elle avec emportement. Elle allait bien, oui, mais pour combien de temps ? Un meurtrier était à ses trousses. Il n'aurait de cesse de l'avoir tuée, elle le savait. Et même si elle n'avait rien d'une demoiselle en détresse, elle doutait de pouvoir longtemps encore le tenir en échec.

Nikki Payne secoua la tête.

— Je ne pense pas que ce soit elle qui ait écrit ce mot.

Le soulagement qui s'inscrivit sur les traits de Cole ne lui échappa pas. Ses épaules se redressèrent un peu, comme si un poids venait de lui être ôté. Partiellement, tout du moins. Car, à la tension de sa mâchoire, il était évident que son inquiétude n'avait pas totalement disparu.

— D'après moi, il a été écrit après seulement qu'elle a été enfermée dans le garage, continua Nikki. Et je pense comme Manny que la serrure de la porte de service a été trafiquée. Remplie de colle forte, apparemment.

— Et ça aussi, c'est impossible que ce soit elle qui l'ait fait, ajouta Cole.

Nikki semblait être de son avis. Manny, lui, pensait que Shawna pouvait avoir trafiqué la serrure et s'être glissée ensuite dans le garage par une des portes électriques qui aurait été ouverte à ce moment-là.

Sauf que l'électricité avait été coupée et qu'il aurait fallu qu'elle referme ladite porte à la main. Or ces portes étaient trop hautes et trop lourdes pour être manipulées par une femme de sa stature. Nikki, qui avait le même genre de physique, avait vérifié la théorie de Manny lorsqu'elle avait inspecté le garage, juste après leur départ pour l'hôpital.

Par chance, ce garage était immense. Si ça n'avait pas

été le cas, Shawna serait morte asphyxiée par le monoxyde de carbone. Nikki admirait la présence d'esprit de la jeune veuve qui avait tout fait pour échapper à ce sort cruel.

— Nous la cherchions partout, rappelle-toi, dit Nikki. Si elle était allée mettre son ordinateur dans la bibliothèque, nous l'aurions vue.

Cole acquiesça.

— Oui, probablement. Parce que comme je te l'ai dit, il n'y était pas un moment plus tôt. Sinon, je l'aurais remarqué.

— Il est évident que l'auteur du mot voulait la rendre responsable du meurtre de son mari et faire croire qu'elle s'était suicidée.

— Et qu'elle avait tué Astin, si jamais il n'en réchappe pas.

Le chauffeur se trouvait toujours dans un état critique. Lars avait pu lui parler, à l'hôpital, mais le médecin avait bien prévenu qu'il n'était pas encore tiré d'affaire.

— Dommage qu'il n'ait rien vu…

— Mais quelqu'un a forcément vu quelque chose, insista Cole. Le meurtrier était dans la maison. Peut-être même dans la bibliothèque…

Il jeta un coup d'œil à la porte close de la chambre, dans laquelle Shawna et sa fille étaient restées seules.

En voyant la peur jeter une ombre sur son visage, Nikki se demanda si c'était pour elles deux qu'il s'inquiétait, ou pour lui-même. Shawna avait déjà causé la mort d'un homme, et un autre se débattait entre la vie et la mort. Cole risquait sa vie, lui aussi.

À moins que ce ne soit pour son cœur qu'il se fasse du souci ?

6

Cole dévisagea tour à tour les membres de sa famille rassemblés dans la bibliothèque. Les uns, tels son beau-père et sa mère, semblaient inquiets. Les autres, comme ses cousins, faisaient la tête. Tandis que ses oncles, Ronald et Lawrence, avaient l'air indifférent à ce qui se passait autour d'eux.

Aucun d'eux ne lui parut suspect. Le coupable se trouvait pourtant parmi eux. La conversation qu'il venait d'avoir avec Nikki l'avait amené à cette conclusion. Un membre de sa famille avait attenté à la vie de Shawna, grièvement blessé Astin, et tué Emery Little.

L'urne funéraire trônait toujours sur la table mais personne n'y faisait attention. Comme si la vue de cette urne était dérangeante. Le coupable avait-il des remords ? se demanda Cole, sceptique. Si cela avait été le cas, il ne se serait pas donné tant de mal pour tenter de faire de Maisy une orpheline.

Que deviendrait la fillette si ses deux parents disparaissaient ? Des lycéens et des amis avaient assisté en nombre aux funérailles d'Emery, mais il n'y avait apparemment personne de sa famille. Personne susceptible de s'occuper de l'enfant. Et Shawna n'était pas mieux lotie. Compte tenu de la manière dont sa tante et ses cousins l'avaient traitée, il était peu probable qu'elle leur confie sa fille.

Cole était triste à l'idée que Maisy puisse se retrouver

seule au monde. Il la trouvait de plus en plus attachante. Pas étonnant, songea-t-il, que Shawna ait souhaité rentrer à la maison pour retrouver sa fille. Elle ne supportait pas d'en être séparée.

Et voilà maintenant que lui aussi éprouvait le besoin de la protéger. Sans un mot, il s'éclipsa de la bibliothèque et monta à l'étage.

Nikki montait la garde devant la chambre de Shawna. Elle n'avait pas la force musculaire de ses collègues mâles mais elle avait montré par le passé qu'en cas de besoin elle pouvait être aussi efficace qu'eux.

Cole n'était pas totalement rassuré, cependant. Il sentait confusément que Shawna et sa fille n'étaient pas en sécurité au manoir, dans cette famille dont il se méfiait comme de la peste. Il devait essayer de convaincre Shawna de partir.

Qu'était-elle donc venue faire dans ce guêpier ?

Lorsqu'il poussa la porte de la chambre, il eut la réponse à sa question. Son grand-père. Assis au chevet de Shawna, le vieil homme lisait une histoire à Maisy. De toute évidence, une vraie complicité existait entre eux trois.

Ce constat ne manqua pas d'interpeller Cole qui, perplexe, se mit à dévisager l'enfant. Et si elle était de lui ?

Non, n'importe quoi ! Maisy était trop jeune pour être sa fille. Shawna lui avait laissé entendre qu'elle était née plus d'un an après leur rupture. Après la dernière fois où ils avaient fait l'amour…

Le souvenir de cette dernière fois, si intense, suscita en lui un certain émoi.

Il avait voulu que cette dernière fois soit mémorable et s'était appliqué à rendre chaque baiser et chaque caresse inoubliables.

— Coucou, Cole ! dit Maisy lorsqu'elle s'aperçut de sa présence. Tu es venu garder maman ?

Il acquiesça, bien qu'il ne soit pas certain que Shawna soit d'accord pour qu'il reste son garde du corps. Avant l'incident du garage, en tout cas, elle ne l'était pas.

Mais contre toute attente, elle ne protesta pas.

— Il est tard, dit-elle à Maisy. Tu devrais déjà être couchée. Va vite te brosser les dents et enfiler ton pyjama. Je viendrai te mettre au lit.

— Je préfère rester avec toi, déclara la fillette.

— Il faut que je parle à Cole, mais je n'en ai pas pour longtemps. Je te rejoins dans deux minutes.

— Je viens avec toi, si tu veux, proposa le grand-père de Cole en se levant lestement, la petite fille dans ses bras.

À son âge, où puisait-il toute cette énergie ? se demanda Cole, à la fois admiratif et agacé. En passant devant lui, Xavier lui pressa l'épaule. Son visage sembla à Cole bien plus marqué que d'habitude. Le vieil homme était inquiet. Avait-il compris, lui aussi, qu'un des membres de leur famille était un tueur sans pitié ?

Cole attendit cependant qu'il ait refermé la porte pour faire part de ses soupçons à Shawna.

— Tu ne devrais pas être ici, dit-il.

— Le médecin m'a laissée sortir.

— Je sais. Tu étais tellement pressée de rentrer. Mais ce n'est pas le problème. Ce que je veux dire, Shawna, c'est qu'ici, au manoir, tu es en danger.

Elle se raidit et ouvrit de grands yeux apeurés.

— Qu'est-ce que tu racontes ?

— Que tu as failli te faire tuer, répondit Cole. Que tu as été victime d'un coup monté censé faire croire que tu as tué ton mari et tenté de te suicider.

Elle haussa les épaules.

— C'est ridicule.

— Rester ici est bien trop dangereux. Il faut que vous partiez, Maisy et toi, insista Cole.

— Pour aller où ? La maison… Ma maison n'est plus habitable depuis l'explosion, répliqua-t-elle, la voix brisée.

Il s'avança vers le lit et s'assit dans le fauteuil que Xavier avait quitté quelques instants plus tôt. Mais contrairement à son grand-père, il ne prit pas la main de Shawna dans la sienne. Il n'osait pas. Parce que son cœur battait déjà comme un tambour. Parce qu'il avait peur pour elle et pour Maisy. Mais aussi pour lui-même. Parce qu'il se sentait vulnérable.

Jamais elle ne lui avait paru aussi fragile que dans ce grand lit blanc. Son teint de porcelaine semblait encore plus pâle que d'habitude en dehors des grands cernes qui cerclaient ses yeux marron foncé.

— Il est hors de question que tu retournes chez toi. Mais tu ne peux pas non plus rester ici. Tu n'y es pas en sécurité.

Clignant les paupières, elle luttait vaillamment contre les larmes. Shawna n'allait pas s'effondrer, il le savait. C'était une battante. Elle l'avait prouvé aujourd'hui, quand elle avait réussi à s'extraire du garage saturé de monoxyde de carbone.

La protéger n'allait pas être facile, mais il se promettait de s'y atteler plus sérieusement qu'il ne l'avait fait jusque-là.

— Je suis désolé, murmura-t-il. Je ne voulais pas te faire de la peine. J'ai été engagé pour te protéger. Pas pour te faire du mal.

Ce dont il ne se rendait pas compte, c'était que par sa seule présence il lui faisait du mal. Beaucoup de mal. Elle regrettait les années qu'ils avaient perdues. Il lui avait tellement manqué…

Ses mains, sa bouche, son corps avaient créé en elle un manque que rien ni personne n'avait pu combler. Et son cœur saignait encore de la blessure qu'il lui avait infligée. Jamais plus elle ne pourrait lui faire confiance. Elle devait garder ses distances, coûte que coûte, pour éviter de souffrir à nouveau. Elle ne voulait pas revivre l'enfer qu'il lui avait fait subir six ans plus tôt en la quittant.

Forte de cette résolution, elle s'écarta de lui, s'adossant à la tête de lit.

— Je t'ai déjà dit que je ne voulais pas de ta protection.

Elle était sûre d'elle, même si, quand elle s'était retrouvée coincée dans le garage, au bord de l'asphyxie, elle avait regretté de l'avoir envoyé promener.

— Tu en as pourtant grand besoin, tu ne peux le nier, rétorqua-t-il d'une voix dans laquelle filtrait son exaspération.

— Je le reconnais, admit-elle. Mais c'est toi que je ne veux pas.

Menteuse ! protesta son cœur avec la dernière énergie. Mais elle préféra l'ignorer.

— Je veux voir ton patron, dit-elle.

Quand Cooper Payne était passé la voir à l'hôpital, elle aurait dû lui dire qu'elle voulait un autre garde du corps. Mais elle avait été désarçonnée par les questions que lui et Manny lui avaient posées, par leur suspicion à son égard. Le seul à avoir cru à son innocence était Cole.

En cas de danger, comment les autres pourraient-ils la protéger efficacement s'ils la croyaient coupable ? Or en danger, elle l'était bel et bien. L'épisode du garage venait encore de le lui montrer, après l'explosion de sa voiture qui avait coûté la vie à son mari.

— Plus que mon patron, Cooper est mon ami, expliqua Cole. Si j'insiste pour être ton garde du corps, il n'accédera pas à ta requête.

— Ah bon ? Et si c'est Xavier qui le demande ? Ton ami a accepté cette mission alors qu'il savait très bien que ce serait difficile pour toi. Et aussi pour moi.

Cole soupira.

— C'est possible. Mais il a eu raison d'accepter. Parce qu'indépendamment de ce qu'il s'est passé entre nous il y a six ans, je ne veux pas qu'il t'arrive malheur.

Lorsqu'il lui caressa la joue du bout de l'index, elle sentit de nouveau ces fichues larmes lui monter aux yeux. Sans doute un effet secondaire du monoxyde de carbone. Ou l'épuisement, tout simplement.

— C'est pourquoi il faut que tu partes d'ici, continua Cole.

Elle n'avait nulle part où aller. Jamais elle ne remettrait les pieds chez sa tante et ses cousins. Ils lui en avaient trop fait baver.

— Pourquoi tiens-tu tellement à ce que je m'en aille ?

Était-ce parce qu'il avait rompu avec elle qu'il préférait qu'elle s'éloigne de sa famille ? Elle ne s'y sentait pas particulièrement la bienvenue mais Xavier avait besoin d'elle, et elle n'avait jamais rien su lui refuser.

— Parce que ici tu n'es pas en sécurité. Après ce qu'il s'est passé, tu devrais pourtant l'avoir compris. C'est l'un d'eux qui a fait le coup.

Shawna se demanda si son cerveau ne souffrait pas de quelque lésion suite à son intoxication, parce qu'elle ne comprenait rien à ce que lui racontait Cole.

— L'un d'eux ? Mais de qui parles-tu ?

— De ma famille, répondit-il d'une voix rauque.

Elle secoua la tête.

— Pourquoi dis-tu cela ?

Malgré ce que ses proches lui avaient fait, il avait visiblement du mal à considérer que l'un d'eux pouvait être un assassin.

— Parce que la tentative de meurtre a eu lieu ici.

— Pendant une commémoration à laquelle assistait la moitié de la ville, fit-elle remarquer.

Il exhala un petit soupir.

— C'est vrai.

En le voyant si tourmenté, elle ne put s'empêcher de lui caresser la joue. Le contact de sa barbe naissante lui donna la chair de poule. Troublée, elle en oublia ce qu'elle voulait lui dire.

Il posa sa main sur celle de Shawna, qu'il pressa contre sa joue. Fixés sur elle, ses yeux bleus prirent une teinte plus sombre. Puis il se pencha vers elle.

Une douce chaleur se répandit dans le cœur de Shawna. Elle se sentait fondre, incapable de résister à l'attirance que Cole exerçait sur elle. Il était si beau, si séduisant que la partie était perdue d'avance.

Elle ferma les paupières lorsque les lèvres de Cole effleurèrent les siennes. Brusquement, il repoussa la main qu'elle avait posée sur sa joue et s'écarta. Sans la sensation de chaleur sur ses lèvres, elle aurait pu croire que ce baiser n'avait jamais existé. Qu'elle l'avait rêvé. Rouvrant les yeux, elle vit que Cole se tenait près de la porte, une main sur la crosse du pistolet qui sortait de son holster.

La porte s'ouvrit à la volée, et Maisy fit irruption dans la chambre et se jeta sur le lit, à côté d'elle. En un tournemain, Cole rengaina son arme. Un peu plus et il tuait sa propre fille, songea Shawna, le cœur battant. Il fallait absolument qu'elle le mette au courant. Au cas où il lui arriverait malheur, elle ne voulait pas que Maisy se retrouve seule, orpheline, et vive ce qu'elle-même avait vécu enfant.

Maisy avait un père.

Mais Cole tourna les talons et sortit. Avant que la

porte ne se referme, elle le vit parler à une jeune femme aux cheveux frisés, dans le couloir.

Cette femme faisait-elle partie de l'équipe ? Shawna l'avait aperçue, à l'église. Était-elle une simple collègue ? Ou y avait-il autre chose entre Cole et elle ?

Une pointe de jalousie la transperça. Elle fut consternée par sa réaction, qu'elle jugeait totalement inappropriée dans la mesure où elle avait épousé un autre homme, même s'il s'agissait d'un mariage blanc. Cole avait été son seul et unique amant, le seul homme qu'elle ait jamais désiré.

— Où est allé Cole ? demanda Maisy en se pelotonnant contre elle.

— Je n'en sais rien, ma chérie.

— Ton garde du corps, ce n'est pas lui, finalement, mais Miss Nikki.

Miss Nikki ? La petite brune était garde du corps ?

Shawna réprima un ricanement. Elle se garda bien cependant de détromper sa fille qui la croyait en sécurité.

Elle savait, elle, que sa vie était menacée.

Et que son cœur risquait gros, lui aussi.

Manny n'avait pratiquement pas de famille, ou tout du moins de famille qui ne soit pas derrière les barreaux. Aussi appréciait-il celle de Cole plus que Cole ne semblait lui-même l'apprécier. Son grand-père mis à part, Cole les ignorait tous royalement.

Le vieux était un sacré bonhomme, d'après ce qu'on avait raconté à Manny. Il n'y avait pas plus manipulateur que lui. Il avait fait des pieds et des mains pour que Cole revienne au manoir. Pour quelles raisons ?

Pour protéger Shawna ? Ou pour essayer de les réconcilier, Cole et elle ?

Manny ne savait pas trop quoi penser de la jeune veuve.

Certes, Nikki avait démontré avec brio que Shawna n'avait pas pu tenter de se suicider ou de tuer le chauffeur. Mais rien ne prouvait qu'elle n'ait pas assassiné son mari.

Il contempla l'urne contenant les cendres du pauvre bougre. Aux yeux de tous, Emery Little était une victime collatérale. Et si, en réalité, la bombe lui était destinée ?

Fabriquer une bombe artisanale était presque à la portée de tout le monde. Au cours de ses missions dans l'armée, il en avait fait maintes fois l'amère expérience.

Il fit part de ses réflexions à Cole qui, comme il fallait s'y attendre, se hérissa.

— Mais bon sang, qu'est-ce qu'elle t'a fait ? Pourquoi as-tu une aussi mauvaise opinion d'elle ?

— Je cherche seulement à te protéger, répondit Manny en toute franchise.

Cole ricana.

— Je me suis trouvé dans des situations bien plus périlleuses que celle-là. Et toi aussi, il me semble.

Manny se relevait tout juste des suites d'une aventure sentimentale qui avait failli très mal tourner pour lui.

D'où sa crainte que Shawna ne brise à nouveau le cœur de Cole.

— Aussi dangereuses soient-elles, les missions auxquelles nous avons participé ne t'ont jamais autant affecté qu'elle, fit remarquer Manny. Personne ne t'a fait autant de mal qu'elle.

Cole secoua la tête.

— C'est moi qui ai rompu nos fiançailles.

— Mais c'est elle qui t'a brisé le cœur.

Cole ne trouva rien à répondre à cela. Il regardait fixement l'urne, comme si Emery Little pouvait lui être d'un quelconque secours. Shawna lui avait fait du mal, à lui aussi. Que ce soit sciemment ou sans le vouloir.

Manny voulait mettre en garde son ami. Mais il hésitait

à lui faire part de ce qu'il avait appris de la bouche même des membres de sa famille. Car de deux choses l'une : ou ces révélations l'inciteraient à se méfier de Shawna, ou au contraire, le pousseraient-elles à nouveau dans ses rets.

— J'ai discuté avec plusieurs membres de ta famille.

— Oui, je sais. Je t'ai vu en grande conversation avec eux, tout à l'heure. Je ne m'attendais d'ailleurs pas à te trouver seul dans la bibliothèque.

— Ils sont tous au salon. À moins qu'ils ne soient montés se coucher, expliqua Manny, qui songea que le manoir devait compter de très nombreuses chambres. Et sans doute presque autant de salles de bains.

Après avoir vécu dans un endroit aussi somptueux, comment Cole pouvait-il se contenter du petit appartement mansardé que Manny et lui partageaient ?

— D'après ce que m'ont dit tes cousins et aussi ta mère, la petite Maisy serait ta fille, lâcha Manny tout de go.

Cole ricana.

— Tiens, tiens ! Je ne m'attendais pas à ce qu'ils soient prêts à partager l'héritage avec un autre Bentler.

— Cette perspective n'a pas l'air de les enchanter, je te l'accorde. Mais ta mère et ton beau-père sont ravis d'avoir une petite-fille.

— Sauf qu'elle n'est pas leur petite-fille ! répliqua Cole.

Manny lui montra le portrait encadré posé près de l'urne.

— Il avait les yeux marron, comme Shawna, alors que la petite, elle…

Cole prit une grande inspiration, visiblement excédé.

Manny se tint sur ses gardes car il savait que ses collègues n'hésitaient pas à sortir les poings quand ils étaient poussés à bout.

— Maisy a tes yeux, continua-t-il.

Contre toute attente, Cole ne lui sauta pas dessus. Il ne

laissa même pas échapper un juron. Tournant les talons, il le planta là sans un mot et sortit de la bibliothèque. Il était hors de lui, cela ne faisait pas l'ombre d'un doute, mais ce n'était pas à Manny qu'il en voulait.

C'était à la femme qui lui avait brisé le cœur et qui l'avait privé de sa fille pendant cinq ans.

Manny culpabilisait un peu d'avoir craché le morceau. Ça l'embêtait d'avoir semé la zizanie mais c'était par amitié pour Cole qu'il avait agi. Il voulait le mettre en garde contre cette femme qui l'avait déjà tant fait souffrir et qui risquait de recommencer.

Manny n'était évidemment pas le seul à chercher à empêcher Shawna Rolfe-Little de nuire à quiconque. Mais même si elle s'était mal conduite avec Cole, elle ne méritait pas de mourir.

Avec un soupir las, il sortit son téléphone de sa poche et appela la femme qu'il aimait.

— Qu'est-ce qui ne va pas ? demanda-t-elle dès qu'elle entendit sa voix.

Rien ne lui échappait ; elle le connaissait si bien.

— Je crois que je viens de faire une énorme bourde, lui confia-t-il.

Il savait que Teddie ne le blâmerait pas pour sa maladresse. Elle n'ignorait pas que bien qu'il lui arrive de parler trop vite ou de commettre des erreurs de jugement, il était la bonté incarnée.

— Je m'inquiète beaucoup pour Cole, ajouta-t-il.

— J'ai vu aux infos qu'il s'était passé quelque chose au manoir. Que deux personnes avaient dû être hospitalisées.

Manny s'en voulut de ne pas l'avoir appelée plus tôt.

— Je vais bien, ne t'en fais pas.

— Cole est blessé ?

— Non. Toute l'équipe est saine et sauve, et la personne que nous sommes censés protéger n'a rien non plus.

— Tant mieux. Mais je t'en conjure, Manny, fais attention à toi.

L'amour qui filtrait dans la voix de Teddie lui mit du baume au cœur. Il mesurait la chance qu'il avait d'être chéri par la femme de ses rêves et souhaitait à Cole de connaître à son tour, enfin, un bonheur comparable au sien ou à celui des autres membres de l'équipe. Mais Manny craignait que cette mission ne détruise son ami, au propre ou au figuré.

7

Poursuivi par ce fichu portrait d'Emery Little, Cole sortit précipitamment de la bibliothèque. Manny avait raison : le défunt avait les yeux marron. Comme Shawna.

Or Maisy avait les yeux bleus. Ce détail ne lui avait pas échappé, bien sûr, et n'avait évidemment pas manqué d'éveiller ses soupçons. Mais Shawna avait mentionné l'âge de sa fille, lui prouvant ainsi qu'il se trompait. Cole avait alors supposé qu'Emery avait lui aussi les yeux bleus.

Mais ce n'était pas le cas.

Autant qu'il le sache, des parents aux yeux marron ne pouvaient pas avoir un enfant aux yeux bleus. Ce qui était sûr, en tout cas, c'était que les yeux de Maisy étaient du même bleu que les siens. Et que ceux de son père. Et que ceux de son grand-père.

Cette enfant avait les yeux des Bentley.

Comme il ne regardait pas où il allait, Cole percuta sa mère et faillit la faire tomber. Il la rattrapa de justesse.

Elle lui décocha un pauvre sourire malgré les larmes qui dégoulinaient sur ses joues. Avec ses longs cheveux blonds et son teint de pêche, elle semblait bien trop jeune pour être sa mère. C'est à l'occasion d'un stage en entreprise que Tiffani, encore étudiante, avait fait la connaissance de son père. Un jour où elle avait bu plus que de raison – ce qui lui arrivait plus souvent qu'à son tour – elle avait reconnu que cette rencontre n'avait rien de fortuit. Tant s'en fallait. Elle avait tout combiné et ne s'en était pas cachée, expliquant qu'elle avait décidé très jeune que gagner sa vie ne l'intéressait pas et qu'elle préférait épouser un homme riche.

Sa franchise avait sonné le glas de son mariage et, plus tard, incité Cole à choisir son camp. Mais Tiffani restait sa mère, malgré tout. S'il n'approuvait pas son style de vie, il avait toujours de l'affection pour elle.

— Qu'est-ce qu'il t'arrive ? demanda-t-il. Tu pleures ?

Elle secoua la tête.

— Ce n'est rien, assura-t-elle en séchant ses larmes d'un revers de main, au mépris de son maquillage toujours impeccable. Mais avec tous ces événements, la journée a été un peu éprouvante.

— Tu étais si proche que ça d'Emery Little ?

— Non, pas du tout. Je pensais plutôt à Shawna, que nous avons bien failli perdre aussi.

Contrairement à sa mère, Cole ne considérait plus Shawna comme faisant partie de la famille. Il l'en avait exclue six ans plus tôt. Était-ce la raison pour laquelle elle ne lui avait pas dit pour Maisy ? Lui en voulait-elle à ce point d'avoir rompu ?

— Et à notre pauvre Astin, continua sa mère, des trémolos dans la voix.

Notre ? releva Cole, à part lui. Son père était mort depuis longtemps mais sa mère, bien que remariée, vivait toujours aux crochets de son grand-père.

À sa décharge, il fallait bien reconnaître qu'après son divorce elle s'était retrouvée sans un sou, le père de Cole ayant décidé de ne rien lui laisser lorsqu'il avait appris qu'elle s'était fait mettre enceinte juste pour l'obliger à l'épouser. À la mort de son père, Cole avait hérité de toute sa fortune.

Sans doute son grand-père avait-il pitié de Tiffani,

pour les laisser, elle et Jeff, habiter sous son toit. Dans la mesure où les autres membres de la famille vivaient déjà à ses crochets, un couple de plus ne changeait pas grand-chose.

Il n'avait rien dit mais comme si elle avait lu dans ses pensées, sa mère, visiblement contrariée, s'écarta de lui.

— Qu'est-ce que tu peux ressembler à ton père ! déplora-t-elle. Tu as l'esprit aussi étriqué que lui.

Sur ce, elle fit volte-face et se dirigea vers l'escalier. Où filait-elle à cette allure décidée ? se demanda Cole. Retournait-elle à la bibliothèque ?

Comme elle n'était pas du genre à lire, il supposa qu'elle cherchait Manny, avec qui elle avait déjà pas mal discuté. C'était elle, entre autres, qui avait dû cafeter pour Maisy. Même si elle n'était probablement sûre de rien. Car seule Shawna savait si, oui ou non, il était le père de la petite.

Après ce qu'il s'était passé entre Shawna et lui tout à l'heure, Cole préférait garder ses distances. Il avait suffi d'un petit baiser de rien du tout pour le chambouler et réactiver le désir qu'il éprouvait pour elle. Un désir qui, il le savait, resterait inassouvi.

Plus rien n'était possible entre eux. À cause du mal qu'ils s'étaient fait l'un à l'autre, à cause de la rancune qu'ils en gardaient, à cause de la mort récente d'Emery Little.

À quel point Shawna avait-elle aimé son mari ?

Il n'en avait pas la moindre idée mais, ce qu'il savait, c'était qu'elle s'était laissé embrasser sans protester, qu'elle lui avait abandonné ses lèvres, avide de laisser s'épanouir le désir incandescent qu'ils avaient toujours ressenti l'un pour l'autre.

Fragilisée par la tentative de meurtre dont elle avait été victime, elle n'était pas en état de répondre à ses questions, mais Cole savait qu'une autre personne pourrait sans doute le renseigner. Une personne qui était depuis longtemps dans les confidences de Shawna.

Il traversa le hall au sol dallé de marbre et poussa les lourdes portes du petit salon pour se rendre dans la pièce attenante.

Le bureau de son grand-père. Cole était sûr que le vieil homme ne serait pas encore couché. Malgré son âge et sa crise cardiaque, ce n'était pas un gros dormeur. Comme il l'avait expliqué à son médecin, il aurait tout le temps de se reposer plus tard, quand il ne serait plus de ce monde.

La fumée qui s'échappait de sous la porte attestait de la présence de Xavier dans son bureau. Lorsqu'il entra dans la pièce, Cole fut assailli par l'odeur douceâtre de ses coûteux havanes.

Surpris en flagrant délit, Xavier sursauta et fourra son mégot de cigare dans le verre de scotch qu'il avait à la main.

— Bon sang, mon garçon, tu m'as fait une de ces peurs ! Pense à frapper, la prochaine fois, maugréa-t-il.

Mais lorsqu'il vit la tête de Cole, il demanda :

— Qu'est-ce qui ne va pas ?

— Je compte sur toi pour me le dire, répliqua Cole. Maisy est-elle ma fille ?

Se carrant dans son énorme fauteuil de cuir en gloussant, son grand-père botta en touche.

— Qu'est-ce que j'en sais, moi ?

— Allons, arrête un peu ton cinéma ! Tu es toujours au courant de tout, c'est bien connu.

Cole avait toujours pris conseil auprès de son grand-père, qu'il savait être un homme très avisé. Lorsqu'il avait rompu ses fiançailles, cependant, il s'était bien gardé de le consulter. Il savait que Xavier aurait tenté de le faire changer d'avis. Le vieil homme connaissait Shawna depuis qu'elle était enfant et il avait toujours eu un faible pour elle.

— Si seulement ça pouvait être vrai !

Frappant du poing sur son bureau, ce qui eut pour effet de faire sauter le mégot de cigare dans le verre, le vieil homme ajouta :

— Tu penses bien que si j'étais au courant de tout, je saurais qui cherche à attenter à la vie de la chère petite.

— Si elle t'est si chère que ça, c'est peut-être parce qu'elle t'a donné une arrière-petite-fille, non ?

Xavier haussa les épaules.

— Je te répète que je n'en sais rien. Mais si Shawna était enceinte de toi lorsque tu l'as quittée, il est normal qu'elle ait préféré ne rien te dire – sachant ce qu'il s'était passé entre ton père et ta mère. Il faut dire que tu ressembles tellement à ton père !

Cole tressaillit. Sa mère lui avait dit la même chose mais venant de son grand-père, ces paroles faisaient bien plus mal.

— Comment cela ? demanda-t-il.

— Il était têtu comme une mule, dit Xavier. Et lui aussi se croyait indestructible.

— J'ai peut-être été comme ça, à une époque. Mais la vie s'est chargée de me faire perdre mes illusions.

Lorsqu'il était entré dans les *marines*, Cole était persuadé qu'il ne pouvait rien lui arriver. Il avait fallu qu'il frôle la mort plusieurs fois et perde nombre de ses amis, pour se rendre compte qu'il se trompait.

Son grand-père le dévisagea un long moment avant d'acquiescer d'un hochement de tête.

— Je veux savoir, insista Cole. Maisy est-elle ma fille ?

— Le plus simple est d'interroger sa mère. Parle-lui

en et tu seras fixé. Je te rappelle d'ailleurs que tu es censé la protéger. Pourquoi n'es-tu pas auprès d'elle ?

— Nikki Payne a pris la relève.

— Nikki ? Ce petit bout de femme ? se gaussa Xavier.

— Ne t'avise pas de dire ça devant elle parce qu'elle pourrait bien te botter le train. Nikki est l'un des meilleurs gardes du corps de l'agence.

Si elle n'avait pas été compétente, Cole ne lui aurait jamais confié la garde de Shawna et de sa fille.

Ou peut-être devrait-il dire de leur fille ?

— Peu importe, répliqua Xavier. C'est toi, et personne d'autre, qui est chargé de protéger Shawna et Maisy.

— Pourquoi moi spécifiquement ?

Parce que Maisy était sa fille ?

Xavier avait le regard fuyant, ce qui conforta Cole dans l'idée qu'il savait ce qu'il en était.

— Parce que tu es le meilleur, voilà pourquoi !

Cole se mit à rire. Sur quoi Xavier se fondait-il pour affirmer une chose pareille ? Cole débutait dans le métier.

— Qu'est-ce que tu en sais ?

— En tout cas, tu es le meilleur pour les protéger, précisa Xavier.

Le cœur de Cole manqua un battement. Était-ce une façon de lui dire, sans le lui dire vraiment, qu'il était bien le père de la petite ?

Il se sentit soudain démuni face aux responsabilités qui lui incombaient en tant que père. Il manquait cruellement de modèles dont il aurait pu s'inspirer. Son père avait épousé sa mère parce qu'elle était enceinte de lui mais il ne l'avait jamais aimée. Et réciproquement.

Quant à son grand-père, il s'était marié trois fois – chacune de ses épouses lui ayant donné un fils. Il avait divorcé des deux premières et était veuf de la troisième.

Dans sa famille, le bonheur conjugal se faisait plutôt

rare, aussi Cole s'étonnait-il d'avoir eu cette idée saugrenue, un jour, de demander Shawna en mariage. Les Bentler ne faisaient pas de bons époux et, comme parents, ils ne valaient guère mieux. Cole en savait quelque chose. Son père avait été si occupé à gagner de l'argent et à brûler la chandelle par les deux bouts qu'il ne s'était jamais beaucoup occupé de lui. Et son grand-père avait entretenu ses enfants au lieu de les rendre autonomes.

Cole pouvait heureusement prendre exemple sur ses amis, tous heureux en ménage, du moins pour ceux qui étaient mariés. Cooper était même père de famille. Il faisait un papa formidable mais, avec la mère qu'il avait, ce n'était pas tellement étonnant.

Mais avant de s'inquiéter sur ses facultés à être ou non un bon père, Cole devait s'assurer qu'il était bien père.

Shawna avait sa fille avec elle, dans son lit. Il ne pouvait donc pas aller lui parler maintenant. Mais cela valait peut-être mieux ainsi. Car s'il découvrait qu'elle lui avait caché l'existence de sa fille…

Il s'en voulait encore pour toutes les horreurs qu'il lui avait dites lorsqu'il avait rompu leurs fiançailles, mais si elle lui avait fait une chose pareille, il n'était pas sûr de garder son sang-froid. Et de ne pas à nouveau lui faire du mal.

Le frisson qui lui parcourut l'échine la tira de son sommeil. Mais Shawna ne dormait pas profondément. Elle avait du mal à se détendre, à ne pas ressasser ce qui était arrivé à Emery, et ce qui s'était passé dans le garage, où Astin et elle avaient bien failli perdre la vie, eux aussi.

Sans parler de Cole, qu'elle avait été à deux doigts d'écraser. Et dire qu'il aurait pu disparaître sans savoir qu'il avait une fille !

Machinalement, Shawna tâtonna dans le lit à côté

d'elle, mais Maisy, qui s'était endormie blottie contre elle, n'était plus là. D'où cette sensation de froid qui l'avait réveillée.

Sensation qui avait cependant une autre explication : un méchant courant d'air agitait les doubles-rideaux. Shawna avait entrouvert la fenêtre, avant de se coucher, mais étrangement, elle était à présent grande ouverte.

— Maisy ?

La fillette avait-elle regagné son lit ? Ou peut-être était-elle allée aux toilettes ?

Pourvu qu'elle ne soit pas barbouillée, après tout ce qu'elle avait bu et mangé aujourd'hui, songea Shawna, qui se sentait coupable de ne pas avoir bien surveillé sa fille.

Se dressant sur son séant, elle scruta les ténèbres. L'obscurité étant totale, elle ne voyait rien. Du moins jusqu'à ce qu'un coup de vent n'écarte les rideaux. À la faveur du clair de lune, elle distingua une silhouette près de son lit. Bien trop grande et trop massive pour être sa fille.

— Cole ?

Prenait-il sa mission à cœur au point de venir monter la garde au pied de son lit ?

— Cole, c'est toi ?

La peur s'empara de Shawna. D'une main tremblante, elle chercha sa lampe de chevet. Elle n'eut pas le temps de l'allumer : une poigne d'acier gantée de cuir enserra son bras tandis qu'on lui passait un nœud coulant autour du cou.

Elle essaya de s'en débarrasser mais il se resserrait déjà et lui meurtrissait le cou.

Elle voulut crier mais irritée par le monoxyde de carbone qu'elle avait inhalé dans le garage, sa gorge ne laissa pas passer le moindre son. Après avoir échappé de justesse à l'asphyxie, Shawna songea qu'elle allait mourir étranglée.

Nikki était furieuse. C'était décidément plus fort qu'elle : en dépit de ses résolutions les plus farouches, son instinct maternel prenait encore une fois le dessus. Elle aurait dû s'y attendre. Elle avait déjà craqué pour le neveu de Lars, avant même de savoir que Blue était un Ecklund. Avant d'en avoir la certitude, plutôt, car elle s'était tout de suite doutée qu'il était en réalité le fils de Lars.

Peut-être était-ce pour cela qu'elle s'était attachée à Blue – parce qu'elle s'était éprise de Lars. Qu'elle allait bientôt épouser, songea rêveusement Nikki en contemplant le diamant qui brillait à son doigt.

Et voilà maintenant qu'elle craquait pour Maisy Little dont la petite main serrait la sienne comme si elle ne voulait plus jamais la lâcher.

La fillette était sortie de la chambre de sa mère, quelques instants plus tôt, encore à moitié endormie et toute désorientée. Fixant Nikki sans la voir, elle n'avait rien dit, mais la jeune femme avait pensé que Maisy avait probablement envie de faire pipi. Alors elle l'avait accompagnée aux toilettes, au bout du couloir.

Après quoi, la fillette avait décrété qu'elle ne retournerait pas dans la chambre de sa mère et irait dormir dans la sienne qui était contiguë. Nikki n'avait pas cherché à discuter. Maisy semblait si fière de sa chambre, avec ses murs peints en rose et son mobilier pour enfants flambant neuf. Nikki l'avait bordée dans son ravissant lit à baldaquin et lui avait souhaité une bonne nuit. Mais Maisy lui avait pris la main et ne la lâchait plus.

— Rendors-toi vite, dit Nikki, qui devait retourner à son poste.

La fillette la fixait avec ses grands yeux bleus, des yeux si semblables à ceux de Cole que le doute n'était pas permis. Il était bien le seul à ne pas s'en être rendu compte.

— Que se passe-t-il ? demanda Nikki.

Que la petite soit nerveuse n'avait rien de très étonnant. Elle venait de perdre son père, ou tout du moins l'homme qui l'avait élevée. Et comme si cela ne suffisait pas, sa mère avait failli mourir asphyxiée.

— J'ai vu un monstre, confia la fillette, si bas que Nikki dut se pencher pour l'entendre.

— Un monstre ?

Elle avait dû faire un cauchemar.

— Et où était-il, ce monstre ?

Nikki ne pouvait pas lui dire que les monstres n'existaient pas. Elle en avait rencontrés trop souvent dans sa vie pour lui servir un tel mensonge. Mais elle pouvait regarder sous le lit et dans la penderie, histoire de la rassurer.

— Dans la chambre de maman, murmura Maisy, comme tétanisée par la peur.

À ces mots, Nikki paniqua. Elle avait laissé Shawna sans protection, seule avec un monstre.

8

Cole voulait en avoir le cœur net. Il était tard, et Shawna dormait peut-être déjà, mais il avait attendu six ans et n'attendrait pas une minute de plus.

Lorsqu'il arriva sur le palier de l'étage, il constata qu'il n'y avait pas de lumière et que personne ne montait la garde devant la chambre de Shawna.

Où donc était passée Nikki ?

Lars était à l'hôpital auprès d'Astin, tandis que Manny faisait des rondes au rez-de-chaussée et que Cooper et Dane patrouillaient à l'extérieur. Nikki était chargée de la garde rapprochée de Shawna. Peut-être était-elle entrée dans la chambre ?

Perplexe, Cole essaya d'ouvrir la porte. Elle était fermée à clé.

Il frappa.

— C'est Cole, ouvrez-moi !

Il y eut un grand fracas, comme si quelque chose était tombé par terre et s'était brisé en mille morceaux. Un objet en verre, apparemment. Puis Cole entendit un cri. Un cri étouffé. Il reconnut la voix de Shawna. Elle n'avait pas l'air d'être au mieux de sa forme et semblait effrayée.

Il recula de quelques pas pour prendre de l'élan. Puis il projeta son corps contre la porte. Le chambranle de bois céda avec un grand crac, et Cole se retrouva les quatre fers en l'air dans la pièce qui était plongée dans l'obscurité. Le halo de lumière provenant du couloir lui permit cependant de distinguer une silhouette penchée au-dessus du lit.

Mais il n'y voyait pas suffisamment pour tirer un coup de feu sans risquer de toucher Shawna ou Maisy. Alors il se jeta sur l'intrus, qu'il manqua de peu, et se retrouva à nouveau par terre. La chute fut rude et lui coupa le souffle, mais Cole se releva d'un bond et se lança à la poursuite de l'intrus qui tentait de s'enfuir par la fenêtre. Dans la précipitation, Cole arracha les doubles-rideaux de la tringle qui les soutenait. Comme il s'apprêtait à enjamber le rebord de la fenêtre pour accéder au balcon, il jeta un coup d'œil en direction du lit.

Shawna gisait sur les oreillers, le visage blême. Mais elle n'était pas évanouie. Elle essayait désespérément de desserrer la corde autour de son cou.

Cole s'empressa de lui venir en aide. Sortant son couteau de son fourreau, fixé à sa ceinture, il trancha la corde de chanvre d'un geste net et précis.

Shawna prit une grande goulée d'air. Elle avait une vilaine marque rouge autour du cou. Cette fois encore, elle l'avait échappé belle.

— Ça va ? demanda-t-il.

Pour toute réponse, elle se jeta à son cou. Elle tremblait comme une feuille. Peut-être à cause du contrecoup. Ou du froid qui entrait dans la chambre, la fenêtre étant restée grande ouverte.

Il la prit dans ses bras et la serra contre lui.

— Tout va bien, dit-il bien qu'il n'en soit pas si sûr que ça. Je suis là ; tu ne risques plus rien.

Elle le serrait si fort qu'elle l'étranglait presque. Il aurait dû se dégager et se lancer à la poursuite de l'intrus. Mais Shawna avait besoin de lui. Et lui avait besoin de s'assurer qu'elle allait bien.

Il s'en était fallu de peu qu'il ne la perde. S'il était monté deux minutes plus tard, il l'aurait trouvée morte. À cette seule pensée, il se mit lui aussi à trembler.

Puis il se ressaisit et s'écarta.

— Tu as pu voir son visage ? demanda-t-il.

Shawna secoua la tête.

— Non. Il faisait trop sombre, et quand tu as ouvert les rideaux il me tournait le dos pour s'enfuir.

Elle avait visiblement du mal à parler mais Cole voulait collecter un maximum de détails avant qu'elle ne les oublie.

— Il ? Tu penses qu'il s'agissait d'un homme ?

— Je n'en sais rien.

Balayant la pièce du regard, elle demanda :

— Où est Maisy ? Elle a disparu ! Et s'il l'avait enlevée ?

— Non, impossible.

L'intrus n'aurait pas pu s'enfuir aussi vite s'il avait tenu la fillette dans ses bras.

Il allait l'expliquer à Shawna lorsqu'un bruit qu'il ne connaissait que trop bien – le cliquetis d'un pistolet qu'on arme, le mit en alerte maximum. Il se maudit intérieurement d'avoir baissé la garde.

Mais une voix féminine un peu grave déclara :

— Je ne pense pas que tu sois le monstre que Maisy prétend avoir vu !

Maisy avait vu le meurtrier ?

Shawna se raidit et repoussa Cole sans ménagement.

— Où est-elle ? demanda-t-elle à la petite brune frisée qui tenait toujours Cole en joue. Où est ma fille ?

— Nikki, où diable étais-tu passée ? hurla Cole, hors de lui. Shawna a failli se faire étrangler !

Il montra à sa collègue la corde de chanvre.

— Oh ! mon Dieu ! Je suis désolée d'avoir quitté mon poste. Mais quand Maisy est sortie de la chambre, elle n'a pas parlé du monstre. C'est seulement quand je l'ai bordée dans son lit qu'elle l'a mentionné.

— Elle l'a donc vu ! dit Shawna, affolée. Où est-elle ?

— Dans son lit. La porte de sa chambre est fermée à clé, assura Nikki. Manny monte tout de suite, et Cooper, qui patrouillait à l'extérieur, arrive aussi.

Cole jura entre ses dents.

— S'il est en train de rappliquer, il va laisser filer l'intrus.

— Mais Dane est dehors, lui aussi, dit Nikki avant de foncer vers la fenêtre, son arme toujours levée, et de se glisser sur le balcon.

Rassurée de savoir Maisy en sécurité, et reconnaissante envers Nikki d'avoir mis la fillette à l'abri avant de venir voir ce qu'il se passait dans la chambre, Shawna repoussa ses couvertures et voulut se lever. Mais Cole l'en empêcha.

— Il y a du verre brisé partout sur le sol, dit-il.

Elle se rappela que lorsqu'il avait frappé à la porte, mue par son instinct de survie, elle s'était débrouillée pour faire tomber la lampe de chevet. L'abat-jour de la lampe Tiffany s'était brisé en mille morceaux. Deux secondes plus tard, Cole avait défoncé la porte.

Sans lui, elle ne serait plus de ce monde…

Cole toucha délicatement son cou.

— Il faut que tu ailles à l'hôpital.

— Non, pas question que je retourne là-bas !

— Mais tu as peut-être une fracture ou…

— Non, ça va, affirma Shawna en étirant son cou. C'est moins grave que ça ne le paraît. Ma peau marque vite.

Quoi qu'il en soit, elle ne voulait pas que Maisy la voie

avec ces horribles marques. Cela ne ferait que l'effrayer davantage.

— Pourrais-tu aller voir…

Elle retint la fin de sa phrase *in extremis*. Elle avait failli dire « notre fille».

Ce lapsus évité de justesse acheva de la convaincre qu'il était grand temps de mettre Cole au courant. Au cas où le meurtrier arriverait à ses fins, mieux valait que la fillette ne se retrouve pas seule au monde.

Shawna dut cependant remettre à plus tard ses révélations car quelqu'un venait de frapper à la porte de Maisy. Une voix au timbre grave déclara doucement :

— Tu peux m'ouvrir. Je ne suis pas un monstre.

Cole rigola.

— Alors ça, c'est lui qui le dit !

Il aida Shawna à sortir du lit, du côté où il n'y avait pas d'éclats de verre, et lui passa sa robe de chambre.

— Tiens, enfile-la. Si tu remontes bien le col, on ne verra rien du tout.

Ils sortirent dans le couloir et y retrouvèrent Manny, qui patientait devant la porte de Maisy.

Shawna prit les choses en main.

— C'est maman, ma chérie. Tu peux ouvrir.

Aussitôt, la clé tourna dans la serrure, et la porte s'ouvrit. Maisy se jeta sur sa mère.

— Je n'aurais pas dû te laisser seule avec le monstre, dit la fillette, la mine contrite.

— Tout va bien, ne t'en fais pas, la rassura Shawna en s'agenouillant pour la serrer dans ses bras.

Touché par ces retrouvailles, Manny contemplait la scène sans rien dire. Puis, s'extirpant de ses rêveries, il demanda :

— Le monstre ? Quel monstre ? Tu as vu quelque chose, Cole ?

— Je n'ai fait que l'apercevoir, hélas.

S'agenouillant lui aussi, Cole tapota doucement le dos de la fillette.

— Et toi, tu l'as vu, le monstre ?

Maisy leva vers lui son petit visage grave et planta ses yeux bleus dans ceux de Cole.

— Est-ce que tu as chassé le monstre de la chambre de maman ? demanda-t-elle.

— Oui, répondit Shawna.

Éperdue de reconnaissance, la fillette jeta ses bras autour du cou de Cole, tout comme Shawna l'avait fait juste après qu'il eut tranché la corde qui l'étranglait.

— Merci. Merci beaucoup d'avoir sauvé ma maman !

— Je n'ai fait que mon travail, dit Cole.

Mais était-ce seulement parce que c'était son travail qu'il avait autant à cœur de protéger Shawna ?

Il caressa les cheveux de l'enfant qui tremblait encore légèrement.

— Toi aussi, je te protégerai. Avec moi comme garde du corps, tu n'as rien à craindre.

Ces mots sonnaient comme un serment. Celui d'un père à son enfant ? se demanda Shawna, qui commençait à soupçonner Cole d'avoir deviné que Maisy était sa fille.

— Peux-tu me dire ce que tu as vu, exactement ? demanda Cole.

Maisy exhala un petit soupir et fronça les sourcils.

— Je dormais, dit-elle. Mais j'ai entendu un bruit et après, j'ai vu les rideaux bouger. Alors je me suis vite levée et je suis sortie dans le couloir.

Se tournant vers Shawna, elle ajouta, les yeux pleins de larmes :

— Je ne voulais pas te laisser seule, maman. Je ne sais pas ce qui m'a pris.

— Tu as très bien fait, ma chérie, lui assura Shawna. Tu as été drôlement maligne et sacrément courageuse.

— La fenêtre était ouverte ? demanda Manny. Je ne comprends pas ; nous avions pourtant vérifié qu'elles étaient bien toutes fermées.

Shawna rougit, telle une gamine prise en faute.

— En fait, bredouilla-t-elle, j'en ai entrouvert une avant de me coucher. J'avais besoin d'air. J'étais loin de me douter que… Je suis vraiment désolée.

Son petit caprice avait failli lui coûter la vie. Et pire encore, elle avait mis en danger celle de sa fille.

Cole lui pressa l'épaule.

— Il va falloir que vous soyez plus prudente, maugréa Manny qui semblait décidément ne pas l'aimer beaucoup.

Et qui, à en juger par la manière dont il observait Cole et Maisy, devait se douter du lien de parenté qui existait entre eux.

Shawna n'avait pas l'intention de tout déballer devant lui. Ou devant Maisy. Mais dès que possible, elle mettrait Cole au courant.

Elle appréhendait sa réaction. Elle craignait qu'il ne lui en veuille, comme son père en avait voulu à sa mère quand il avait appris qu'elle était enceinte. Sauf que dans son cas, il n'y avait rien eu de prémédité. Shawna était tombée enceinte accidentellement à l'issue de la dernière nuit que Cole et elle avaient passée ensemble. À faire l'amour comme des fous…

Mais elle surmonterait ses craintes et lui dirait la vérité. Parce que Cole avait beau se démener pour la protéger, le tueur se démenait de son côté pour la supprimer. Si elle mourait, elle voulait être sûre que Maisy ne se retrouverait pas seule au monde, comme elle l'avait été à la mort de ses parents. Elle voulait être sûre que Cole s'occuperait d'elle et chasserait tous les monstres qui chercheraient à lui faire du mal.

Cooper referma les portes coulissantes de la bibliothèque et se tourna vers les membres de son équipe, du moins ceux qu'il avait pu réunir en urgence. Lars venait juste de rentrer de l'hôpital, où le chauffeur de Xavier reprenait peu à peu ses esprits. Il ne se souvenait de rien mais semblait à présent hors de danger.

Shawna, en revanche, courait un réel danger. C'est pourquoi Cole avait décidé de ne pas les quitter d'une semelle, elle et sa fille. Mais Cooper ne voulait pas qu'il se charge seul de cette mission qui s'annonçait particulièrement difficile.

— Je vais être bref, annonça-t-il d'emblée, car contrairement à ses frères, Logan et Parker, qui avaient tendance à s'écouter parler, Cooper expédiait toujours les réunions.

Ancien *marine*, Cooper était un homme d'action, comme Nick, son demi-frère. Lorsqu'il se trouvait dans l'incapacité d'agir, la frustration le rendait hargneux.

— Je suppose qu'aucun d'entre vous n'a croisé l'intrus ? dit Manny.

Cooper répondit par la négative, de même que Dane qui était posté devant le portail.

Nikki fusilla Manny du regard.

— Je te vois venir, toi ! dit-elle. Tu vas essayer de nous faire croire que nous avons rêvé. Mais Cole a vu l'homme s'enfuir par la fenêtre.

— La fenêtre qu'elle avait ouverte, fit remarquer Manny d'un ton perfide.

— Et alors ? rétorqua Nikki. Toi qui as failli mourir brûler vif il y a quelques mois, tu devrais être bien placé pour comprendre qu'elle ait eu besoin d'air après ce qui lui était arrivé dans le garage.

Manny poussa un juron, contrarié que Nikki lui ait rappelé sa funeste mésaventure et furieux de constater que Shawna n'était plus considérée comme suspecte.

— Ce n'est peut-être pas elle, admit-il de mauvaise grâce, mais c'est forcément quelqu'un qui vit sous ce toit.

Cooper n'aimait pas les conclusions hâtives.

— Rien ne nous permet de l'affirmer, dit-il. Il peut très bien s'agir de quelqu'un venant de l'extérieur. Comme tu l'as souligné, la fenêtre de la chambre était ouverte.

— Mais ce quelqu'un est passé où ? demanda Nikki. Quand j'ai su qu'il était sorti par la fenêtre, je lui ai emboîté le pas, mais je ne l'ai vu nulle part, ni sur le balcon ni en dessous. Je n'ai vu personne.

— Si, moi, lui rappela Cooper qu'elle avait percuté après avoir dégringolé du balcon pour poursuivre l'intrus.

Encore une chance qu'elle ne lui ait pas tiré dessus ! Nikki avait la gâchette facile. Leur frère Nick en avait fait les frais, une fois. Mais on n'avait jamais su s'il s'agissait vraiment d'un accident car elle avait eu de sérieux différends avec Nick. Tout cela appartenait au passé, Nikki et Nick étant à présent très proches. À son mariage, Nick l'avait même prise comme témoin.

— Et tu n'as vu personne, toi non plus ? demanda Manny.

Cooper secoua la tête.

— Non, personne.

— Notre intrus s'est donc réintroduit dans le manoir, d'une façon ou d'une autre, dit Manny. Comme j'étais monté voir la petite, je n'ai pas pu surveiller le rez-de-chaussée.

— Il a pu aussi se glisser à l'intérieur depuis le balcon du premier, par une autre fenêtre restée ouverte.

— Qui aurait été ouverte exprès, ajouta Manny d'un

ton véhément. Quand je vous dis qu'il s'agit d'un membre de la famille de Cole !

— Tu préférerais que ce soit Shawna ? demanda Nikki.

Manny ne démentit pas.

— Cole serait sans doute plus en sécurité si c'était elle.

Interloqués, ils le fixèrent tous d'un air interrogateur. Mais Nikki fut la première à réagir.

— Pourquoi ? demanda-t-elle.

— Parce que du coup, il se méfierait d'elle.

— Il s'en méfie déjà, dit Cooper. Il ne voulait pas se charger de cette mission.

Peut-être Cooper avait-il eu tort de ne pas lui laisser le choix, parce qu'il était certain à présent que Cole n'en ressortirait pas indemne.

9

Bien que tout danger immédiat ait disparu, Cole avait le plus grand mal à recouvrer son sang-froid. Son cœur tambourinait contre ses côtes. Jamais il n'avait eu aussi peur de sa vie que face à Maisy et à sa mère.

Elles constituaient pour lui le plus grand danger auquel il eut jamais été exposé.

— J'ai regardé sous ton lit, dans la penderie et dans la salle de bains, dit-il, son arme à la main – mais il n'avait pas ôté le cran de sûreté pour ne pas risquer de faire feu sans le vouloir. Je peux t'assurer qu'il n'y a pas de monstre ici.

Maisy poussa un petit soupir et reposa sa tête sur l'oreiller. Ses paupières semblaient peser une tonne mais elle luttait vaillamment contre le sommeil.

Shawna s'agenouilla à côté du lit à baldaquin rose.

— Les monstres n'existent pas, lui assura-t-elle en levant les yeux vers Cole, comme pour le conjurer de confirmer ses allégations.

Mais il refusait de mentir à la petite fille. Au cours de ses missions, que ce soit comme *marine* ou comme garde du corps, il en avait si souvent rencontrés qu'il ne pouvait nier leur existence.

— Mais… Et celui que j'ai vu dans ta chambre ? demanda Maisy d'une voix apeurée.

— C'était juste le vent qui faisait bouger les rideaux, répondit Shawna.

Devant la facilité avec laquelle elle mentait, Cole sentit le découragement s'emparer de lui. Lui dirait-elle la vérité lorsqu'il lui demanderait carrément qui était le père de l'enfant ? Pourrait-il se fier à la réponse qu'elle lui donnerait ? Ou devrait-il exiger un test de paternité ?

— Cole…, murmura la fillette, à moitié endormie.

Elle aussi, apparemment, avait besoin de l'entendre dire que les monstres n'existaient pas.

Rengainant son arme, il s'agenouilla près du lit, mais de l'autre côté, le plus loin possible de Shawna. Tant qu'il ne savait pas s'il pouvait lui faire confiance, il préférait garder ses distances.

— Oui, Maisy ? dit-il doucement.

— Tu veux bien me faire un bisou ?

Sa requête le laissa sans voix. Il sentit son cœur se serrer douloureusement, manquer un battement, puis s'emballer. Se penchant en avant, il effleura des lèvres le front de la fillette.

Elle battit des cils, qu'elle avait longs et fournis, et ferma les yeux. Un soupir de bien-être s'échappa de ses lèvres. Cole, qui ne pouvait détacher le regard de son visage adorable, sentit son cœur se gonfler de tendresse.

Il éprouvait une sorte de coup de foudre pour cette gamine, tout comme il avait eu le coup de foudre pour sa mère bien des années plus tôt. En proie à de vives émotions, il ferma un instant les yeux. Il en voudrait terriblement à Shawna si elle l'avait privé de sa fille pendant tout ce temps, mais il espérait ardemment que Maisy était sa fille.

Le seul moyen de le savoir était de poser la question à sa mère. Mais lorsqu'il rouvrit les yeux, Cole s'aperçut que Shawna n'était plus là.

Shawna fut tentée de prendre ses jambes à son cou. Mais pour aller où ? Nulle part elle ne se sentirait en sécurité. Et elle ne savait plus vers qui se tourner. Elle ne pouvait pourtant pas retourner dans sa chambre, où elle avait failli mourir étranglée. De toute façon, la porte était cassée.

Elle frissonna en songeant à ce qu'il se serait passé si Cole n'avait pas défoncé la porte. À bout de forces, elle avait été sur le point de renoncer à repousser son assaillant.

Sa petite fille se serait crue orpheline et seule au monde, comme Shawna l'avait été autrefois. Pour éviter une telle situation, Shawna devait la mettre au courant, elle aussi. Maisy devait savoir qu'en cas de malheur Cole serait là pour elle.

Mais, ce que Shawna craignait plus que tout, c'était qu'en leur disant la vérité, elle ne se les mette à dos. Maisy n'irait pas jusqu'à la haïr, bien sûr, mais elle ne lui ferait plus confiance et leur relation serait à jamais entachée par ce mensonge.

Elle ne put réprimer un cri lorsque deux mains l'agrippèrent aux épaules. Le moment de surprise passé, elle n'eut pas peur, cependant, car elle sut tout de suite à qui appartenaient ces mains.

Elle savait aussi que Cole ne lui ferait jamais de mal. Physiquement, elle n'avait rien à craindre de lui.

Cette pensée la conforta dans sa volonté de lui parler. Elle avait déjà trop attendu. Et avec un tueur à ses trousses, il était plus que temps qu'elle se décide.

Mais comme elle ouvrait la bouche pour lui dire ce qu'elle lui cachait depuis six ans, il la fit pivoter d'un quart de tour et la guida le long du couloir.

— Pas question que tu dormes dans cette chambre,

dit-il. Du moins tant que la porte n'est pas réparée. En attendant, tu vas t'installer dans celle-là.

Il ouvrit une porte et la poussa à l'intérieur.

Remarquant une valise posée sur le banc, au pied du lit, elle demanda :

— Mais qui dort ici ? Je ne voudrais pas m'imposer.

— Moi, répondit Cole. Tous les gardes du corps sont logés à proximité de Maisy et toi.

— Et elle, elle est en sécurité ?

— Nikki veille sur elle. Elle ne risque rien.

Un souci de moins, songea Shawna, qui avait à présent toute confiance en la collègue de Cole.

Il ne lui restait plus maintenant qu'à affronter Cole. L'heure des aveux avait sonné. Refermant la porte de la chambre, elle se tourna vers lui. Bien que toujours aussi séduisant, il avait les traits tirés et des cernes sous les yeux. Il était tard, et il avait eu une rude journée.

Une journée qu'il avait passée à s'efforcer de lui éviter le pire…

— Merci, dit-elle, consciente de s'être montrée plutôt désagréable avec lui depuis son retour au manoir.

D'un haussement d'épaules, il lui indiqua qu'il n'avait pas besoin de sa gratitude.

— Rien de ce qui t'est arrivé n'aurait dû arriver, si nous avions fait notre travail correctement.

— Tout cela est tellement inattendu. Tellement mystérieux…

— Tu n'as aucune idée de l'identité de ton agresseur ? demanda Cole. Aucun indice qui pourrait nous aider à le démasquer, tel que sa taille, sa voix, son odeur ?

— Non, hélas. Je ne suis même pas sûre qu'il s'agisse d'un homme. Comme j'étais allongée, j'ai du mal à évaluer sa taille. Il n'a pas dit un seul mot, et je n'ai rien senti de particulier mais à cause du monoxyde de carbone, mon odorat est peut-être émoussé.

Il crispa les mâchoires, visiblement contrarié.

— Il ne t'a fait penser à personne ? demanda-t-il encore.

— Non. Mais tu penses vraiment que ça pourrait être quelqu'un de ta famille ?

À en juger par la tension de ses traits et de sa voix, il était clair que ce n'était pas de gaieté de cœur que Cole soupçonnait l'un de ses proches d'être un meurtrier.

— C'est forcément l'un d'eux, déclara-t-il.

Elle ne partageait pas sa conviction. Ses oncles et ses cousins n'étaient certes pas des enfants de chœur mais de là être des meurtriers…

— Pourquoi ?

— Parce qu'il est passé inaperçu dans ses allées et venues. Personne n'y a fait plus attention qu'à ton ordinateur portable, dans la bibliothèque.

Elle ne put s'empêcher de faire remarquer :

— En ce moment, il n'y a pas que ta famille qui vit au manoir.

Cole fronça les sourcils.

— À qui penses-tu ? À mes amis ?

Ses amis gardes du corps pouvaient en vouloir à Shawna d'avoir fait souffrir Cole en épousant Emery. Ils pouvaient vouloir le venger…

— Manny a visiblement une dent contre moi.

Cole émit un grognement.

— Il est loyal, lui !

Elle se raidit.

— Contrairement à moi, tu veux dire ?

Elle lui avait toujours été fidèle. Lorsqu'il était parti en stage commando puis en mission, jamais elle ne s'était laissé courtiser par personne. Ce n'était pourtant pas faute de prétendants…

Il haussa un sourcil.

— Tu connaissais déjà Emery, sinon, tu ne l'aurais pas épousé aussi vite.

— Nous nous sommes rencontrés au lycée, où tout comme moi, il était bénévole, moi auprès des pom-pom girls, et lui dans la fanfare.

Mais il ne s'était jamais rien passé entre eux. Bien plus âgé qu'elle, Emery avait toujours été une sorte de grand frère hyper protecteur.

— Tu ne m'as jamais parlé de lui, dit Cole d'un ton plein d'aigreur.

La soupçonnait-il d'avoir eu une aventure avec Emery alors qu'ils étaient fiancés ?

— C'était un ami. Rien de plus.

Même après leur mariage, Emery n'avait jamais été autre chose qu'un ami. Mais elle hésitait à le dire à Cole car elle était persuadée que jamais il ne la croirait.

Et si, contre toute attente, elle parvenait à le convaincre, il comprendrait que Maisy ne pouvait donc pas être la fille d'Emery.

Il risquait de très mal le prendre.

Appréhendant sa réaction, elle porta machinalement une main à sa gorge.

Croyant sans doute que son cou la faisait souffrir, Cole écarta le col de sa robe de chambre pour examiner ses ecchymoses.

— J'aurais dû t'emmener à l'hôpital.

— Je te rappelle que je suis infirmière et donc parfaitement capable de juger de mon état qui ne nécessite aucun soin particulier.

— Ton cou est en train de prendre une vilaine couleur violacée, dit-il en laissant courir ses doigts sur sa gorge.

Elle frémit malgré elle.

— Ce n'est pas grave, lui assura-t-elle.

Une tentative d'étranglement faisait moins mal qu'un cœur brisé. Lorsque Cole l'avait quittée, elle avait souffert comme une damnée. Même la naissance de sa petite Maisy n'avait pu la guérir de la blessure qu'il lui avait infligée.

— Mes amis n'auraient jamais fait ça, dit-il. Et comment pourraient-ils avoir piégé ta voiture alors qu'ils se trouvaient à River City lorsqu'elle a explosé ? Celui qui a fait ça vit ici, sous ce toit.

— Mais qu'est-ce j'ai fait pour qu'on veuille me tuer ?

Personne ne savait – ou du moins n'avait la certitude – que Maisy était une Bentler. Et dans le cas contraire, c'était à sa fille qu'on s'en prendrait, et non à elle.

— Je n'en ai pas la moindre idée, répondit Cole en haussant les épaules.

— C'est peut-être à cause de l'héritage, suggéra-t-elle. Mais ta famille n'a aucun souci à se faire ; je ne vais pas la spolier.

Shawna avait soudain moins de scrupules à avoir caché à tout le monde l'identité du père de son enfant. Certes, elle avait été injuste envers Cole, qu'elle avait privé pendant presque six ans des joies de la paternité, mais elle avait protégé Maisy contre tous ces requins.

Cole la scruta d'un drôle d'air.

— Toi, non.

Il devait se douter que Maisy était sa fille. En le lui confirmant, Shawna faisait peut-être courir des risques à l'enfant mais, d'un autre côté, son père et les amis de celui-ci se décarcasseraient pour les protéger, Maisy et elle.

Alors que faire ? Jamais elle ne s'était sentie aussi désemparée.

— Si ce n'est pas pour l'héritage, pourquoi cherche-t-on à me tuer ? demanda-t-elle d'une petite voix.

— Nous finirons par le savoir, promit Cole en lui caressant la joue.

Oui, mais quand ? Avant que le tueur arrive à ses fins ? Elle s'accrochait de toutes ses forces à cet espoir et remettait sa vie entre les mains de Cole.

Sa vie, et son cœur aussi.

Nouant ses bras autour de son cou, elle murmura son prénom. Il se pencha vers elle jusqu'à ce que sa bouche effleure la sienne. Mais cette fois, le baiser qu'ils échangèrent devint très vite ardent, torride, incandescent.

Shawna s'abandonna sans retenue au désir qui la consumait. Elle savait que c'était peut-être la dernière fois qu'elle pouvait le laisser s'exprimer.

Lorsque Cole la souleva et la porta sur le lit, elle l'attira à elle et accueillit avec un plaisir non dissimulé le poids de son corps musclé sur elle.

Accrochée à son cou, éperdue de désir, elle brûlait de faire l'amour avec lui. Le fait d'avoir échappé de peu à la mort avait sans doute exacerbé ce besoin irrépressible qu'elle avait de le sentir en elle, comme autrefois. À moins que par sa seule présence, Cole n'ait suffi à enflammer ses sens…

Il allait falloir employer les grands moyens. Le plan initial – qui avait été conçu avec le plus grand soin et consistait à faire croire que Shawna s'était donné la mort après avoir tué Little – avait capoté.

Tout cela à cause de Cole.

Maudit soit-il !

Qu'avait-il vu lorsqu'il avait défoncé la porte de la chambre ? La lumière du couloir lui avait-elle permis de reconnaître l'agresseur de Shawna ?

Elle, en tout cas, n'avait rien vu. Elle avait la corde serrée autour du cou et ne respirait déjà presque plus. Elle était à deux doigts de perdre connaissance.

Et de rendre l'âme.

Le meurtre avait failli se passer comme prévu. Shawna aurait été retrouvée pendue à la balustrade du balcon de sa chambre. Tout le monde aurait pensé qu'elle s'était suicidée.

Mais il avait fallu que Cole s'en mêle. Comme d'habitude. Cesserait-il un jour de voler au secours de Shawna ?

Rien n'était moins sûr. Mais il était à peu près certain, en revanche, qu'il n'avait rien vu, lui non plus. Rien vu et rien compris.

Il finirait par comprendre… Si on lui en laissait le temps.

Mais pour éliminer Shawna, il fallait commencer par se débarrasser de Cole. Et cela ne devrait poser aucun problème.

L'ancien *marine* n'allait rien voir venir.

10

Mais où donc avait-il la tête ?

Cole était incapable de la moindre réflexion dès lors qu'il tenait Shawna dans ses bras. L'attirance irrépressible qu'il ressentait pour elle, le désir impérieux qu'elle lui inspirait le privaient de tout discernement.

Pendant six ans, pas un seul jour il n'avait cessé de se languir d'elle.

Il brûlait de lui faire l'amour, de s'unir à elle et de la sentir tout à lui, à nouveau. Couché sur elle, il prit appui sur un coude et sur un genou pour ne pas risquer de l'écraser.

Shawna le voulait plus proche, cependant. Elle cambrait les reins pour mieux s'offrir à lui, écrasant sa bouche sur la sienne, propulsant ses hanches en avant, comme pour mieux sentir l'érection qui tendait l'avant de son pantalon noir. Il sentait à travers leurs vêtements la chaleur de son ventre. Elle avait envie de lui autant que lui avait envie d'elle. Comment était-ce possible ?

Ce doute s'insinua dans son esprit embrumé par la passion. Il s'écarta, ouvrit les yeux et regarda Shawna.

La rougeur de ses joues tranchait sur son teint d'albâtre. Elle battit des paupières et fronça les sourcils, visiblement déconcertée. Il lut sur son visage que le désir refluait peu à peu et laissait de nouveau place à la peur.

Les ecchymoses sur son cou ne pouvaient que lui

donner raison d'avoir peur, mais s'il pouvait comprendre qu'elle craigne pour sa vie, il se demandait quelle raison la poussait à se méfier de lui.

Comme une épiphanie, cette raison lui apparut dans une clarté aveuglante.

Maisy.

Shawna craignait-elle qu'il n'apprenne la vérité et n'essaie de lui enlever sa fille ? Était-ce pour cela qu'elle s'était jetée à son cou ? Pour faire diversion ? Si oui, elle avait réussi son coup.

Il ne pensait plus qu'à une chose : lui faire l'amour, ici et maintenant. Son cœur battait comme un tambour et son sexe turgescent pulsait douloureusement contre son ventre. L'intensité de son désir lui coupait presque le souffle. Et l'effrayait.

Il ne voulait pas retomber amoureux d'elle. Comment pourrait-il aimer une femme en qui il n'avait pas confiance ?

— Qu'est-ce que tu fais ? dit-il d'une voix étrangement calme. Les cendres de ton mari n'ont pas eu le temps de refroidir que tu jettes à mon cou. Te sers-tu de moi pour mieux l'oublier ? Ou t'es-tu servi de lui pour m'oublier moi ?

Allongée sous lui, elle se mit à gesticuler, cherchant à le repousser. Cole savait que s'il la laissait se lever elle filerait comme une flèche. Il savait aussi qu'en cherchant à le fuir elle se mettrait de nouveau en danger.

C'était en le fuyant qu'elle s'était retrouvée piégée dans le garage. Sans doute aurait-il mieux fait de se taire. Mais pourquoi agissait-elle ainsi ? Si elle l'aimait encore, pourquoi avait-elle épousé un autre homme si peu de temps après leur rupture ? Avait-elle une bonne raison de se marier en catastrophe ? Il voulait savoir.

— Réponds, Shawna. De qui t'es-tu moquée ?

Qui as-tu aimé ? C'était la vraie question, la question

que Cole brûlait de lui poser. Mais il n'osait pas car il n'était pas sûr de pouvoir supporter la réponse.

Shawna avait peur. Pas de Cole, qui ne lui ferait jamais de mal, elle le savait. Physiquement, elle n'avait rien à craindre de lui. Il la tenait par le poignet mais elle put se dégager, le repousser et se relever du lit.

Elle avait peur de lui dire la vérité. Comment allait-il réagir ? Impossible à dire car Cole n'était plus le même homme, celui qu'elle avait tant aimé. Quelque chose en lui avait changé, l'avait rendu plus dur et plus cynique. Était-ce la guerre ?

Ou bien elle ?

Elle ne s'attendait pas à ce qu'il prenne aussi mal son mariage avec Emery. Après la manière dont il avait rompu avec elle, elle était persuadée que son mariage ne lui ferait ni chaud ni froid. Cole lui avait paru si désireux de couper les ponts.

Déjà à l'époque, elle l'avait trouvé changé. Il s'était montré de plus en plus distant, de plus en plus froid. Tant et si bien qu'il avait semblé n'avoir aucun scrupule à rompre leurs fiançailles et à lui briser le cœur.

L'homme qu'il était il y a six ans était déjà méconnaissable. Jamais Cole ne se serait conduit aussi mal avec elle s'il était resté le même.

— Cela te tracasse tant que ça ? demanda-t-elle.

— Mets-toi à ma place. Comment réagirais-tu si tu me soupçonnais de me servir de toi pour oublier une autre femme ?

Et si c'était ce qu'il faisait ?

Shawna ne voulait même pas l'envisager car elle l'aimait encore éperdument malgré tous ses efforts pour tourner la page.

Elle savait pourquoi elle s'était pendue à son cou et

l'avait embrassé. Mais lui, pourquoi s'était-il laissé faire ? Pourquoi l'avait-il portée sur le lit ?

Elle avait bien senti qu'il avait envie d'elle. Son désir n'était pas moins ardent que le sien, dont le corps vibrait encore d'excitation. Et tremblait de frustration…

— Et si c'était d'Emery que je m'étais servi ? lança-t-elle comme on se jette à l'eau.

Il se crispa et à l'expression de son visage, elle devina qu'il avait compris.

Il savait.

Mais cela ne la dispensait pas de le lui dire, de tout lui raconter. Elle lui devait la vérité. Mais elle craignait que sa fierté ne l'empêche d'être tout à fait franche. Cole l'avait tellement fait souffrir. Sa fierté – et sa fille – étaient tout ce qu'il lui restait.

— En ce cas, je suis encore plus désolé pour lui, répondit-il.

Elle tressaillit. Désolé de quoi ? se demanda-t-elle. Parce que Emery était mort ? Ou parce qu'il avait eu la malchance de l'épouser ? Comment Cole pouvait-il avoir une aussi piètre opinion d'elle ?

— Il le savait, dit-elle.

Cole fronça les sourcils et la dévisagea. Un muscle de sa mâchoire crispée se mit à trembloter.

Shawna sentit grossir la boule logée dans sa gorge. Après avoir dégluti deux ou trois fois pour s'en débarrasser, elle put parler à haute et intelligible voix.

— Emery savait que j'étais enceinte lorsqu'il m'a épousée. C'est parce que j'étais enceinte qu'il a voulu qu'on se marie.

— Mais il savait que… ? bredouilla Cole. Je suppose que Maisy est… ?

Il était manifestement incapable de formuler la question qui lui brûlait les lèvres.

— Oui, il savait que l'enfant était de toi, répondit Shawna.

Cole expira avec force, comme s'il avait retenu son souffle et qu'elle lui avait envoyé un direct à l'estomac. Peut-être aurait-elle dû le ménager, être moins brutale… Mais elle savait que la nouvelle n'était pas vraiment une surprise.

Cole avait plus ou moins deviné que Maisy était sa fille. Restait maintenant à savoir s'il était prêt à l'assumer.

Mais seules la surprise et la consternation se lisaient sur son visage.

— Pourquoi t'a-t-il épousée s'il savait que l'enfant était de moi ? demanda-t-il.

Mettait-il sa parole en doute ? La soupçonnait-il de mentir ?

— Parce que lui et moi étions des amis très proches.

— Il t'aimait.

Sans aucun doute. Mais pas au sens où l'entendait Cole. Elle aurait pu tenter de le lui expliquer, mais après les horreurs qu'il lui avait dites lorsqu'il avait rompu avec elle, elle n'avait pas envie qu'il sache que sa relation avec Emery avait été platonique. Entre eux, il n'y avait jamais rien eu d'autre que de l'amitié.

— Il aimait aussi Maisy. Il a été un vrai père pour elle.

— Pour ma fille ?

Était-il en train de revendiquer la paternité de Maisy ? Ou simplement de sonder la véracité de ses dires ?

— Emery était un homme bon, déclara Shawna. Il ne voulait pas que j'élève seule mon enfant.

Sans lui, c'était ce qu'elle aurait fait, puisqu'elle avait décidé de ne rien dire à Cole. Emery l'avait pourtant vivement encouragée à le mettre au courant de la situation. Il était persuadé que Cole changerait d'avis et reviendrait partager sa vie. Mais elle ne voulait pas qu'il revienne juste à cause du bébé.

— Pourquoi ne m'as-tu rien dit ? demanda-t-il.

— Quand je me suis rendu compte que j'étais enceinte, je n'avais déjà plus de contacts avec toi.

Il avait fallu un moment à Shawna pour comprendre que si elle était malade, ce n'était pas seulement parce que Cole l'avait quittée.

— Tu m'en voulais beaucoup ? demanda Cole.

— Évidemment que je t'en voulais ! Mais ce n'est pas par esprit de vengeance que je ne t'ai pas mis au courant.

En fait, elle ne voulait pas qu'il la haïsse. Mais elle n'avait fait que reculer pour mieux sauter car il suffisait de voir la tête de Cole pour comprendre qu'il la vouait aux gémonies.

— Pourquoi, alors ?

Elle s'apprêtait à lui expliquer qu'en ne lui disant rien elle avait pensé agir au mieux dans l'intérêt tout le monde. Mais il bondit brusquement hors du lit.

— Peu importe ! dit-il. Je me fiche de tes raisons.

Sur ce, il se dirigea vers la porte et sortit.

Shawna, consternée, ne savait que penser. Cole était-il content de savoir que Maisy était sa fille ? Ou allait-il la rejeter ?

Il y a six ans, il l'avait bien rejetée, elle…

Si elle ne lui avait rien dit avant, c'était aussi parce que Shawna voulait préserver son enfant, qu'elle voulait voir grandir dans un climat non pas d'hostilité et de rancœur, mais d'affection et de tendresse.

Et jusqu'à récemment, Maisy avait eu tout le bonheur que Shawna avait souhaité pour elle. Mais depuis la mort tragique d'Emery la fillette était triste et vivait dans la peur. Et Shawna souffrait de ne pas avoir su lui éviter cela.

Cole saurait-il prendre soin de Maisy ? Ou ne voulait-il pas d'elle dans sa vie ?

Pour la première fois depuis son infarctus, qui remontait à quelques mois en arrière, Xavier Bentler se sentit soudain vieux. L'arthrite lui rongeait les os, et son cerveau tournait à vide.

Mais il avait conscience d'avoir fait une grosse bêtise.

Ce que Cooper Payne, fidèle à lui-même, ne s'était pas privé de souligner. La femme qui l'avait élevé devait être quelqu'un, songea Xavier en écrasant son cigare dans le verre qui traînait sur son bureau. Sans doute était-elle bien trop jeune pour lui, hélas ! Mais si Cooper avait une grand-mère…

À quoi bon ? Xavier n'attendait plus grand-chose de la vie. Il avait fait son temps et grillé ses dernières cartouches bien des années auparavant. Mais il avait voulu que son petit-fils, lui, connaisse le grand amour, celui qui dure toujours. Dans la famille Bentler, l'amour éternel était une denrée si rare…

— Vous voulez vraiment que Cole laisse tomber cette mission ? demanda-t-il à Payne, assis en face de lui.

— C'est le seul moyen de le garder en vie.

— Et Shawna, que devient-elle ? demanda Xavier.

Victime de pas moins de trois tentatives de meurtre, elle était indéniablement en danger. Même si elle n'était pas la seule dans ce cas, à en croire Payne.

— Mes autres gardes du corps se chargeront de sa protection.

— Oui, d'accord, mais Cole risque de très mal le prendre, vous ne pensez pas ?

Il savait son petit-fils têtu et farouchement indépendant. C'était justement ce qui faisait de lui son préféré.

— Tel que je le connais, continua Xavier, il va refuser tout net.

Cole s'était vraiment fait prier pour revenir au manoir mais maintenant qu'il y était, il avait à cœur de protéger Shawna. Jamais il ne se laisserait évincer.

La porte du bureau s'ouvrit à la volée, et Cole fit irruption dans la pièce, l'air furibond. Il était tellement hors de lui que c'est à peine s'il remarqua que son patron avait machinalement dégainé son pistolet.

— Que se passe-t-il ? demanda Cooper, qui n'avait pas l'habitude de voir Cole perdre son sang-froid. Il est arrivé quelque chose ? Il y a eu une nouvelle tentative de meurtre ?

Cole ne lui fit même pas l'aumône d'un regard. Il se contenta de secouer la tête de droite à gauche.

— Si tu es furieux parce que j'ai confié à Manny le soin de protéger…

Levant la main, Cole lui imposa silence.

— Je ne suis pas en colère après toi, déclara-t-il.

— C'est après moi qu'il en a, dit Xavier qui se doutait de la raison pour laquelle Cole lui en voulait.

Payne les regarda tour à tour, comme s'il cherchait à comprendre ce qu'avait encore bien pu faire le vieil homme.

Mais c'était justement parce que Xavier n'avait rien fait et rien dit que Cole était furieux.

— Comment as-tu pu ? demanda Cole.

Xavier haussa les épaules.

— Que me reproches-tu, au juste ?

— Tu n'es qu'un incorrigible manipulateur ! lui lança Cole en le fusillant du regard.

Xavier ne pouvait prétendre le contraire. Il lui était souvent arrivé de manipuler les siens au cours des années. Mais il s'était toujours bien gardé de se mêler des affaires de Cole. Jusqu'à récemment. Mais son infarctus avait changé la donne et l'avait poussé à agir. Ses jours étaient comptés et, sa patience, à bout.

Lorsque Cole découvrirait ce qu'il avait fait d'autre, il serait encore plus en colère contre lui. Non sans raison, il fallait bien l'admettre.

11

Sans le bruit que fit la porte en se refermant, Cole ne se serait peut-être même pas aperçu que Cooper était parti, les laissant, lui et son grand-père, s'expliquer en tête à tête. Perspicace comme il l'était, sans doute Cooper avait-il compris qu'il ne s'agissait pas de la mission, et que la discussion risquait d'être houleuse.

— Pourquoi ne m'as-tu rien dit ? s'écria Cole.

— Tu étais déjà parti en mission quand elle a découvert qu'elle était enceinte, répondit son grand-père. Que voulais-tu qu'elle fasse ? Qu'elle t'envoie une carte avec la photo d'une cigogne, accompagnée d'un mot t'annonçant que tu allais être papa ? L'aurait-elle voulu qu'elle n'aurait pas pu t'écrire puisque personne ne savait où tu étais.

La moitié du temps, Cole ne le savait pas lui-même.

— Ces missions étaient top-secret.

Son grand-père hocha la tête. Vétéran lui-même, il devait bien comprendre. N'empêche qu'il avait trahi Cole.

— J'en suis revenu, fit remarquer Cole.

Contre toute attente, ils avaient tous survécu à cette terrible mission. Mais à son retour, une surprise de taille l'attendait : Shawna avait épousé un autre homme.

— Tu aurais pu me mettre au courant à ce moment-là, dit-il.

— Tu étais à peine arrivé que tu repartais déjà pour

une autre mission, lui rappela Xavier. Et c'était à chaque fois la même chose.

Chaque mission s'était révélée plus dangereuse que la précédente. Mais ils en étaient toujours tous sortis indemnes. Cole n'était pas sûr cependant de survivre à un coup pareil. Son cœur lui martelait si fort les côtes qu'il avait l'impression d'avoir été roué de coups.

— J'ai perdu cinq ans de sa vie, dit-il.

— Presque six, rectifia Xavier. La date de son anniversaire approche.

Voilà pourquoi Maisy lui avait paru si mûre pour son âge, songea Cole. Shawna l'avait volontairement trompé sur l'âge de la fillette. Et son grand-père l'avait trompé sur tout. Il se sentait doublement trahi, et tous ces mensonges lui faisaient plus mal que des uppercuts dans le plexus solaire. Il était totalement dévasté.

Ses jambes se mirent à trembler, menaçant de se dérober sous lui. Cole se laissa tomber dans le fauteuil que Cooper venait de quitter. Il était content d'avoir insisté auprès de ses amis pour qu'ils l'accompagnent. Il ne s'était jamais vraiment senti chez lui dans ce manoir, aussi avait-il besoin d'être entouré de personnes de confiance. D'autant plus que cette mission se révélait être au final bien plus dangereuse que prévu.

— Je n'arrive pas à croire que tu aies pu me cacher ça pendant toutes ces années.

Xavier haussa les épaules, comme pour se dédouaner.

— Elle ne me l'a jamais vraiment dit, plaida-t-il.

— Mais tu le savais !

— Évidemment que je le savais. Maisy a tes yeux. Les miens. Ceux de ton père. C'est tellement frappant que je suis étonné qu'après l'avoir vue tu puisses encore avoir des doutes sur sa filiation.

— Si c'est une Bentler, pourquoi le caches-tu ? demanda Cole.

Son grand-père poussa un grand soupir.

— Parce que cela vaut peut-être mieux pour elle, dit-il.

Il n'ignorait pas, lui non plus, que le détraqué qui avait par trois fois déjà attenté à la vie de Shawna était sans aucun doute un membre de la famille. Si jamais il apprenait que Maisy en faisait partie…

Cole frémit à la pensée du danger qui guettait la fillette.

— Tu as sûrement raison. Mieux vaut garder le secret.

Peut-être aurait-il mieux valu que lui-même ne sache rien car, maintenant qu'il était au courant, il se demandait quelle attitude adopter vis-à-vis de l'enfant. Devait-il se comporter en père ? Auquel cas, tout le monde devinerait la vérité, et la fillette serait en danger. C'était risqué pour elle d'être une Bentler, mais être une Little semblait presque aussi dangereux.

— Pourquoi a-t-il fait ça ? demanda Cole.

— De qui parles-tu ?

Croisant le regard perplexe de son grand-père, Cole se rendit compte que le vieil homme avait l'air fatigué. Diminué. Que restait-il du brillant homme d'affaires qui avait bâti une fortune évaluée à plusieurs millions de dollars ?

— D'Emery Little, répondit Cole. Pourquoi a-t-il reconnu Maisy ?

Xavier haussa les épaules.

— Va savoir…

Probablement par amour pour Shawna. Little devait beaucoup l'aimer, lui aussi. Autant que Cole, qui avait agi comme il l'avait fait dans le seul but de la protéger.

— J'espère que tu comprendras que dans ces circonstances j'ai été amené à modifier mon testament, dit Xavier.

— Quoi ? s'exclama Cole qui craignait le pire.

Il avait déjà subi une fois les conséquences d'un changement de testament. Il était riche, et même très riche, certes, mais il était aussi haï par le reste de sa famille.

— Ne me dis pas que tu as fait ça ? dit-il, horrifié.

Son grand-père lui prit les mains, par-dessus le bureau, comme pour le supplier de comprendre.

— Shawna et toi êtes faits l'un pour l'autre. Tu l'aimes depuis que vous êtes petits.

— Entre elle et moi, ça n'a jamais été vraiment sérieux. Juste une amourette.

Sinon, elle n'aurait pas épousé Emery Little si peu de temps après leur rupture.

— Nous sommes tous deux passés à autre chose, affirma Cole.

— Ton père n'a jamais pu oublier son amour de jeunesse, dit Xavier.

Cole ricana.

— Tu veux dire qu'il aimait ma mère ?

— Non. Il ne pouvait pas. À cause de Natalie Montoya.

— Qui c'est, celle-là ?

— Sa petite amie du temps où il était encore au lycée.

Cole, qui n'avait jamais entendu parler de Natalie, ne put s'empêcher de demander :

— Que s'est-il passé ? Elle a épousé un autre homme, elle aussi ?

Xavier exhala un soupir las et saisit son verre de scotch d'une main qui tremblait légèrement.

— Elle est morte.

— C'est affreux, dit Cole, le moment de surprise passé. Est-ce la raison pour laquelle papa ne parlait jamais d'elle ?

Xavier s'enfonça dans son fauteuil, l'air soudain accablé.

— Sans doute. Parce que le pire n'est pas qu'elle est morte, mais que ton père ait été responsable de sa mort.

Cole se raidit.

— Quoi ? Comment est-ce arrivé ?

— Il conduisait trop vite. Au volant, ton père a toujours été un vrai danger public.

Cole n'avait pas la même perception que son grand-père : pour lui, son père était non pas un chauffard mais un homme pressé – de gagner de l'argent, toujours plus d'argent.

— Il a perdu le contrôle de son véhicule et percuté un arbre, continua Xavier. Il s'en est sorti dans la moindre égratignure. Mais psychiquement il ne s'en est jamais remis. Jamais il n'a pu oublier Natalie. Comme toi avec Shawna.

— Cela n'a rien à voir. C'est la culpabilité, et non l'amour, qui l'a empêché d'oublier Natalie.

— Et toi, tu ne te sens pas coupable, parfois ? Quand tu as rompu avec Shawna, tu lui as brisé le cœur. Cela ne te pose pas de problème ?

Cole avait des remords à cause de ce qu'il lui avait dit et de la manière dont les choses s'étaient passées. Et lui aussi aurait été dévasté si Shawna était morte. Comme son père après la mort de Natalie, il ne s'en serait probablement jamais remis.

— Si, admit-il. J'ai eu quelques problèmes de conscience jusqu'à ce que je découvre qu'elle s'était mariée avec Emery Little.

— Tu voulais savoir pourquoi il l'avait épousée, mais tu ne t'es pas demandé pourquoi elle l'avait épousé ?

Cole ne voyait pas très bien où son grand-père voulait en venir. Il avait compris que le but du vieil homme était de les voir à nouveau en couple, Shawna et lui, mais pour de multiples raisons ce n'était pas envisageable.

— Je m'en moque, mentit Cole. Après tout, elle pouvait bien épouser qui elle voulait. Tout ce qui m'importe, c'est de la protéger jusqu'à ce que nous sachions qui a tué Little et tenté plusieurs fois de la tuer elle aussi.

— Il n'y a pas de nous qui tienne, déclara Cooper, revenu dans le bureau sans que Cole ne s'en rende compte.

Où donc étaient passés ses réflexes de garde du corps ? Qu'allait penser son patron ? se demanda-t-il en soupirant intérieurement. Il était préoccupé, fatigué, et encore sous le coup de la nouvelle de sa paternité.

— Comment ça ?

Cole savait ce que cela signifiait, et ce n'était pas que Cooper jetait l'éponge. La Payne Protection Agency ne laissait jamais tomber ses clients, quels qu'ils soient.

— Tu es déchargé de cette mission, dit Cooper, confirmant ses soupçons. Je veux que tu retournes à River City.

— Il n'en est pas question.

Cole ne voulait en aucun cas retomber amoureux de Shawna, mais il était farouchement déterminé à les protéger, elle et sa fille.

Et leur fille.

En tant qu'infirmière urgentiste Shawna avait souvent vu des patients en proie à des crises de panique. Il lui fut donc facile d'identifier ses symptômes : palpitations, suées, souffle court.

Elle avait besoin d'air. Mais à peine fut-elle à la fenêtre que la porte s'ouvrit. Non pas sur Cole, comme elle s'y attendait, mais sur Manny.

Il la fixait d'un air accusateur. Il avait dû les entendre s'expliquer, Cole et elle. Ou alors Cole s'était empressé de tout lui raconter, lui révélant le secret qu'elle avait gardé pendant six longues années…

Elle savait que Cole lui en voulait. Elle l'avait vu sur

son visage. Et c'était son expression haineuse qui l'avait mise dans cet état, proche de la crise de panique.

— Je dois sortir, dit-elle en luttant contre les larmes. Je me sens oppressée. J'ai besoin d'air.

Manny secoua la tête.

— Non, pas question. C'est beaucoup trop dangereux.

— J'ai besoin d'air, répéta Shawna d'une voix qui montait dans les aigus. Il faut que je sorte pour me vider l'esprit.

— Je ne suis pas sûr que ce soit votre esprit qu'il vous faille vider, fit remarquer Manny d'un ton acerbe.

C'était plutôt sa conscience, en effet, mais pour rien au monde, elle ne l'aurait admis devant lui. De toute façon, elle ne pouvait pas revenir en arrière et redonner à Cole et à Maisy les presque six années qu'elle leur avait volées.

Manny étouffa un juron, avant de consentir finalement à la laisser sortir.

— D'accord. Mais je ne vous quitte pas d'une semelle. Et j'informe Dane pour qu'il nous rejoigne.

Prendre l'air dans ces conditions, avec deux des amis de Cole sur le dos, ne disait plus rien qui vaille à Shawna. Elle voulait sortir pour se changer les idées, pas pour être escortée par deux gardes du corps qui pensaient visiblement pis que pendre d'elle.

Ils prirent l'escalier de service et traversèrent la cuisine. Sur le seuil de la porte de derrière, elle essaya de plaider sa cause auprès de Manny. Sans résultat.

— Combien de fois vous faudra-t-il frôler la mort pour comprendre que vous êtes en danger ? demanda-t-il.

Elle sentit à nouveau les larmes lui monter aux yeux mais elle les refoula vaillamment. Il allait falloir qu'elle pleure un bon coup, mais elle ne voulait pas de témoins. Pas question de jouer les demoiselles en détresse !

— Je sais que je suis en danger, rétorqua-t-elle.

Pourquoi croyez-vous que je suis oppressée et éprouve le besoin de prendre l'air ?

Sceptique, Manny plissa les yeux.

Si Shawna ne s'était pas retenue, elle l'aurait insulté, et peut-être même se serait-elle défoulée sur lui de toute la colère et la frustration qu'elle sentait bouillonner en elle. Mais il la protégeait, et elle devait lui en être reconnaissante.

— Je vous en prie, murmura-t-elle. Je vous promets de rester à portée de votre vue. Il faut juste que je m'éloigne un peu de cette maison.

Elle lui indiqua la tonnelle, juste derrière le patio. Les lumières du manoir éclairaient le patio, mais sous la tonnelle, un peu plus loin, elle allait pouvoir pleurer tout son soûl en toute discrétion.

Son garde du corps ne l'entendait pas de cette oreille.

— Non. C'est trop risqué.

Baissant les yeux sur son holster – Manny avait déjà la main sur la crosse de son pistolet, elle demanda d'un ton ingénu :

— Vous n'arrivez pas à tirer aussi loin, c'est ça ?

Il esquissa un petit sourire.

— Bien sûr que si.

Au stand de tir, Manny surpassait tous les autres. Elle se souvenait de ce que Cole lui racontait dans ses lettres. Il lui parlait souvent de ses amis, aussi avait-elle un peu l'impression de les connaître. À l'époque, elle avait pensé qu'un jour, lorsqu'ils seraient tous de retour et que Cole et elle seraient mariés, les amis de Cole deviendraient aussi les siens.

Il ne fallait plus y compter. Ceux qui ne la détestaient pas déjà ne manqueraient pas de s'y mettre lorsqu'ils sauraient que Maisy était la fille de Cole.

— Alors où est le problème ? dit Shawna. Si quelqu'un

vient me chercher des noises, vous n'aurez qu'à lui tirer dessus.

Manny soupira mais ne chercha pas à la retenir. Elle s'éloigna puis s'arrêta et se retourna.

— Sauf si c'est Cole, bien sûr, dit-elle. Ne tirez pas sur Cole.

Manny accueillit sa remarque sans broncher, mais elle vit qu'il avait du mal à garder son sérieux. Il finit par lâcher prise… et sourire.

— Je suis censé vous protéger, déclara-t-il. Et je prends mon travail très au sérieux.

Il plaisantait, bien sûr, car il n'avait pas l'intention de tirer sur Cole. Ils savaient l'un comme l'autre qu'elle n'avait rien à craindre de Cole. Jamais il ne lèverait la main sur elle. Elle lui aurait presque su gré d'essayer, cependant. Une gifle lui aurait sans doute fait moins mal que son silence glacé, tout à l'heure.

Où était-il allé ? Était-il parti pour de bon ? Retourné à River City, dans le Michigan ?

Ce serait préférable. Pour lui comme pour elle.

Pas pour Maisy, cependant. Depuis la mort de son beau-père, elle avait plus que jamais besoin de son père. S'il arrivait quelque chose à Shawna, Cole serait là pour s'occuper d'elle.

Par loyauté envers Cole, Manny aurait voulu la détester. Mais Shawna était de toute évidence une bonne mère. Elle adorait sa fille qui le lui rendait bien. Il avait vu Shawna à l'œuvre lorsqu'elle avait convaincu la fillette d'ouvrir la porte de sa chambre. À Manny, elle n'aurait jamais ouvert. Elle le prenait pour le monstre qu'elle avait cru voir dans la chambre de sa mère.

Sans être un monstre, il avait néanmoins un peu

honte de se montrer aussi cruel envers Shawna. Il savait pourquoi Cole avait rompu leurs fiançailles. Pas elle.

Elle faisait face à l'adversité avec courage et se préoccupait du sort de Maisy plus que du sien. Sa fille lui importait plus que tout. Jamais Shawna n'aurait tué l'homme que la fillette considérait comme son père. Manny s'en voulait de l'avoir soupçonnée.

Il avait fait une erreur. Et il devait s'en excuser. Sur-le-champ. Mais lorsqu'il voulut demander pardon à Shawna, il se rendit compte qu'il avait fait une autre erreur.

Une vive douleur lui traversa le crâne qui faillit exploser comme une coque de noix sous l'impact du coup qui envoya le garde du corps au tapis.

Avant de perdre conscience, il songea que n'aurait été Teddie, il aurait préféré mourir. Parce que Cole allait le tuer s'il arrivait quelque chose à Shawna – à la mère de son enfant. À la femme qu'il n'avait jamais cessé d'aimer.

12

Cole sentit l'effroi le gagner. Où était Shawna ?

Constatant qu'elle n'était plus dans sa chambre, il pensa qu'elle était peut-être allée dormir avec sa fille. Leur fille…

Il n'arrivait pas à se faire à cette idée. Il savait qu'il ne se sentirait père qu'une fois que Shawna et lui auraient parlé à Maisy – lorsque tout danger serait écarté. Mais quelle serait la réaction de la fillette ? Soit elle l'acceptait, soit elle considérait à tout jamais que son vrai père était Emery Little.

Cole sentit la jalousie lui tordre les entrailles. Il avait honte d'en vouloir au défunt mari de Shawna. Après tout, Emery s'était substitué à lui auprès de la jeune femme, après qu'il l'avait abandonnée. Cole n'était même pas sûr qu'il aurait assumé ses responsabilités s'il avait su pour le bébé. La mission qui l'avait obligé à rompre avec Shawna n'était rien à côté de celles qui avaient suivi. Toujours absent, risquant sa vie chaque jour, quel père aurait-il fait pour l'enfant ?

Mais maintenant qu'il était là, il devait s'assurer que tout allait bien pour Maisy. Il se dirigea donc vers la chambre rose mais lorsqu'il voulut ouvrir la porte, il n'y arriva pas. À la troisième tentative qui, celle-là, se révéla fructueuse, il comprit pourquoi : de son énorme main, Lars Ecklund bloquait la poignée de l'autre côté. Tels deux féroces cerbères, Nikki et lui veillaient jalousement sur la fillette qui dormait paisiblement, dans son lit de princesse, le sourire aux lèvres.

En la contemplant, Cole sentit son cœur se serrer de tendresse. Avant même de savoir qu'elle était sa fille, il avait eu un faible pour elle. Elle ressemblait tellement à sa mère… Mais elle tenait un peu de lui, aussi. Elle avait ses yeux.

Lars sortit dans le couloir et referma la porte derrière lui.

— Tout va bien ? demanda-t-il de sa voix de stentor rendue plus grave encore par l'inquiétude.

— Non, répondit Cole sans ambages.

Lars jeta un coup d'œil vers la porte et déclara :

— C'est ta fille.

Il ne posait pas la question ; il constatait. Cole en conçut une certaine amertume. Apparemment, il était le seul à ne s'être douté de rien. Si le meurtrier d'Emery savait lui aussi que Maisy était une Bentler, à quoi bon continuer à le cacher ?

Était-il au courant pour le testament ? Cole avait encore peine à croire que son grand-père ait pu faire une chose pareille. Avait-il déjà oublié ce que Cole avait eu à subir après que son père avait changé le sien ? Était-il en train de perdre la tête ? Non, sûrement pas ! Le patriarche était toujours aussi manipulateur.

— Maisy est ma fille, en effet, confirma Cole sans la moindre hésitation.

Il n'était pas là pour raconter des bobards à ses amis mais pour s'assurer que Maisy était en sécurité. Et avec Nikki et Lars pour la protéger, il n'avait aucun souci à se faire.

La mère de la fillette, en revanche, n'était nulle part en vue.

Il s'apprêtait à demander à Lars s'il l'avait aperçue

quand celui-ci posa une de ses grandes mains sur son bras et le lui serra.

— Je suis désolé, dit-il. Que tu l'apprennes seulement maintenant.

Shawna n'était pas la seule fautive dans l'affaire. Cole lui en voulait, bien sûr, mais il était également furieux après son grand-père. Et après lui-même, aussi.

Lorsqu'il avait entendu dire qu'elle avait eu un enfant, il aurait dû revenir et exiger un test de paternité. Mais à l'époque, sans doute n'avait-il pas vraiment voulu savoir. Il était engagé pour encore plusieurs années et appartenait à une unité d'élite chargée des missions les plus périlleuses.

— Tu n'aurais pas vu Manny et Shawna, par hasard ?

Lars haussa les épaules.

— Je les ai entendus descendre par l'escalier de service, comme pour aller à la cuisine. Elle avait peut-être une petite faim.

— Oui, c'est possible, dit Cole sans conviction.

Il avait toujours cette sensation désagréable, cette espèce de sueur froide, qui lui donnait à présent la chair de poule. Tournant les talons, il se rua vers l'escalier de service dont il dévala les marches à toute vitesse.

Il n'y avait personne dans la cuisine, plongée dans l'obscurité, mis à part une veilleuse au-dessus de l'évier. Pas une assiette ne traînait, ni la moindre miette, qui aurait pu indiquer qu'ils étaient effectivement venus casser la croûte.

— Mais où peuvent-ils bien être ? murmura Cole.

Balayant la pièce du regard, il remarqua que dans le coin repas la porte donnant sur le patio était ouverte. Qui avait pu aller se balader dehors à une heure pareille ?

La main sur son holster, il sortit dans le patio. Il n'avait pas fait deux pas qu'il manqua trébucher sur un corps étendu sur le sol pavé. Manny !

S'agenouillant auprès de son ami pour lui prendre le pouls, il s'aperçut que Manny était blessé à la tête et saignait abondamment. Son pouls était net et régulier, cependant. Solide comme un roc, Manny avait survécu à son enfance, à son engagement dans le corps des *marines*, et à ses missions de protection.

— Tiens bon, Manny ! murmura Cole.

Alors qu'il lui serrait affectueusement l'épaule, il vit que le holster du blessé était vide.

De sa main gauche, il avait amorti sa chute. Dans la droite, encore à moitié crispée, il était évident qu'il tenait son arme.

Sauf que son arme avait disparu. Tout comme Shawna.

Une pierre ensanglantée traînait à côté du garde du corps, qui se mit à geindre faiblement et à remuer sur le sol pavé du patio. Il commençait à reprendre connaissance, mais après le coup qu'il avait reçu sur le crâne, il lui faudrait un peu de temps pour recouvrer ses esprits. Cole ne pouvait pas compter sur lui pour l'aider à retrouver Shawna.

Elle ne devait pas être bien loin. Manny ne l'aurait pas laissée s'éloigner…

Si elle n'était nulle part, c'était parce qu'il lui était arrivé quelque chose, songea Cole qui sentit son sang se glacer.

Bon sang ! Pourquoi n'était-il pas resté avec elle ?

Où l'avait-on emmenée ? Même si Cole la retrouvait, il risquait d'arriver trop tard, cette fois. L'homme qui la traquait semblait si déterminé à la tuer…

Shawna avait vu une ombre se glisser dans le patio mais elle n'avait pas eu le temps de prévenir Manny qui s'était laissé surprendre. L'inconnu l'avait frappé à la tête, et le garde du corps s'était écroulé. Assommé, apparemment.

Il avait besoin d'aide, mais pour avoir une chance de lui porter secours, Shawna devait échapper à son poursuivant. D'instinct, elle se mit à courir.

Non pas en direction du garage, dans lequel elle avait déjà failli perdre la vie, et où l'électricité n'avait peut-être pas encore été rétablie, mais vers le parc. Au bout de quelques enjambées, elle se retrouva dans le noir, trébucha et tomba de tout son long, s'écorchant les mains et les genoux sur les gravillons de l'allée. Un juron lui échappa.

Le tueur était à ses trousses. Elle entendait le bruit de ses pas, lourds mais rapides. Il allait la rattraper. Si elle ne se remettait pas en route tout de suite, il allait même carrément lui tomber dessus.

Elle se releva et se remit à courir, le cœur battant à tout rompre, les poumons en feu.

Le parc s'étendait sur plusieurs hectares autour du manoir. Shawna fut tentée de repartir dans l'autre sens mais ne sachant pas où était son poursuivant, elle risquait de foncer droit sur lui. Elle percevait le martèlement de ses pas et des craquements de brindilles mais de manière diffuse. Impossible d'en établir la provenance.

Elle s'efforçait de ne faire aucun bruit. Grâce aux ballerines qu'elle portait, ses pas étaient discrets, contrairement à ceux de son poursuivant.

Elle savait l'homme armé ; elle l'avait vu se pencher sur le corps de Manny et s'était doutée que ce n'était pas pour s'assurer qu'il respirait encore mais pour lui subtiliser son pistolet.

Allait-il lui tirer dessus ? S'il la tuait d'une balle dans le dos, le scénario du suicide ne tenait plus. S'il s'approchait plus près, il pouvait évidemment viser la tête…

Mais personne ne croirait qu'elle s'était donné la mort. Même Manny avait fini par cesser de la soupçonner. Il ne la portait pas dans son cœur, c'était évident mais, au moins, il ne la considérait plus comme une meurtrière. Il avait consenti à la laisser sortir, alors qu'au départ, pour des raisons de sécurité, il s'y était farouchement opposé. Et à cause d'elle, il s'était fait agresser.

Il ne manquerait plus que le meilleur ami de Cole meure par sa faute ! songea Shawna, au bord des larmes. Comme si elle n'avait pas déjà fait assez de mal à Cole en le privant de sa fille pendant plus de cinq ans…

Déterminée à ne pas pleurer, pour ne pas se signaler à son poursuivant, elle courait comme une dératée, à la recherche d'un endroit où se cacher.

Lorsqu'elle tomba sur l'abri de jardin, elle se crut sauvée. Mais la porte était fermée à clé. Pas moyen d'entrer. Ce constat la remplit d'effroi. Les battements effrénés de son cœur résonnaient sourdement dans sa tête, et elle était à bout de souffle. Et dire qu'elle était sortie parce qu'elle avait besoin d'air !

Quelle idiote elle avait été d'insister pour aller prendre l'air ! Elle s'était jetée dans la gueule du loup. Et elle ne pouvait plus compter que sur elle-même pour se défendre.

Il ne fallait pas qu'elle baisse les bras. Maisy avait besoin d'elle.

Mais le tueur n'était plus qu'à quelques mètres, à en juger par le bruit de ses pas. Elle n'avait d'autre choix que de se cacher.

Complètement paniquée, elle fit le tour l'abri de jardin. Une brouette était appuyée contre le mur. Vu sa taille, Shawna pouvait tenir dedans sans problème.

Sauf qu'elle ne fut pas assez rapide. Au moment où elle se glissait dans la brouette, une main lui agrippa l'épaule.

Trop tard ! Le tueur l'avait attrapée et cette fois, elle n'allait pas pouvoir lui échapper.

— Nooooon !

Le cri de terreur de la fillette brisa le silence de la chambre, plongée dans la pénombre.

Nikki prit l'enfant dans ses bras pour la calmer, mais Maisy se mit à se débattre et à hurler :

— Au secours ! Le monstre a pris ma maman !

— Mais non, dit Nikki d'un ton apaisant. Ta maman est en sécurité. Ne t'en fais pas pour elle.

Mais, croisant le regard de Lars, Nikki surprit dans ses yeux bleu pâle quelque chose qui lui glaça le sang : de l'effroi et du désarroi.

Shawna ne devait pourtant pas être bien loin. Elle était descendue avec Manny, il y avait de cela un petit moment, et Cole était parti à leur recherche. Sans doute étaient-ils tous les trois en bas, dans la cuisine ou la bibliothèque…

Va la chercher ! articula silencieusement Nikki par-dessus la tête de la fillette.

Lars secoua la tête puis jeta un coup d'œil à l'écran de son téléphone sur lequel un texto venait de s'afficher. Relevant les yeux, il articula à son tour, *Elle a disparu !*

Nikki sentit son cœur faire une embardée lorsqu'elle comprit que Lars voulait dire *disparu pour de bon.*

Et Manny ? se demanda-t-elle, tout en se doutant que s'il était arrivé quelque chose à Shawna, c'était parce que Manny avait été… Bon sang de bon sang, qu'avait-il bien pu se passer ?

Bien que Maisy n'ait pas pu surprendre leur échange, elle recommença à s'agiter et à hurler, comme si elle avait senti la peur et la tension palpables dans la pièce.

— Maman ! Je veux ma maman !

Les autres gardes du corps allaient la retrouver. La

Payne Protection Agency avait toujours réussi toutes ses missions, mise à part celle qu'elle avait volontairement fait échouer parce que son client s'était révélé être le méchant.

Mais Xavier Bentler était un brave homme. Et Shawna une fille bien, même si elle avait caché à Cole qu'il était le père de Maisy. Elle était juste mal avisée.

Ou orgueilleuse et butée.

Traits de caractère que Nikki ne connaissait que trop bien.

— Ta maman va bientôt revenir, assura-t-elle à la fillette en croisant les doigts pour ce que soit vrai.

Mais à la grimace que fit Lars, elle comprit que ce n'était pas gagné.

Et Maisy le comprit aussi car elle éclata en sanglots.

— Le monstre… Il a pris ma maman, gémit-elle dans les bras de Nikki, atterrée.

13

Cole rentra la tête dans les épaules lorsqu'une avalanche de coups de poing s'abattit sur lui. Il ne pouvait pas se défendre, seulement parer les coups. Dès qu'il le put, il attrapa les poignets de Shawna et les immobilisa.

— Allons, calme-toi ! Ce n'est que moi. Mais c'est peut-être ce qui explique ta fureur…

Elle se raidit puis s'affaissa contre lui.

— Tu m'as fait une de ces peurs !

Il lui passa la main dans les cheveux. Ils étaient tout emmêlés.

— Ça va ? Tu n'as rien ?

Elle acquiesça d'un hochement de tête. Puis s'écarta, soudain tout affolée.

— Mais Manny est blessé, lui. Il a besoin d'aide.

— Je sais. J'ai appelé les secours avant de me lancer à ta recherche.

— Comment va-t-il ? demanda Shawna.

Cole n'en savait trop rien. Il s'était rué dans l'allée, guidé par un bruit de pas dont il ne savait toujours pas s'il s'agissait de ceux de Shawna.

Ou de ceux du tueur qui était peut-être là, tout près, en train de les épier.

Une main sur son holster, il attira la jeune femme contre lui.

— Nous devons retourner au manoir, dit-il.

Elle frissonnait. En chemise de nuit et robe de chambre, elle ne devait pas avoir bien chaud. Pieds nus, en plus de cela. Dans sa fuite éperdue pour échapper à son poursuivant, elle avait perdu ses ballerines. Cole en avait trouvé une dans l'allée. En la voyant, il avait pensé que Shawna avait été enlevée.

— Oui, rentrons. Il faut que nous nous assurions que Manny a bien été pris en charge. Il a reçu un coup à la tête. J'ai vu une ombre le frapper et Manny s'écrouler. Et… Et je suis partie en courant. Lâchement.

— Tu as très bien fait, lui assura Cole. Si tu ne t'étais pas enfuie…

Le tueur l'aurait attrapée, et Cole ne l'aurait sans doute pas retrouvée vivante. Ou il ne l'aurait pas retrouvée du tout.

Il frémit à cette seule pensée. Lorsqu'il l'avait abandonnée, six ans plus tôt, il pensait lui rendre service. Il avait commis une erreur. Une erreur qu'il n'allait probablement pas pouvoir réparer.

Il arrivait trop tard. Shawna avait épousé un autre homme et fait croire que l'enfant qu'elle portait était celui de cet homme. En dépit de cette trahison, il n'arrivait pas à la détester. Il aurait bien voulu, pourtant, mais c'était plus fort que lui : il avait toujours aimé Shawna.

Et son amour pour elle exacerbait son instinct de protection. Pour éviter qu'elle se fasse mal aux pieds, il la souleva dans ses bras et entreprit de la porter jusqu'au manoir. Elle ne tenta pas de l'en dissuader. Accrochée à son cou, elle se laissa faire.

Il la sentait trembler contre lui. De froid ? De peur ? Il n'aurait su le dire mais une chose était sûre : le fait de la tenir dans ses bras le mettait dans tous ses états. Son cœur battait la chamade, et son sang pulsait dans ses veines à toute vitesse.

Arme au poing, il se tenait prêt à tirer sur quiconque s'aviserait de faire du mal à Shawna. Et pas uniquement parce qu'il avait pour mission de la protéger.

Il ne voulait pas la perdre. Même si, indépendamment de ce qu'il éprouvait pour elle, il n'avait pas l'intention de vivre avec elle. Après ce qu'elle lui avait fait, il serait incapable de lui faire confiance.

Après avoir été réconfortée et cajolée par Cole, Shawna réconforta et cajola à son tour Maisy, ne la lâchant que lorsque la fillette se fut rendormie.

Elle la borda dans son lit et la laissa à la garde de Nikki, à qui elle adressa un simple signe de tête car elle craignait en lui parlant de réveiller l'enfant. Entre les monstres qu'elle voyait et les cauchemars qu'elle faisait à cause d'eux, la pauvre gosse avait bien du mal à dormir.

Puis Shawna sortit de la chambre à pas de loup. Cole l'attendait dans le couloir.

Pourquoi n'était-il pas entré ? Le sommeil de Maisy lui importait-il si peu ? Refusait-il de la considérer comme sa fille ? D'assumer son rôle de père ?

— Je suis désolée, murmura-t-elle.

Il fronça les sourcils.

— De quoi ?

Elle soupira. Elle avait tant de choses à se reprocher…

— D'avoir persuadé Manny de me laisser sortir prendre l'air.

— Et d'avoir failli vous faire tuer tous les deux, compléta Cole.

— Il va s'en sortir ? demanda-t-elle.

À leur retour au manoir, elle avait vu la flaque de sang sur le sol du patio.

— Il a repris connaissance presque tout de suite,

d'après Cooper. Mais le patron l'a obligé à aller passer un scanner.

C'était une sage précaution. De par son métier, elle savait qu'une blessure à la tête pouvait entraîner de graves complications. Il y avait un risque d'hémorragie interne et de commotion cérébrale.

— Cooper a bien fait de le conduire aux urgences.

— Manny ne voulait rien entendre, intervint un autre homme.

C'était le géant blond. Lars.

— Il a fallu que Dane et moi insistions vraiment beaucoup.

Cole ricana.

— Vous êtes plutôt mal placés pour critiquer, Dane et toi, fit-il remarquer. Vous êtes les premiers à regimber quand il s'agit d'aller vous faire soigner.

Lars haussa ses larges épaules.

— Nous sommes costauds et récupérons vite.

— Manny aussi. Il a la tête dure, dit Cole.

— De nous tous, c'est lui qui a la plus dure, déclara Lars avec un petit sourire.

La porte de la chambre s'entrouvrit, et Nikki les rejoignit dans le couloir.

— Je vous rassure, dit-elle, les fenêtres sont fermées. Maisy ne risque rien.

Shawna se détendit un peu. Elle avait toute confiance en Nikki.

Mais Cole demeurait sur ses gardes et semblait inquiet.

— Il nous manque Cooper et Manny, dit-il. En attendant leur retour, nous devons nous regrouper autour de Shawna et de… ma fille.

Ces deux derniers mots lui avaient coûté mais il avait fini par les prononcer, au grand soulagement de Shawna qui savait à présent que quoi qu'il arrive, Maisy ne serait pas seule. Elle aurait son père. Sa famille.

Une famille au sein de laquelle se trouvait le tueur, à en croire Cole.

— Il faut aussi bien garder à l'esprit que si jusque-là le tueur n'avait pas d'arme, maintenant, il en a une, continua Cole.

Lars tressaillit.

— Il a piqué son arme à Manny ?

Shawna songea que le pauvre Manny n'avait pas vraiment eu l'occasion de se défendre.

Cole acquiesça. Nikki poussa un juron.

— Où est le problème ? demanda Shawna, au bord de l'hystérie. Le pistolet de Manny est-il plus dangereux qu'une bombe ? Que du monoxyde de carbone ? Qu'une corde ?

Ils se mirent tous à la dévisager comme si elle était brusquement devenue folle. Elle avait toute sa raison mais elle crevait de peur. Elle n'avait ni leur expérience ni leur cran. Et ce n'était pas la vie qu'elle avait choisie. Elle ne voulait rien de tout ça. Lorsque Cole était parti en stage commando, elle avait cru naïvement qu'elle pourrait s'y habituer. Mais quand il avait été envoyé en mission…

Elle avait vécu dans la crainte permanente qu'il lui arrive quelque chose et qu'il ne revienne pas. Peut-être avait-il bien fait de rompre avec elle, finalement. Jamais elle n'aurait pu être l'épouse d'un homme qui se mettait constamment en danger.

— Un pistolet est plus rapide, répondit Cole. Et une fois que le coup est parti, il est difficile d'empêcher la balle d'atteindre sa cible.

Autrement dit, grâce à l'arme de Manny, le tueur parviendrait à ses fins plus vite et plus facilement.

— Sa cible, répéta Shawna qui avait les jambes flageolantes et tenait à peine debout. C'est moi, sa cible.

— Nous vous protégerons, dit Nikki.

Cole, lui, se contenta de la regarder. Son sort lui était-il devenu indifférent ? Lui en voulait-il à ce point-là de lui avoir caché l'existence de Maisy ?

S'il avait su, serait-il revenu ? Mais elle n'aurait pas voulu qu'il revienne par obligation. S'il était revenu, il aurait fallu que ce soit par amour…

— Mais pourquoi moi ? demanda-t-elle.

Elle n'avait pas d'argent. Pas d'ennemi en dehors de Cole. Pourquoi cherchait-on à la tuer ?

Lars et Nikki secouèrent la tête de concert. Ils ne connaissaient pas la réponse à sa question. Mais Cole détourna les yeux. Depuis le début, il soupçonnait que le coupable était quelqu'un de sa famille. Avait-il deviné le mobile du tueur ?

Le tueur contemplait le pistolet qu'il tenait dans sa main gantée. Le Glock était facile à utiliser. Il suffisait de faire coulisser la sécurité et de presser la détente. Quand Shawna était tombée dans l'allée du parc, la tuer aurait été un jeu d'enfant.

Mais le coup de feu aurait attiré l'attention des autres gardes du corps – qui auraient rappliqué illico. Encore que Cole n'avait pas mis longtemps à voler au secours de sa protégée.

Non, ça aurait été une erreur. Le plan initial qui consistait à faire croire au meurtre de Little suivi du suicide de Shawna ayant dû être abandonné, il s'agissait maintenant de tuer Cole en premier. Sauf que ce nouveau plan avait failli être modifié lorsque Shawna s'était risquée à sortir dans le patio, avec un seul garde du corps pour la protéger. L'occasion de se débarrasser d'elle avait été trop belle.

Mais il avait fallu encore une fois que Cole s'en mêle.

Lui tirer dessus n'aurait pas été une bonne idée. Le tueur ne tenait pas à ce que tous les gardes du corps lui tombent dessus.

La mort de Cole devait être soigneusement planifiée. Il fallait que le tueur, une fois sa tâche accomplie, ait le temps de quitter la scène de crime.

Il ignorait pour l'instant où et quand il agirait, mais ce qu'il savait, c'était que Cole allait mourir. Très bientôt.

14

Des promesses, Cole savait que c'était ce que Shawna attendait. Les yeux levés vers lui, elle le suppliait du regard.

Il était prêt à tout pour la protéger, y compris à se faire trouer la peau. Mais c'était précisément ce qu'il ne voulait pas lui dire.

Il ne voulait pas attirer son attention sur les dangers de son métier. Déjà que son grand-père et Cooper complotaient pour l'écarter de cette mission… En pure perte, car pour rien au monde Cole ne quitterait le manoir, abandonnant à leur sort Shawna et sa fille qui, incidemment, se trouvait être aussi la sienne.

En l'absence de Cooper, qui avait conduit Manny à l'hôpital, Cole avait pris la direction des opérations.

— Pendant que Dane monte la garde à l'entrée du manoir, dit-il, toi, Lars, tu restes en faction dans ce couloir et toi, Nikki, tu ne bouges pas de la chambre de Maisy. Je ramène Shawna dans la mienne.

À sa grande surprise, Shawna n'opposa aucune résistance et le suivit sans un mot. Lorsqu'il referma la porte derrière eux, elle frissonna. Sans doute le contrecoup de sa mésaventure dans le parc, songea-t-il.

— Ça va ? demanda-t-il.

Elle hocha la tête sans conviction.

Il l'examina de plus près et s'aperçut que ses mains et ses genoux étaient tout écorchés.

— Mais tu es blessée !

Elle regarda ses paumes, sales et ensanglantées.

— Je suis tombée.

Il frémit en songeant qu'une fois de plus elle l'avait échappé belle. Le tueur la cernait où qu'elle aille. Quoi qu'elle fasse, il était là. Menaçant.

— Je vais te protéger, promit-il.

Soulagée, elle leva vers lui un regard dubitatif.

— Es-tu certain d'en avoir vraiment envie ?

— C'est mon travail, lui rappela-t-il.

Mais il s'agissait en réalité de bien autre chose. Shawna était tout pour lui. Et il ne voulait pas la perdre.

— Je suis désolée, murmura-t-elle.

— Tu t'es déjà excusée tout à l'heure d'avoir forcé Manny à t'accompagner dehors, lui fit remarquer Cole.

Et si elle s'excusait cette fois de l'avoir privé de Maisy ? En était-elle capable ? Et lui, était-il capable de lui pardonner ? Car même s'il avait toujours des sentiments pour elle – même s'il l'aimait, autant le dire tout net – il lui en voulait terriblement. Mais il n'en voulait pas qu'à elle.

— Je suis désolée que ton grand-père t'ait fourré dans ce guêpier, dit-elle.

— D'une part, tu n'as pas à t'excuser pour mon grand-père et de l'autre, nous n'étions pas obligés d'accepter cette mission.

— Tu as dit que Cooper ne t'avait pas donné le choix.

— J'aurais pu lui tenir tête, déclara Cole.

Il aurait aussi pu lui dire la vérité – qu'il était toujours amoureux de Shawna et n'était pas près de tourner la page. Mais perspicace comme il l'était, Cooper le savait probablement déjà.

— Pourquoi ne l'as-tu pas fait, alors ?

Il fit un pas vers elle.

— Je ne supporte pas de te savoir en danger, admit-il.

Parce qu'il l'aimait plus que tout au monde. Mais ça, il valait mieux pour lui que personne ne le sache.

Même pas elle.

— Tu sais, après ce que je t'ai fait pour Maisy, je comprendrais que tu aies changé d'avis et que tu me détestes.

Sa voix avait perdu de sa fermeté, et ses yeux brillaient de larmes contenues. Il dut se faire violence pour ne pas la prendre dans ses bras. Elle l'émouvait tellement…

Pour lui cacher l'existence de Maisy, il avait fallu qu'elle ait une bien piètre opinion de lui. Mais à qui la faute ? Il lui avait dit des horreurs lorsqu'il avait rompu avec elle. Et il s'était conduit comme un vrai salaud.

S'approchant encore plus près de la jeune femme, il toucha ses mains. Bien que sales et ensanglantées, il aurait tant voulu les sentir sur lui, tant voulu poser les siennes sur elle…

— Tu devrais aller faire un brin de toilette, suggéra-t-il en lui indiquant la salle de bains attenante à la chambre.

Il avait besoin d'être seul pour se ressaisir. Son corps tout entier vibrait de désir. Shawna l'attirait comme un aimant. Malgré ce qu'elle avait fait, il la trouvait toujours aussi irrésistible.

Shawna n'aspirait qu'à une chose : que Cole lui pardonne et la prenne dans ses bras.

Si seulement il pouvait l'aimer… Mais l'avait-il aimée un jour ? Elle était en droit d'en douter, compte tenu de la manière dont il l'avait laissé tomber.

Elle grimaça lorsqu'elle manipula le mitigeur de la douche pour couper l'eau. Les écorchures qu'elle avait sur les mains lui faisaient un mal de chien. Ses genoux avaient nettement moins souffert de sa chute. Mais elle avait dû rester très longtemps sous le jet d'eau chaude pour redonner à ses pieds leur couleur d'origine.

Elle avait perdu ses ballerines en cherchant à échapper au tueur, dans le parc, mais grâce à Cole elle n'avait pas perdu la vie.

Comment pouvait-il ne pas la détester, maintenant qu'il savait ? Mais peut-être n'en avait-il rien à faire d'elle ? Ou rien à faire de Maisy ?

Deux petits coups frappés à la porte de la salle de bains et une voix grave l'arrachèrent à ses sombres pensées.

— Tout va bien ?

Ces trois mots suffirent à la détromper : elle comptait encore pour lui – au moins un petit peu.

Elle sortit du bac de douche et tendit le bras vers la serviette. Au moment où elle allait lui répondre, la porte s'ouvrit, et Cole entra.

D'un coup d'œil, il embrassa son corps nu. Elle sentit sa température corporelle grimper de plusieurs degrés et le débit de son sang s'accélérer dangereusement dans ses veines.

Elle avait envie de lui. Et elle sut, à son regard chaviré, que ce désir Cole l'éprouvait aussi. Lorsqu'il s'approcha, elle crut qu'il allait la prendre dans ses bras. Au lieu de quoi, il attrapa la serviette et se mit à l'essuyer en commençant par ses cheveux qui dégoulinaient sur son dos et sur sa poitrine. Il s'appliquait, prenait son temps. Ses gestes étaient doux mais aussi terriblement sensuels.

— Tout va bien ? répéta-t-il d'une voix rauque.

Au moins aussi troublée que lui, elle secoua la tête.

— Non, dit-elle dans un souffle.

Se servant de la serviette pour l'attirer contre lui, il demanda :

— Où as-tu mal ?

Elle lui prit la main et la posa sur son cœur, qui battait la chamade.

— Là.

Lorsqu'il emprisonna son sein nu dans sa paume, elle exhala un petit soupir. Il y avait si longtemps que personne ne l'avait touchée…

— Cole…

Il secoua la tête, comme pour nier le désir pourtant évident qu'il avait d'elle. Mais la passion sembla l'emporter sur la raison et d'un geste brusque, il la souleva dans ses bras et la porta sur le lit.

Mais cette fois Shawna ne le laissa pas se défiler. S'agrippant à lui, elle essaya de le débarrasser de son T-shirt. Mais son fichu holster l'empêchait d'arriver à ses fins.

Il retira son harnachement, posant l'arme et son étui à côté de lui, sur la table de nuit. Puis il enleva son T-shirt. Lorsqu'il leva les bras pour le passer par-dessus sa tête, Shawna fut fascinée par le dessin de ses biceps et de ses pectoraux. En six ans, il avait pris du muscle et récolté quelques cicatrices – une balafre en zigzag sur l'épaule et une estafilade le long des côtes.

Elle effleura ces marques du bout du doigt.

— Comment est-ce arrivé ?

Il ne répondit pas.

Se penchant sur lui, elle posa ses lèvres sur son épaule, à l'endroit de la cicatrice, puis elle se contorsionna pour embrasser aussi celle qui lui barrait le flanc.

Il soupira et murmura son nom.

À son tour, il se pencha sur elle et se mit à la couvrir de baisers torrides. Elle frissonnait sous la caresse de ses lèvres qui traçaient dans son cou, sur ses épaules et sur sa gorge un sillon brûlant. Lorsqu'il captura dans sa bouche l'un de ses mamelons durcis et commença à le mordiller, elle gémit.

Éperdue de désir, impatiente de le sentir entièrement nu contre elle, elle s'attaqua à sa ceinture. Ses doigts fébriles bataillèrent pour la déboucler et pour faire glisser la fermeture Éclair qui fermait sa braguette tendue sur son sexe en érection.

Le souffle court, il la laissa faire. Lorsqu'elle baissa son boxer, libérant enfin de son carcan de coton et de lycra, son sexe turgescent, il cessa de respirer.

— Shawna…

Puis il s'écarta et se leva.

Un court instant, elle crut qu'il avait changé d'avis et allait s'en aller. Au lieu de quoi, il retira ses chaussures et acheva de se dévêtir. Puis il se dressa devant elle dans toute sa virilité triomphante.

Elle tendit les mains vers lui, le suppliant de revenir sur le lit.

À défaut de revenir dans sa vie.

Elle savait qu'il ne fallait pas y compter. En six ans, pas une seule fois il n'avait pris de ses nouvelles. Si Xavier ne lui avait pas fait du chantage, il ne serait jamais revenu.

Mais elle avait trop envie de lui pour laisser ses griefs gâcher l'instant présent.

En un tournemain, il extirpa de sa poche un préservatif, le sortit de son emballage et l'enfila, sous le regard émerveillé de Shawna qui n'en revenait pas de le voir en vrai, et pas seulement en rêve.

Elle eut un bref instant d'appréhension. Autrefois, lorsqu'ils faisaient l'amour, Cole se montrait tendre et patient avec elle, s'assurait qu'elle était prête. Mais à l'époque, il était amoureux d'elle…

Tant pis pour les préliminaires, songea-t-elle, résignée à se contenter du service minimum. Il y avait trop longtemps qu'elle attendait ce moment…

Mais à sa grande surprise Cole prit tout son temps, ne lésinant ni sur les baisers ni sur les caresses. Sa bouche, ses mains se firent ensuite plus audacieuses, plus impatientes et Shawna, n'y tenant plus, dut le supplier d'abréger son supplice.

Elle le voulait en elle.

Lorsque, après l'avoir fait jouir une première fois juste avec ses doigts et sa langue, il la pénétra enfin, elle creusa les reins pour mieux s'offrir à lui, le sentir en elle au plus profond. Malgré leur longue séparation, leurs corps s'épousaient toujours aussi parfaitement et retrouvaient naturellement le rythme de leurs ébats passés.

Cole était resté ce merveilleux amant qu'elle avait tant aimé et n'avait jamais pu oublier. Il était non seulement son premier amant mais aussi le seul. Le seul homme qu'elle ait désiré. Et aimé.

Et bien que Cole lui ait brisé le cœur, elle l'aimait toujours.

Ses fougueux coups de reins déclenchèrent en elle un second orgasme, d'une intensité inouïe qui la stupéfia, et qu'elle mit sur le compte de la longue abstinence qu'elle avait endurée.

À moins que les sentiments qu'elle éprouvait pour Cole n'en fussent la cause…

Dans une ultime étreinte, Cole jouit à son tour en criant son nom. Pendant quelques secondes, il appuya son front contre celui de Shawna et la contempla au fond des yeux, comme s'il voulait sonder son âme.

Qu'espérait-il y trouver ? se demanda-t-elle.

De l'amour ?

Des remords ?

De la culpabilité ?

Elle ressentait tout cela à la fois. Mais ce qui prédominait, c'était l'amour, et elle brûlait d'envie de le lui dire. Sauf que lui ne partageait probablement pas ses sentiments et ne lui pardonnerait sans doute jamais de ne pas lui avoir dit pour Maisy. Shawna se demandait si elle-même se pardonnerait un jour de lui avoir fait une chose pareille.

Peut-être valait-il mieux qu'il la déteste, tout compte fait. Car le tueur impitoyable qui la traquait sans relâche finirait par avoir sa peau ; elle en était quasiment convaincue. Cole aurait moins de peine s'il ignorait ce qu'elle ressentait pour lui. Il était préférable qu'il ne sache pas qu'elle l'aimait, et qu'elle n'avait jamais cessé de l'aimer.

Une idée germa soudain dans son esprit : et si c'était le raisonnement que Cole avait suivi, il y a six ans, lorsqu'il avait rompu leurs fiançailles ? Et si c'était pour la protéger qu'il avait décidé de la quitter ?

Maintes fois il l'avait mise en garde, prévenue que ses missions devenaient de plus en plus dangereuses. Avait-il pensé qu'il ne reviendrait pas vivant de celle pour laquelle il s'apprêtait à partir ? Était-ce la raison pour laquelle il avait rompu ?

N'empêche qu'il était revenu.

Mais entre-temps, elle s'était mariée. Voilà, songea-t-elle consternée, pourquoi il l'avait si mal pris. Il s'était senti trahi.

Elle aurait voulu lui dire comment les choses s'étaient réellement passées. Elle aurait voulu qu'il sache qu'entre Emery et elle il n'y avait jamais rien eu. Mais tant qu'elle était en danger, il valait mieux pour lui qu'il reste dans l'ignorance et continue de lui en vouloir.

Elle ferma les yeux pour qu'il ne puisse pas y lire à quel point elle l'aimait.

Lorsqu'elle les rouvrit, quelques secondes plus tard, Cole avait disparu. Il était à la salle de bains, juste à côté. En fait, il était parti il y a six ans et n'était toujours pas revenu. Cole et elle venaient de faire l'amour, mais elle sentait bien qu'il restait distant.

Lorsqu'il reparut, elle fit semblant de dormir. Il ne se glissa pas dans le lit pour la prendre dans ses bras, comme il le faisait autrefois. Elle entendit le parquet craquer et devina qu'il s'était approché de la fenêtre. Il n'avait pas oublié qu'il était là pour la protéger, comme il s'y était engagé.

En contemplant son dos, qui se découpait devant la croisée, elle comprit qu'en épousant un autre homme elle l'avait perdu pour toujours. Il ne le lui pardonnerait pas. À supposer qu'elle en ait le temps, jamais elle ne réussirait à regagner sa confiance. Elle avait donc bien fait de lui taire ses sentiments.

Il ne lui restait plus à espérer qu'elle n'emporterait pas son secret dans sa tombe.

Cooper poussa un soupir de soulagement en voyant le soleil briller à travers les persiennes du bureau de Xavier.

Il faisait jour – la matinée était même déjà bien avancée –, et personne ne manquait à l'appel. Commotionné par le coup qu'il avait pris sur la tête, Manny n'avait pas passé une trop mauvaise nuit. De toute façon, il était trop orgueilleux pour se plaindre.

Et Cole ne valait guère mieux. S'il avait admis qu'il se sentait encore trop vulnérable par rapport à Shawna pour accepter cette mission, Cooper aurait décliné l'offre de Xavier. Mais si quelque chose était arrivé à Shawna – et il ne faisait aucun doute que sans eux elle ne serait plus là, Cole aurait été encore plus malheureux.

Sauf que là, en plus d'être malheureux, il était en

danger. Cooper leva les yeux vers Xavier, assis derrière son bureau directorial. Le vieil homme avait fait de cette mission un vrai calvaire et de la vie de son petit-fils un enfer. Et il le savait. Sa mauvaise conscience se lisait sur ses traits tourmentés et dans sa posture avachie. Il savait aussi ce que Cooper pensait de la manière dont il avait manipulé Cole.

Cooper songea cependant qu'il aurait mieux fait de se taire. Il n'était pas là pour faire des reproches à qui que ce soit, mais pour identifier le tueur et le neutraliser.

— Il s'agirait donc d'un membre de votre famille, dit-il.

Xavier acquiesça.

— Oui, mais qui ? Ils vivent tous ici, sous mon toit.

Cole avait refusé de retourner à River City comme Cooper le lui avait ordonné, mais il n'allait pas pouvoir rester. Si le tueur apprenait que Xavier avait changé son testament, Cole serait encore plus en danger que Shawna.

Il voulait à tout prix les protéger, elle et leur fille, mais mort, il ne leur serait pas d'une grande utilité.

Un sombre pressentiment envahit Cooper qui ne put réprimer un frisson. Son fameux sixième sens se rappelait de nouveau à lui. Il avait hérité de sa mère cette étrange faculté de pressentir l'imminence d'un malheur. Et là, ses antennes étaient en alerte absolue.

Quelque chose de terrible se préparait.

— Il faut éloigner Cole d'ici le plus rapidement possible, dit-il.

Il ne s'adressait pas à Xavier mais à Manny, car il se doutait qu'il leur faudrait peut-être employer la force.

— Il est parti, annonça Lars, qui se tenait dans l'encadrement de la porte du bureau. Il a quitté sa chambre il y a déjà un petit moment.

— Pour aller où ? demanda Cooper.

Lars haussa les épaules.

— Je l'ai vu emprunter l'escalier de service, alors j'ai pensé qu'il descendait à la cuisine.

Le géant blond se crispa, comme s'il avait lui aussi pressenti le pire.

— Mais j'ai constaté ensuite qu'il n'y était pas, dit-il d'un ton contrit.

— Il faut qu'on le retrouve. Et vite ! dit Cooper, conscient qu'il était peut-être déjà trop tard.

15

Le soleil dardait ses rayons sur Cole et chauffait sa peau en surface. Mais intérieurement il était glacé. Ou du moins tentait-il de l'être. Il aurait voulu être engourdi, ne plus rien ressentir.

Car Shawna mettait ses sens en émoi et le rendait fou de désir. Comme la nuit dernière, dans la salle de bains et dans la chambre. Puis elle s'était endormie, et ce qu'il avait ressenti alors était encore plus dérangeant. Son cœur s'était gonflé de tout cet amour qu'il avait toujours eu pour elle.

Et il avait paniqué.

Il comprenait à présent pourquoi elle avait éprouvé un tel besoin de prendre l'air, la veille au soir. Lui, il s'était obligé à attendre qu'il fasse jour pour sortir dans le couloir. Lars venait juste d'être remplacé par Dane devant la porte de la chambre. Les deux hommes l'avaient regardé bizarrement.

— Tu as pu dormir ? avait demandé Lars, aussi frais qu'on peut l'être après une nuit blanche.

Cole avait secoué la tête et s'était rué vers l'escalier de service avant d'avoir à subir un feu roulant de questions forcément embarrassantes. Et avant que Maisy ne se réveille.

Il avait envie de la voir mais il n'était pas sûr de pouvoir contenir ses émotions. Il la connaissait à peine mais il l'aimait déjà. Parce qu'elle avait ses yeux et, surtout, parce qu'elle ressemblait à Shawna. Rien que pour ça, il savait qu'il l'aurait aimé même si elle n'avait pas été de son sang.

Depuis qu'il savait que Maisy était sa fille, il avait envie de l'annoncer au monde entier. Et à elle, en priorité. Il avait envie qu'elle sache qu'il était son papa et qu'il ferait tout son possible pour combler le vide que la disparition d'Emery Little avait laissé dans sa jeune vie.

Pas sûr cependant que la fillette veuille de lui, et plus généralement d'un autre papa.

Il ne savait pas comment s'y prendre avec l'enfant. Son propre père n'avait jamais été ni très présent ni très affectueux. Il l'aimait, pourtant, mais entre ses affaires et ses nombreux loisirs, il n'avait pas eu beaucoup de temps à consacrer à Cole. Pourquoi ne lui avait-il jamais parlé de son grand amour et de l'accident qui le lui avait ôté ? Jusqu'à ce que son grand-père mentionne Natalie, hier après-midi, Cole n'avait jamais entendu parler d'elle. Son père s'était-il senti responsable de sa mort ?

Il y avait des choses que Cole ne pourrait jamais dire à Maisy. Même quand elle serait plus grande, il ne lui parlerait pas de ses missions, ni des dangers auxquels il avait été confronté quand il était dans l'armée ou de ceux qu'il rencontrait aujourd'hui presque quotidiennement dans l'exercice de son métier de garde du corps.

Avait-il le droit de lui dire qu'il était son père si c'était pour ne rester dans sa vie que quelques années, voire beaucoup moins que cela ? Cole n'avait aucunement l'intention de mourir. Il avait survécu à toutes sortes de missions extrêmement dangereuses. Alors il n'y avait pas de raison pour qu'il ne survive pas à une simple mission de protection.

Sauf qu'il ne s'agissait pas de n'importe quelle mission de protection.

À cause de son grand-père, cette mission se révélait être la plus périlleuse de toutes celles dont il avait été chargé jusque-là. Aussi valait-il peut-être mieux ne rien dire à Maisy jusqu'à ce qu'ils aient identifié et arrêté le tueur.

Sa famille était cupide et sans pitié mais l'était-elle au point de tuer ? Et qui, parmi tous ces requins, avait assez de cran pour aller jusqu'au meurtre ? Et s'ils s'étaient mis à plusieurs ? songea Cole, qui pensa aussitôt à ses cousins. Et pourquoi pas les jumelles ? Elles étaient grandes et fortes, parfaitement capables d'assommer un homme – deux hommes, en l'occurrence – et de passer un nœud coulant autour du cou de Shawna. Et il y avait aussi ses oncles qui s'étaient peut-être lassés d'attendre la mort du patriarche…

Cole prit brusquement conscience d'une chose effroyable : pour que tous ces gens héritent, il fallait que son grand-père meure. Il est vrai qu'il avait déjà quatre-vingt-six ans et qu'il n'était plus en très bonne santé depuis son infarctus. Mais…

Et si tout tournait autour de cet héritage ? Pour vouloir supprimer les autres héritiers, il fallait que le tueur soit persuadé que le moment tant attendu d'empocher le pactole était enfin sur le point d'arriver. Peut-être pensait-il Xavier à deux doigts de succomber à un second infarctus ? Cela pourrait bien se produire s'il arrivait quelque chose à Shawna. Et s'il survivait au choc, le vieil homme mourrait de chagrin ou bien de tous ses excès, car Shawna ne serait plus là pour le surveiller.

Cole soupira.

Les modifications que le patriarche avait apportées à son testament les mettaient gravement en danger, Shawna et lui.

Du coin de l'œil, il capta un reflet.

Le soleil étincelait sur un objet métallique. Il comprit que l'objet en question était un pistolet une nanoseconde avant que le coup de feu éclate.

Et il sut sans l'ombre d'un doute que la balle lui était destinée.

Maisy poussa un cri et échappa à Shawna qui était en train de lui enfiler une robe en la lui passant par la tête. La jeune femme dut se faire violence pour ne pas crier elle aussi. La violente déflagration avait fait trembler les vitres des fenêtres.

Nikki s'extirpa d'un bond du fauteuil dans lequel elle s'était assoupie après sa nuit de veille. Retrouvant instantanément ses réflexes, elle dégaina son arme.

— Est-ce que c'était une bombe, maman ? demanda Maisy, qui tremblait comme une feuille.

Shawna secoua la tête.

— Non, je ne crois pas. Je… ne sais pas ce que c'était.

Mais elle le savait très bien. Lorsqu'un autre coup de feu retentit, puis encore un autre, Maisy se mit à hurler.

Un flot d'adrénaline envahit Shawna. Mais la peur ne paralysait pas ses capacités de raisonnement. Elle savait que ce n'était pas elle qui était visée, sinon les carreaux auraient volé en éclats. Les coups de feu étaient proches, mais ils provenaient de l'extérieur.

— Où est Cole ? demanda-t-elle tout bas à Nikki.

— Il est descendu, répondit la garde du corps, le nez collé à la fenêtre.

Shawna comprit alors que c'était sur lui qu'on tirait.

— Cole ne risque rien, hein, maman ? dit Maisy, comme si elle avait lu dans ses pensées.

Pourquoi s'inquiétait-elle pour lui ? se demanda

Shawna. Elle le connaissait à peine. Aurait-elle surpris une conversation ? Compris que Cole était son papa ?

Shawna prit sa fille dans ses bras pour la réconforter. Mais elle n'en menait pas large elle-même et priait secrètement pour qu'il ne soit rien arrivé de fâcheux à Cole. Elle avait besoin de lui. Plus que jamais.

Xavier entendit le coup de feu, lui aussi, et se leva brusquement mais un vertige le saisit et l'obligea à prendre appui des deux mains sur son bureau.

La vieillesse était une vraie plaie. Depuis son infarctus, il ne pouvait pas se lever rapidement sans avoir la tête qui tournait. À moins que ce ne soit le manque de sommeil. Il avait passé la nuit à ressasser mille pensées et à regretter d'avoir agi aussi inconsidérément.

Cole se moquait de l'héritage comme d'une guigne. Il ne demandait rien. Et Shawna non plus. Mais qu'est-ce qu'il lui avait pris de modifier son testament ? Au lieu de favoriser une réconciliation entre Cole et Shawna, ses manœuvres n'avaient réussi qu'à les mettre en danger. Sans compter que Emery Little était mort et que Shawna et Astin avaient eux aussi failli y rester.

Des coups de feu éclatèrent à nouveau. Que se passait-il encore ? Qui tirait ? Et sur qui ?

Il fallait qu'il aille voir. Il savait Shawna à l'abri. Après ce qui s'était passé la veille au soir, la jeune femme était sous haute surveillance. Il ne pouvait rien lui arriver avec tous ces gardes du corps déployés autour d'elle.

Cole, en revanche, courait un réel danger.

D'autant plus que quelques minutes avant que retentisse le premier coup de feu, personne ne savait où il était. Cooper et ses hommes s'étaient lancés à sa recherche mais Xavier ignorait s'ils l'avaient retrouvé.

Il avait conscience d'être à l'origine de tout cela.

Cooper avait raison : il avait semé une belle pagaille en cherchant à manipuler tout le monde.

Cole avait-il survécu à toutes ces fichues missions pour se faire tuer une fois de retour chez lui ? Jamais Xavier n'aurait dû l'obliger à revenir. Il s'en voulait tellement…

Une vive douleur lui traversa la poitrine, irradiant dans son bras gauche.

Il connaissait ces symptômes et sut qu'il était en train de faire un infarctus. On l'avait prévenu qu'à son âge, et vu l'état de son cœur, il ne survivrait pas à une seconde crise cardiaque.

Mais dans le fond, il n'avait que ce qu'il méritait. En quatre-vingt-six ans d'existence, il avait causé beaucoup de torts, et pas seulement à Cole et à Shawna. Ses manœuvres lui avaient valu de divorcer plusieurs fois, de perdre ses amis, un associé et l'amour de sa vie. Cela ne pouvait que mal finir.

Il porta une main à sa poitrine, comme pour empêcher son cœur de le lâcher. Mais si Cole s'était fait tuer, son cœur ne s'en remettrait pas. Cole mort, Xavier n'avait plus aucune raison de vivre.

Il n'appela pas à l'aide. Mais l'aurait-il voulu qu'il n'en aurait pas eu le temps car ses jambes se dérobèrent sous lui, et il s'écroula sur le sol.

16

La douleur irradiait dans l'épaule de Cole. Il la remua doucement et grimaça lorsque le muscle endommagé roula sous sa peau.

— Où as-tu été touché ? demanda Manny, inquiet.

— Ce n'est rien. Je me suis déboîté l'épaule quand je me suis jeté par terre pour éviter la balle.

Il examina le trou dans le mur de brique du manoir. La première balle, qui l'avait manqué de peu, s'était enfoncée dans le ciment entre les briques. Les suivantes avaient ébréché le mur mais elles étaient passées loin de lui. Soit le tireur était un vrai manche, soit il s'était dégonflé.

Cole avait dégainé et riposté, visant l'endroit où il avait vu le métal miroiter au soleil. Mais il n'avait pas réussi à voir le tireur.

— Est-ce que je l'ai touché ? demanda-t-il sans trop y croire.

Lorsque Manny et Cooper avaient surgi hors de la maison, Cole leur avait indiqué le parc. Le tireur avait dû se planquer derrière la tonnelle, à l'abri des plantes grimpantes.

Manny secoua la tête, mouvement qui lui arracha une grimace de douleur. Cole n'avait pas besoin de voir les résultats du scanner pour savoir que son ami souffrait d'un traumatisme crânien.

— Je n'ai pas l'impression, répondit Manny. Il n'y a aucune trace de sang, en tout cas.

— Juste ces quelques douilles, dit Cole en montrant ce qu'il tenait au creux de sa main.

— Je parie que ce sont les miennes, répliqua Manny, dépité et honteux de s'être laissé surprendre comme un bleu, la veille au soir.

— Peu importe à qui elles appartiennent, fit remarquer Cole. Tout ce qui nous intéresse, c'est de trouver qui a tiré.

Mais le tireur s'était enfui.

Cole savait qu'il allait revenir. Il n'aurait de cesse de les tuer, Shawna et lui. Et lorsqu'il apprendrait que Maisy était une Bentler, il tenterait probablement de la tuer elle aussi.

Et ça, Cole voulait à tout prix l'éviter.

Il ne pouvait pas prendre le risque de perdre Shawna et Maisy. Elles étaient ce qu'il avait de plus cher au monde.

Il fallait qu'il trouve un moyen de les protéger.

Shawna se sentait comme un animal en cage. Elle se rongeait d'inquiétude pour Cole mais Nikki refusait de la laisser sortir, aussi n'avait-elle d'autre choix que de dompter son impatience et de museler sa peur. Jusqu'à ce qu'on frappe à la porte de la chambre et qu'une voix grave se fasse entendre.

— C'est moi.

Shawna arriva à la porte une fraction de seconde après Nikki qui avait bondi la première. Elle se jeta sur Cole et l'entoura de ses bras. Blottie contre sa poitrine, elle s'aperçut à peine que Nikki s'était éclipsée en refermant la porte derrière elle.

— Je suis si contente que tu sois sain et sauf ! s'exclama Shawna, soulagée.

Nikki lui avait lu le texto qu'avait envoyé Lars pour les rassurer. Cole n'avait rien. Mais Shawna avait eu besoin de le voir – et de le toucher – pour le croire.

Elle se sentit soudain repousser en arrière et vit Maisy, qui avait déboulé sans crier gare, se glisser entre eux et nouer ses bras autour des jambes de Cole. Il se baissa pour prendre la fillette dans ses bras. Maisy lui claqua un gros bisou sur la joue après avoir noué ses bras autour de son cou.

Shawna sentit son cœur se gonfler d'amour. Ils avaient l'air de si bien s'entendre, tous les deux. Ce constat lui fit regretter encore plus de leur avoir caché la vérité.

— Quand j'ai entendu l'*esplosion*, j'ai eu peur que tu meures toi aussi, confia la fillette de sa voix fluette.

— Ce n'était pas une bombe, dit Cole.

Croisant son regard, Shawna le supplia de faire attention à ce qu'il allait dire. Elle le savait incapable de mentir. Il était sans doute parti pour tout raconter à la fillette et pour lui révéler, dans la foulée, qu'il était son père.

Shawna prit une grande inspiration pour se donner du courage car elle appréhendait la réaction de Maisy.

— Ce que tu as entendu, poursuivit-il, c'était un coup de feu. Mais rassure-toi, personne n'a été blessé.

Maisy poussa un petit soupir de soulagement mais ne lâcha pas pour autant le cou de Cole.

— J'ai eu peur, surtout quand maman a demandé à Nikki où tu étais.

Shawna se sentit rougir. La fillette avait perçu son anxiété et s'était encore plus inquiétée.

— Je vais bien, comme tu peux le voir, dit Cole en caressant la tête de l'enfant.

— Tant mieux. Parce que je me demandais…

Elle planta ses yeux bleus dans ceux de Cole.

— C'est vrai que tu es mon papa ?

Shawna en eut le souffle coupé. Elle savait la petite très futée et n'ignorait pas qu'elle avait souvent les oreilles qui traînaient, mais elle ne s'attendait pas à ce qu'elle pose carrément la question.

— Mais… Qu'est-ce qui te fait penser ça ? bredouilla-t-elle.

Maisy s'empourpra et baissa les yeux.

— J'ai entendu des gens de la famille de grand-père en discuter, admit-elle piteusement car elle savait qu'elle n'avait pas le droit d'espionner les adultes.

Elle releva les yeux et ajouta, à l'intention de Cole :

— Et tes amis aussi en ont parlé entre eux.

Cole piqua un fard, lui aussi.

— Nikki t'a dit quelque chose ?

— Elle me croyait endormie. Elle parlait avec Lars.

— Je t'ai déjà dit de ne pas écouter les conversations des grands, dit Shawna, mécontente.

— Je sais, mais c'est comme ça que j'apprends des choses, répliqua Maisy. Des choses importantes.

— Mais il ne faut pas croire tout ce que disent les gens. Ils ne sont pas toujours bien informés et ils aiment bien cancaner.

— Quand quoi ?

— Cancaner. Affirmer des choses sans savoir, si tu préfères.

Shawna vit deux paires d'yeux bleus la scruter d'un air interrogateur. Cole patienta une longue minute, comme pour lui laisser l'opportunité d'informer elle-même sa fille.

Mais il dut juger qu'il valait mieux ne pas compter sur elle pour dire la vérité et prit les choses en main.

— Sauf que cette fois, Maisy, ce que les gens racontent est vrai.

La fillette le fixa à nouveau et posa une main sur sa joue.

— Tu es bien mon papa, alors.

Ce n'était plus une question mais une affirmation.

Se tournant vers Shawna, Maisy demanda, perplexe :

— Tu le savais ?

Shawna faillit à nouveau s'étrangler. Sa fille n'en finissait pas de l'étonner.

— Euh, oui. Mais Cole ne l'a su qu'hier seulement. Il était parti et vivait loin d'ici.

— C'est pour ça que j'ai eu un autre papa.

Cole tressaillit.

— Mais il est mort, continua Maisy. Toi, il ne faut pas que tu meures.

Il secoua la tête.

— Je n'en ai pas l'intention. Et je veux que ta maman et toi soyez en sécurité. C'est pourquoi tu vas rassembler tes vêtements et tes jouets préférés et les fourrer dans un sac.

— On va où ? demanda la fillette, tout excitée.

Shawna se sentit blêmir. Cole allait-il emmener Maisy ? Voulait-il la punir de lui avoir si longtemps caché l'existence de l'enfant ?

Elle l'en empêcherait, se battrait bec et ongles pour garder sa fille. Personne ne la lui enlèverait.

— Je vais t'emmener dans un lieu sûr, répondit Cole.

Maisy posa la question qui brûlait les lèvres de Shawna.

— Et maman ?

— Elle vient aussi ; ne t'en fais pas.

Shawna attendit que Cole ait reposé la fillette par terre. Tandis que Maisy se précipitait vers son placard pour faire le tri de ses jouets, elle prit Cole par le bras et l'entraîna vers la porte.

— Il faut que je te parle, murmura-t-elle.

Acquiesçant d'un hochement de tête, il ouvrit la porte. Ils sortirent, et Nikki entra. Avant de refermer la porte, elle lança à Cole :

— Je suis contente que tu n'aies rien.

Shawna songea que les coups de feu l'avaient frôlé de plus près qu'il ne voulait bien le dire.

Dès qu'ils se retrouvèrent seuls, Shawna demanda :

— Qu'est-ce que c'est que cette histoire de lieu sûr ?

— Mon rôle est de vous protéger, Maisy et toi. Je ne veux pas que vous restiez ici.

— Je ne peux pas partir.

— Et pourquoi donc ? Quelqu'un dans cette maison a tué ton mari et tenté de te tuer. Et maintenant, je suis visé à mon tour.

Shawna sentait la peur lui enserrer le cœur comme des tenailles. Elle aurait aimé pouvoir s'enfuir avec lui et leur fille pour se cacher quelque part, à l'abri du danger. Mais c'était impossible.

— Je ne peux pas laisser ton grand-père.

Cole la prit par le poignet et l'entraîna vers l'escalier.

— Allons lui parler. Je vais lui demander de te congédier.

— Il a besoin de moi.

— Il n'est pas impotent, répliqua Cole. Ce vieux filou est solide comme un chêne.

— Il a le cœur malade. Et il ne prend pas soin de lui. Il a besoin de moi.

Et elle ne s'était pas beaucoup occupée de lui, ces derniers jours. Depuis l'explosion, elle le négligeait. Elle n'avait pas vérifié qu'il prenait bien ses médicaments et ne s'était pas remis à fumer des cigares et à boire du scotch.

Comme ils approchaient de l'antre de Xavier, Shawna avait de plus en plus mauvaise conscience d'avoir manqué à ses devoirs. Elle se doutait bien, évidemment, que Xavier ne l'avait pas engagée seulement pour cela. Elle avait supposé qu'il souhaitait passer plus de temps avec Maisy, surtout après son infarctus, quand il avait compris combien la vie était précieuse. Elle aurait dû deviner qu'il magouillait quelque chose, comme de les faire se remettre ensemble Cole et elle.

Emery était encore vivant quand Xavier l'avait engagée. Mais le vieil homme avait toujours su qu'Emery et elle ne formaient pas un vrai couple.

La porte était entrouverte, comme si quelqu'un était sorti en coup de vent. Elle la poussa un peu plus et jeta un coup d'œil dans le bureau. Personne ! Quand il avait entendu les coups de feu, Xavier avait dû sortir, songea Shawna.

— Il n'était pas avec toi ? demanda-t-elle.

Secouant la tête, Cole ouvrit la porte toute grande.

— Non, je ne l'ai pas vu.

Voilà qui était pour le moins étrange. Xavier n'était pas un poltron. Il était plutôt du genre à prendre des risques pour les autres.

Shawna s'avança dans la pièce, et c'est alors qu'elle le vit, allongé par terre, derrière son bureau. Il gisait à plat ventre, le visage baignant dans une espèce d'écume.

— Oh ! non ! murmura-t-elle en se précipitant vers lui.

Pourvu qu'elle n'arrive pas à le ranimer ! songea le tueur, qui observait la scène depuis le seuil de la porte du bureau, où se pressait toute la famille.

Agenouillée à côté du corps, Shawna pratiquait sur Xavier les gestes de premiers secours.

Quelqu'un murmura que les coups de feu avaient dû lui provoquer une crise cardiaque.

Ils auraient au moins servi à quelque chose. À défaut de tuer Cole…

Comment diable avait-il pu le manquer ? ruminait le tueur en son for intérieur. Ce maudit pistolet ne valait pas un clou.

Au loin, le mugissement d'une sirène d'ambulance se fit entendre. Elle arrivait trop tard. Sans doute n'y avait-il plus rien à faire.

Jamais Xavier ne survivrait à une seconde attaque. Le médecin les avait avertis. Si Shawna n'avait pas été là pour s'occuper de lui, ces derniers mois, il n'aurait pas tenu aussi longtemps. C'était elle qui, à force de bons soins, l'avait prolongé. Voilà pourquoi le tueur avait décidé de la supprimer.

Mais c'était maintenant Cole qu'il devait éliminer.

Shawna serait peut-être épargnée. Mais Cole, lui, devait mourir sans délai.

17

Cole ferma les paupières brièvement pour refouler les larmes qui lui montaient aux yeux. Il y avait des années qu'il n'avait pas pleuré. Mais ce n'était vraiment pas le moment. Et franchement, il n'avait aucune raison de fondre en larmes. Il fixa le médecin penché au-dessus de son grand-père.

— Vous êtes sûr ?

Il n'arrivait pas à le croire.

— Je vous le répète : il ne s'agit pas d'une crise cardiaque.

— Que s'est-il passé, alors ? demanda Cole, encore sous le choc.

Car même si son grand-père était vieux et malade, Cole ne s'attendait pas à le trouver gisant inconscient dans son bureau, le nez dans son vomi.

— Il faut croire que nous avons affaire à… un nouveau rebondissement, répondit le médecin qui semblait choisir ses mots avec soin.

— Un rebondissement ? répéta Shawna, qui avait suivi Cole à l'hôpital où Xavier avait été transporté en urgence. Mais nous l'avons trouvé inconscient.

En sa qualité d'infirmière, elle avait alors fait tout ce qui était en son pouvoir pour ranimer le vieil homme. Et bien que, malgré ses efforts, il n'ait pas repris conscience, elle lui avait probablement sauvé la vie.

Cole avait été bluffé par sa présence d'esprit et par la manière dont elle avait aussitôt pris les choses en main. Elle n'avait rien de la demoiselle en détresse qu'il l'avait accusée d'être. Accusation d'autant plus injuste que Shawna n'avait jamais été faible et vulnérable. Mais il n'aurait jamais imaginé qu'elle puisse ainsi prendre soin non seulement d'elle-même mais aussi des autres.

— Il avait vomi, fit remarquer Shawna.

— Et c'est peut-être ce qui l'a sauvé, répondit le médecin.

Elle hocha la tête, comme si cette remarque venait la conforter dans ses suspicions.

— Avez-vous demandé une analyse toxicologique sur le prélèvement sanguin que vous avez effectué ?

— Oui, bien sûr. Dès que les résultats tomberont, je remettrai mon rapport aux autorités.

Cole comprit de quoi il retournait. Il attendit que le médecin soit parti pour demander confirmation à Shawna.

— Mon grand-père aurait été empoisonné ?

— Ce n'est pas encore sûr à cent pour cent. Ces deux derniers jours ont été très éprouvants pour lui. Il a dû boire pas mal d'alcool et fumer trop de cigares.

Elle prit un air contrit.

— C'est ma faute.

— Mais non, voyons ! Il savait très bien que le scotch et les cigares lui étaient interdits.

— N'empêche que si je l'avais mieux surveillé, il aurait fait moins d'excès.

— Tu étais juste un peu occupée, lui rappela Cole. À échapper à un cinglé qui a piégé ta voiture puis tenté de t'asphyxier en t'enfermant dans un garage saturé de monoxyde de carbone. Et qui a ensuite…

La voix de Cole se brisa. Shawna avait traversé bien des épreuves en l'espace de quelques jours. Et elle avait quand même trouvé le moyen de s'occuper de leur fille et de Xavier.

Cela laissait imaginer l'énergie qu'elle devait déployer à prendre soin des autres quand elle n'avait pas à se soucier d'organiser des funérailles tout en essayant de rester en vie. Rien n'arrêtait Shawna.

Était-ce la raison pour laquelle on cherchait à l'éliminer ? Parce qu'elle s'interposait entre Xavier et le tueur ? Cole était de plus en plus convaincu que quelqu'un, dans sa famille, en avait assez d'attendre que le vieil homme meure.

Mais tant que Shawna serait là pour veiller sur lui, Xavier ne mourrait pas. Le tueur avait donc voulu se débarrasser d'elle. Peut-être n'était-il même pas au courant pour le testament.

Mieux valait qu'il n'apprenne pas que son grand-père l'avait modifié. Parce que sinon…

— Il faut que j'appelle Cooper, dit-il.

Ils avaient besoin de renforts. Des gardes du corps devaient venir veiller sur son grand-père à l'hôpital. Si les analyses toxicologiques confirmaient qu'on avait tenté de l'empoisonner, on aurait donc la preuve que c'était lui qui était visé.

Et comme le tueur risquait fort de récidiver, il allait falloir redoubler de vigilance.

Mais même si c'était son grand-père que le tueur traquait depuis le début, Cole préférait mettre Shawna à l'abri. Parce que si son grand-père décédait, une fois que le contenu du testament serait révélé, elle serait plus en danger que jamais.

Cole ne l'avait pas encore informée des dispositions qu'avait prises le vieil homme. La sachant très attachée à son patient, il n'osait pas lui dire la vérité. Elle risquait d'être profondément déçue. Et très en colère contre lui.

Sans doute autant que Cole l'avait été lui-même quand il avait appris comment son grand-père avait cherché à les manipuler.

Shawna prit place entre Lars et Cole à l'arrière de la berline de Xavier. Ce n'était pas Astin qui conduisait. Il n'était pas encore sorti de l'hôpital mais il était tiré d'affaire et pourrait bientôt rentrer chez lui.

Shawna aurait préféré rester avec Xavier jusqu'à ce qu'il soit complètement rétabli. Elle s'inquiétait d'autant plus pour lui qu'elle le savait en danger.

À plus d'un titre, Xavier était un membre important de la communauté. À la tête de plusieurs entreprises, il était le plus gros employeur du coin. C'était aussi un philanthrope qui par ses dons alimentait les caisses des œuvres de bienfaisance et permettait à de nombreux projets communautaires de voir le jour. La ville avait besoin de lui.

Et Shawna aussi. Elle connaissait Xavier depuis qu'elle était enfant. Il s'était toujours montré très bienveillant avec elle. Lorsque Cole s'était engagé dans l'armée et avait été envoyé en mission à l'autre bout du monde, Xavier et elle s'étaient beaucoup rapprochés.

— Vous êtes sûrs que Manny est en mesure de le protéger après le coup qu'il a pris sur la tête ? demanda-t-elle.

— Il sera vite relevé de sa garde, assura Cooper, assis à l'avant de la voiture. J'ai demandé du renfort. L'un de mes frères va m'envoyer quelques gardes du corps supplémentaires. Ils devraient arriver par le prochain vol en provenance de River City.

Ne risquaient-ils pas d'arriver trop tard ?

— S'il y avait eu un pilote parmi eux, comme Cole, murmura Lars, ils seraient déjà là.

Il semblait inquiet, et Cole l'était aussi, à en juger par

le petit muscle qu'elle voyait trembler au-dessus de sa mâchoire crispée.

— Vous pensez vraiment que Xavier a pu être empoisonné ? demanda Cooper.

Il fallut qu'elle croise son regard dans le rétroviseur pour comprendre que c'était à elle qu'il s'adressait.

— Disons qu'il y a une forte probabilité pour qu'il l'ait été.

— Le shérif a dit qu'il allait faire pression sur le laboratoire pour obtenir plus rapidement le résultat des analyses toxicologiques, dit Cooper. Nous devrions être fixés sous peu.

— Ce serait bien aussi que nous sachions dans quoi se trouvait le poison, fit remarquer Shawna. Pour éviter que ça ne se reproduise.

— Probablement pas dans la nourriture, sinon tout le monde aurait été malade. Plutôt dans quelque chose que Xavier est le seul à consommer.

Elle n'eut pas à chercher longtemps. Mais toutes les autres personnes vivant sous ce toit connaissaient aussi, hélas, les addictions de Xavier. Il leur était facile de l'empoisonner.

— J'ai tout fait pour le convaincre d'arrêter de boire et de fumer, dit Shawna, de nouveau accablée par un sentiment de culpabilité dont elle n'arrivait pas à se défaire.

Elle s'en voulait d'avoir négligé le vieil homme, mais en même temps, elle avait conscience que si elle n'avait pas été là, il se serait probablement étouffé avec son vomi… Elle frémit à cette pensée. Xavier était âgé, certes, et il n'était plus en très bonne santé, mais sa vitalité et sa joie de vivre étaient exceptionnelles et devaient faire bien des envieux, y compris au sein de sa famille.

Cole lui passa un bras autour des épaules, lui offrant un peu de réconfort, ce dont elle avait présentement grand besoin. Lui aussi avait peut-être besoin d'être réconforté, songea-t-elle. Il avait eu très peur de perdre son grand-père. Même s'il se mettait parfois en colère contre lui, elle savait qu'il l'aimait plus que n'importe quel autre membre de sa famille.

— Il faut qu'on fasse analyser les cigares et le scotch, déclara Cooper.

— Il va d'abord falloir les trouver. Xavier les planque.

Cooper ricana.

— Sauf qu'il y avait un cigare et un verre dans son bureau, hier soir.

— Je ne le surveillais pas, dit Shawna. Alors il en a profité pour boire et fumer dans son bureau. J'ai vu des mégots devant la porte du garage. Il en a semé partout.

— Nikki est très méticuleuse. Je vais lui demander de récupérer tous les mégots et tous les verres qui traînent.

— Oui, c'est plus prudent, dit Shawna. Maisy pourrait y toucher et s'empoisonner à son tour. Où est-elle, au fait ?

— Elle est sous la garde de Dane, répondit Cole. Tu n'as aucun souci à te faire ; il s'occupe très bien des enfants. Sa compagne a un bébé.

— Ma sœur, précisa Lars. Je suis le frère de sa compagne et l'oncle du bébé. Et je confirme que Dane est un type bien.

Shawna sourit. Elle commençait à comprendre pourquoi ils étaient tous aussi intimement liés. Comme Cooper l'avait dit, ils formaient une famille et se comportaient comme s'ils étaient tous frères.

Cole lui pressa les épaules.

— Avec Dane, Maisy n'a rien à craindre.

— Et vous allez bientôt la retrouver, ajouta Cooper, qui compatissait car il devait être père lui-même.

— Ce qui m'inquiète surtout, dit-elle, c'est de penser qu'elle est peut-être en danger, elle aussi.

Se tournant vers Cole, elle demanda :

— Tu crois que d'autres personnes savent… ?

— Qu'elle est une Bentler ? Je pense que tout le monde le savait à part moi, répondit-il d'un ton plein d'amertume en retirant son bras des épaules de la jeune femme.

Maisy était donc bel et bien en danger. Si le tueur courait après l'héritage, il ne voudrait pas partager…

— Tant que personne n'avait de certitude sur sa filiation, elle était à l'abri, fit remarquer Shawna, tentant de justifier son silence.

Il soupira.

— Oui, c'est vrai, admit-il du bout des lèvres.

Restait à savoir s'il lui pardonnerait un jour de lui avoir caché la vérité aussi longtemps – même si au final ce secret avait protégé Maisy.

Quoi qu'il en soit, leur fille n'était plus en sécurité. Trop de gens savaient maintenant qu'elle était l'enfant de Cole. Une Bentler. Une héritière potentielle…

— Il faut qu'on rentre vite, dit Shawna en proie à une soudaine bouffée d'angoisse.

Elle n'aurait jamais dû quitter sa fille. Mais, inquiète pour Xavier, elle avait voulu s'assurer que tout irait bien pour lui.

Le patriarche semblait tiré d'affaire mais qu'advenait-il de Maisy, pendant ce temps ?

Nikki avait des scrupules à quitter son poste, mais elle savait Maisy entre de bonnes mains. Avec Dane, elle ne risquait rien et allait sûrement bien s'amuser.

Nikki ne s'absentait pas longtemps, de toute façon. Elle allait juste récupérer dans les affaires de Xavier Bentler tout ce qui était susceptible d'avoir été empoisonné. Elle était déjà en train de fouiller quand Cooper l'avait rappelée pour lui dire de ne s'intéresser qu'au scotch et aux cigares.

D'après Shawna, c'était peut-être dans le garage que le vieil homme cachait ses cigares puisqu'elle avait trouvé des mégots devant la porte.

Nikki sourit en imaginant le milliardaire faire ses petits coups en douce et trembler devant Shawna qui n'avait pourtant rien d'impressionnant. Elle paraissait encore plus menue et plus fragile à côté du grand costaud qu'était toujours Xavier, malgré son âge. Mais Nikki était bien placée pour savoir qu'il ne fallait jamais se fier à la taille. En dépit des apparences, Shawna était sans doute forte, aussi bien mentalement que physiquement. Elle l'avait prouvé quand elle s'était extirpée du garage rempli de monoxyde de carbone.

Traversant la cuisine et le débarras, Nikki se dirigea vers le garage.

La porte automatique que Shawna avait défoncée avait déjà été remplacée par une neuve. Il ne subsistait aucune trace de ce qui s'était passé, mais Nikki frémit en songeant au chauffeur et à Shawna, qui avaient failli mourir asphyxiés.

Les voitures avaient toutes leur moteur éteint, et la lumière était allumée, ce qui était plutôt rassurant, songea Nikki. Elle ne risquait rien.

Sauf si le tueur avait repéré son manège et voulait brouiller les pistes. Auquel cas, il serait dans la même quête qu'elle. Il fallait qu'elle trouve la cachette de Xavier avant lui.

Des étagères et des placards couvraient le mur du fond. C'est là qu'elle concentra ses recherches. Une boîte de café qui n'avait rien à faire là parmi les bidons d'huile et les jerricans d'essence, attira son attention.

— Bingo ! murmura-t-elle après avoir soulevé le couvercle.

Elle avait trouvé les cigares.

Mais elle cessa de se réjouir lorsqu'elle entendit grincer une porte, à l'autre bout du garage. Et qu'elle comprit qu'elle n'était plus seule.

18

— Elle a disparu ! cria Lars, complètement hystérique, à Cole qui ne se trouvait qu'à quelques pas de lui. J'ai cherché partout et ne l'ai trouvée nulle part.

Cole, lui, gardait son calme. Nikki était une grande fille. Et probablement le meilleur garde du corps de la Payne Protection Agency. Il ne fallait pas s'inquiéter pour elle.

Et c'est justement parce qu'il ne s'inquiétait pas pour elle que Cole s'autorisa à plaisanter.

— Le mariage approche, dit-il. Il se peut qu'elle ait réfléchi… et pris ses jambes à son cou.

Mais cela ne fit pas rire Lars, pour qui une telle hypothèse n'était peut-être pas exclue, compte tenu de l'aversion de Nikki pour tout ce qui était mariage et cérémonie. Sauf que sa rencontre avec Lars l'avait fait revenir sur ses positions. Il était impossible qu'elle se soit enfuie.

— Je plaisante, dit Cole. Elle a trop envie de t'épouser. Je suppose qu'elle n'est pas aussi futée que je le pensais, déplora-t-il en soupirant.

— Bien sûr que si, protesta Lars. Il n'y a pas plus futée et pas plus dégourdie que ma Nikki. Mais je me demande bien où elle est.

— Allons voir au garage, suggéra Cole. Elle était censée récupérer des pièces à conviction.

Lars poussa un juron.

— Ce maudit garage…

Ils quittèrent le bureau du patriarche et traversèrent tout le rez-de-chaussée pour gagner le garage. Contrairement à la veille, la porte de service était ouverte. Lars n'eut qu'à tourner la poignée et à pousser.

La main sur son holster, Cole le suivait. À l'intérieur du garage, tout était calme. L'odeur des gaz d'échappement ne s'était pas totalement dissipée mais ils demeuraient en quantité trop faible pour que Nikki se trouve mal.

— Nikki ! appela Lars de sa grosse voix.

Au chevrotement de celle-ci, Cole comprit que son ami était vraiment très inquiet pour sa fiancée. Jamais il ne l'avait vu aussi nerveux, même au temps de leurs missions dans les *marines*.

— Ne t'en fais pas, mon vieux. Nous allons la retrouver.

Cole se voulait rassurant mais il commençait lui aussi à craindre le pire. S'il arrivait malheur à Nikki, Cole s'en voudrait tout le reste de sa vie. Parce que c'était à cause de lui que Lars était venu. Parce que son grand-père avait loué les services de l'agence et que Cole avait insisté pour que toute l'équipe vienne avec lui.

Mais si Xavier n'avait pas fait appel à eux, Shawna et lui seraient morts.

Et Maisy aussi, probablement.

— Où est Nikki ? demanda Maisy le plus naturellement du monde alors que cette question était sur toutes les lèvres.

Mais comment pouvait-elle savoir que Nikki avait disparu ? La fillette était avec Dane, dans le salon du rez-de-chaussée, lorsque les autres gardes du corps s'étaient retrouvés dans le bureau de Xavier après avoir cherché leur collègue dans toute la maison.

Shawna croisa le regard de Dane. Bien que visiblement inquiet, il sourit à Maisy.

— Elle te manque tant que ça ? demanda-t-il en faisant mine d'être vexé. Je croyais que nous nous amusions bien, tous les deux.

Le colosse était assis par terre à côté de la fillette. Le tapis persan du salon était encombré de poupées et de minuscules vêtements.

— J'ai joué à la Barbie avec toi, ajouta Dane.

Maisy lui sourit.

— Je sais. Mais avec toi, les Barbies sont trop chochottes. Nikki en fait des dures à cuire. C'est plus marrant.

— Oui, je comprends, murmura Dane.

Nikki était elle-même une dure à cuire, capable de se sortir de n'importe quelle situation, songea Shawna, qui s'inquiétait davantage pour sa fille, si petite et si vulnérable…

Cole avait peut-être raison ; elles feraient mieux de quitter le manoir. Xavier étant hospitalisé, elle était relevée de ses fonctions d'infirmière et donc libre de ses faits et gestes. Le vieil homme recevait à l'hôpital tous les soins nécessaires et était sous la protection de plusieurs gardes du corps qui se relayaient jour et nuit devant la porte de sa chambre. Il était plus en sécurité à l'hôpital que sous son propre toit, en compagnie des membres de sa famille qui étaient de vrais rapaces. Et il en était de même pour elle.

Mais où Cole envisageait-il de les emmener, Maisy et elle ? À River City ? Chez lui ?

Elle aurait dû lui poser la question, au lieu de refuser catégoriquement sa proposition. Il fallait qu'elle lui parle. Mais il avait pour l'instant d'autres chats à fouetter. La priorité, c'était bien sûr de retrouver Nikki.

Soudain, elle entendit au loin le hululement d'une sirène. Et prit peur. Nikki était-elle blessée ?

Un juron échappa à Dane qui se décomposa. La sirène hurlait à présent juste sous les fenêtres, et ils voyaient clignoter les gyrophares derrière les rideaux.

Maisy se leva et courut vers la fenêtre. Se glissant derrière le rideau, elle colla son nez aux carreaux.

— Il y a une ambulance ! claironna-t-elle.

Nikki ! songea Shawna, paniquée. Il lui était arrivé quelque chose. Pourquoi Cole n'était-il pas venu la chercher en attendant l'arrivée des secours. Elle aurait pu lui prodiguer les premiers soins. Mais il n'y avait personne dans l'allée. Qui avait bien pu appeler cette ambulance ?

Un ambulancier ouvrit le hayon arrière du véhicule et tira une civière. Il y avait quelqu'un dedans – quelqu'un de très agité qui tentait désespérément de s'asseoir et qui aboyait des ordres. Exigeant probablement qu'on lui apporte ses cigares.

Xavier était de retour ! Mais quelle folie de rentrer au manoir alors qu'on avait peut-être tenté de l'empoisonner…

— C'est grand-père X ! s'exclama Maisy d'un ton réjoui. Il est de retour.

— Quelle tête de mule ! marmonna Shawna.

Dane croisa son regard et hocha la tête.

— Mais au moins, l'ambulance n'est pas là pour ce qu'on pensait.

N'empêche que Nikki n'avait toujours pas été retrouvée alors que Cole, Lars et Cooper étaient toujours à sa recherche, pendant que Dane les protégeait, Maisy et elle. Mais maintenant, il fallait qu'elle aille aider les ambulanciers à ramener Xavier dans sa chambre.

— Je vais aller le voir, dit-elle.

Comment se faisait-il que le médecin l'ait laissé sortir ? se demandait-elle, intriguée. Mais tel qu'elle le connaissait, Xavier avait dû faire du foin et tempêter jusqu'à ce que le médecin cède.

Dane secoua la tête.

— Vous devez rester ici jusqu'au retour des autres, dit-il.

Manny apparut derrière la civière et sauta à bas de l'ambulance, suivi d'un homme barbu à l'allure un peu négligée, inconnu au bataillon.

— Un nouveau garde du corps ? demanda-t-elle à Dane, posté à la fenêtre, lui aussi.

— Un des hommes de Parker. Toute son équipe est composée d'anciens flics de la brigade des mœurs. Ce sont de super gardes du corps – bien qu'un peu bruts de décoffrage.

Ne l'étaient-ils pas tous ? se demanda Shawna *in petto*. Avec leur coupe en brosse et leur air blasé, comme s'ils étaient revenus de tout, les anciens militaires de la Payne Protection Agency n'étaient pas non plus des modèles de délicatesse.

Cole lui-même avait beaucoup changé en l'espace de quelques années. Ses missions l'avaient marqué.

Reconnaissait-elle encore en lui l'homme qu'elle avait aimé ?

Ou s'était-elle fourvoyée en s'éprenant à nouveau de lui ?

Nikki avait les poumons en feu, et son cœur battait comme un tambour. Elle n'avait jamais été aussi épuisée de sa vie – sauf peut-être après avoir passé toute une nuit à faire l'amour avec Lars.

Cette pensée lui arracha un petit sourire, qui s'effaça très vite lorsqu'une ombre gigantesque s'interposa entre elle et le soleil, lui coupant toute retraite.

— Et tu trouves ça drôle ? demanda Lars, furieux.

— Quoi ? fit Nikki, éberluée.

Elle n'avait pas du tout envie de rire. Elle était folle de rage que le tueur lui ait échappé.

— Tu m'as fait une de ces peurs ! dit Lars en la serrant contre lui avec emportement. Tu avais disparu, et nous t'avons cherchée partout. Je commençais à craindre le pire.

Lorsqu'il lui effleura l'arrière du crâne, elle poussa un cri de douleur. Elle avait une bosse de la taille d'un œuf de pigeon.

Lars lâcha un chapelet de jurons et cria à la cantonade :

— Je l'ai trouvée, mais elle est blessée.

Deux secondes plus tard, Nikki vit rappliquer son frère et Cole, tous deux visiblement soucieux.

— Je vais tout à fait bien, leur assura-t-elle. Mais je suis furieuse.

— Tu as une énorme bosse, dit Lars en passant doucement ses doigts dans ses cheveux, tout poisseux de sang.

Elle grimaça mais réprima cette fois tout gémissement ou cri de douleur.

— J'avais trouvé les cigares, expliqua-t-elle. Cachés dans une boîte à café, dans l'un des placards du garage. Quand j'ai posé mon arme pour ôter le couvercle, quelqu'un m'a sauté dessus.

Elle avait entendu la porte grincer mais elle n'avait pas eu le temps de réagir.

— Tu as vu qui c'était ? demanda Cole.

Maudissant son imprudence, Nikki secoua la tête.

— Non. Tout est allé trop vite. Je n'ai rien vu venir.

— As-tu perdu connaissance ? demanda Lars.

— Je ne crois pas. J'ai juste été un peu sonnée, avec des étoiles devant les yeux et les jambes coupées. Mais quand j'ai pu me relever, j'ai vu quelqu'un sortir par la porte de derrière. Alors je me suis lancée à sa poursuite, bien entendu.

Lars jura entre ses dents.

— Bien entendu ! répéta-t-il en secouant la tête.

— C'est pour ça que je suis payée, il me semble, rétorqua-t-elle du tac au tac.

Puis elle regarda Cole et Cooper et se défoula sur eux.

— Et vous, vous l'êtes pour protéger Shawna et Maisy. Alors, au boulot !

Cooper et Cole acquiescèrent et regagnèrent le manoir.

Nikki poussa un soupir de soulagement. Il n'aurait plus manqué qu'il arrive quelque chose à Shawna et à Maisy parce qu'ils s'étaient tous mis à la chercher. Se tortillant comme un ver dans les bras de Lars, elle voulut se dégager, mais Lars resserra son étreinte. Elle leva les yeux vers lui. Il avait eu très peur, apparemment.

— Je suis désolée, murmura-t-elle.

— Je t'ai appelée des dizaines de fois, mais tu ne répondais pas, dit-il d'un ton de reproche.

Surprise, Nikki fouilla dans sa poche. Son téléphone n'y était plus.

— J'ai dû le perdre quand je me suis lancée aux trousses de mon agresseur. Je suis vraiment désolée.

Il acquiesça mais semblait très ému, à en juger par les difficultés qu'il avait à déglutir.

— Je t'aime tellement, Nikki, que si je te perdais, je ne sais pas ce que je deviendrais…

Nouant ses bras autour du cou du Lars, elle l'attira à elle.

— Tu ne me perdras pas, promit-elle. Jamais.

Il l'embrassa avec fougue avant de s'écarter pour exhaler un soupir las.

— Je le sais bien. Je sais que tu es une dure à cuire et que tu n'as peur de rien.

Nikki sentit son cœur se gonfler d'amour et de gratitude.

— Je t'aime et j'ai hâte de t'épouser, dit-elle.

Lars fit des yeux ronds comme des soucoupes. Il la savait allergique au mariage. Mais elle avait changé. À la seconde où elle l'avait rencontré, elle avait su qu'il était l'homme de sa vie, celui avec lequel elle voulait passer le reste de ses jours. Car Lars était un dur à cuire, lui aussi.

Ils n'avaient aucun souci à se faire l'un pour l'autre et pouvaient donc se concentrer sur leur mission, qui consistait à faire en sorte que leur ami ne perde ni son grand-père, ni sa fille, ni la femme qu'il aimait.

Ni la vie, bien sûr…

19

Cole dévisageait les personnes rassemblées autour du lit de son grand-père. Elles faisaient partie de sa famille. Et il y avait un tueur parmi elles.

Mais qui ?

Impossible à dire juste en les regardant. Il ne fallait pas se fier à leurs fronts soucieux et à leurs airs éplorés. Cela pouvait être du chiqué. Cole scruta soigneusement les visages, à la recherche d'un vague remords. Mais une personne cupide au point de tuer un proche pour s'approprier un héritage n'éprouverait aucun remords. Dans tous ces visages, il lui fallait plutôt traquer la déception. Celui ou celle qui avait empoisonné le vieil homme devait être drôlement déçu d'avoir manqué son coup.

Son grand-père avait eu trois fils. Le père de Cole était mort, mais ses oncles, Ronald et Lawrence, étaient bien vivants et terriblement aigris. Ils étaient tous deux divorcés et pères de deux enfants. Bobby et Reggie étaient les fils de Ronald. Les jumelles étaient les filles de Lawrence. Tout ce petit monde vivait aux crochets de son grand-père qui avait trouvé à chacun un emploi plus ou moins fictif dans une des entreprises qu'il avait créées.

Il y avait aussi la mère de Cole, qui était venue s'installer au manoir lorsqu'elle s'était retrouvée veuve et sans un sou. Et quand Tiffani s'était remariée, son époux avait lui aussi été accueilli au sein du sérail.

Le beau-père de Cole, Jeffrey Inman, était à l'extrême opposé de ce qu'avait été son père, les deux hommes étant sans doute aussi différents l'un de l'autre qu'il l'était lui-même d'Emery Little. Jeff était d'un tempérament calme et conformiste, et on le trouvait généralement sympathique – mais Xavier, lui, ne l'aimait pas beaucoup. Le vieil homme se méfiait des gens calmes. Il avait dû adorer avoir Manny comme garde du corps, à l'hôpital. Où il aurait bien fait de rester, songea Cole, consterné par le comportement buté de son grand-père.

Que pensait-il d'Emery Little ? Cole ne lui avait jamais posé la question. Moins il en savait sur le mari de Shawna et mieux il se portait. En plus, maintenant, il était trop tard pour s'intéresser à lui…

Cole connaissait très peu Jeffrey, son beau-père. Il était en mission quand sa mère l'avait rencontré à une réunion des Alcooliques Anonymes et épousé peu de temps après. Jeffrey Inman était tombé raide amoureux de sa mère, qu'il semblait vénérer.

Tout comme Emery avait dû vénérer Shawna. Sinon, pourquoi l'aurait-il épousée et se serait-il encombré d'un enfant dont il n'était pas le père biologique ?

Cole ne pouvait lui donner tort. Shawna était une femme douce, gentille et généreuse. Il n'y avait qu'à la voir s'affairer autour de Xavier, lui retaper ses oreillers, le faire boire, pour se rendre compte que s'occuper des gens était chez elle une seconde nature.

Était-ce ce qu'elle avait fait avec lui, la nuit dernière ? Cole lui avait sauvé la vie, aussi s'était-elle peut-être senti redevable vis-à-vis de lui. Petite, déjà, elle se montrait très reconnaissante lorsqu'il la défendait contre les sales gosses qui l'embêtaient. Elle lui offrait son goûter et lui faisait des dessins.

Qui, parmi tous les membres de sa famille, pouvait

vouloir lui faire du mal ? se demanda Cole, d'autant plus perplexe qu'il savait que ses sentiments pour la jeune femme n'étaient un secret pour personne.

La manière dont ils le fixaient tous alors qu'il la regardait en était bien la preuve.

Et si c'était la raison pour laquelle elle était en danger ? Non seulement Shawna prolongeait par ses bons soins la vie du patriarche mais, en étant chère au cœur de Cole, elle devenait une cible de choix pour tous ces rapaces qui l'enviaient d'avoir hérité de l'intégralité des biens de son père. S'ils savaient que son grand-père avait modifié son testament…

— J'aimerais parler à mon grand-père en tête à tête, déclara-t-il.

Mais personne ne bougea. Tous le regardaient d'un air mauvais. Sa mère y compris.

Elle semblait lui en vouloir. Il ne lui avait pourtant rien fait, à part peut-être lui rappeler un peu trop son ex-mari. Mais Cole n'y pouvait rien s'il ressemblait terriblement à son père. Contrairement à lui, cependant, il prendrait grand soin de la femme de sa vie et l'aimerait jusqu'à son dernier souffle, exactement comme il avait pensé que son grand-père l'aurait fait, en cas de besoin.

Mais le vieil homme l'avait déçu, et Cole commençait à se dire qu'il aurait mieux fait de ne jamais revenir.

— Je vous demande donc à tous de sortir, lança-t-il d'un ton comminatoire.

Shawna vint à la rescousse. Les mains sur les hanches, elle carra les épaules et releva le menton puis toisa les personnes présentes.

— Xavier a besoin de repos, dit-elle. Sortez tous d'ici.

Curieusement, tout le monde lui obéit. Jeff ouvrit la porte et la tint pour les autres qui sortirent à la queue leu

leu. Maisy en profita pour se faufiler dans la chambre et sauter sur le lit.

Xavier prit aussitôt la fillette dans ses bras pour lui faire un câlin.

— Tu vas bien, grand-père X ? demanda-t-elle.

Il lui tapota la tête.

— Oui, ma chérie. Je vais beaucoup mieux. J'ai dû manger quelque chose qui ne m'a pas réussi.

Du poison. On l'avait sans doute mis dans ses cigares, sinon, pourquoi le coupable aurait-il pris le risque de les subtiliser à Nikki ? Il devait craindre d'avoir laissé ses empreintes sur la boîte de café ou sur les bagues des cigares.

— Est-ce que tu as mangé trop de cookies ? demanda Maisy.

Xavier se mit à rire. Mais son rire était moins tonitruant que d'habitude. Le vieil homme n'était visiblement pas au mieux de sa forme.

— Oh ! non, des cookies, on n'en mange jamais trop ! D'ailleurs, tu pourrais peut-être aller m'en chercher quelques-uns, dit-il à mi-voix mais pas suffisamment bas pour que Cole et Shawna ne l'entendent pas.

— Pas de cookies ! décréta Shawna d'un ton qui ne souffrait pas la réplique. Grand-père a besoin de repos.

Sur ces mots, elle prit Maisy par la main et la fit descendre du lit. Puis elles sortirent à leur tour et rejoignirent Dane, qui les attendait dans le couloir.

— Qu'est-ce qui t'a pris de sortir aussi vite de l'hôpital ? demanda Cole au vieil homme.

— Je ne m'y sentais pas en sécurité.

— Tu y étais plus en sécurité que Shawna et Maisy ne le sont ici. Je comptais les emmener chez moi.

— Chez toi ?

— À River City. J'aurais pu les protéger plus efficacement là-bas.

— Alors emmène-les.

Cole secoua la tête. Il savait qu'il n'avait aucune chance de convaincre Shawna de partir.

— Shawna ne te laissera jamais tomber.

— Je vais la congédier.

— Je crains que ça ne change rien, malheureusement. Toi vivant, rien ne la fera bouger d'ici.

Xavier avait toujours été là pour elle, même après que Cole et elle avaient rompu. Il ne l'avait pas abandonnée, contrairement à la tante qui l'avait élevée, à ses cousins, et à Cole lui-même. Et Cole ne remercierait jamais assez son grand-père pour sa loyauté envers Shawna.

Xavier poussa une sorte de grognement.

S'approchant du lit, Cole demanda :

— Ça va ?

Le vieil homme secoua la tête.

— Non. Je suis le roi des imbéciles, se morigéna-t-il. J'ai fichu le bazar.

Cole n'allait pas lui mentir.

— Oui, un sacré bazar ! admit-il.

— En toute logique, j'aurais dû y rester, soupira Xavier. À mon âge, ça n'aurait pas été une grosse perte.

— Allons, ne dis donc pas de bêtises ! Personne ne souhaite ta mort.

Xavier renâcla.

— Si. Il y a au moins une personne.

Cole prit la main du vieil homme dans la sienne.

— Pas moi, en tout cas. Ni Shawna. Et ni non plus Maisy, bien sûr.

Xavier prit une grande inspiration.

— Je suis désolé, Cole. Je ne voulais pas vous mettre en danger, tous les trois.

Il voulait juste les réunir. Cole l'avait bien compris. Le tueur, en revanche, n'était pas sensible à ce genre d'argument.

— Mais si je disparais, Shawna et toi serez encore plus en danger, continua Xavier, plus lucide que jamais.

Cole soupira.

— Et pour cause ! Ton testament tel qu'il se présente aujourd'hui risque d'en froisser plus d'un.

— Il y a quand même une condition, dit Xavier avec un sourire malicieux. Toi et Shawna héritez de tout, mais seulement si vous vous mariez.

— C'est vraiment n'importe quoi ! Et ce n'est pas près d'arriver.

— Pourquoi dis-tu ça ? N'essaie pas de me faire croire que tu ne l'aimes pas. Shawna t'a conquis dès la première minute et, depuis, elle n'a jamais quitté ton cœur et tes pensées.

C'était parce que Cole l'aimait, justement, qu'il ne pouvait pas l'épouser.

— Tu crois au coup de foudre, toi ? À l'âme sœur et à toutes ces balivernes ? Pour quelqu'un qui s'est marié trois fois, je te trouve bien romantique ! Tu n'as pourtant pas rencontré de Natalie.

Ou de Shawna.

Son grand-père poussa un long soupir et parut se tasser sur lui-même, accusant son âge, tout à coup.

— Ce soupir cache quelque chose, fit remarquer Cole. Qui était ton âme sœur ?

— C'était la femme de mon ancien associé, Albert Coleman, confia brutalement le vieil homme, comme pour se décharger d'un trop lourd fardeau. J'étais fou d'elle mais il ne s'est rien passé entre nous.

— Coleman. C'est lui qui t'a inspiré le prénom de mon père ?

— Oui. Et c'est aussi à cause de lui que ton père t'a appelé Cole.

— Il est mort il y a longtemps, il me semble. Je me trompe ?

— Il est mort d'une crise cardiaque au bureau, un soir. Je le faisais trop travailler.

— C'est ce que sa femme pensait ?

— Edith ? Oui, probablement. Elle m'a revendu les parts de son mari, et je ne l'ai plus jamais revue. Je ne sais même pas où elle est partie.

— Alors comment sais-tu qu'elle était ton âme sœur ?

Xavier posa le poing sur son cœur.

— Je le sentais à chaque fois que je la voyais. Mon cœur lui appartenait.

Mais elle avait appartenu à un autre. Exactement comme Shawna. Mais maintenant qu'Emery Little était mort Shawna ferait-elle de nouveau une place à Cole dans son cœur ? Ou estimait-elle que son cœur appartenait à son défunt mari ?

Shawna s'était préparée toute la journée à l'affrontement qui ne manquerait pas de se produire entre Cole et elle, lorsqu'il chercherait à la convaincre de faire sa valise et de quitter le manoir.

Mais à son grand soulagement, Cole ne revint pas à la charge. C'est à peine si elle le vit. Elle ne quittait pas le chevet de Xavier, qu'elle soupçonnait d'avoir soudoyé le médecin pour qu'il l'autorise à rentrer chez lui. Mais elle préférait le savoir avec elle plutôt qu'à l'hôpital. Et après ce qui lui était arrivé, elle redoublait de vigilance.

Lorsque vint le moment de coucher Maisy, alors que Shawna commençait à se demander si Cole n'était pas parti, il fit son apparition.

Maisy se dressa sur son séant et déclara :

— Je veux la revanche !

— La revanche ? dit Shawna, décontenancée.

— Aux dames, expliqua Cole. Elle m'a battue aux dames plusieurs fois, aujourd'hui.

— Oui, mais en fin de compte c'est lui qui a gagné, dit Maisy en riant. C'est pour ça que je veux la revanche.

— Il est tard, et nous sommes tous fatigués, dit Cole. Demain, nous serons plus en forme. Je suis sûr qu'après une bonne nuit de sommeil tu remporteras toutes les parties.

Maisy se laissa retomber sur ses oreillers sans protester. Cole se pencha vers elle et elle noua ses bras fins comme des baguettes de tambour autour de son cou. Puis elle l'embrassa sur la joue.

— Bonne nuit, papa. À demain.

Sous le regard attendri de Shawna, Cole embrassa la fillette sur le front.

— Bonne nuit, ma chérie, murmura-t-il, visiblement ému.

En voyant l'expression de son visage tandis qu'il contemplait Maisy, Shawna fut prise d'une envie de pleurer irrépressible. Elle dut fermer les paupières pour refouler les larmes qu'elle sentait affluer.

Elle avait conscience d'avoir fait une erreur terrible six ans plus tôt. Une erreur qu'elle ne savait pas comment réparer…

Lorsqu'elle rouvrit les yeux, Cole était parti, et Maisy s'était endormie. Elle sortit dans le couloir, où un nouveau garde du corps faisait le planton. Il ne la regardait pas d'un air hostile, comme les amis de Cole, mais elle lui faisait moins confiance qu'aux membres de la Payne Protection Agency qui, elle le savait, donneraient leur vie pour sauver celle de la fille de Cole.

Bien que moins imposant que les amis de Cole, l'homme semblait très perspicace.

— Je veille sur elle, soyez tranquille, dit-il, comme s'il avait lu dans ses pensées.

Soulagée, Shawna le remercia et, après avoir été tentée de se diriger vers la chambre de Cole, gagna sa propre chambre, dont la porte avait été réparée. Le cœur battant, elle hésita un instant à franchir le seuil de cette pièce dans laquelle elle avait failli mourir étranglée. Mais prenant sur elle, elle finit par entrer.

Elle vit une ombre se profiler dans la pénombre. Terrifiée, elle allait pousser un hurlement lorsque brusquement, la lumière se fit.

Ce n'était que Cole.

— Tu m'as fait peur ! dit-elle en plaquant une main sur son cœur pour tenter d'en calmer les battements désordonnés.

— Je suis désolé. Je voulais juste m'assurer que toutes les fenêtres étaient bien fermées.

Shawna se félicita intérieurement d'avoir choisi de venir dans sa propre chambre, Cole n'ayant de toute évidence pas l'intention de partager à nouveau la sienne avec elle.

— Merci, dit-elle en essayant de ne pas penser à leurs ébats de la nuit précédente pour ne pas rougir.

Cole fit un pas vers elle et lui caressa la joue du bout des doigts.

— Tu as l'air épuisée, dit-il.

Exténuée, elle n'avait même plus la force de lutter contre les sentiments qu'elle éprouvait pour lui. Passant ses bras autour de sa taille, elle posa sa tête sur son large torse. Elle avait besoin de lui, de sa force, de sa chaleur, de sa mansuétude.

Mais elle ne dit rien et se contenta de rester là, blottie contre lui.

Il pencha la tête et l'embrassa fougueusement, s'emparant de sa bouche comme d'une place forte trop longtemps convoitée. Puis il la souleva dans ses bras et l'emporta sur le lit.

Il la dévêtit lentement, avec ferveur et passion, embrassant et caressant chaque carré de peau, traçant entre ses seins un sillon brûlant de baisers langoureux. Ses lèvres et ses doigts experts couraient partout sur elle, comme pour se réapproprier son corps ou en redécouvrir les contours. Ou comme pour les graver à jamais dans sa mémoire.

Il y a six ans, lorsqu'ils avaient fait l'amour pour la dernière fois, Cole s'était montré ardent et impétueux. Il devait savoir que c'était la dernière fois. Elle, elle ne s'était doutée de rien. Sinon, elle aurait fait de cette dernière fois un moment inoubliable. En mettant, comme maintenant, encore plus d'ardeur dans leurs échanges.

Pleine d'audace, elle voulut à son tour déshabiller Cole, mais il l'entendait autrement et repoussa ses mains impatientes, sans cesser de la caresser et de lui donner du plaisir avec ses doigts, ses lèvres, sa langue.

L'orgasme qu'il lui procura ne suffit pas cependant à la combler. Elle avait besoin de le sentir en elle.

Lorsque, enfin, il se débarrassa de ses vêtements, leurs corps nus et fébriles purent s'épouser et s'unir.

Peau contre peau, leurs cœurs battant à l'unisson, ils adoptèrent d'instinct le rythme que leur dictait le désir impérieux qu'ils avaient l'un de l'autre, et ils se laissèrent emporter par la passion.

Les mains crispées dans les cheveux de Cole, elle se cambrait sous ses fougueux coups de reins. L'orgasme la prit par surprise. Elle se mordit les lèvres pour réprimer un cri de plaisir et étouffer la déclaration d'amour qui lui brûlait le fond de la gorge. Pour de multiples raisons, elle ne pouvait pas lui dire ce qu'elle ressentait pour lui.

Elle savait que selon toute probabilité, Cole ne pourrait plus l'aimer.

Il lui faisait l'amour, certes, mais il ne l'aimait pas. Après ce qu'elle lui avait fait, il ne pouvait plus l'aimer.

Ce vieux grincheux était sacrément coriace !

Comment pouvait-on être aussi résistant quand on avait un âge pareil ? Le poison aurait dû le tuer pratiquement sur le coup. Mais il est vrai qu'il n'en avait pas absorbé beaucoup – à cause de cette maudite infirmière toujours aux petits soins pour lui !

Dans le fond, peut-être valait-il mieux qu'il soit encore de ce monde.

Grâce à son arrière-petite-fille qui avait les oreilles qui traînaient partout, tout le monde savait à présent que le patriarche avait modifié en secret ses dispositions testamentaires, tout comme son fils l'avait fait avant lui.

Coleman n'était pas mort pour rien, cependant. Il avait mérité de mourir, de donner sa vie en échange de celle qu'il avait prise. Mais c'était dommage que ses biens soient intégralement allés à Cole. Et plus dommage encore que Cole soit revenu de toutes ses fichues missions prétendument extrêmement dangereuses. Tout aurait été tellement plus simple s'il avait péri et n'avait plus été là pour jouer les héros auprès de son ex-fiancée et de son grand-père.

La bonne nouvelle, c'était que Xavier avait mis une condition à ses nouvelles dispositions : Cole n'hériterait que s'il épousait Shawna.

Si elle mourait, il n'y aurait plus de mariage qui tienne. Et si c'était lui qui mourait non plus, bien sûr.

Il fallait donc tuer l'un des deux. Ou même carrément les deux – pour être sûr que cette fois l'héritage revienne aux bonnes personnes.

20

Mais quel piètre garde du corps il faisait !

Comment avait-il pu s'endormir, alors qu'il était censé veiller sur Shawna ? Cole n'en revenait pas d'avoir failli ainsi à tous ses devoirs. Certes, il n'avait pas dormi la nuit précédente, mais il était de garde la veille, et cette nuit également. Non seulement il n'avait pas protégé la jeune femme mais, de surcroît, il l'avait mise encore plus en danger.

Lui aussi s'était mis en danger, et pas uniquement physiquement. Il risquait fort en effet de retomber amoureux de Shawna. Amoureux comme jamais. C'est pourquoi lorsqu'à son réveil il l'avait trouvée blottie contre lui, sa tête sur sa poitrine, il avait été plus terrorisé que s'il avait à nouveau découvert un intrus dans la chambre. Son cœur battait si vite et si fort qu'il était étonné qu'un tel boucan ne l'ait pas réveillée. Il parvint à se dégager et à caler un oreiller sous sa tête sans trop la déranger.

Elle devait être épuisée, elle aussi. Elle avait perdu son mari et échappé plusieurs fois à la mort en l'espace de quelques jours. Elle avait en outre veillé sur son patient avec un dévouement admirable.

Cole savait à quel point Shawna et Maisy étaient attachées à son grand-père. Elles seraient toutes deux dévastées si le vieil homme mourait. Cole aurait également beaucoup de peine, Xavier étant le seul membre de sa famille en qui il avait confiance. Encore que le vieil homme, avec toutes ses manigances, avait sérieusement ébranlé cette confiance.

Dire qu'il avait modifié son testament…

Après s'être habillé en vitesse, Cole se glissa dans le couloir. Et se retrouva avec le canon d'un pistolet pointé sur la poitrine.

Il leva les mains.

— Hé ! Doucement !

Barbu et chevelu, l'homme faisait partie de l'équipe de Parker qui avait recruté la plupart de ses gardes du corps parmi ses anciens collègues de la brigade des mœurs de la police de River City. Le problème, c'était que tous ces gars semblaient avoir été quelque peu pervertis par leurs missions d'infiltration.

Cole aurait préféré que Logan leur envoie ses gardes du corps. Ils faisaient tous partie de la famille Payne et étaient indiscutablement dignes de confiance.

Une autre porte s'ouvrit un peu plus loin dans le couloir. Cole eut juste le temps d'attraper la main du garde du corps avant qu'il ne dégaine son arme, à nouveau, et n'effraie Maisy, qui sortit de sa chambre en courant, Nikki sur ses talons.

— Papa ! Papa ! s'écria la fillette, tout excitée, en se jetant dans ses bras. Nikki ne veut pas croire que tu vas bientôt épouser maman.

Nikki le regardait d'un air méfiant, comme si elle le soupçonnait d'avoir perdu la tête.

— Où es-tu allée chercher une idée pareille ? demanda Cole en soulevant l'enfant dans ses bras.

— Grand-père a dit que si tu voulais hériter, il fallait que tu épouses maman.

— Grand-père t'a dit ça ?

Le vieil homme avait-il encore toute sa raison ? Cole

commençait à en douter. Le poison l'avait peut-être affecté plus gravement qu'il ne l'avait pensé.

Maisy devint rouge comme un coquelicot.

— Pas exactement, répondit-elle en baissant le nez. C'est à toi qu'il le disait… et j'ai tout entendu.

Elle avait encore dû écouter aux portes.

— Est-ce que quelqu'un d'autre a entendu ? demanda Cole, sur le qui-vive.

— Dane, peut-être. Il était avec moi.

Cole savait que Dane ne dirait rien. Il était aussi réservé que Manny était bavard.

— Est-ce que tu en as parlé à quelqu'un d'autre que Nikki ?

Si le tueur savait…

La fillette releva la tête. Elle dut percevoir son anxiété car elle se crispa.

— Je… Je l'ai dit à Miss Tiffani. Enfin, à grand-mère, je veux dire.

S'il y avait une seule personne à qui il ne fallait surtout pas répéter ce qu'on avait entendu, c'était bien à sa mère, songea Cole, consterné. Tout comme Manny, Tiffani était incapable de garder un secret, surtout quand elle avait bu. Or malgré son assiduité aux réunions des Alcooliques Anonymes, Cole n'était pas certain qu'elle ait vraiment décroché. Et comme elle avait tendance à déblatérer, il était fort probable qu'autour de la table du petit déjeuner tout le monde soit déjà au courant.

Et zut !

Toute la famille savait maintenant avec certitude que Maisy était sa fille et que grand-père avait changé son testament.

Comment Cole allait-il pouvoir protéger ceux qu'ils aimaient, à présent ?

Shawna s'était réveillée à la minute où Cole s'était glissé hors du lit. Mais comme il était évident qu'il ne voulait pas la réveiller, elle avait préféré faire semblant de dormir. Dès qu'il était sorti de la chambre, elle s'était levée et habillée, et ce d'autant plus vite qu'elle avait entendu parler dans le couloir. Elle avait reconnu la petite voix flûtée de sa fille et le timbre grave de son amant.

De Cole…

Après la nuit torride qu'ils avaient partagée, après s'être montrée aussi entreprenante, elle appréhendait de se retrouver face à lui, aussi attendit-elle qu'il soit parti pour ouvrir la porte.

— Tu vois bien qu'elle est réveillée ! claironna Maisy en s'adressant à Nikki qui sourit à Shawna par-dessus la tête de la fillette.

— Oui, dit Shawna. Il y avait longtemps que je n'avais pas aussi bien dormi mais, maintenant, il faut que j'aille voir comment va grand-père X. À mon retour, nous irons prendre le petit déjeuner. Et après, nous pourrons jouer, si tu veux.

La lèvre inférieure de Maisy se mit à trembloter, et ses yeux s'emplirent de larmes. Elle n'était pas du genre à bouder ou à faire des caprices. D'ailleurs elle n'avait pas demandé à Shawna de jouer avec elle. C'était à Cole qu'elle avait réclamé une nouvelle partie de dames.

Shawna prit la fillette dans ses bras et la serra contre elle.

— Que se passe-t-il, ma chérie ? Pourquoi pleures-tu ?

Nikki baissa la tête et se mit à se mordiller la lèvre, comme si elle était elle aussi sur le point de fondre en larmes.

— Je crois que mon nouveau papa est en colère contre moi.

— Bien sûr que non, assura Shawna, qui avait tiqué en entendant Maisy qualifier Cole de nouveau papa.

Elle se sentait tellement coupable de les avoir tenus éloignés l'un de l'autre…

— Et contre toi, il est en colère ? demanda Maisy.

— Pourquoi cette question ?

Maisy était si sensible qu'elle avait pu percevoir la rancœur de Cole à l'égard de Shawna. Il avait si mal pris qu'elle en épouse un autre et laisse cet homme se faire passer pour le père de sa fille…

À moins que Maisy n'ait surpris une conversation qu'elle n'aurait pas dû entendre…

— Parce qu'il ne veut pas t'épouser, répondit l'enfant tout de go.

Shawna en eut le souffle coupé. Pourquoi Maisy parlait-elle de mariage ?

— Il n'a jamais dit ça, rectifia Nikki.

— N'empêche qu'il était en colère à cause de ce qu'a fait grand-père.

Qu'avait encore fait Xavier ? se demanda Shawna, intriguée et vaguement inquiète. Se tournant vers Nikki, elle demanda des explications, que la garde du corps refusa de lui donner.

— Vous devriez en discuter avec Cole, dit Nikki en évitant soigneusement son regard.

Qu'avait encore bien pu inventer Xavier ? Pourquoi Maisy parlait-elle de mariage entre Cole et elle ? Était-ce simplement parce qu'elle souhaitait voir ses parents ensemble ?

— Où est Cole ? demanda Shawna à Nikki.

— Il est allé voir Cooper.

Était-il allé lui demander de le décharger d'une mission qui exigeait de lui une implication qu'il jugeait excessive ? Il n'avait jamais eu l'intention d'épouser Shawna et même si, comme elle l'espérait, il avait rompu leurs fiançailles il y a six ans dans le seul but de la protéger, il était peu probable qu'il veuille d'elle pour femme après ce qu'elle lui avait fait.

Comme si elle avait lu dans ses pensées, Maisy pleurait maintenant à chaudes larmes.

— Je ne veux pas perdre aussi mon nouveau papa.

Shawna la serra plus fort dans ses bras.

— Tu ne vas pas le perdre, promit-elle en priant secrètement pour que ce ne soit pas une promesse en l'air.

Cole ne faisait que son travail. Rien de plus. Et à cet instant précis, peut-être était-il en train de quitter son emploi et de sortir de sa vie et de celle de Maisy. Il n'avait jamais dit qu'il souhaitait s'impliquer dans la vie de l'une ou de l'autre.

Cooper secoua la tête.

— Il n'en est pas question.

— Je ne demandais pas la permission, dit Cole, qui avait pris son patron au débotté et l'avait entraîné dans le bureau de son grand-père pour lui parler en tête à tête.

Il leur avait fallu franchir le cordon jaune délimitant la scène de crime, mais la police scientifique avait fini ses investigations, et Nikki récupéré les mégots et les verres.

— Dois-je te rappeler que c'est moi qui commande ? demanda Cooper.

Il aurait dû passer outre les objections de Cole et le retirer de cette mission. Mais Cooper comprenait son refus de partir alors que sa fille et son ex-fiancée étaient en danger. Il aimait trop sa propre femme et ses enfants pour ne pas se mettre à la place de son employé.

Cooper avait toujours autant de scrupules à quitter Tanya lorsque son travail l'y obligeait. Et à chaque fois, il lui tardait de rentrer pour les retrouver, elle et les enfants.

Aussi était-il tenté malgré tout, pour boucler rapidement cette affaire, d'accepter le plan complètement fou que lui soumettait Cole.

— Je le sais bien, répondit Cole. C'est toi qui décides, mais cette famille c'est la mienne, et je la connais mieux que toi.

Cooper ne tenait pas vraiment à la connaître. En dehors de Cole, le patriarche était le seul Bentler qu'il appréciait. Les autres étaient égocentriques, cupides et fainéants. Tout le contraire des membres de sa propre famille. Il n'y avait pas plus altruistes, généreux et travailleurs que les Payne.

— C'est pourquoi j'étais le seul à pouvoir imaginer ce plan, continua Cole.

Cooper secoua la tête.

— Un plan terriblement dangereux, dit-il. Je ne suis même pas sûr qu'il nous permette de débusquer le tueur.

Il soupçonnait Cole de sous-estimer les risques qu'il encourait et de se focaliser sur son désir de protéger Shawna et Maisy. Or le seul moyen d'y parvenir était d'identifier le tueur et de l'empêcher de leur faire du mal.

— Il n'y a pas trente-six solutions, insista Cole.

Cooper n'avait peut-être pas tout compris mais une chose était sûre : la mise en œuvre du plan de Cole était risquée. Il y aurait au moins un blessé. Et il n'avait pas besoin du sixième sens qu'il avait hérité de sa mère pour le prédire. Ce plan ne pouvait que mal tourner, c'était évident.

— Je crains que ton plan ne se retourne contre toi, déclara Cooper.

Mais tout ce que Cole voyait, c'était qu'il risquait de passer à côté du bonheur.

En perdant la femme de sa vie.

21

Tel un gladiateur prêt à descendre dans l'arène, Cole inspira à fond avant d'entrer dans la salle à manger où toute sa famille était réunie autour de la table. Il avait laissé passer l'heure du petit déjeuner mais il n'était pas le seul dans ce cas.

Ses cousins, bien que plus âgés que lui, faisaient la fête tous les soirs et se levaient tard. Ils se moquaient pas mal d'arriver en retard au travail.

Ses oncles n'étaient pas pressés non plus d'aller au bureau. Moins ils en faisaient et mieux ils se portaient. Même après l'infarctus de leur père, ils n'avaient pas cherché à se bouger davantage.

Mais son grand-père n'était pas devenu milliardaire en un claquement de doigt. Il avait su s'entourer de personnes compétentes puisqu'il ne pouvait pas compter sur les membres de sa famille d'incapables.

Renonçant à déceler dans l'expression de leurs visages la moindre trace de culpabilité ou l'ombre d'un remords, Cole détourna les yeux, dégoûté.

Il fixa plutôt sa mère. Depuis sa grossesse, survenue alors qu'elle était stagiaire dans l'entreprise de son père, Tiffani n'avait plus jamais travaillé, en dehors de ces quelques heures de bénévolat qu'elle faisait au lycée, avec Shawna, à encadrer les pom-pom girls. Jeff, le beau-père de Cole, était retraité de l'armée, mais il ne parlait jamais de son passé de militaire.

Autour de la table, il y eut comme un moment de flottement. Tous paraissaient surpris de le voir. Mais comme il avait passé son temps à essayer de les éviter, il ne fut pas vraiment étonné.

— Je suppose que vous êtes maintenant tous au courant que grand-père a changé son testament, lança-t-il à la cantonade.

Son oncle Lawrence ricana. Il avait les yeux bleus des Bentler et leur blondeur, aussi, bien qu'il lui reste très peu de cheveux sur le crâne.

— Tu viens remuer le couteau dans la plaie, c'est ça ?

Ils étaient donc bel et bien au courant.

— Je ne veux pas de cet argent, déclara Cole.

Il voulait que le vieil homme vive et se porte le mieux possible. Parce que le jour où Xavier mourrait…

— Tu ne voulais déjà pas de celui de ton père, fit remarquer son oncle Ronald d'un ton acerbe.

Cole aurait voulu que son père vive plus longtemps, lui aussi. Au moins pour qu'ils puissent passer plus de temps ensemble. Coleman Bentler semblait ne jamais avoir une minute à lui. Mais peut-être était-ce à cause de Natalie qu'il se jetait ainsi à corps perdu dans les affaires. Tant qu'il était occupé, il ne ressassait pas le drame de sa vie, la mort de sa bien-aimée dans un accident dont il était responsable.

— En effet, confirma Cole. Je ne voulais pas davantage de l'argent de mon père.

— Alors pourquoi n'en as-tu pas fait profiter les autres ? demanda l'une des jumelles peroxydées.

Il était incapable de différencier Tori et Lori.

— Je ne pouvais pas.

Son père avait été formel dans son testament qui

s'accompagnait d'un message vidéo qui lui était adressé. Cole était son seul et unique héritier. À l'époque, Maisy n'était pas née, mais Cole était sûr que son père aurait aimé la fillette, s'il l'avait connue.

Tout comme Xavier et lui l'aimaient.

C'était pour elle qu'il devait mener à bien son plan, pour les protéger, sa mère et elle. À sa demande, Nikki avait emmené la fillette se promener dans le parc. Il ne fallait surtout pas que Maisy entende ce qu'il allait dire. Parce qu'elle le détesterait.

Escortée de Manny qu'il avait soigneusement briefé, Shawna fit son entrée dans la salle à manger. Il tenait à ce qu'elle, en revanche, ne perde pas un mot de la déclaration qu'il s'apprêtait à faire. Et il fallait qu'elle le croie – tout comme elle l'avait cru lorsqu'il avait rompu leurs fiançailles.

À l'époque, il l'avait fait souffrir, il le savait et il avait bien failli ne jamais s'en remettre lui-même.

La faire souffrir à nouveau lui coûtait énormément. Il y a six ans, il avait cru agir pour son bien. Il se rendait compte aujourd'hui qu'il avait peut-être eu tort. Mais cette fois…

Il n'avait pas le choix. Il ne s'agissait pas seulement de préserver les sentiments et le bonheur de Shawna. Il s'agissait de leur sauver la vie, à elle et à sa fille.

— Je ne veux pas de l'argent de grand-père, répéta Cole.

Son cousin Bobby secoua la tête.

— Et tu espères nous faire gober ça ?

Si personne ne le croyait, son plan tombait à l'eau, et il aurait fait du mal à Shawna pour rien, aussi Cole devait-il à tout prix les convaincre.

— Il n'y a aucune chance que j'hérite, dit-il. À cause de la condition qu'a stipulée grand-père.

Son oncle Lawrence ricana à nouveau.

— Tu parles d'une condition ! Il suffit que tu épouses la femme que tu aimes depuis toujours.

Cole ricana à son tour.

— Que j'aime ?

— N'essaie pas de nier, intervint sa mère avant de regarder Shawna qui avait blêmi. Tu l'as déjà fait assez souffrir comme ça. Pas la peine d'en rajouter.

— Tu ne peux pas faire autrement que la défendre, déclara Cole. Elle a fait exactement comme toi. Sauf que toi, au moins, tu as joué franc jeu. Elle m'a caché l'existence de mon enfant.

Shawna tressaillit comme si les mots que Cole venait de prononcer étaient autant de coups de poignard, qu'elle ne chercha même pas à esquiver. Elle gardait le silence.

Manny l'avait-il prévenue ? Il manquait parfois de discrétion mais quand il s'agissait de garder un secret important, et que c'était une question de vie ou de mort, il était capable de tenir sa langue. Non, Manny n'avait pas pu dévoiler son plan à Shawna. Jamais il n'aurait trahi leur vieille amitié pour une femme dont il se méfiait.

— Et ce qu'elle a fait, continua Cole, je ne pourrai jamais le lui pardonner.

Il s'obligea à glousser avant d'ajouter :

— Quant à l'épouser, même pas en pensée !

— Même pas pour toucher l'héritage ? lança une des jumelles.

— Oui, pour l'héritage ? dit en écho l'autre jumelle.

Outre qu'elles se ressemblaient comme deux gouttes d'eau, les jumelles étaient presque comme des sœurs siamoises : inséparables.

— Je n'en ai pas besoin, expliqua Cole. Je n'ai même pas encore touché à l'argent hérité de mon père.

Sauf pour acheter la bague qu'il avait offerte à Shawna.

Il savait que son père aurait approuvé cette dépense car il aimait bien Shawna.

Contrairement à Manny, si méfiant à l'égard de la jeune femme. Cole sentait le regard réprobateur de son ami rivé sur lui. Pas plus que Cooper, Manny n'adhérait au plan que Cole avait imaginé. À Cole lui-même, ce plan ne semblait pas satisfaisant, mais c'était la seule solution.

— S'il arrive quelque chose à grand-père, il faut donc bien voir que l'héritage n'ira à personne, puisque jamais de la vie je ne me conformerai à ses conditions.

Debout dans l'entrée, Shawna était comme pétrifiée. Mais peut-être Manny l'empêchait-il de s'en aller. Car bien qu'il ait désapprouvé le plan de Cole, il avait accepté de l'aider à le mettre à exécution.

— Mais qu'est-ce qui te prend ? demanda Tiffani en fondant sur lui comme un vautour sur sa proie. Pourquoi te comportes-tu ainsi ?

— Tu m'as toujours reproché de ressembler à mon père, lui rappela Cole.

Son père n'avait jamais pardonné à sa mère de l'avoir piégé. Et Tiffani le savait, bien sûr.

— Pour lui, continua-t-il, la famille n'a jamais été primordiale. Elle ne l'est pas pour moi non plus. Si grand-père ne m'y avait pas obligé, jamais je n'aurais remis les pieds dans cette maison. Il m'a déjà assez manipulé comme ça, alors ses conditions à la manque, il peut s'asseoir dessus !

Shawna fut si surprise qu'elle en resta bouche bée. Puis elle fit volte-face et partit en courant. Et Manny, cette fois, ne put l'en empêcher.

Cole sentit son cœur se serrer. Une fois de plus, il lui avait fait du mal. Il y a six ans, c'était pour qu'elle ne souffre pas s'il lui arrivait malheur qu'il avait rompu avec elle. Son plan avait fonctionné au-delà de toute espérance puisque Shawna s'était empressée de l'oublier et d'en épouser un autre.

Pas sûr que cette fois, cependant, il réussisse son coup. Et qu'il s'en tire sans dommages.

Shawna s'était souvent demandé si Cole lui pardonnerait un jour. Elle était fixée, à présent. Pourtant, ils avaient fait l'amour, ce qui lui avait laissé espérer un avenir possible avec lui. Mais il y a six ans, Cole avait barré la route à cet avenir.

Et aujourd'hui, il recommençait.

Il ne lui pardonnerait jamais de l'avoir privé de Maisy. Elle ne pouvait pas lui donner tort. À sa place, elle aurait fait pareil.

Pourquoi n'avait-elle pas écouté Emery ? Il l'exhortait à dire la vérité à Cole. Il avait même essayé de rétablir le dialogue entre eux en téléphonant à Cole. Mais Cole avait refusé de lui parler.

Elle s'était enfuie si vite de la salle à manger qu'elle avait réussi à semer son garde du corps. Mais quelqu'un d'autre l'avait suivi. Lorsqu'une main lui agrippa le bras et lui fit faire une volte-face dans la cuisine, elle pensa – espéra – que c'était Cole, qui voulait lui dire qu'il mentait.

Mais c'était sa mère, Tiffani.

Tandis que Shawna s'efforçait de retenir ses larmes, Tiffani laissait les siennes couler sur son beau visage.

— Je suis désolée, dit-elle comme si tout cela était sa faute.

— Pourquoi ? La coupable, c'est moi. Je n'aurais jamais dû lui cacher l'existence de sa fille.

— Je pensais en avoir fait un homme meilleur que

ne l'était son père, dit Tiffani. Mais je crois qu'il est encore pire.

Shawna secoua la tête. Elle n'était pas d'accord.

Tiffani lui tapota la joue.

— Je suis désolée de vous voir souffrir autant. Pour moi, c'était différent. Je n'aimais pas vraiment le père de Cole.

Elle ne s'en était jamais cachée. Tout le monde savait qu'elle avait épousé Coleman pour son argent. Il le lui avait bien fait payer ; Tiffani n'avait pas eu une vie facile. Et c'est pour oublier ses déboires qu'elle s'était mis à boire.

— Alors que vous, il est évident que vous l'aimez, continua Tiffani.

Elle l'aimait, oui, et elle l'avait toujours aimé. Mais son amour resterait à jamais unilatéral.

— Il faut que… je sorte un petit moment. Je ne me sens pas très bien.

Les paroles cruelles de Cole tournaient en boucle dans sa tête.

Tiffani lâcha son bras.

— Oui, bien sûr, allez-y.

Shawna jeta un coup d'œil derrière elle et vit l'ombre de Manny se découper sur le sol, dans l'entrée de la cuisine. Elle avait besoin d'être seule, loin de Cole et de toute sa clique de gardes du corps.

Après ce que Cole avait dit, elle n'avait plus besoin de protection. Le tueur ne la considérerait plus comme une menace pour l'héritage qu'il convoitait.

Il fallait qu'elle parle à Xavier de ce changement dans son testament. Mais pas avec des gardes du corps rôdant autour d'eux.

Se penchant vers Tiffani, elle dit à voix basse :

— Je vais avoir besoin de votre aide.

— Quelle barbe ! murmura Manny.

Il errait dans la bibliothèque comme une âme en peine, seul avec l'urne contenant les cendres d'Emery Little. Il avait cherché partout, sans résultat.

— Qu'est-ce qu'il t'arrive ? demanda une voix grave d'un ton amusé.

Manny se tourna vers son ami, conscient que quand il saurait Cole n'aurait plus du tout envie de rigoler.

Sans doute alerté par la tête que faisait Manny, Cole balaya la pièce du regard.

— Où est-elle ?

— Je n'en sais rien.

Il l'avait cherchée partout.

— Que s'est-il passé ? demanda Cole.

— Tu l'as vue comme moi partir en courant de la salle à manger, lui rappela Manny.

Cole se crispa, assailli par le remords. Il regrettait de l'avoir blessée, mais c'était inévitable s'il voulait suivre son plan.

— Tu étais censé ne pas la quitter d'une semelle, dit-il.

Manny prit à son tour un air coupable.

— J'ai essayé. Mais ta mère s'est jetée dans mes jambes. Le temps que je me débarrasse d'elle, Shawna avait disparu.

Cole lâcha un chapelet de jurons.

— Je me demande bien où elle est, dit Manny.

Il se demandait aussi ce qu'il avait pris à Cooper de cautionner un plan aussi tordu. Il était déjà arrivé que la Payne Protection Agency prenne des risques importants pour protéger un de ses clients. Mais le plan qu'avait imaginé Cole n'éliminerait pas le tueur. Il ne ferait que le dissuader d'essayer de tuer Shawna.

S'ils ne démasquaient pas le tueur, Cole et Shawna ne pourraient jamais être ensemble.

Alors la question se posait de savoir si Cole avait conçu ce plan pour protéger Shawna, ou pour se protéger lui du risque qu'il courait de tomber à nouveau amoureux d'elle.

22

Masquant sa colère sous un sourire de commande, Cole s'approcha de sa mère. Elle était dans le parc, assise sur un banc avec Maisy sur ses genoux.

Tiffani avait aidé Shawna à échapper à la vigilance de son garde du corps, et Cole voulait savoir pourquoi.

Il avait supposé que le meurtrier d'Emery était un homme, mais il se rendait compte que ce genre d'*a priori* l'avait peut-être induit en erreur.

— Peux-tu me dire ce que tu fabriques ? demanda-t-il en s'efforçant de garder son calme et de ne pas se départir du sourire plaqué sur ses lèvres.

Maisy le regardait par en dessous d'un air apeuré, comme si elle avait senti la tension qui émanait de lui.

Malgré sa fureur, et la peur qui faisait battre son cœur à toute vitesse, il continua de sourire pour ne pas inquiéter sa fille.

Pourquoi n'avait-il suspecté Tiffani avant ? Elle était celle qui avait été le plus lésée lorsque son père était revenu sur ses dispositions testamentaires et l'avait spoliée de son héritage. Elle était celle qui avait le plus besoin d'argent et celle dont le désir de vengeance était le plus grand – si elle tenait elle aussi Cole pour responsable de ce revirement.

— Je joue avec ma petite-fille, répondit-elle ingénument en lui décochant un sourire qui n'était pas moins factice que celui de Cole.

Il savait qu'il lui rappelait cruellement son père, cet homme qu'elle avait toute sa vie détesté. Cette ressemblance avait mis de la distance entre sa mère et lui. Mais de là à ce qu'elle le déteste, lui aussi… Son propre fils.

Qu'elle le déteste au point de vouloir tuer Shawna ? Et de vouloir le tuer lui aussi ?

— Et toi, qu'est-ce que tu fabriques ? lui retourna Tiffani.

— Comment cela ?

— Sur le moment, j'ai cru à ton petit numéro, tout à l'heure, dans la salle à manger. Mais en y réfléchissant…

Elle baissa les yeux sur la fillette assise sur ses genoux. Si elle avait été seule, Cole l'aurait déjà prise au collet et l'aurait obligée à lui dire où était Shawna. D'après Manny, elle le savait puisqu'elle avait couvert la fuite de la jeune femme.

Tiffani secoua la tête.

— Je suis sûre que tu baratines.

— Quoi ?

— Ton petit numéro. Je suis sûre que c'est du pipeau. Tu l'aimes. Depuis toujours et pour toujours. Exactement comme ton père avec Natalie.

Cole fut surpris d'entendre sa mère parler de Natalie. Elle était au courant, donc. Ses parents avaient peut-être été plus proches qu'il ne le pensait, finalement. Ou sa mère avait découvert le secret de son père par un autre biais. Elle était maligne et pleine de ressources.

Mais de là à se transformer en meurtrière…

Maisy leva les yeux vers lui et demanda :

— De qui parle grand-mère quand elle dit que tu l'aimes ?

— De ta maman, répondit Tiffani.

La fillette fronça les sourcils.

— Alors pourquoi ne veux-tu pas l'épouser ?

Tiffani haussa un sourcil blond.

— Oui, pourquoi ? répéta-t-elle en écho.

— Tu le sais très bien, répliqua Cole d'un ton cinglant.

Elle soupira.

— Moi, oui. Mais Shawna n'en a pas la moindre idée.

C'était le but recherché. Mais il commençait à douter de la pertinence de son plan. Il ne pouvait évidemment pas prévoir que Shawna fausserait compagnie à Manny.

Nikki, qui suivait Maisy comme son ombre, se tenait à moins de deux mètres du banc sur lequel étaient assises la fillette et sa grand-mère. Elle avait la main sur son holster, comme si elle soupçonnait Tiffani, elle aussi, et n'était pas tranquille.

D'un signe de tête, Cole lui fit comprendre qu'il maîtrisait la situation.

— Où est-elle ? demanda-t-il à sa mère de but en blanc.

— Qui ?

Sa mère feignait très mal l'innocence. Et pour cause ! Il n'y avait pas plus roué qu'elle. Elle savait ce qu'elle voulait et ne s'embarrassait pas de scrupules pour arriver à ses fins.

— Shawna, dit-il d'une voix dans laquelle transparaissait la colère. Où est-elle ?

— Je n'en sais rien.

— Où est maman ? demanda Maisy qui s'était mise à trembler.

Devant le silence coupable de Cole, la fillette se tourna vers Tiffani.

— Grand-mère, où est maman ?

Tiffani soupira.

— Elle avait besoin d'être seule un petit moment.

— Elle est en danger et ne doit en aucun cas rester seule, répliqua Cole sèchement.

La dernière fois qu'elle avait voulu prendre l'air, Manny s'était fait assommer, et elle avait failli être tuée.

À moins que son plan n'ait fonctionné. En ce cas, elle ne risquait plus rien. Sauf que Cole n'avait pas prévu que sa mère le percerait à jour. Or si elle l'avait démasqué, le tueur pouvait en avoir fait autant.

Cooper et Manny avaient raison. Son plan ne valait pas un clou.

— Où est-elle ? répéta-t-il.

Tiffani haussa les épaules.

— Aucune idée. Tu la connais mieux que personne, Cole.

Elle disait vrai. Il connaissait Shawna par cœur. Il avait cru pendant six ans qu'il s'était trompé sur son compte mais il comprenait maintenant pourquoi elle avait épousé un autre homme.

Pour Maisy. Pour protéger Maisy.

Et il allait faire pareil. Il tendit les bras à la fillette qui hésita à peine avant de nouer ses bras autour de son cou.

Lorsqu'il lui enleva l'enfant, il vit Tiffani s'assombrir. Elle se sentait une fois de plus rejetée, abandonnée, comme elle l'avait été par son premier mari. Pourquoi était-elle restée ? Par amour pour Cole ? Ou par simple cupidité ?

Il la plaignait sincèrement, quoi qu'il en soit. Heureusement qu'elle avait rencontré Jeff qui était fou d'elle. Mais elle ne semblait pas heureuse. En fait, depuis les funérailles d'Emery Little, elle était encore plus abattue que d'habitude. Il la revit s'enfuyant brusquement de la bibliothèque où trônait l'urne.

— Dis-moi, maman, commença-t-il, les yeux rivés sur elle.

Elle se leva précipitamment du banc.

— Je ne sais pas où elle est, déclara-t-elle.

Et sans laisser le temps à Cole de poser la question qu'il avait sur les lèvres, elle fila.

— Grand-mère est en colère, fit remarquer Maisy.

— Oui, on dirait. Te rendait-elle souvent visite quand tu habitais dans ton ancienne maison ?

La fillette hocha la tête.

Tiffani avait-elle soupçonné, comme tout le reste de la famille, que Maisy était sa petite-fille ?

— Elle venait te voir toi ou ta maman ? demanda-t-il.

Tiffani avait longtemps encadré avec Shawna l'équipe des pom-pom girls dans le lycée où Emery Little dirigeait la fanfare.

— Elle venait voir papa, répondit la fillette, qui s'empourpra. Je veux dire mon ancien papa. Elle venait souvent le voir.

Dans la tête de Cole, les pièces du puzzle commençaient à se mettre en place. Maisy était trop jeune pour comprendre, et c'était tant mieux. Il souleva son menton avec son index et la fixa dans les yeux.

— Emery était ton papa et le restera toujours, dit-il.

Il avait protégé Shawna et Maisy et, quoi qu'il ait fait par ailleurs, il ne méritait pas de mourir.

— Et toi ? Tu ne veux pas être mon papa ?

— Si, bien sûr.

— Mais tu ne veux pas te marier avec maman.

Cole se demanda un instant si elle ne l'avait pas entendu faire son petit numéro, comme disait Tiffani. Mais Nikki intercepta le regard interrogateur qu'il lui lança et secoua la tête.

— Nous étions dans le parc. C'est ce matin qu'elle a compris la situation.

— Qu'est-ce qui te fait penser ça ? demanda Cole à la fillette.

— Je vois bien que tu es en colère contre elle.

En effet. Il l'était, mais dans une certaine mesure seulement. Parce que sachant pourquoi Shawna avait agi comme elle avait agi – pour le bien de leur fille – il ne pouvait lui en vouloir vraiment.

— Non, tu te trompes, lui assura-t-il.

— Et contre moi, tu es en colère ? demanda-t-elle d'une petite voix tremblante, comme si elle allait se mettre à pleurer.

Il s'empressa de secouer la tête en signe de dénégation.

— Bien sûr que non ! Je te trouve formidable et je suis drôlement content que tu sois ma fille.

Nikki – qu'il n'avait jamais vu pleurer – tentait avec force clignements de paupières de refouler les larmes qui lui étaient montées aux yeux. Lorsqu'elle surprit son regard, elle se mit à se tripoter les yeux.

— Je ne sais pas ce qu'il m'arrive, dit-elle en se détournant. Je crois bien que j'ai un cil dans l'œil.

— Et maman, alors ? dit Maisy.

— Nous allons la trouver, promit Cole.

Mais ce n'était manifestement pas la réponse qu'attendait la fillette qui réitéra sa question.

— Et maman, alors ? Tu l'aimes ?

Il venait de faire croire à toute sa famille que Shawna ne comptait pas pour lui mais, à sa fille, il ne pouvait pas mentir.

— Penses-tu pouvoir garder un secret ? demanda-t-il.

Elle acquiesça d'un hochement de tête très solennel, mais si elle était comme Manny… Cela n'avait cependant aucune importance. Cole trouverait un autre moyen de protéger Shawna si son plan capotait. Lui faire du mal n'était décidément pas un bon moyen de la protéger.

— J'aime énormément ta maman, dit-il sur le ton de la confidence. Depuis toujours et pour toujours.

— Tu vas l'épouser, alors ! s'exclama Maisy, ravie, en l'étranglant à moitié tant elle lui serrait le cou.

Et comme Nikki, il se mit à cligner furieusement des paupières. Il voulait faire plaisir à Maisy. Il voulait surtout rendre heureuse Shawna. Mais il devait commencer par la retrouver. Saine et sauve.

Shawna patienta sur le balcon du premier étage jusqu'à ce qu'un nouveau garde du corps vienne relever son collègue devant la porte de la chambre de Xavier. Lorsque les deux hommes s'éloignèrent de quelques pas pour discuter, elle se glissa en douce à l'intérieur de la chambre.

— Comment avez-vous pu faire une chose pareille ? demanda-t-elle tout à trac car elle était très remontée contre le vieil homme.

— Quoi ? dit Xavier qui avait l'air complètement à l'ouest.

Elle se rua vers le lit.

— Ça va ? demanda-t-elle, soudain plus inquiète qu'en colère.

— Oui, très bien, assura Xavier en s'asseyant tant bien que mal dans son lit. Mais j'en ai assez d'être couché. J'ai l'impression d'être grabataire !

— Vous allez pouvoir vous lever, mais il faut que vous me promettiez une chose, dit Shawna en posant une main sur son épaule. Ne touchez plus aux cigares.

— Je ne risque pas. L'envie m'en a passé, vous pouvez me croire !

Impatient de se lever, il passa ses jambes par-dessus le bord du lit puis sembla se raviser.

— Vous savez pour le testament ? demanda-t-il. C'est pour ça que vous êtes furieuse.

— Comment avez-vous pu faire une chose pareille ? répéta Shawna.

— Vous êtes faits l'un pour l'autre, Cole et vous.

Elle l'avait elle-même longtemps cru. Mais plus maintenant.

— Si c'était vrai, il n'aurait pas rompu nos fiançailles.

— Vous n'avez pas deviné pourquoi il l'a fait ? demanda Xavier qui semblait bien informé.

— Il me l'a dit. Il me trouvait trop dépendante et trop vulnérable. Et c'est toujours l'opinion qu'il a de moi, apparemment. Il vient d'annoncer à toute la famille qu'il n'a pas l'intention de m'épouser, quoi qu'il arrive. Il n'en a rien à faire de votre argent. Et de moi non plus.

Elle avait eu du mal à prononcer ces derniers mots, qui lui déchiraient le cœur. Mais Xavier n'avait pas dû percevoir sa détresse car il se mit à rire comme un bossu.

— Qu'est-ce que ça a de si drôle ? demanda Shawna, décontenancée.

Xavier avait-il perdu la raison ? Était-ce parce qu'il était en train de devenir sénile qu'il avait changé ses dispositions testamentaires et engagé Cole comme garde du corps ?

— Je ris parce que c'est un bel hypocrite, dit-il. Il me critique mais il est au moins aussi manipulateur que moi.

— Comment ça ?

Elle était dans le noir total. Cole était bien la dernière personne qu'elle aurait qualifiée de manipulatrice.

— Vous vous connaissez depuis des lustres, tous les deux, et vous ne devinez pas pourquoi il a dit ça ?

Elle s'était vaguement demandé s'il n'avait pas cherché à la protéger, six ans plus tôt. Mais aujourd'hui ? Elle secoua la tête, bien qu'une faible lueur commence à percer dans son esprit.

— Vous croyez que tout d'un coup, il a cessé de vous

aimer ? Ou qu'il se moquait de vous quand dès l'école primaire, il s'est mis à vous faire de grandes déclarations enflammées ? Et plus tard, quand il vous a offert une bague pour laquelle il a dû piocher dans l'héritage de son père ?

Xavier ricana.

— C'était du cinéma, continua-t-il. Cole est un sale type qui a profité de vous.

Shawna en resta bouche bée.

— Mon petit-fils est une ordure.

Xavier avait l'air de ne pas penser un traître mot de ce qu'il disait.

Shawna pensait également tout le contraire.

— Non, c'est faux, protesta-t-elle.

Cole était quelqu'un de bien, malgré tout. Il était courageux et protecteur…

Et soudain, une sorte d'épiphanie se fit dans son esprit, et elle comprit.

Cole avait cherché à la protéger.

Elle eut envie d'aller le rejoindre et de lui sauter au cou pour lui déclarer son amour. Mais sachant tout le mal qu'il se donnait pour la protéger, elle ne voulait pas faire capoter son plan. Le tueur avait pu, lui aussi, deviner que Cole avait juste cherché à le berner.

Elle n'aurait pas dû se débarrasser de Manny. Cole devait être aux cent coups. Non seulement il devait se faire du souci pour elle, mais sans doute était-il furieux contre Manny et contre sa mère. Il fallait absolument qu'elle aille le rassurer.

Ouvrant la porte pour sortir, elle ne tomba pas sur un garde du corps, comme elle s'y attendait, mais sur le beau-père de Cole, qui faisait une drôle de tête.

Lui, toujours si jovial et bienveillant, la toisait d'un

air méchant. Il avait dans le regard un éclat démoniaque qui lui donna la chair de poule.

— Pardon, dit-elle en essayant de le contourner.

Mais il lui agrippa le bras et le serra comme un étau.

— Soit on entre dans la chambre du vieux pour en finir une bonne fois pour toutes, soit on va sur le balcon, dit-il.

Terrifiée, elle déglutit péniblement.

En choisissant d'aller sur le balcon, elle se donnait une chance d'en réchapper. Mais tandis que Jeff la poussait vers la porte du balcon, elle songea que compte tenu de la hauteur, si elle sautait, elle risquait de s'écraser dans le patio, juste en dessous.

C'était ça ou prendre une balle, car lorsqu'elle se retourna, elle vit le pistolet que Jeff pointait sur elle.

— Pourquoi faites-vous ça ? demanda-t-elle.

Comment un homme aussi charmant et aussi doux – à l'instar d'Emery – pouvait-il se transformer en assassin ? Elle frissonna en songeant que c'était sans aucun doute lui le meurtrier de son mari.

— Pour l'argent ?

L'appât du gain poussait parfois les gens aux pires extrémités, elle le savait. Il n'y avait qu'à voir la famille de Cole, prête à tout pour toucher l'héritage du grand-père. Mais Shawna aimait trop sa fille, et Cole, aussi, pour accepter de les quitter à tout jamais.

Il fallait qu'elle trouve un moyen de désarmer Jeff avant qu'il ne la tue elle aussi.

Jeffrey se sentait serein. Son plan allait enfin aboutir. Cole ne pourrait pas venir le contrecarrer, cette fois. Il allait commencer par tuer Shawna, puis il se débarrasserait du vieux. De la sorte, le changement que le patriarche avait apporté à son testament n'aurait plus d'importance.

Il n'en avait déjà plus, en fait.

— Non, ce n'est pas pour l'argent, répondit-il.

— C'est pourquoi, alors ? demanda Shawna.

— Vous ne pouvez pas comprendre. Cole comprendrait, lui, qu'on puisse tuer par amour. Il vous aime mais vous ne l'avez jamais aimé.

— C'est faux !

— Vous en avez épousé un autre. Et vous lui avez caché l'existence de son enfant. Et malgré tout le mal que vous lui avez fait, il cherche encore à vous protéger.

Elle jeta un coup d'œil autour d'elle, espérant sans doute que Cole allait une fois de plus voler à son secours. Mais Jeff l'en empêcherait, sans le tuer, toutefois, pour ne pas faire souffrir Tiffani.

Il n'avait compris que récemment qu'elle était très attachée à son fils. Il se félicitait donc d'avoir raté Cole lorsqu'il lui avait tiré dessus, dans le parc. Puisqu'elle l'aimait, il était hors de question qu'il le tue. Tiffani était déjà bien assez malheureuse comme ça.

Il voulait juste lui prouver son amour. Mais elle n'avait pas l'air de comprendre.

Elle ne s'était jamais vraiment rendu compte qu'il était fou d'elle. Mais là, elle verrait à quel point il l'aimait. Il allait récupérer pour elle l'héritage dont elle avait été spoliée après le décès de son premier mari.

Tuer Coleman Bentler avait été jubilatoire. Aux réunions des Alcooliques Anonymes, où Tiffani et lui s'étaient rencontrés, elle avait raconté que Coleman avait autrefois provoqué la mort d'une femme mais que, grâce à sa fortune, il n'avait jamais été poursuivi. Or il se trouvait qu'elle avait bien connu la femme en question. Natalie Montoya avait été son idole et son modèle dans le milieu des concours de beauté. C'est pourquoi Tiffani avait traqué l'homme qui l'avait tuée. Pour le punir.

Mais au final c'est elle qui avait été punie puisque

Coleman l'avait déshéritée. Jeff se félicitait d'avoir supprimé ce salopard qui avait tué Natalie et fait souffrir Tiffani.

En revanche, ce n'était pas de gaieté de cœur qu'il allait se débarrasser de Shawna. Contrairement à Coleman, elle n'avait rien fait de mal. Mais il fallait qu'elle meure pour que Tiffani touche l'argent qu'elle convoitait depuis si longtemps.

Quand elle verrait tout ce qu'il avait fait pour la rendre heureuse, peut-être Tiffani l'aimerait-elle autant qu'il l'aimait. Et sinon…

S'il n'y avait pas moyen, plutôt que renoncer à son amour, il renoncerait à la vie.

23

Cole aurait dû deviner tout de suite que Shawna était partie voir Xavier. Elle aussi devait être en colère contre lui. Parce qu'elle n'avait aucunement l'intention d'épouser Cole. Elle venait de perdre son mari, que diable !

Mais Emery Little avait-il vraiment été son mari ? Cole en doutait fortement et brûlait d'envie de lui poser la question.

Impatient de la retrouver, il se dirigea à grands pas vers l'aile du manoir qui abritait la chambre de son grand-père. Mais juste après avoir tourné dans le corridor, il vit Lars effondré contre le mur. Du sang maculait la tapisserie au-dessus de sa tête et imprégnait ses cheveux blonds.

Prêt à dégainer, Cole s'approcha en courant. Mais Lars était seul. Et grâce au ciel, il était vivant, constata Cole après avoir vérifié qu'il respirait encore.

En deux enjambées, il gagna la chambre de Xavier dans laquelle il entra comme une furie. Surpris, le vieil homme poussa un cri en portant une main à son cœur.

— Que se passe-t-il, Cole ? Tu veux ma mort, ma parole !

— Tu es seul ? demanda Cole en balayant du regard l'immense suite.

Xavier s'était levé et habillé.

— Oui. Shawna était là mais elle vient juste de partir.

Une peur panique s'empara de Cole, si oppressante qu'elle l'empêchait de respirer.

— Il y a combien de temps ? demanda-t-il d'une voix blanche.

— Deux minutes. Tu ne l'as pas croisée, dans le couloir ?

Devant le silence de Cole, Xavier dut se douter de quelque chose.

— Il lui est arrivé quelque chose ? Parle, bon sang !

Cole lui jeta son téléphone portable.

— Appelle Cooper à la rescousse. Lars a été assommé, et celui qui a fait ça a sûrement enlevé Shawna.

Blanc comme un linge, le vieil homme prit le téléphone d'une main tremblante.

— Attends ! cria-t-il lorsqu'il vit Cole sortir. N'y va pas seul.

— Je n'attends rien du tout. Il n'y a pas une minute à perdre, lança Cole avant de ressortir en courant.

Juste en face de la chambre, il y avait un coin salon et, derrière ce coin salon, une porte-fenêtre ouvrant sur le balcon. Avant même d'apercevoir une silhouette se profiler derrière les doubles-rideaux, Cole comprit que c'était là qu'ils étaient. Shawna et le tueur.

À pas de loup, il s'approcha de la porte-fenêtre qu'il entrouvrit légèrement.

La voix de Shawna vint confirmer ses soupçons.

— Si ce n'est pas pour l'héritage, je ne comprends pas pourquoi vous faites ça, dit-elle.

— Je vous l'ai dit, répondit un homme que Cole eut du mal à identifier tant sa voix était déformée par la furie et la folie.

Voir son beau-père pointer un revolver sur la femme qu'il aimait fut un tel choc qu'il faillit pousser un cri de surprise.

— Par amour, continua son beau-père. Elle n'a pas pris la mesure de ce que je ressens pour elle. Elle ne sait pas que je ferai n'importe quoi pour lui plaire, y compris tuer pour qu'elle touche l'argent qui était censé lui revenir.

— Il s'agit donc bien d'héritage, dit Shawna. Comme elle n'a pas hérité des biens de Coleman, vous essayez de faire main basse sur ceux de Xavier.

Jeff accueillit sa remarque avec un reniflement de mépris.

— Je n'ai pas tué Coleman Bentler dans le but qu'elle hérite, mais pour la débarrasser de cette ordure sans scrupule.

— Quoi ? s'exclama Cole malgré lui.

Jeff fit volte-face et pressa la détente, tirant plusieurs coups de feu. Cole eut le réflexe de se baisser pour esquiver les balles. L'une d'elles fit éclater le chambranle au-dessus de sa tête. Une autre fit exploser la vitre de la porte-fenêtre.

Shawna poussa un hurlement à s'en casser les cordes vocales. Les yeux exorbités, Jeff se tourna vers elle, bien décidé, apparemment, à vider son chargeur sur elle. Mais Cole l'abattit d'un tir net et précis auquel firent écho deux autres coups de feu, ceux que Jeff tira avant de s'affaler sur Shawna qui s'était effondrée sur le sol carrelé.

Cole craignit d'avoir manqué de rapidité ou de précision.

Il craignit d'avoir perdu Shawna.

Encore sous le choc, Shawna essuya le sang qui dégoulinait sur son visage. Ce n'était pas le sien. Elle s'était baissée juste à temps. Jeff avait eu moins de chance qu'elle. Elle frémit en repensant à l'instant où Cole avait dû le tuer pour lui sauver la vie.

— Comment te sens-tu ? demanda-t-il.

Il l'avait prise dans ses bras et portée jusqu'à la salle de bains attenante à sa chambre pour qu'elle se nettoie.

Lorsqu'il l'avait tirée de sous le corps de Jeff, le premier souci de Cole avait été de s'assurer qu'elle n'avait pas été touchée.

Shawna soupira.

— Pas pire qu'après l'explosion de ma voiture qui a coûté la vie à Emery. Quand je pense que c'est Jeff qui l'a tué ! Pourquoi a-t-il fait ça ? Pourquoi voulait-il me tuer, moi aussi ? C'est incompréhensible.

Jeff allait emporter ses secrets dans sa tombe.

— Moi, je sais pourquoi, murmura une voix derrière eux.

Shawna et Cole se retournèrent en même temps. Tiffani se tenait sur le seuil de la salle de bains, la mine défaite. Des rides profondes creusaient son front, et des cernes foncés auréolaient ses yeux. Jamais Shawna ne lui avait vu une tête pareille. Mais Tiffani venait de perdre son mari, abattu d'une balle dans la tête par son propre fils.

— Est-ce toi qui l'as poussé à faire tout ça ? demanda Cole d'une voix rauque.

Sa mère parut surprise et choquée.

— Non, bien sûr que non. Je n'aurais jamais imaginé qu'il puisse commettre ces meurtres.

— Il a tué mon père, dit Cole. Je ne savais pas que tu connaissais déjà Jeff à cette époque.

— Je ne le connaissais pas vraiment. Je l'avais vu deux ou trois fois aux réunions des Alcooliques Anonymes.

— Je savais que c'était là que tu l'avais rencontré.

— Je n'y allais pas pour rencontrer quelqu'un. Je voulais juste arrêter de boire pour trouver le courage de quitter ton père.

Shawna l'approuvait d'avoir voulu quitter ce mari

qui la maltraitait. Tiffani n'avait jamais été heureuse en ménage avec le père de Cole.

— Mais tu ne l'as pas quitté, dit Cole. Alors Jeff t'a débarrassé de lui.

— Je l'ignorais. J'ai vraiment cru qu'il avait eu un accident. Ton père a toujours conduit comme un dingue.

— C'est ce qui a coûté la vie à Natalie, fit remarquer Cole.

— Natalie ? demanda Shawna.

— La femme que Coleman aimait dans sa jeunesse. Et qu'il a perdue dans un accident de voiture, expliqua Tiffani.

— Comment as-tu appris son existence ? demanda Cole en scrutant sa mère d'un air suspicieux. Il ne m'en avait jamais parlé.

Tiffani eut un petit rire amer.

— À moi non plus. Mais il se trouve que je la connaissais, confia-t-elle avec un soupir. Je l'idolâtrais. Elle était belle et vraiment adorable. Elle est morte à cause de lui, à cause de son inconscience au volant. Et il n'a jamais été poursuivi.

— Et tu t'es donc chargée de le punir, c'est ça ? demanda Cole. Tu es tombée enceinte pour venger ta copine, si je comprends bien ?

— En fait, il se punissait lui-même. Je l'ai compris récemment. S'il travaillait comme un forcené, ce n'était pas tant pour réussir ou s'enrichir. C'était pour oublier. Il était rongé par la culpabilité. Si bien que j'ai toujours pensé que la sortie de route qui lui a été fatale était volontaire. Il ne m'était jamais venu à l'esprit que Jeff…

— À aucun moment tu ne l'as soupçonné ? insista Cole.

Dévastée, Tiffani secoua la tête.

— Je n'arrive toujours pas à y croire.

Bien qu'il ait plusieurs fois tenté de la tuer, Shawna avait elle-même beaucoup de mal à voir en Jeff un meurtrier.

— C'était un homme si gentil, dit Tiffani. Si plein d'attentions à mon égard. Il m'aimait.

— C'est justement parce qu'il vous aimait qu'il a fait tout ça, dit Shawna. Il l'a dit lui-même.

— J'ai pourtant essayé de lui faire comprendre que je n'avais pas besoin de cet héritage. J'avais juste besoin d'amour.

— Mais pas le sien, fit remarquer Cole. Tu aimais quelqu'un d'autre.

Tiffani acquiesça puis se tourna vers Shawna. Mais elle semblait avoir du mal à la regarder en face. Alors Shawna comprit.

— Emery ?

Tiffani hocha de nouveau la tête.

— Je l'aimais à la folie, mais je ne voulais pas faire souffrir Jeff qui était si bon avec moi. Je ne voulais pas lui faire subir ce que j'avais subi avec Coleman. Emery et moi en étions donc réduits à nous cacher.

Cole les regardait tour à tour, comme s'il s'attendait à ce qu'elles manifestent de la jalousie ou de la rancune l'une envers l'autre. Mais Shawna sourit et prit Tiffani dans ses bras.

— Il vous aimait aussi.

— Je ne comprends pas, dit Cole. Pourquoi t'a-t-il épousée ?

— Emery était mon meilleur ami, et il n'a jamais été autre chose qu'un ami, répondit Shawna.

C'était elle qui avait présenté à Emery la femme qu'elle considérait à l'époque comme sa future belle-mère. Quelques mois avant que Cole ne rompe leurs fiançailles et ne lui brise le cœur.

— Je trouvais bizarre qu'il s'intéresse à moi, dit Tiffani. Il était bien plus jeune que moi, et si bel homme.

Coleman avait détruit en elle toute estime de soi. C'était sans doute pourquoi elle avait épousé Jeff. Il la sécurisait.

— Emery vous aimait, lui assura à nouveau Shawna.

— Oui, je sais. J'ai fini par le comprendre et j'allais quitter Jeff. J'avais commencé à le préparer, mais il ne voulait rien savoir. Il ne pensait qu'à me prouver son amour.

Cole poussa un juron.

— C'est beau, l'amour ! ironisa-t-il en secouant la tête.

— Je suis désolée, murmura sa mère avant de quitter la pièce en courant.

Cole la regarda s'enfuir sans réagir. Puis il se tourna vers Shawna.

— Il faut que j'aille lui parler. Elle n'a vraiment pas l'air bien.

Shawna acquiesça d'un hochement de tête contraint car elle aurait préféré qu'il reste. Elle aussi avait besoin d'être rassurée. Mais elle n'avait plus besoin de protection.

Saurait-elle retenir Cole maintenant que sa mission était terminée ?

Elle espérait que les paroles qu'il avait prononcées devant toute sa famille étaient seulement destinées à la protéger et qu'il ne les pensait pas vraiment, mais elle n'avait aucune certitude sur les sentiments de Cole à son égard. Peut-être ne pourrait-il jamais lui pardonner d'avoir épousé un autre homme et de l'avoir privé de sa fille.

Comme Emery, peut-être n'aurait-elle jamais l'occasion de vivre avec son grand amour…

Cooper avait du mal à faire comprendre à son client que sa mission était bel et bien terminée.

— Mes hommes et moi n'avons plus rien à faire ici, dit-il à Xavier. L'affaire est close.

La police venait juste de partir après avoir entendu tous les témoins du drame, et le *coroner* avait autorisé le transport du corps de Jeffrey Inman à la morgue.

Le tueur mort, la menace n'existait plus. La mère de Cole n'avait vraisemblablement aucune responsabilité dans les meurtres commis par son mari. Elle était dévastée. Non pas tant à cause de la mort de son mari qu'à cause de celle du mari de Shawna qui était son amant.

Quelle famille ! songea Cooper.

Et lui qui trouvait la sienne atypique ! Mais à côté des Bentler, les Payne ne faisaient pas le poids sur le plan de l'excentricité. Pas étonnant que Cole veuille se démarquer de cette bande de cinglés.

— Restez encore un peu, insista Xavier en sortant son chéquier. Je suis prêt à vous payer ce qu'il faudra.

— Les hommes de mon frère sont en route pour l'aéroport, dit Cooper. Une autre mission les attend à River City. Et les miens se préparent au départ. Vous n'avez plus besoin de protection.

Xavier regimba.

— C'est vite dit ! Je pense que Jeffrey Inman n'était pas le seul à souhaiter ma mort. Il suffit de voir les requins qui m'entourent…

— Ils ne vont pas aller jusqu'à tenter de vous assassiner, répliqua Cooper qui n'était pas totalement convaincu de ce qu'il affirmait.

— On n'est jamais trop prudent. Je préférerais avoir un garde du corps à demeure pour assurer ma protection.

— Et qui voudriez-vous avoir auprès de vous ? demanda Cooper sans pouvoir s'empêcher de sourire.

Xavier sourit aussi.

— Je trouve votre sœur adorable.

— Nikki est formidable mais son fiancé risque de ne pas apprécier, dit Cooper qui devinait la manœuvre.

Xavier poussa un soupir à fendre l'âme.

— Allez, dites-le que c'est à votre petit-fils que vous pensez, continua Cooper.

Xavier soupira à nouveau.

— Vous avez vu le reste de ma famille. C'est lui, Shawna et leur fille que j'ai envie d'avoir auprès de moi.

Cooper eut pitié du vieil homme. Riche comme Crésus, Xavier Bentler ne pouvait pas s'offrir ce dont il avait le plus besoin : une vraie famille.

— Je suis désolé mais je crains de ne pas pouvoir vous aider. Cole vit à River City, où il a un métier qu'il a l'air d'aimer et un cercle d'amis auxquels il est très attaché. Je doute que vous arriviez à le faire revenir ici.

— Même pas pour Shawna et Maisy ?

Cooper avait du souci à se faire. Il risquait fort de perdre l'un de ses meilleurs éléments.

24

Cole ne pouvait s'empêcher de ressasser les erreurs qu'il avait faites avec Shawna. C'était sa faute si elle avait épousé Emery, son soi-disant meilleur ami.

D'après Tiffani, qui se recueillait devant l'urne de son amant, il ne s'était jamais rien passé entre eux, mais Cole aurait préféré que ce soit Emery lui-même qui le lui dise. Les circonstances en avaient décidé autrement.

Cela étant, cette conversation, il pouvait aussi l'avoir avec Shawna. À condition qu'elle consente à lui parler. Ce qui n'était pas gagné…

Elle avait eu l'air si affligée quand elle l'avait entendu déclarer haut et fort que jamais il ne l'épouserait. C'était la réaction qu'il espérait, bien sûr, mais il aurait dû trouver un moyen de la protéger – que ce soit aujourd'hui ou il y a six ans – qui ne lui brise pas le cœur. Malgré les médailles qu'on lui avait décernées dans l'armée, Cole commençait à se dire qu'il était un bien piètre protecteur.

Comme garde du corps, en revanche, il n'avait pas son pareil. Avant même d'entendre le bruit de ses pas sur le parquet, il décela sa présence. Avec Shawna, c'était à chaque fois la même chose : dès qu'elle approchait, il sentait son cœur s'emballer, son sang s'échauffer et sa peau frissonner.

Elle devait savoir qu'il s'était rendu compte de sa présence parce qu'elle demanda à mi-voix :

— Penses-tu qu'il faille que je lui donne l'urne ?

— Est-ce que c'est ce qu'il aurait voulu ?

— Il l'aimait.

— Qu'en sais-tu ?

— Je savais qu'il était amoureux mais j'ignorais de qui.

— Et tu l'as quand même épousé ?

— Celle qu'il aimait, mais je n'étais même pas sûre qu'il s'agissait d'une femme, n'était pas disponible. C'était tout ce que je savais, en fait. Je regrette qu'il ne se soit pas davantage confié à moi…

— Il la protégeait, dit Cole. Tout comme moi j'ai essayé de te protéger.

— Quand ?

— Il y a six ans, quand j'ai rompu nos fiançailles. Je pensais que je ne reviendrais pas de la mission pour laquelle je m'apprêtais à partir, et je ne voulais pas que tu me pleures comme tu avais pleuré tes parents, enfant.

Shawna sembla interloquée.

— En quoi était-ce censé me protéger ?

— J'avais l'impression que tu ferais plus facilement ton deuil si tu me détestais, expliqua Cole.

— Je t'en ai voulu énormément, admit Shawna, les larmes aux yeux. Mais ça ne m'a pas empêché de te pleurer.

— Je ne suis pas mort.

Il aurait presque mieux valu. Rompre avec elle aurait été justifié s'il n'était pas revenu.

— J'ai pleuré mon fiancé parce que je l'aimais et que je l'avais perdu. Lorsque tu t'es engagé dans l'armée, on m'avait prévenue que tu risquais de changer et qu'à ton retour j'aurais peut-être du mal à te reconnaître. Je n'avais pas voulu le croire… jusqu'à ce fameux jour.

Cole se fustigeait de l'avoir tant fait souffrir. Il regrettait tellement…

— Mais quand tu es venu à l'enterrement d'Emery

et que je t'ai vu avec tes amis et avec ton grand-père, et avec Maisy, aussi, j'ai compris que tu étais quelqu'un de bien, malgré tout.

— J'aimerais pouvoir l'affirmer mais ce n'est pas vrai, hélas. Celui ou celle qui t'a dit que l'armée allait me changer avait parfaitement raison.

— C'est ta mère. D'après elle, ce que tu as vu et vécu dans le cadre de tes missions a fait de toi un autre homme.

— Tout cela m'a beaucoup marqué et m'a appris à reconnaître ce qui compte vraiment.

Elle hocha la tête comme si elle comprenait. Mais c'était impossible car elle n'avait pas connu l'enfer de la guerre.

— Et toi, tu comptes, continua Cole. Aujourd'hui comme hier. C'est pourquoi ce matin, dans la salle à manger, j'ai dit le contraire. J'essayais encore une fois de te protéger.

Il repensa à ce moment terrible quand, un peu plus tard, en la voyant par terre, le visage tout éclaboussé de sang, il avait cru qu'elle avait reçu une balle.

— Je m'y suis mal pris, je le reconnais très humblement, continua-t-il. Les deux fois. Je comprendrais donc que tu ne veuilles pas m'accorder une deuxième chance.

— Une chance ? bredouilla Shawna en fronçant les sourcils.

— Ma mère m'a donné quelque chose. Quelque chose que tu lui as confié il y a six ans.

Elle devint livide.

Il sortit la bague de sa poche et la lui tendit.

— Elle n'aurait jamais dû quitter ton doigt, dit Cole.

Elle le fixa de longues secondes puis regarda la bague.

— Je t'en prie, Shawna, accorde-moi une seconde chance.

Elle pressa une main sur sa bouche, comme pour réprimer un cri, tourna les talons et fila sans un mot.

La porte de sa chambre refermée, Shawna s'appuya contre le battant, à bout de souffle. Son cœur tambourinait dans sa poitrine comme s'il voulait s'en échapper. Elle venait d'avoir la plus grosse frayeur de sa vie.

Cole l'avait à nouveau demandée en mariage et, bouleversée, elle avait failli accepter, pauvre sotte qu'elle était !

Comme si une fois ne lui avait pas suffi. Rien ne lui prouvait qu'il l'aimait, et elle craignait qu'il ne rompe à nouveau avec elle.

Deux petits coups furent frappés à la porte, dans son dos, et une voix grave demanda :

— Shawna ? Ça va ?

Elle n'eut pas le temps de verrouiller la porte ; Cole tourna la poignée et entra.

Il avait les mâchoires crispées et le regard tourmenté.

— Quelle question idiote ! dit-il. Après tout ce par quoi tu es passée ces derniers jours, je devrais bien me douter que ça ne va pas. Et moi qui te demande de m'accorder une seconde chance…

— Pourquoi veux-tu une seconde chance ?

— Parce que je veux t'épouser et offrir une famille à Maisy.

Shawna tressaillit.

— C'est pour Maisy que tu tiens tellement à m'épouser ? Pour qu'elle vive ce que toi tu as vécu, avec un père odieux avec sa femme parce qu'elle lui a fait un enfant dans le dos ?

— Si tu m'as caché ta grossesse, c'est parce que tu craignais que je ne me conduise comme mon père ? demanda Cole.

Elle acquiesça. Elle n'aurait pas supporté son mépris.

Tiffani était mieux armée qu'elle pour faire face à l'adversité et puis, elle, elle n'avait jamais aimé son mari.

— Mon père et ma mère ne se sont jamais aimés, dit Cole comme en écho à ses pensées. Moi, je t'aimais.

Il parlait au passé, constata-t-elle, le cœur lourd. Mais à quoi s'attendait-elle ? Comment pourrait-il encore l'aimer après ce qu'elle lui avait fait ?

Il fit un pas vers elle et tenta de la prendre dans ses bras. Elle le repoussa.

— Je comprends, dit-elle, la gorge serrée. Tu te sens trahi… parce que j'ai épousé Emery… Parce que je ne t'ai rien dit pour Maisy.

Il n'avait pas plus confiance en elle qu'elle n'avait confiance en lui. Après tout le mal qu'ils s'étaient fait l'un à l'autre, ils n'arriveraient jamais à recoller les morceaux.

Sans un mot, Cole laissa retomber ses bras.

— Le manque de confiance et la rancune nous empêcheraient d'être heureux, continua Shawna. Et puis je ne sais même pas pourquoi tu veux m'épouser. Si c'est…

— Je veux t'épouser parce que je t'aime, déclara Cole.

— Tu m'aimais, rectifia Shawna.

— Je n'ai jamais cessé. C'est vrai, je l'ai plutôt mal pris quand j'ai su que tu t'étais mariée si peu de temps après la rupture de nos fiançailles.

— Je te répète que je n'aimais pas Emery, en tout cas pas comme je t'aimais toi. Lui et moi étions amis, c'est tout. Il m'a épousée pour m'aider à élever Maisy et pour la protéger.

Et peut-être aussi pour se rapprocher de Tiffani, la femme qu'il aimait. Shawna espérait qu'il avait retiré quelque chose de leur arrangement parce qu'il lui avait coûté la vie.

— C'est pour que ma famille ne risque pas de s'en

prendre à elle que tu ne voulais pas qu'on sache qu'elle était ma fille ?

Elle opina.

— J'ai vu comment ils te traitaient et je ne voulais pas lui infliger ça. Mais je ne pouvais pas non plus couper tous les liens, notamment avec ton grand-père et avec ta mère, qui ne m'ont jamais laissée tomber.

Eux.

Cole dut capter le message car après un long silence, il murmura :

— Je pensais bien faire, Shawna. Je ne sais pas si je me pardonnerai un jour de t'avoir tant fait souffrir, alors je comprendrais que toi, tu ne puisses pas.

Elle le regarda au fond des yeux et vit combien il regrettait. Et aussi, combien il l'aimait.

Leur amour avait survécu à la séparation et aux épreuves. Il était indestructible et éternel.

— Je te pardonne, dit-elle. En fait, je t'ai déjà pardonné.

Elle ne pouvait lui en vouloir d'avoir cherché à lui épargner la douleur que lui aurait causée sa perte, s'il n'était pas revenu de ses missions.

Tendu comme un arc, le visage crispé, Cole sembla retenir son souffle.

— Vraiment ? demanda-t-il. Mais… Pourquoi ?

— Parce que je t'aime, pardi !

Il haussa un sourcil, incrédule.

Shawna sourit.

— Je t'aimais tellement que je ne suis pas sûre d'avoir réussi à te détester plus d'une seconde ou deux. Et je t'aime toujours.

— Moi aussi, je t'aime. Et c'est parce que je t'aime que je veux t'épouser. Je n'aurai pas assez du reste de ma vie pour me rattraper et te faire oublier le mal que je t'ai fait.

— Tu t'es déjà rattrapé. Tu m'as donné Maisy, et tu m'as sauvé la vie… un certain nombre de fois.

Cole secoua la tête.

— Tu ne manques pas de ressource, Shawna Rolfe. Tu t'en serais très bien tirée sans moi, affirma-t-il.

Elle en était moins sûre que lui mais, ce qui était certain, c'était que ces six ans sans lui l'avaient rendu plus forte.

— Malgré les apparences, continua Cole, tu as toujours été forte. Enfant, tu as surmonté la perte de tes parents et appris à vivre sans eux. J'aurais dû savoir que tu étais capable de gérer le stress qu'engendre le fait d'être la fiancée d'un *marine*.

Aujourd'hui, il était garde du corps mais le danger n'était pas moins grand. Elle le savait et l'acceptait. Parce qu'elle était forte, en effet. Assez forte pour prendre le risque de lui donner son cœur, alors qu'il le lui avait déjà brisé une fois.

Se hissant sur la pointe des pieds, elle noua ses bras autour de son cou pour l'obliger à pencher la tête vers elle. Puis elle l'embrassa passionnément, donnant enfin libre cours à sa passion, à son audace et à sa déraison.

Elle était folle de Cole et entendait bien le lui montrer.

Pantelante et ruisselant de sueur, Shawna se laissa retomber sur la poitrine de Cole qui peinait lui aussi à retrouver son souffle.

Sans crier gare, il s'extirpa du champ de bataille qu'était le lit et s'agenouilla par terre. Ramassant son jean, il fouilla dans l'une des poches arrière, trouva ce qu'il cherchait, et déclama solennellement :

— Shawna, veux-tu m'épouser et faire de moi le plus heureux des hommes ?

— Oui, je le veux.

Il glissa la bague à son doigt. Elle était un peu serrée.

— Il vaudrait peut-être mieux que je t'en achète une autre, suggéra-t-il.

— Non, c'est celle-ci que je veux, dit Shawna en contemplant le solitaire. De toute façon, je n'aurai plus besoin de l'enlever.

Elle savait que cette fois c'était pour de bon. Un avenir radieux s'offrait enfin à eux. Entre sa fille chérie et l'homme de sa vie, elle allait couler des jours heureux.

— Je vais m'efforcer de mon côté de faire de toi la plus heureuse des femmes, promit Cole. Je suis même prêt à quitter la Payne Protection Agency pour revenir ici, si tu veux.

— Ah non, sûrement pas ! Tu aimes trop ton travail pour le sacrifier. Maisy et moi déménagerons à River City.

Il la gratifia d'un sourire éblouissant. Jamais elle ne l'avait vu aussi heureux.

— Vous vous y plairez, vous verrez. Les Payne sont formidables. Ils vont vous adopter et vous aimer comme si vous aviez toujours fait partie de la famille.

Elle n'en doutait pas et avait hâte de tous les rencontrer.

— Et mon grand-père ? demanda Cole.

— Nous l'emmènerons, bien sûr.

— Plus facile à dire qu'à faire. Comment allons-nous le convaincre de quitter le manoir ?

Shawna sourit d'un air finaud.

— Nous allons utiliser sa botte secrète. La manipulation.

— Tu vas le manipuler ? demanda Cole, incrédule.

— Pas moi.

Elle savait que le vieil homme serait obligé de céder.

Nikki scruta le visage de Lars qui se remettait doucement du coup qu'il avait reçu sur le crâne.

Ils étaient assis côte à côte à l'arrière d'un petit avion privé.

— Je suis désolée, dit-elle en prenant dans la sienne la main de son fiancé.

— Comment ça ? Tu as bien fait d'insister pour que j'aille à l'hôpital puisque j'ai un traumatisme crânien et qu'il a fallu me recoudre.

Il grimaça, comme si le simple fait de parler lui était pénible.

— Je suis désolée pour tout ce que je t'ai fait endurer en étant garde du corps, expliqua Nikki. Maintenant, je sais ce que c'est que de se ronger d'inquiétude pour sa moitié.

Il lui décocha un de ces petits sourires de biais qui le rendaient totalement irrésistible.

— Mais tu n'as pas l'intention de faire autre chose. Et moi non plus. Alors nous n'avons pas fini de nous inquiéter l'un pour l'autre.

Lars fit un geste vers Dane, assis dans le cockpit, et vers Manny, qui pilotait l'avion.

— Les risques du métier, nous y sommes tous habitués, continua-t-il. Ils ne nous empêchent pas de profiter de la vie et ils n'entament pas l'amitié qui nous lie les uns aux autres.

— Ils la rendent peut-être même encore plus forte, admit Nikki. Et me poussent à vite me marier avec toi.

Lars ouvrit des yeux comme des soucoupes.

— Quoi ? Toi, si réfractaire au mariage, tu veux que nous nous mariions sans délai ?

— Absolument, dit Nikki avant de se pencher en avant pour demander à Manny : est-il possible de modifier le plan de vol et de faire un saut à Las Vegas ?

Manny se tourna vers eux.

— Eh, regarde où tu vas ! protesta Dane en s'agrippant au tableau de bord.

— Ne t'inquiète pas. J'ai des yeux derrière la tête.

— Alors utilise-les pour regarder Nikki et Lars.

Manny se retourna à regret.

— Vous voulez vraiment aller à Las Vegas ? cria-t-il aux fiancés.

Lars pressa la main de Nikki dans la sienne.

— Rien ne presse, dit-il. Que veux-tu qu'il nous arrive ? Tu es une dure à cuire, et j'ai le crâne solide.

Elle se mit à glousser. Sacré Lars ! Il était bien le seul homme à la faire se comporter comme une midinette.

— C'est vrai, dit-elle. Nous avons tout le temps.

— On laisse tomber Vegas, alors ? dit Manny.

— Oui, répondirent en chœur Nikki et Lars.

Ils allaient se marier à River City, comme prévu. Il y avait si longtemps que la mère de Nikki attendait ce moment…

— Alors cap sur River City ! lança Manny.

Épilogue

Les cloches de l'église se mirent à carillonner à tout va. Il fallait y aller. Cole attrapa par le bras un Manny visiblement pressé d'aller rejoindre les autres.

— Une seconde, dit-il. Ton nœud papillon est tout de travers.

Ses doigts tremblaient un peu mais il fit de son mieux.

Lars, Dane et Cooper étaient tous trois tirés à quatre épingles, et leurs nœuds papillon, irréprochables. Cole ne savait pas trop comment était le sien : c'était Xavier qui le lui avait fixé. Mais il tenait à ce que Manny fasse bonne impression car il était son témoin.

Peut-être cherchait-il en outre à gagner du temps…

— Tu sembles un peu nerveux, non ? dit Manny qui n'avait pas l'air très à l'aise lui-même, au point que Cole se demanda s'il ne lui avait trop serré le cou en voulant redresser son nœud papillon.

— Impatient, plutôt, rectifia Cole.

Satisfait de l'apparence de son témoin, il se dirigea vers la porte. Escorté de Lars et Dane, il s'avança vers l'autel. Puis ses garçons d'honneur et son témoin redescendirent l'allée centrale sur la moitié de sa longueur pour rejoindre leurs demoiselles d'honneur et leur faire fouler le tapis blanc.

Shawna n'était pas à River City depuis longtemps mais, comme l'avait prévu Cole, elle s'y était tout de suite beaucoup plu. Les amis de Cole étaient devenus les siens et la considéraient comme faisant partie de la grande famille qu'ils formaient. Tous, bien sûr, avaient été invités au mariage.

Cooper et Tanya, sa magnifique épouse, ouvraient la marche. Puis suivaient Dane et Emilia ainsi que Lars et Nikki. Manny paradait au bras de Teddie, sa fiancée mannequin, qui était une fille toute simple avec laquelle Shawna s'était tout de suite très bien entendue.

Cole sourit en regardant Manny dévorer des yeux la beauté rousse qu'il allait bientôt épouser. Manny, Lars et Dane avaient repoussé leurs mariages pour laisser la priorité à Cole qui attendait ce moment depuis six ans.

Le cortège arriva devant l'autel, et Manny dut se séparer de Teddie pour le rejoindre, en sa qualité de témoin.

Il ne manquait plus que la mariée. Cole se retourna pour voir si elle arrivait. Vêtue d'une petite robe blanche, Maisy remontait l'allée en sautillant et en dispersant autour d'elle des poignées de pétales de roses. Lorsqu'elle arriva en haut, au lieu de s'asseoir à sa place, au premier rang de la travée se trouvant à droite de la mariée, elle se jeta dans les bras de Cole pour l'embrasser.

Il la retint un peu trop longtemps et se fit réprimander.

— Pose-moi vite, papa. Maman va arriver.

Il obéit aussitôt, ce qui fit rire tout le monde. Maisy le menait par le bout du nez mais il n'y trouvait rien à redire. Il adorait la petite fille qui le lui rendait bien.

Soudain, la musique s'arrêta. Un silence solennel s'ensuivit avant que ne démarre la marche nuptiale. Cole regarda à nouveau vers le bas de l'église, dans laquelle Shawna venait de faire son entrée, au bras de Xavier.

Après tout le mal qu'il s'était donné pour les réunir, il était logique que ce soit lui qui conduise la mariée à l'autel.

Reconnaissant de ce qu'il avait fait pour Shawna et

lui, Cole s'était débrouillé pour retrouver la trace de la fameuse Edith dont Xavier avait dit qu'elle était la femme de sa vie. Par chance, elle était en pleine forme et ne s'était jamais remariée. Et contrairement à ce que croyait Xavier, elle ne lui en avait jamais voulu pour la mort de son mari. Du coup, elle était assise au premier rang et attendait qu'il vienne la rejoindre.

Malgré son âge, Xavier marchait vite, droit comme un I et fier comme Artaban d'avoir l'insigne honneur de conduire Shawna à l'autel.

La mariée était belle comme le jour et semblait très émue sous son voile de mousseline. Lorsqu'ils s'immobilisèrent, Xavier souleva son voile et lui plaqua une bise sur la joue.

Puis le pasteur demanda :

— Qui donne cette femme en mariage ?

Trois voix s'élevèrent.

— Nous, dirent avec un bel ensemble Xavier, Shawna et Maisy.

Les rires fusèrent. Cole, lui, retenait ses larmes, touché par la ferveur avec laquelle Shawna s'offrait à lui malgré tout le mal qu'il lui avait fait. Mais ces turpitudes appartenaient au passé. Quant à l'avenir… Il s'annonçait on ne pouvait plus radieux.

Xavier aussi avait déménagé à River City. Il ne pouvait rien refuser à Maisy qui le menait par le bout du nez, lui aussi. La fillette ressemblait heureusement trop à sa mère pour être intéressée et prendre les travers des oncles et des cousins de Cole.

Mais Xavier ne gâtait pas seulement Maisy. Il avait offert aux jeunes mariés une vaste propriété. La maison était si grande qu'il pourrait y vivre avec eux sans les gêner. Sur l'insistance de Cole, Manny et Teddie allaient se faire construire une villa sur le même terrain. Et il y avait des chances pour que Lars, Nikki et Dane en fassent autant.

Cole se réjouissait d'avoir sa famille auprès de lui… Ceux qu'il considérait comme sa famille. L'autre était restée en Californie, à l'exception de sa mère qui était assise au premier rang, à côté d'Edith.

Lorsque Xavier prit place à côté des deux femmes, Cole ne put s'empêcher de voler un petit baiser à Shawna.

— Papa ! le gronda Maisy à mi-voix. Tu es censé attendre la fin de la cérémonie pour embrasser maman.

Mais il avait déjà bien trop attendu.

Shawna était aussi fébrile que lui. Ils réussirent cependant à bien se tenir tout le temps de la cérémonie. Mais lorsque, enfin, ils furent déclarés mari et femme, ils firent volte-face et, main dans la main, partirent en courant – impatients de commencer leur vie de couple et de profiter de chaque minute qu'ils passeraient ensemble.

KAREN WHIDDON

Une visiteuse trop troublante

Traduction française de
CAROLE PAUWELS

BLACK ROSE

HARLEQUIN

Titre original :
TEXAS RANCH JUSTICE

1

S'il entendait encore une fois parler de puits de pétrole, Travis Warren n'était pas certain de parvenir à conserver le peu de calme qui lui restait.

C'était déjà bien assez qu'il accomplisse le travail de trois hommes et qu'il tente de maintenir à flot le ranch HG avec une poignée d'employés. Ou qu'il ait renoncé à son intimité, en autorisant sa mère, sa sœur et son neveu de cinq ans à emménager dans la maison réservée au contremaître, qu'il occupait seul auparavant.

Et par-dessus le marché, il se faisait un sang d'encre pour son beau-père, Hal Gardner, qui s'éteignait à petit feu, sans qu'aucun médecin ne parvienne à déterminer de quel mal il souffrait.

Hal était tout aussi opposé que lui à l'idée de vendre ne serait-ce que deux mille mètres carrés de ses terres à une quelconque compagnie pétrolière. D'ailleurs, il avait fait savoir à tout le monde qu'il ne voulait plus entendre parler de ce sujet.

Au moins, les choses étaient claires.

Tant que Hal était en vie.

Mais le reste de la famille, tout comme la plupart de leurs voisins, n'avait pas la même attitude avec Travis. En fait, sa propre mère, Vivian, faisait des pieds et des mains pour le convaincre de vendre quelques parcelles.

Franchement, cette idée le rendait malade.

Pour Travis, travailler dur et veiller sur les siens était une question de fierté.

Pendant plus de cinquante ans, son beau-père, aujourd'hui âgé de soixante-dix-huit ans, avait réussi à maintenir à flot le ranch HG, dont la réputation en tant qu'élevage bovin n'était plus à faire, et Travis entendait poursuivre dans cette voie, sans l'argent des compagnies pétrolières.

En ce moment, une compagnie du nom de Wave Oil les harcelait pour obtenir le droit de forer sur les terres de Hal et d'autres ranchers. Hal avait déjà dit non, confiant en privé à Travis qu'il camperait sur ses positions jusqu'au jour de sa mort – qui risquait malheureusement de survenir bien plus tôt que l'un et l'autre ne l'auraient voulu.

Wave Oil avait réussi à diviser la ville d'Anniversary, avec ses offres d'argent facile. Ceux qui ne possédaient pas de terres étaient tous très enthousiastes. Ils aimaient l'idée de nouveaux emplois et de revenus supplémentaires pour les commerces. Mais quasiment tous les ranchers et fermiers avaient refusé. Ils s'étaient même regroupés afin de présenter un front uni.

Travis, de son côté, continuait à espérer que l'hystérie finirait par se calmer, que la compagnie s'intéresserait à une autre ville, et que tout reviendrait à la normale.

Idéalement, Travis préférait passer le plus de temps possible à l'extérieur, soit à s'occuper du bétail, soit à réparer des barrières. Mais ces derniers temps il veillait à prendre tous ses repas à la maison principale, afin de s'assurer que Hal se nourrissait convenablement.

Ils avaient engagé une auxiliaire de vie, prénommée Delilah, qui les aidait entre 10 heures et 17 heures. Le reste du temps, la mère de Travis ou bien sa sœur Amber prenaient le relais.

Même si Vivian et Hal étaient divorcés depuis cinq ans, ils étaient restés amis. C'était une bonne chose, puisque Vivian continuait à vivre sur le domaine, avec Travis, dans le logement du contremaître.

Travis commençait tout juste à s'habituer à sa présence, quand sa sœur avait débarqué, il y avait de cela un peu plus d'un an. Elle était triste et en colère et avait besoin de réconfort après l'échec de sa relation, et Travis n'avait pas eu le cœur de refuser. D'autant qu'elle était accompagnée de son fils, Will.

Se retrouver avec un petit garçon de cinq ans avait été un bonus inattendu, et Travis chérissait la relation qu'il avait aujourd'hui avec son neveu.

Ses seuls moments de quiétude, il les trouvait quand il était à cheval, en train de sillonner le domaine. Sa maison était pleine à craquer, et personne ne montrait la moindre velléité de déménager.

Pour être honnête, il n'était pas certain de le vouloir vraiment. Il s'était en effet senti un peu seul quand il avait la maison rien que pour lui.

Surtout après que sa fiancée eut rompu leur engagement.

Quoi qu'il en soit, il était heureux d'avoir sa famille auprès de lui. Et, entre le ranch et son beau-père, il considérait que sa vie était bien remplie, même s'il n'avait pas encore trouvé son âme sœur.

De retour à la maison principale après une dure journée de travail, Travis resta assis un moment au volant de son pick-up, et prit le temps d'admirer la bâtisse.

La vaste ferme de style victorien aurait besoin de quelques travaux, mais elle avait encore fière allure. Travis aimait particulièrement la galerie couverte qui ceignait toute la façade. Il y avait passé du temps, assis dans l'un des rocking-chairs, à déguster la glace que Hal faisait lui-même ou à observer les orages. Si un jour il construisait sa propre maison, il aimerait qu'elle ait une galerie dans le même style.

Il entra dans la maison juste au moment où Hal reposait le vieux téléphone à cadran sur son support.

Voyant le vieil homme s'affaisser sur son fauteuil roulant, la respiration sifflante, Travis se précipita pour l'aider.

— Est-ce que ça va ? Où est Delilah ?

— Je l'ai exilée dans la cuisine.

L'air bougon, Hal se redressa.

— Je lui ai dit de ficher le camp et d'arrêter de me traiter comme un invalide. C'est valable aussi pour toi. Alors, cesse de te comporter comme si j'allais passer l'arme à gauche d'une seconde à l'autre.

Hal préférait que ses proches fassent comme s'il n'était pas malade. Et Travis pouvait le comprendre. À la place de son beau-père, il réagirait probablement de la même façon.

— C'était qui, au téléphone ? demanda-t-il.

— Cette fichue compagnie pétrolière.

Avec une grimace, Hal déplaça son fauteuil vers sa place devant la télévision, qui était éteinte.

— C'est bientôt l'heure du bulletin d'information de Lester Holt.

C'était sa façon de dire qu'il voulait être seul, et ça convenait très bien à Travis. Tant qu'il faisait suffisamment jour, il y avait du travail à faire.

Après avoir regardé sa montre, Travis décida d'aller jeter un coup d'œil aux écuries. Sa meilleure jument devait pouliner d'un moment à l'autre, et il avait laissé sur place deux jeunes stagiaires, avec ordre de le prévenir dès les premiers signes de travail.

Tout en dévalant les marches du perron, il se passa

une main lasse sur le visage, ses pensées entièrement tournées vers Hal.

Cela faisait des années qu'il veillait sur lui, avant même qu'il ne tombe malade. Ils étaient proches, dans le genre pudique et peu causant.

Travis admirait son beau-père et s'efforçait d'être à sa hauteur. Même s'ils n'étaient pas liés par le sang, il le considérait comme son père, et il savait que le vieil homme ressentait la même chose.

Plusieurs fois, au cours des années précédentes, Travis avait dû intervenir pour éviter que Hal se fasse voler ce qu'il restait de ses économies. Le vieil homme était adepte d'une vie simple, à la grande consternation d'ailleurs de son ex-femme. Mais comme Vivian avait signé un contrat prénuptial, elle n'avait rien pu changer à cela au moment de leur divorce. Cependant, à mesure qu'il prenait de l'âge, Hal était devenu de plus en plus fréquemment la cible d'escrocs.

Jusqu'à présent, Travis avait réussi à repousser deux organisations pseudo-religieuses, un lointain cousin qui prétendait avoir des millions bloqués à l'étranger, et quelques femmes vénales à la recherche d'un vieillard pour les entretenir.

Ce n'était pas que Hal soit stupide – loin de là – mais le vieil homme avait le cœur sur la main, et il était toujours prêt à aider tout le monde.

Au moins, cette fois, il avait refusé de se laisser convaincre par Wave Oil et ses fausses promesses de respect de l'environnement et de fortune facile.

En arrivant à l'écurie, Travis interrompit les adolescents qui regardaient une vidéo sur leurs téléphones, en s'esclaffant. Ils lui affirmèrent que rien n'avait changé, mais Travis voulut quand même vérifier où en était la jument.

En effet, elle n'était toujours pas prête, mais il avait le sentiment que ça n'allait pas tarder. Le poulinage aurait probablement lieu cette nuit.

Après avoir rappelé les stagiaires à leurs responsabilités et insisté pour qu'ils l'appellent dès que le travail aurait commencé, il s'en alla.

Tandis qu'il regagnait la maison, il s'arrêta pour observer un nuage de fumée qui progressait vers lui. Une petite voiture rouge qui roulait beaucoup trop vite venait de franchir l'entrée du ranch.

Travis jura entre ses dents. De quoi s'agissait-il encore ?

Il pensa que la voiture allait dépasser la maison principale et se diriger vers le logement du contremaître, probablement pour rendre visite à sa mère ou à sa sœur. L'une d'elles avait dû se faire une nouvelle amie, ou quelque chose comme ça. Encore que, d'habitude, elles prenaient soin de l'avertir de façon à ce qu'il puisse se tenir à l'écart.

Le plus loin possible.

Mais non. La voiture se gara sur le parking de la maison principale.

À cause des vitres teintées, il ne pouvait pas voir si le visiteur était un homme ou une femme.

Jusqu'à ce que la portière s'ouvre.

Définitivement du genre féminin.

Dépliant ses longues jambes, avec une grâce nerveuse qui lui fit penser à celle d'un pur-sang, la conductrice sortit de sa petite voiture citadine.

Immenses lunettes de soleil sur le nez, longs cheveux d'un noir de jais parfaitement lissés, robe ajustée, escarpins à hauts talons… Tout en elle évoquait le nord de Dallas. En d'autres termes, la haute société.

Un frisson courut le long de sa colonne vertébrale.

Il décida de l'ignorer, n'étant pas homme à croire aux mauvais pressentiments.

Pressant le pas, il arriva avant elle au pied du perron et la regarda marcher, ses talons cliquetant sur le passage dallé qui menait du parking à la maison.

En le découvrant, elle remonta ses lunettes en serre-tête dans ses cheveux et croisa son regard.

Ses yeux vert pâle étaient à la fois surprenants et familiers.

Il ne connaissait qu'une seule autre personne qui possédait cette nuance inhabituelle.

Hal.

À nouveau, le sentiment que tout était sur le point de changer l'envahit.

Il redressa les épaules.

Pas s'il pouvait l'empêcher.

Comme tout le reste dans sa vie, il affronterait courageusement ce défi.

Les bras croisés, il inclina la tête et attendit qu'elle parle la première.

Comme elle gardait le silence, il prit les devants.

— Inutile de perdre votre temps. Je ne sais pas combien de fois il va falloir vous répéter de nous laisser tranquilles. La réponse est toujours non. Maintenant, remontez dans votre voiture et retournez en ville.

Sur ces mots, il entra dans la maison et referma la porte derrière lui, laissant l'inconnue postée sur le perron.

Puis il attendit.

Même s'il en doutait, il espérait vraiment qu'elle s'en irait, exactement comme il venait de le lui dire.

Bien sûr, elle n'en fit rien. Un coup sec frappé à la porte le fit jurer entre ses dents.

Le bruit alerta Hal.

— Eh bien ? s'étonna le vieil homme. Tu n'ouvres pas ?

La barbe ! Il espérait éviter à son beau-père une nouvelle confrontation avec un représentant de Wave Oil.

À regret, Travis acquiesça d'un signe de tête.

Bien que Hal et lui leur aient clairement dit de rester à l'écart de la propriété, ils persistaient à ne pas tenir compte de leurs souhaits.

Après avoir pris une profonde inspiration, il ouvrit la porte d'un geste brutal et toisa la jeune femme.

— Je croyais vous avoir dit de partir.

La froideur de son ton aurait dû l'avertir qu'il n'était pas disposé à écouter un argumentaire commercial. Même si elle déployait tout son charme.

— Eh bien, je crois que cela ne vous concerne pas, dit-elle. Je suis venue voir M. Hal Gardner.

Il ne parvenait pas à identifier son accent. Elle n'était pas Texane, c'était certain. Elle devait venir de l'Alabama ou du Tennessee. Peut-être même du Mississippi.

— Pour la centième fois, il n'est pas intéressé. Fichez le camp !

Il commença à repousser la lourde porte, mais elle glissa le bout pointu de son escarpin, visiblement coûteux, dans l'entrebâillement.

Il fixa son pied avec incrédulité.

— Que faites-vous ?

— Je suis tellement désolée, susurra-t-elle.

Un sourire enjôleur éclaira son visage en forme de cœur et fit étinceler ses yeux de jade.

N'importe quel autre homme aurait sans doute succombé à son charme. Mais Travis était immunisé. Il avait appris de la plus cruelle des façons que les femmes comme elle, n'étaient pas faites pour les hommes comme lui.

— Je ne sais pas pour qui vous me prenez, mais je peux vous dire que M. Gardner ignore tout de mon existence. Il vous est donc impossible d'affirmer qu'il n'est pas intéressé. Peut-être devriez-vous lui laisser la chance de me rencontrer, et de décider lui-même ?

— Pour l'amour du ciel, Travis, laisse-la entrer ! s'exclama Hal, d'un ton irrité. Je suis curieux d'entendre ce qu'elle a à dire.

Bien qu'il n'en ait aucune envie, Travis ouvrit la porte en grand et s'écarta pour laisser passer la visiteuse.

— Merci, dit-elle.

Elle s'avança d'un air confiant, laissant derrière elle le sillage d'un parfum exotique et charnel.

Faisant résonner ses talons sur le parquet, elle marchait avec un mélange d'assurance et de grâce sensuelle, auquel Travis ne put rester indifférent, malgré sa méfiance instinctive.

Le cœur battant à tout rompre, Scarlett entra dans la vieille maison victorienne, en admirant le parquet de bois sombre, patiné par la cire.

Elle avait imaginé des milliers de fois son géniteur, même si ses rêveries d'enfance avaient été remplacées par l'amertume de l'adolescence, avant de laisser place à l'acceptation de l'âge adulte.

Elle ne l'avait jamais rencontré et ne connaissait même pas son nom, jusqu'à ce qu'elle trouve le journal de sa mère, après le décès de cette dernière, et qu'elle découvre enfin le nom et l'adresse de celui qui l'avait engendrée.

Hal Gardner. Anniversary, Texas.

Au début, elle avait été tétanisée par la peur. Puis elle s'était dit qu'elle ne pouvait pas faire autrement que de le rencontrer. Elle avait donc entrepris ce voyage vers l'ouest.

Et à présent elle était là. Optimiste, tout en essayant de ne rien attendre. Emplie d'espoir, tout en se disant qu'elle avait réussi à vivre trente ans sans lui, et que cela ne lui ferait ni chaud ni froid s'il refusait de la reconnaître et lui demandait de partir.

— Par ici, ordonna le grand type bougon, qui l'avait accueillie comme un chien dans un jeu de quilles. Il est dans le salon.

Elle lui emboîta le pas et retint son souffle, en attendant de voir pour la première fois l'homme qui ne pouvait être que son père.

Assis dans un fauteuil roulant, devant la télévision, il paraissait âgé et frêle. À la pâleur de sa peau et à la façon dont ses yeux – de la même couleur que les siens – brillaient trop intensément dans son visage ridé, elle pouvait voir qu'il était malade. Il était coiffé avec une raie sur le côté gauche, et son crâne tavelé apparaissait entre ses cheveux gris, très clairsemés. Flottant dans ses vêtements trop amples, son corps paraissait presque squelettique.

Malgré un sourire aimable, il y avait aussi une touche de scepticisme dans son expression comme s'il pensait aussi qu'elle était là pour essayer de lui vendre quelque chose.

Elle veilla à conserver une attitude neutre, ce qui ne l'empêcha pas de trébucher juste avant de s'arrêter devant lui.

— Eh bien, mais vous êtes fort jolie, ma foi, dit le vieil homme, avec un phrasé traînant. Dites-moi que vous ne faites pas partie de Wave Oil, pour que je n'aie pas à vous jeter dehors.

Surprise, elle secoua la tête.

— Non, parvint-elle à répondre.

Elle avait souvent répété un discours pendant qu'elle le cherchait, mais ça lui semblait maintenant pitoyablement inadapté.

Inclinant la tête, Hal continua à la scruter.

— Vous me semblez étrangement familière. Comme quelqu'un que j'aurais connu, il y a bien longtemps.

Finalement, elle retrouva sa voix.

— Je m'appelle Scarlett. Scarlett Kistler. Les gens disent toujours que je suis le portrait de ma mère. Maggie Kistler.

Lorsqu'elle prononça le nom de sa mère, Hal se redressa, soudain en alerte, exagérément attentif tandis qu'il l'observait à nouveau.

— Maggie…, dit-il dans un souffle. Vous lui ressemblez beaucoup, c'est vrai.

Il déglutit, et sa pomme d'Adam joua dans sa gorge.

— Je me suis toujours demandé ce qu'elle était devenue.

Pour la première fois, Scarlett comprit que la mort de sa mère pourrait causer un choc au vieil homme.

— Elle est décédée, dit-elle, d'une voix douce. Il n'y a pas très longtemps.

Il écarquilla les yeux, incrédule, et sans doute un peu attristé aussi.

— Était-elle malade ? Elle était jeune, pourtant.

Plus jeune que lui, c'était ce qu'il voulait dire, devina Scarlett.

— Elle avait un cancer.

Sa voix trembla, comme toujours quand elle prononçait ce mot affreux. Elle pensait qu'elle se serait faite à l'idée depuis. Elle avait aidé sa mère à lutter pendant deux ans, et le mot avait fait partie intégrante de leur vocabulaire.

Une ombre passa sur le visage de Hal, puis il tourna la tête, lui présentant son profil d'aigle, tandis qu'un muscle jouait dans sa joue trop maigre.

Se demandant s'il souffrait du même genre de maladie, elle garda le silence, ne sachant pas quoi dire.

Le décès de sa mère l'avait vidée de toutes ses forces,

lui faisant comprendre qu'elle était maintenant complètement et irrémédiablement seule au monde. Sans famille.

Jusqu'à ce qu'elle trouve le journal, enfoui sous de vieilles photos cachées dans un coffret au fond de la penderie de sa mère.

Elle avait alors compris qu'elle n'était pas tout à fait seule. Elle l'avait lui. Son père. Qu'il en ait envie ou pas.

Pour la première fois, elle se demanda s'il avait eu connaissance de son existence.

Finalement, il tourna à nouveau la tête vers elle.

— Vous n'avez sûrement pas fait le voyage pour m'apprendre la nouvelle de son décès ? demanda-t-il, d'une voix enrouée.

— Non.

Du coin de l'œil, elle vit que l'autre homme était resté dans l'embrasure de la porte, adoptant une posture défensive. Comme s'il pensait qu'elle pouvait agresser physiquement le maître des lieux.

Elle aurait voulu qu'il parte, mais elle n'avait pas le courage de le lui demander.

Redressant les épaules, elle reporta son attention sur le vieil homme en fauteuil roulant.

— Quand ma mère vous a quitté, elle était enceinte.

Le menton levé, elle prenait sur elle pour que sa nervosité ne se communique pas à sa voix.

— Je comprends que vous n'étiez peut-être pas au courant.

Elle s'obligea à respirer profondément, calmement.

— C'est pour ça que je suis ici. Je voulais vous rencontrer. Je suis votre fille.

— Non, murmura Hal. Elle ne m'aurait pas fait ça.

Elle eut conscience que l'autre homme s'avançait dans son dos. De sa main décharnée couverte de taches de vieillesse, Hal l'arrêta.

Scarlett refusa de détourner les yeux de son père, s'attendant à ce qu'il nie, demande une preuve, un test ADN.

— Pourquoi ?

La question plaintive déchira le cœur de Scarlett.

— Pourquoi ne me l'a-t-elle pas dit ?

— Je ne sais pas trop… C'était une femme fière. Elle ne voulait même pas me donner votre nom. Tout ce qu'elle disait, c'était qu'elle vous avait aimé.

Le vieil homme enfouit son visage dans ses mains tremblantes.

— Vous devez partir !

L'autre homme lui prit le bras sans ménagement.

— Ne l'ennuyez pas avec vos réclamations inutiles.

Furieuse, elle se libéra avec brusquerie.

— Ne croyez pas que vous pouvez me juger aussi facilement. Je suis venue faire la connaissance de mon père. Cela ne vous regarde pas, qui que vous soyez.

— Elle a raison, Travis intervint le vieil homme. C'est un sujet d'ordre privé, qui ne regarde que nous deux.

L'autre homme secoua la tête. Il ne semblait pas décidé à céder facilement.

— Ne te laisse pas manipuler. Je ne sais pas ce qu'elle veut, mais elle veut quelque chose. Je vois clair en elle. C'est une aventurière, rien de plus.

— Une aventurière ?

Tandis que Scarlett balayait la pièce du regard, s'attardant ostensiblement sur le tapis élimé et les meubles usés, Hal fut soudain prit d'une quinte de toux sèche, qui lui coupa le souffle.

Elle se précipita vers lui, ignorant complètement l'autre homme.

Ne sachant pas vraiment quoi faire, elle lui massa le dos tout en psalmodiant des sons apaisants, comme elle l'aurait fait avec un petit enfant, tout en priant pour qu'il ne meure pas étouffé.

Après un moment, il se remit.

Essuyant ses yeux avec ses poings serrés, il grimaça un sourire.

— Je veux que tu restes quelque temps pour me tenir compagnie.

L'autre homme protesta, ce que Scarlett et Hal ignorèrent.

— Tu dois avoir faim après un si long voyage, dit Hal. Allons à la cuisine, je vais demander à mon auxiliaire de vie de nous préparer quelque chose.

Elle avait vraiment envie de lui demander s'il était malade, ce qui était superflu, car il l'était visiblement, mais elle ignorait de quoi il souffrait, et il le lui dirait peut-être.

Sa mère était beaucoup plus jeune que lui, au point que Maggie avait écrit dans son journal qu'ils avaient gardé leur liaison secrète. Elle voulait se marier, mais Hal avait refusé, disant que ce ne serait pas juste dans quelques années, quand il serait devenu un vieillard et qu'elle serait encore une jeune femme.

Cela avait brisé le cœur de Maggie. Elle était certaine que leur amour résisterait sans peine à un tel obstacle, mais Hal n'était pas de cet avis.

Scarlett suivit le fauteuil roulant dans la cuisine, s'émerveillant de la façon dont Hal le contrôlait avec ses bras frêles.

Cette pièce aussi avait connu des jours meilleurs. Le linoléum délavé commençait à craqueler, et la peinture des placards en bois était éraflée et terne.

Elle comprenait d'autant moins le commentaire agressif de l'autre homme. Pourquoi essaierait-elle de prendre quoi que ce soit à quelqu'un qui possédait visiblement si peu ?

Sa mère ne l'avait pas laissée dans le besoin. Le crédit

de la maison dont elle avait hérité était payé depuis longtemps, et le montant de l'assurance vie qu'elle avait touché lui permettrait d'ouvrir sa propre galerie d'art, réalisant ainsi un vieux rêve.

L'auxiliaire de vie apparut, une petite femme rondelette, à la peau mate, et aux cheveux grisonnants coupés court, qui devait avoir entre cinquante-cinq et soixante ans.

Lorsqu'elle découvrit Scarlett, un grand sourire illumina son visage.

— Une visiteuse ! s'exclama-t-elle, ravie. Cela fait bien longtemps que personne n'est venu voir Hal. Asseyez-vous. Je vais vous servir un grand verre de thé glacé.

Scarlett lui rendit son sourire.

— Avec plaisir. Merci.

— Et quelque chose à manger aussi, ajouta Hal. Elle a fait un long voyage, et je suis sûr qu'elle est affamée.

— Absolument.

Delilah regarda vers le salon.

— Et Travis ? Il va se joindre à vous ?

Travis. C'était donc ainsi que s'appelait l'autre homme. Qui était-il, exactement ? Travaillait-il pour Hal. Peut-être était-ce son fils ?

Ce qui ferait de lui son demi-frère.

Elle observa attentivement Hal, curieuse d'entendre sa réponse.

— Je crois qu'il est allé à l'écurie.

Croisant le regard de Scarlett, il grimaça :

— Ne faites pas attention à lui. Il se croit obligé de veiller sur tout le monde. En particulier sur moi.

— Est-ce qu'il travaille ici ?

— C'est mon beau-fils. Il dirige le ranch.

Son beau-fils. Ils n'étaient donc pas parents.

Elle se contenta de hocher la tête.

— Parle-moi de toi, la pressa Hal, en lui prenant la main.

Le contact des doigts noueux et froids lui donna inexplicablement envie de pleurer.

— Après tout, j'ai trente ans à rattraper.

Delilah plaça deux assiettes devant eux, garnies chacune d'un gros sandwich débordant de poulet, de salade et de rondelles de tomate, ainsi qu'un généreux saladier de salade de pommes de terre.

— N'hésitez pas à me demander si vous avez besoin d'autre chose, déclara Delilah, avec un grand sourire à l'intention de Scarlett.

— C'est déjà formidable. Merci beaucoup.

Hal hocha la tête.

— Oui, merci, Delilah.

— Je vous en prie. Mais dites-moi, Scarlett, combien de temps restez-vous ? Dois-je préparer une des chambres d'invités ?

— Oui, s'il vous plaît, s'empressa de répondre Hal.

Puis il tourna la tête vers Scarlett.

— Si tu es d'accord, bien sûr. J'aimerais vraiment que tu restes quelques jours.

— J'en serai ravie. Mais, Delilah, je ne voudrais pas vous donner du travail en plus. Laissez les draps sur le lit, je le ferai moi-même.

— Il n'en est pas question ! protesta l'employée, avec un reniflement dédaigneux. Je m'occupe de tout.

Sur ces mots, elle quitta prestement la cuisine, sans un regard en arrière.

Hal gloussa, mais sa bonne humeur s'évanouit dès que son auxiliaire de vie eut disparu.

Avec une grimace, il repoussa son assiette.

— Elle essaie toujours de me faire manger, mais j'ai du mal à avaler quoi que ce soit, ces derniers jours.

Scarlett lui pressa la main.

— S'il vous plaît, essayez pour me faire plaisir. Vous devez reprendre des forces pour aller mieux.

Hal plissa le front, comme s'il était surpris par ce commentaire, mais il ne protesta pas.

Soulevant son sandwich à deux mains, il mordit dedans, en adressant un clin d'œil à Scarlett. Puis il faillit s'étouffer en avalant une bouchée.

Inquiète, Scarlett se leva précipitamment et alla lui tapoter le dos.

— Est-ce que ça va ? Vous voulez que j'appelle Delilah ?

— Non, tout va bien, dit-il.

Mais sa voix était enrouée, et ses yeux s'étaient emplis de larmes tandis qu'il lui faisait signe de s'écarter.

— J'ai avalé de travers, c'est tout. Assieds-toi, et profite du repas.

Le cœur battant trop fort, Scarlett regagna sa place. Tout en observant Hal du coin de l'œil, elle souleva son sandwich, en bataillant pour éviter que les différents ingrédients qui le composaient ne tombent.

Son estomac gargouilla tandis qu'elle y plantait les dents. Ne voulant pas paraître affamée, ce qu'elle était, elle s'obligea à mâcher lentement, même si elle avait envie de dévorer le sandwich en quelques secondes.

Une partie de son anxiété s'apaisa quand elle vit Hal prendre un morceau plus petit et le manger entièrement. Peut-être que ça allait s'arranger, finalement…

Eh bien, il semblait qu'elle allait rester.

Tandis qu'elle marchait vers sa voiture pour y prendre ses bagages, Scarlett se retint de faire quelques joyeux pas de danse.

Honnêtement, elle espérait que son père lui demanderait de rester quelques jours pour mieux la connaître. Elle se sentait si seule depuis…

Le deuil et l'absence la frappèrent soudain de plein fouet. Sa maman lui manquait tellement. Maggie était si énergique et joyeuse. Toujours optimiste et pleine d'entrain.

Elle était comme une puissante lumière éclairant le monde de Scarlett. Elle était aussi imprévisible et changeante, passant d'une chose à une autre en fonction de ses envies. Mais elle avait farouchement aimé sa fille, et elles étaient toutes les deux très proches. Elle avait soutenu la passion de Scarlett pour l'art, quand d'autres parents auraient insisté pour qu'elle étudie un domaine plus pratique, comme le commerce ou l'enseignement.

À présent Maggie était partie, bien trop tôt, et après avoir longuement et durement lutté. Scarlett avait été obligée de mettre de côté son chagrin et sa peur, apportant son soutien autant qu'elle le pouvait, tandis qu'elle assistait, impuissante, à la lente dégradation de sa mère.

Apprendre l'existence de son père l'avait aidée à ne pas sombrer. Mais elle ignorait qu'il était malade, et elle redoutait de le perdre à son tour.

En attendant, elle était bien déterminée à tout mettre en œuvre pour qu'il aille mieux.

Avec ou sans le soutien du taciturne Travis.

2

Après que Hal l'eut informé que Scarlett séjournerait dans la maison principale aussi longtemps qu'elle le voudrait, Travis rentra chez lui.

Il ne dit pas un mot à Vivian ou à Amber à propos de la visiteuse. Elles découvriraient sa présence bien assez tôt, et il ne se sentait pas la force de répondre à leurs questions.

Surtout dans la mesure où il en savait si peu lui-même.

Scarlett Kistler. Belle, sexy, et pas du tout à sa place dans un ranch d'élevage bovin.

Était-elle vraiment la fille de Hal ? Ses yeux étaient de la même couleur mais, en dehors de cela, il ne voyait pas beaucoup de ressemblance.

Quoi qu'il en soit, elle était arrivée au plus mauvais moment, quand Hal semblait être en train de perdre sa bataille contre la mystérieuse maladie qui le rongeait.

Le seul aspect positif, alors que Hal approchait de la fin de son voyage, c'était que la soudaine apparition de Scarlett lui offrait ce dont il avait toujours rêvé : une famille.

Bien que Travis ait toujours considéré Hal comme son père, et vice versa, il savait qu'il ne serait toujours qu'un beau-fils. Hal ne le lui avait jamais dit, mais il avait confié à Vivian que le fait de n'avoir pas eu d'enfant de sa chair et de son sang était son plus grand regret.

Vivian, qui était incapable de tenir sa langue, le lui avait répété, sans même réaliser le mal que cette révélation pourrait lui faire.

Quand il était plus jeune, Travis espérait que Hal l'adopterait, mais il ne l'avait jamais fait. Et à présent il était trop tard. Les choses étaient comme elles étaient, et il ne pouvait plus rien y changer.

Il ferait comme toujours, travaillant dur et prenant soin de Hal et des autres du mieux qu'il le pouvait. Si cette nouvelle venue aux cheveux de jais apportait un peu de bonheur à Hal, il n'en serait pas jaloux.

Et si Scarlett avait une idée derrière la tête, elle se rendrait très vite compte que Hal ne roulait pas sur l'or. La plus grande partie de ses économies avait été engloutie en analyses médicales et en traitements expérimentaux.

Quant à ses biens… Il y avait le ranch, naturellement, et le bétail. Et bien sûr le fait que du pétrole avait été découvert dans les prés environnants. Dès qu'elle aurait connaissance de cette source potentielle de revenus, elle serait probablement excitée comme une puce par la proposition de la compagnie pétrolière. Vivian et Amber l'étaient assurément.

Il existait certes une possibilité que Scarlett brise le cœur du vieil homme, mais Travis ne voulait pas y penser pour le moment. Il avait déjà bien assez de soucis comme ça.

Cela n'empêchait pas qu'il garderait un œil sur elle.

À la seconde où elle montrerait la moindre velléité de profiter de Hal, il mettrait le holà. Il se débarrasserait d'elle, quitte à lui offrir de l'argent, et veillerait à ce que Hal n'en sache jamais rien.

Le lendemain matin, levé avec le soleil, ainsi qu'il en était coutumier, Travis but un grand mug de café et dévora son petit déjeuner, composé comme chaque matin d'œufs, de bacon et de toasts. Normalement, il le prenait avec Hal, mais il ne se sentait pas le courage d'affronter Scarlett avant d'avoir commencé sa journée.

Comme toujours, il avait une longue liste de corvées à faire. Aujourd'hui, il avait entre autres prévu de réparer une clôture sur une des pâtures les plus éloignées, et il ne tarda pas à seller son cheval pour s'y rendre.

Chevaucher apaisait toujours sa colère ou ses inquiétudes. Conduire un engin créé par l'homme ne pouvait se comparer au mouvement du cheval sous la selle, à la connexion qu'il partageait avec l'animal.

Après avoir accompli sa tâche, il rejoignit un groupe d'employés qui déplaçait un troupeau. Le temps que les bovins aient rejoint leur nouveau pré, Travis se sentait fatigué et sale, et il commençait à avoir faim.

Et il n'était pas encore midi.

Il décida alors de rentrer et d'aller voir comment ça se passait entre Hal et sa prétendue fille.

Lorsqu'il arriva à l'écurie, il vit Scarlett assise sur une botte de paille. En robe blanche et escarpins rouges, elle offrait une image totalement incongrue.

Et elle était aussi beaucoup trop belle pour sa propre tranquillité d'esprit.

Apparemment, elle l'attendait.

Ignorant la façon dont son cœur s'emballait à sa vue, il passa devant elle et s'avança jusqu'au box de son cheval. Là, il sauta à terre et attacha les rênes à un crochet. Puis il défit sa selle et la porta jusqu'à la sellerie, où il se munit d'une brosse. Au retour, il adressa un bref signe de tête à Scarlett et commença à brosser son cheval.

Bien qu'il fasse mine de rien, il devina qu'elle se levait et faisait le tour pour se placer derrière lui.

Il détestait la façon dont son propre corps frémissait

d'attention en sa présence. Il est vrai que les jolies femmes avaient toujours été sa faiblesse.

Autrefois, quand il s'en donnait la peine, il n'avait jamais eu aucune difficulté à les attirer. À présent, il se montrait plus raisonnable. Les jolies femmes étaient une source d'ennuis. D'ennuis et de beaucoup de chagrin. D'ailleurs, il les évitait maintenant autant que possible. Il avait même cessé les rendez-vous et les sorties, n'ayant pas envie d'avoir à nouveau le cœur brisé.

Heureusement, il avait une volonté de fer.

Cependant, le fait que Scarlett le regarde sans parler le mettait mal à l'aise. Refusant de se laisser perturber, il fit mine d'être complètement absorbé par son occupation.

Ce ne fut qu'une fois le cheval installé dans son box, qu'il se tourna vers Scarlett.

— Bonjour, dit-elle, en lui adressant un sourire amical. Vous sembliez tellement occupé avec votre cheval que je n'ai pas voulu vous déranger.

— Puis-je vous aider en quoi que ce soit ?

Direct, mais courtois. C'était beaucoup mieux, en tout cas, que de lui demander ce que diable elle fichait dans son écurie.

— Oui.

Elle soutint son regard sans faillir.

— Je suis venue vous parler. Hal m'a dit que vous n'étiez pas seulement son contremaître, mais aussi son beau-fils. Je suppose que ça fait de nous des membres de la même famille.

— Je ne vois pas de quelle façon. Hal et moi ne sommes pas apparentés. Et maintenant, si vous me disiez de quoi vous voulez me parler ?

Comme elle ne répondait pas tout de suite, il se crispa, redoutant une entourloupe.

— Je me disais…

Elle baissa les yeux et se tordit les doigts. Il faillit ressentir de la sympathie pour elle, avant de se rappeler qu'il devait s'en méfier.

— Je me disais que nous pourrions être amis.

Lorsqu'elle releva la tête, la vulnérabilité qui se lisait dans ses yeux, le poussa à faire un pas vers elle, avant même qu'il s'en rende compte.

— Amis ? répéta-t-il, médusé par la façon dont il avait baissé la garde. Pourquoi ?

— Pourquoi pas ?

Elle sourit, et il en fut ébloui au point d'avoir soudain la bouche aussi sèche que du carton.

— J'apprends à connaître mon père. Il m'a demandé de rester un moment, et j'ai accepté. Nous avons tellement de temps à rattraper…

— Et ?

Souriant toujours elle eut un petit haussement d'épaules.

— Il est évident que vous tenez à lui. Et inversement. Je me suis donc dit que ce serait plus facile si nous nous entendions bien.

— A-t-il demandé un test ADN ? demanda Travis, sans prendre de détours.

Scarlett eut un mouvement de recul, comme s'il l'avait giflée.

— Non. Mais s'il le demande, je m'y plierai volontiers.

— Très bien. Je ne manquerai pas de lui en parler. Après tout, c'est la seule façon de savoir si vous êtes vraiment sa fille.

— Pourquoi me détestez-vous ? Vous ne me connaissez même pas.

— C'est important ?

— Oui.

— Écoutez, je ne vous déteste pas. Simplement, je me méfie de vous.

— Pourquoi ?

Il décida d'être direct.

— Je protège Hal. Il est vrai que je ne suis pas capable de stopper sa maladie, ni même de l'identifier, mais je peux au moins le tenir à l'écart des gens qui lui veulent du mal. Vous comprenez ?

— Oui.

Elle ne cilla même pas.

— Et comme ce n'est pas mon intention, vous n'avez rien à craindre de moi.

— Craindre ? Le choix du mot est intéressant.

Ça la fit grommeler de frustration.

— Oh ! s'il vous plaît !

À sa grande surprise, Travis se rendit compte qu'elle avait réussi à lui arracher un sourire réticent. Il le transforma immédiatement en rictus.

— Je suppose que vous voudriez que je vous croie sur parole. Mais, faites-moi confiance, je vais vous surveiller. Et ça ne se passera pas bien pour vous si vous essayez de profiter d'un vieil homme mourant.

Elle se crispa.

— Mourant ? Que voulez-vous dire, exactement ? Il semble malade, en effet, et il a une auxiliaire de vie, mais…

— Nous ne savons pas ce qu'il a. Il a passé toute sorte de tests, et les médecins ne parviennent pas à se prononcer. En tout cas, ça le détruit à petit feu. Nous avons engagé Delilah pour l'assister dans la journée, car il n'en est pas encore au stade de devoir être pris en charge vingt-quatre heures sur vingt-quatre. Mais on lui a déjà prévu une place en soins palliatifs.

— Les soins palliatifs ?

Elle blêmit en prononçant ces mots.

— Mais alors, ça veut dire que…

— Il en a probablement pour moins de six mois.

— Oh ! non !

Fermant les paupières, elle se mit à vaciller.

— Je suis passée par-là avec ma mère.

Lorsqu'elle rouvrit les yeux, ils brillaient de larmes contenues.

— C'est horrible, dit-elle, d'une voix altérée par l'émotion. Tellement dur à vivre. Et tellement triste.

— En effet.

Confronté à l'envie de la prendre dans ses bras et de la réconforter, il serra les poings et résista de toutes ses forces.

— C'est pour cela que le fait de voir une inconnue débarquer ici en prétendant être sa fille est une épreuve dont il pourrait se passer.

— Je suis sa fille ! Et, même si je suis encore une inconnue pour le moment, tout sera différent une fois que nous nous connaîtrons. Nous sommes une famille.

Elle redressa le menton.

— Tout le monde a besoin d'une famille. Surtout dans des moments comme celui-ci.

Elle l'ignorait, bien sûr, mais cela ressemblait à quelque chose que Hal aurait pu dire.

— Je ne vous fais pas confiance, répéta-t-il.

— Je le vois bien.

Elle croisa les bras et le fixa, paraissant à la fois déçue et désemparée.

— Si je peux apporter un peu de bonheur à Hal, alors qu'il est si malade, quel mal y a-t-il ?

— Qu'est-ce que ça vous rapporte ?

À sa grande surprise, elle considéra sa question avec sérieux.

— À moi ? Eh bien, j'ai manqué d'un père toute ma

vie. Je veux vraiment le connaître tant que c'est encore possible.

Cependant, Travis ne put s'empêcher de remarquer qu'elle ne disait pas un mot d'un éventuel héritage. Les gens ne débarquaient pas sans une bonne raison dans la vie d'un homme potentiellement riche.

Sa seule consolation, c'était que Hal n'était pas stupide. S'il le mettait en garde contre une possible manipulation, le vieil homme en tiendrait compte.

— Personne ne vous attend chez vous ?

La question était cruelle, mais destinée à lui faire avouer la vérité.

— Vous venez de me dire que votre mère est décédée récemment, insista-t-il. Mais, à votre âge, vous aviez sûrement déménagé depuis longtemps.

Plutôt que de l'ennuyer, ce commentaire la fit sourire.

— Comme vous l'avez fait vous-même ? Il me semblait pourtant que vous viviez encore sur le domaine.

— Touché !

Il porta deux doigts au rebord de son chapeau de cow-boy, en guise de salut.

— Mais je dirige le ranch et je loge dans la maison réservée au contremaître. En outre, je pourvois aux besoins de ma mère, de ma sœur et de mon neveu, qui se sont installés chez moi.

Elle hocha la tête.

— Vous savez, pour quelqu'un qui affirme se soucier de Hal, vous semblez ne vous attarder que sur les points négatifs. Moi, je pense que ma présence lui sera bénéfique.

— Peut-être. Il faut attendre de voir.

— Exactement. C'est pourquoi je vous propose une trêve.

— Je vais y réfléchir. Combien de temps avez-vous prévu de rester ?

— Je ne sais pas. Aussi longtemps qu'il le souhaitera.

Travis hocha la tête.

— Eh bien, c'est d'accord pour une trêve.

Il s'autorisa un léger sourire.

— Puisque vous allez être là un moment, il va falloir que vous rencontriez le reste de la famille.

— Le reste de la famille ?

Visiblement, elle ne s'attendait pas à cela. Il faillit éclater de rire.

— Eh oui. Il y a l'ex-femme de Hal, ma mère, Vivian. Ainsi que ma sœur, Amber, et son fils Will. Il a cinq ans. Comme je l'ai mentionné, ils vivent avec moi.

Le visage de Scarlett se décrispa.

— Cela veut dire que j'ai une grande famille, en quelque sorte. Je sais que vous allez avoir du mal à le croire, mais je suis enchantée.

— Enchantée ? Mais vous n'avez même pas encore fait leur connaissance.

Travis eut soudain une idée. Une fois qu'elle aurait rencontré les autres, elle comprendrait peut-être que ce ne serait pas aussi simple de duper le vieil homme.

— Et si je vous les présentais ? suggéra-t-il.

— Maintenant ?

— Pourquoi pas ?

Il lui lança un regard de défi.

— Vous vouliez de la famille, vous en avez une.

— J'aurais aimé me rafraîchir avant.

— Ce n'est pas nécessaire. Nous ne faisons pas de chichis, vous savez. Nous ne sommes que de simples campagnards.

Ce n'était pas tout à fait vrai. Sa mère était une mondaine effrénée, qui adorait boire, fumer et colporter des ragots. Sa sœur était… Il ne savait pas trop. Peut-être une aspirante vampire, avec son style gothique et sa façon de dormir toute la journée pour mieux vivre la nuit. Quant à son neveu, c'était un adorable petit garçon de cinq ans, vif et intelligent. Il adorait tout bonnement cet enfant.

Il guida Scarlett vers son pick-up et lui ouvrit la portière, avant de faire le tour de l'imposant véhicule tout-terrain pour se mettre au volant.

Elle semblait nerveuse, ne cessant de se tordre les mains sur ses genoux.

Durant le court trajet sur le chemin de terre cahoteux qui menait chez lui, elle ne dit pas un mot.

Soixante ans auparavant, le logement du contremaître était l'unique maison du domaine. Hal y était né, et ses parents y avaient vécu jusqu'à leur mort. Ayant fait construire de son côté sa propre maison, en s'inspirant du style victorien, Hal avait alors décidé de mettre l'ancienne bâtisse rectangulaire en pierre et bois à la disposition de son contremaître. Travis était le troisième à occuper ce poste. Il avait profité seul de l'endroit pendant quelques années, avant que Hal et Vivian ne divorcent. Depuis, Vivian considérait qu'elle y était chez elle.

Quelques minutes plus tard, ils s'arrêtaient dans la courte allée gravillonnée devant la maison, et Travis coupa le moteur.

Scarlett ne bougea pas. Même pas pour détacher sa ceinture de sécurité.

— Est-ce que ça va ? demanda-t-il.

Elle cilla.

— Bien sûr.

Lui adressant un grand sourire, elle défit sa ceinture, et ouvrit sa portière.

Travis descendit à son tour de voiture et la rejoignit

au bout du chemin, où elle l'attendait, les épaules droites et la tête haute.

Il avait l'étrange impression qu'elle jouait un rôle, même s'il ne la connaissait pas assez bien pour en être sûr.

Dès qu'il poussa la porte, le son de la télévision les accueillit. C'était un de ces documentaires judiciaires que sa mère et sa sœur affectionnaient, mais le salon était vide.

— Elles sont peut-être dans la cuisine, suggéra-t-il.

Amber était en effet assise à la table ronde et faisait un jeu sur son téléphone. Avec son rouge à lèvres et son vernis à ongles tous deux noirs, son épais trait de mascara et ses faux cils, elle semblait tout aussi déplacée dans un ranch que l'était Scarlett, mais pour des raisons totalement différentes.

— Bonjour, dit-il, en résistant à l'envie de l'agacer en lui froissant les cheveux comme il le faisait quand ils étaient jeunes.

— Salut, marmonna-t-elle, sans même le regarder.

— Où est Will ?

En entendant son nom, l'enfant déboula comme une flèche dans la cuisine et se jeta contre les jambes de Travis.

— Oncle Travis !

Travis le souleva et le fit tournoyer. Will gloussa, ses grands yeux bruns brillant d'excitation. Il les écarquilla encore davantage quand il découvrit Scarlett, après que Travis l'eut reposé par terre.

— Tu es qui ? demanda-t-il, en inclinant la tête, et en l'observant attentivement. Tu es jolie.

— Merci, répondit-elle, avec un grand sourire. Je m'appelle Scarlett.

Amber releva soudain la tête de son téléphone, le front plissé.

— Une nouvelle conquête ?

— Non, c'est une amie de Hal.

— Une amie ?

La façon dont sa sœur avait insisté sur le mot fit rire Travis.

— Pas ce genre d'amie.

— Bien.

Amber détailla la visiteuse de la tête aux pieds.

— Elle a l'air jeune pour être son amie.

— Elle est juste devant vous, rétorqua posément Scarlett.

Puis elle tendit la main.

— Je suis Scarlett.

Après une seconde d'hésitation, Amber lui serra la main.

— Amber. Et voici mon fils, Will.

— Où est Vivian ? demanda Travis.

Sa sœur bâilla, exprimant clairement son dédain et son ennui.

— Elle se prépare pour le bingo. Elle ne devait pas savoir que nous avions de la visite.

— Oh ! je ne suis pas en visite, protesta Scarlett. Je vais séjourner ici un moment.

Les yeux lourdement maquillés d'Amber s'écarquillèrent d'effroi.

— Ici ? Mais où allez-vous dormir ? Il n'y a pas de place.

— Je me suis installée chez Hal.

— Ah…

Scarlett se tourna vers Travis.

— Nous devrions probablement y aller. J'ai promis d'aider Delilah cet après-midi.

— Mais, vous venez juste d'arriver, protesta Amber.

— Et vous n'avez pas encore rencontré Vivian, ajouta Travis. Il faut absolument que vous fassiez sa connaissance si vous avez l'intention de rester un moment au ranch. Elle sait tout et connaît tout le monde.

Il éleva la voix pour couvrir le son de la télévision.

— Vivian !

— Quoi ?

Les jambes entravées par une jupe excessivement ajustée, sa mère entra dans la cuisine, en se dandinant sur ses talons, comme une pin-up des années 1950.

— Qui est-ce ? demanda-t-elle, tandis que son regard faisait l'aller-retour entre Travis et Scarlett. Tu as une nouvelle amie ?

Travis secoua la tête.

— Elle est venue rendre visite à Hal.

— Hal ?

Vivian haussa ses sourcils redessinés au crayon.

— Tu n'es pas sérieux.

Travis savait très bien à quoi pensait sa mère, cette dernière ayant l'habitude de qualifier d'amis les nombreux hommes qui faisaient un passage éclair dans sa vie.

— Ce n'est pas ce que tu crois.

Scarlett, qui ne comprenait visiblement pas le sous-entendu, paraissait perplexe.

— Je suis sa fille, dit-elle.

— Sa fille ?

Vivian semblait sur le point de s'étouffer. Elle fixa un moment Scarlett, avant de se tourner vers son fils.

— Si c'est une plaisanterie, elle n'est pas drôle du tout.

Il ouvrit la bouche pour protester, mais Scarlett l'interrompit.

— Quel est votre problème, à vous tous ? En quoi le fait que Hal ait une fille vous dérange-t-il à ce point ?

— Comme si vous ne le saviez pas, répondit Amber, d'un ton traînant, sans prendre la peine de relever la tête de son téléphone.

— Eh bien non, je ne le sais pas.

Scarlett croisa les bras sur sa poitrine, d'un air de défi.

— J'aimerais bien que quelqu'un éclaire ma lanterne.

— C'est ridicule ! décréta Vivian. Pour qui vous prenez-vous, jeune fille ? Comme osez-vous duper un homme qui va mourir ?

— Pour la dernière fois, déclara Scarlett, d'un ton déterminé, je vous répète qu'il n'y a aucune duperie. Hal Gardner est mon père. Je l'ai appris après le décès de ma mère. Maintenant, si l'un d'entre vous veut m'expliquer en quoi c'est un problème, je suis tout ouïe. Sinon, j'aimerais aller rejoindre Hal.

Malgré lui, Travis ne put qu'admirer son courage. Vivian pouvait être intimidante, surtout avec les personnes qu'elle n'appréciait pas.

Vivian pinça les lèvres et, sans ajouter un mot, elle fit demi-tour et s'en alla dans un claquement de talons.

Amber éclata de rire.

— Je crois que je t'aime bien, Scarlett. Tu es la première personne que je rencontre qui soit capable de clouer le bec à Vivian.

— Moi aussi, je t'aime bien, déclara Will, avant de tendre les bras pour réclamer un câlin.

Son expression oscillant entre le contentement et l'incertitude, Scarlett s'accroupit à la hauteur de l'enfant et le serra brièvement contre elle.

— Merci, dit-elle en se relevant. Tu es très gentil.

Le petit visage de Will s'illumina.

— Tu veux jouer avec moi ?

Scarlett tourna le regard vers Travis, cherchant visiblement de l'aide, et il devina qu'elle n'avait pas l'habitude des enfants.

Finalement, il eut pitié d'elle.

— Venez, dit-il. Je vous ramène. Nous ferons plus

ample connaissance quand certaines personnes auront retrouvé leurs esprits.

— Hé, protesta Amber. Ce n'est pas parce que Vivian a fait une sortie digne d'une tragédienne que tu dois me ranger dans la même catégorie. Scarlett, il n'y a pas beaucoup de femmes de notre âge dans le coin. Je pense que nous pourrions être amies.

Travis secoua la tête.

— Elle ne va pas rester assez longtemps.

— Merci, Amber. Et, contrairement à ce que croit ton frère, il ne sait rien de mes projets. Hal m'a dit que je pouvais rester aussi longtemps que je le souhaite. Donc oui, on va pouvoir apprendre à se connaître. C'est toujours agréable de se faire des amis.

Amber adressa un ricanement à Travis qui lui répondit par une mimique contrariée.

— Bravo, Scarlett. Tu as raison de ne pas te laisser intimider par mon grand frère.

— Comment cela, intimider ? protesta Travis. J'essaie seulement d'aider.

— Dis plutôt que tu essaies de contrôler la situation, répliqua Amber, l'air amusé. Détends-toi, Travis. Ça fait tellement longtemps que tu te crois obligé de veiller sur tout le monde que tu ne sais même plus comment accueillir dignement une invitée.

Scarlett hocha la tête.

— Tu as raison. Ton frère ne s'est pas montré le moins du monde accueillant.

— Il déteste le changement.

Travis soupira.

— Bon, ça suffit, vous deux. Scarlett, vous êtes prête à y aller ?

— Je suppose, dit-elle à contrecœur.

— Ne t'inquiète pas, dit Amber. Maman et moi venons souvent à la grande maison. On se verra demain.

Le visage de Scarlett s'illumina immédiatement.

— C'est parfait.

Elle commença à se diriger vers la porte et lança à Travis un regard par-dessus son épaule.

— Eh bien, vous venez ?

Il ne put s'empêcher de sourire tandis qu'il lui emboîtait le pas.

Il valait mieux toutefois qu'il garde ses distances. S'il s'approchait trop, il risquait en effet de faire quelque chose de stupide.

Comme de l'embrasser.

3

Tandis qu'elle se dirigeait vers le pick-up de Travis, encore sous le choc de la confrontation avec Vivian, Scarlett se retenait à grand-peine d'exiger des explications.

Il était évident que Travis avait pris un malin plaisir à l'exposer à la vindicte de sa mère.

Heureusement, sa sœur s'était montrée amicale.

À l'exception de Hal et de Delilah, tout le monde avait des réactions bizarres. Elle pouvait comprendre que sa présence soit une surprise et qu'ils aient besoin d'un temps d'adaptation, mais quand même…

Pourquoi, s'ils aimaient autant Hal qu'ils le prétendaient, ne faisaient-ils pas au moins l'effort de paraître heureux de ses retrouvailles avec sa fille ?

Dire qu'elle rêvait d'être accueillie à bras ouverts dans une nouvelle famille !

Elle comprenait maintenant combien elle avait été naïve. Il faut dire qu'elle n'avait pas beaucoup réfléchi au-delà du fait de retrouver son père.

Peut-être aurait-elle dû s'attendre à un peu de résistance…

Quoi qu'il en soit, elle ne comprenait vraiment pas comment Travis et ses proches pouvaient la prendre pour une arriviste. Il suffisait de jeter un coup d'œil à l'environnement de Hal pour se rendre compte qu'il n'avait rien d'un multimillionnaire.

De toute façon, l'argent ne l'intéressait pas. Et si ces gens prenaient la peine de la connaître, ils le comprendraient. Tout ce qu'elle voulait, c'était créer une relation avec l'homme qui lui avait donné la vie.

Cette perspective lui laissait évidemment un goût doux amer, à présent qu'elle savait le temps de Hal sur cette terre limité, et elle ne laisserait personne la priver de cela.

— Attendez ! dit Travis.

Elle se retourna brusquement et trébucha, lui tombant littéralement dans les bras.

Un élan de désir l'envahit. Cela dut se voir dans ses yeux, ou sur son visage, car il murmura son prénom, passa une main dans sa nuque et écrasa ses lèvres sur les siennes.

Trop surprise pour protester, elle se figea, le cœur battant à tout rompre. Puis elle ouvrit la bouche et accueillit la caresse de sa langue contre la sienne, l'embrassant avec une faim surgie du plus profond d'elle-même qui la surprit infiniment.

Lorsqu'il mit fin à leur baiser, elle tremblait de tout son corps.

— Allons-y, dit-il d'un ton bougon, en la relâchant si vite qu'elle tituba en arrière.

Vexée et en colère, elle ouvrit la portière du véhicule tout-terrain, se hissa dans l'habitacle et boucla sa ceinture de sécurité sans un mot.

Travis s'éclaircit la gorge, en ayant peut-être l'intention de s'excuser. Elle l'ignora.

Tandis qu'ils roulaient en silence vers la maison principale, Scarlett ne put s'empêcher de se demander s'il avait été aussi affecté qu'elle par leur baiser.

Le comportement de Travis la médusait, et elle était partagée entre de la colère à son encontre, et de l'agacement vis-à-vis d'elle-même pour avoir un peu trop apprécié ce baiser.

La voiture à peine arrêtée, elle ouvrit la portière et se précipita vers la maison, sans un regard en arrière.

Même s'il fallait absolument qu'elle ait une conversation avec Travis à propos de ce qui venait de se passer, elle se sentait trop frustrée pour l'affronter maintenant.

Hal se trouvait dans le salon, son fauteuil roulant installé devant la télévision. Son visage épuisé s'illumina à l'instant où il vit entrer Scarlett.

— Coucou, dit-elle, avant de traverser la pièce pour s'accroupir à côté de lui.

— Delilah m'a dit qu'elle t'avait vue partir en voiture avec Travis.

— C'est vrai, dit Travis, en entrant.

Il regarda Scarlett avec insistance, mais elle l'ignora délibérément, et il reporta son attention sur Hal.

— Puisqu'elle a l'intention de rester, je l'ai emmenée faire la connaissance de Vivian, Amber et Will.

— C'est parfait, approuva Hal. Eh bien, Scarlett ? Qu'en as-tu pensé ?

— Elles m'ont paru… charmantes.

Elle avait conscience de la banalité de sa réponse, mais elle tenait à être prudente dans le choix de ses mots.

L'éclat de rire de Hal se transforma immédiatement en quinte de toux.

Delilah accourut dans la pièce.

— Que se passe-t-il ?

— Rien, dit Hal, en essayant de se redresser. Ma fille me fait rire.

Scarlett aurait pu jurer avoir entendu Travis grincer des dents dans son dos.

— Je suis désolée, dit-elle. Je n'essayais pas de faire de l'humour ou quoi que ce soit. En fait, je n'ai pas passé assez de temps avec elles pour me forger une opinion.

Ce commentaire provoqua un échange de regards entre Hal et Travis.

— Il est vrai que Vivian a un fichu caractère, dit Hal. Mais elle a bon cœur. Je ne sais pas trop quoi penser de son nouveau petit ami, Frank. Mais si elle l'apprécie, ça me va.

— Je ne l'ai pas rencontré, dit Scarlett.

— Il ne vit pas ici, intervint Travis. Il ne fait que lui rendre visite.

En dépit de ses efforts, Scarlett ne pouvait s'empêcher de jeter des coups d'œil discrets à sa bouche. La sensualité brutale de son baiser l'avait prise au dépourvu. Mais le plus embarrassant était qu'elle avait envie de l'embrasser à nouveau.

Ce qui l'incita à se demander si elle n'était pas en train de perdre l'esprit.

— Qu'y a-t-il pour le dîner ? demanda Hal, en tournant la tête vers Delilah.

Puisqu'elle était supposée veiller aux soins médicaux, Scarlett se demanda pourquoi tout le monde semblait trouver normal qu'elle fasse la cuisine. Mais cela ne semblait pas déranger Delilah qui se contenta de sourire en leur disant qu'ils verraient bien.

Lorsqu'elle disparut dans la cuisine, Scarlett se précipita à sa suite.

— Laissez-moi vous aider, proposa-t-elle.

— Mais non, voyons. Vous êtes une invitée.

— Je fais partie de la famille. Et je croyais que vous étiez une sorte d'infirmière.

— Pas exactement. Je cuisine, je fais le ménage, et tout ce que je peux pour que Hal se sente à l'aise. Et ce soir, j'ai prévu des steaks hachés et des frites. Je les fais au four pour qu'elles soient moins grasses. Et pour la viande, je privilégie la dinde ou le poulet, qui sont plus sains. Mais ne le dites pas à Travis. En tant qu'éleveur il a tendance à faire la grimace devant un repas qui ne contient pas de bœuf.

— Vous êtes vraiment sûre que je ne peux rien faire pour vous aider ?

Delilah secoua vigoureusement la tête.

— Je m'occupe de tout. Retournez plutôt au salon tenir compagnie à votre père.

Scarlett obéit et, cette fois, elle s'installa au bout du canapé, le plus près possible du fauteuil roulant de Hal.

Travis avait pris place dans un fauteuil à dossier inclinable, et les deux hommes regardaient avec intérêt le bulletin d'information.

Une demi-heure plus tard, Delilah annonça qu'il était temps de passer à table.

Le repas, servi dans la salle à manger, était délicieux et, quand Travis réclama un supplément de frites, Scarlett céda à la tentation et l'imita. Le dessert, un fondant au chocolat servi avec de la glace à la vanille recueillit tous les suffrages.

— C'était excellent, déclara Hal, même s'il n'avait fait que picorer.

Scarlett remarqua le regard inquiet qu'échangeaient Delilah et Travis et se promit de se renseigner le plus vite possible sur l'état de son père.

Elle avait du mal à croire que pas un seul médecin n'avait réussi à trouver ce dont souffrait Hal. Ils devaient forcément passer à côté de quelque chose…

Tandis que Hal manipulait son fauteuil vers le salon,

et utilisait la télécommande pour allumer la télévision, Delilah annonça qu'elle devait rentrer chez elle. Visiblement peu désireux de s'attarder, Travis bondit sur ses pieds, enfonça son chapeau sur sa tête et lui emboîta le pas.

Il sortit sans un mot, ne laissant même pas le temps à Scarlett de lui poser la question qui la taraudait depuis qu'il l'avait embrassée.

Pourquoi ? Il était évident qu'il ne l'appréciait pas. Alors, pourquoi ce baiser ?

Déçue mais pas surprise, elle ferma la porte derrière lui. Maintenant qu'il n'était plus là, peut-être pourrait-elle finalement se détendre. La journée avait été longue.

Ôtant ses chaussures, elle s'assit et releva les jambes sur le canapé pour se masser les pieds. Peut-être était-il temps d'investir dans une paire de ballerines. Ou même, le ciel lui vienne en aide, des bottes. Si elle adorait les chaussures – elle en possédait d'ailleurs une assez belle collection –, ce qui fonctionnait dans le centre-ville d'Atlanta n'était pas vraiment adapté à un ranch perdu au milieu de nulle part.

Se calant dans les coussins moelleux du canapé, elle observa la pièce et s'émerveilla de se sentir déjà comme chez elle dans cette maison. Malgré un mobilier fatigué, et une décoration typique du début des années quatre-vingt, il se dégageait de la bâtisse une impression d'authenticité rustique.

C'était probablement dû à l'homme qui somnolait dans son fauteuil roulant.

Son père. Jamais elle n'aurait cru prononcer un jour ces mots.

Tandis qu'elle observait Hal, si frêle et vulnérable, sa gorge se serra.

Elle avait passé trente ans de sa vie sans père. C'était tellement injuste, maintenant qu'elle l'avait trouvé, d'apprendre qu'il était en train de mourir d'une terrible maladie, apparemment incurable et totalement inconnue.

Tout ce qu'elle pouvait faire, c'était profiter le plus possible du temps qu'il lui restait.

Travis et sa famille n'approuvaient peut-être pas sa présence, mais Hal en était très heureux. C'était tout ce qui comptait.

Hal ouvrit les yeux et cilla, l'air déboussolé.

— Tu es toujours là ? dit-il. Mais quelle heure est-il donc ?

— Presque 21 h 30. Travis est rentré chez lui.

Laissant passer un silence, elle ajouta :

— Je me demandais… Tu as besoin d'aide pour te coucher ?

— Non. Je n'en suis pas encore à ce stade, rassure-toi, fillette. Et puis, ma chambre et ma salle de bains ont été équipées en conséquence.

Il bâilla, sans prendre la peine de couvrir sa bouche avec sa main.

— Mais je suis fatigué. Ça ne te dérange pas si je te laisse ?

Impulsivement, elle se leva et déposa un baiser sur la joue parcheminée de Hal.

— Ne t'inquiète pas pour ça. Bonne nuit. Dors bien.

Il hocha la tête.

— Toi aussi.

Travis commença la journée de la même façon qu'il le faisait depuis dix ans. Il se leva, prit une douche et s'habilla avant de boire un café, en prenant soin de ne réveiller personne. Puis il monta dans sa voiture et se dirigea chez Hal pour prendre le petit déjeuner.

Autrefois, tout était prêt quand il arrivait. Mais, depuis

que Hal était malade, Travis avait pris les choses en mains. Il avait une spécialité : les œufs brouillés avec des oignons, des poivrons, et de la sauce épicée. Et, ma foi, ce n'était pas mauvais du tout.

En se garant à côté de la petite voiture rouge de Scarlett, il se dit qu'au moins il ne la verrait pas ce matin. Elle devait être du genre à ne pas se lever avant 10 heures.

Mais quand il entra dans la cuisine il eut un temps d'arrêt en la découvrant à table avec Hal, la tête penchée au-dessus d'une tasse de café fumant.

Son cœur, ce traître, manqua un battement. Elle n'était pas maquillée et avait relevé ses cheveux en queue-de-cheval, ce qui dégageait ses traits délicats.

Malgré lui, il fixa sa bouche, avant de détourner le regard. Elle parvenait à avoir l'air tout à la fois adorable, sexy et naturelle.

Réprimant son agacement, il parvint à afficher un sourire.

— Bonjour, dit-il, à la cantonade.

— Bonjour, répondit Hal. Scarlett allait me faire des œufs au plat.

Tout en se demandant si elle était réellement capable de cuisiner, Travis hocha la tête.

— Ça a l'air bien.

Son intonation ne devait pas être tellement convaincante, à en juger par le regard suspicieux que lui lança Scarlett.

Décidant que cela ne lui faisait ni chaud ni froid, il se servit une tasse de café et prit place à table.

— Vous savez, vous n'êtes pas obligée de cuisiner. Généralement, c'est moi qui m'occupe du petit déjeuner.

S'apprêtant à poser une poêle sur la gazinière, Scarlett se retourna.

— Vous savez cuisiner ?

— À en juger par votre intonation, vous n'y croyez pas.

— Montre-lui, dit Hal, amusé. En tant qu'invitée elle ne devrait pas cuisiner pour nous.

— C'est ridicule, voyons, protesta Scarlett. Ça ne me dérange pas de cuisiner.

Travis hésita à lui demander de s'asseoir. Après tout, si elle avait vraiment envie de préparer le petit déjeuner, ça ne le dérangeait pas.

— À votre guise, dit-il finalement.

Hal se remit à lire son journal et passa la section sport à Travis, comme il le faisait toujours, mais ce dernier y jeta à peine un coup d'œil. Il ne parvenait pas à détourner les yeux de la femme qui lui tournait le dos.

Aujourd'hui, elle portait un jean très ajusté, et il devait admettre qu'elle le remplissait à merveille.

Quelques instants plus tard, elle déposa devant lui une assiette garnie de trois œufs cuits à la perfection, de deux tranches de bacon, et d'un toast.

Elle déposa une assiette identique devant Hal, avant de retourner devant la gazinière pour composer la sienne.

— Vous voulez du jus d'orange ? proposa-t-elle.

Quelque chose dans son regard et son intonation le mettait au défi de trouver quelque chose à redire à son petit déjeuner.

— Non merci, dit-il, avant de le regretter quand Hal en demanda pour lui.

Finalement, ils se retrouvèrent tous les trois assis à table.

— Ça a l'air bon, dit Hal, avec enthousiasme, avant d'attaquer son plat.

À nouveau, Scarlett regarda Travis, comme si elle s'attendait à ce qu'il fasse un commentaire désagréable. Mais il hocha simplement la tête.

— C'est vrai que ça à l'air bon. Merci.

Au grand soulagement de Travis, Hal mangea un œuf

et la moitié d'un toast. Il ne toucha pas au bacon, mais il y avait du progrès.

— Qu'y a-t-il de prévu aujourd'hui ? demanda Hal.

Travis lui fit bien volontiers la liste des tâches qu'il avait en tête, bien que les journées au ranch soient assez similaires.

Tandis qu'il parlait, il prit conscience que Scarlett le regardait intensément. Le désir qu'il crut voir dans son regard fit aussitôt renaître le sien, précipitant dans ses veines la course de son sang, devenu brûlant comme l'enfer.

S'exhortant à regarder ailleurs, il attrapa sa tasse de café et la but d'un trait.

— Je dois y aller.

Les pieds de sa chaise crissèrent sur le linoléum quand il la repoussa. D'un pas pressé, il se dirigea vers le portemanteau, décrocha son chapeau et l'enfonça sur son crâne. Puis il sortit sans ajouter un mot, en laissant la porte se refermer derrière lui.

Même s'il risquait d'avoir besoin du pick-up aujourd'hui, Travis préféra se diriger vers l'écurie et seller son cheval. Il avait besoin d'y voir clair dans ses pensées, et pour cela il ne connaissait rien de tel qu'une bonne chevauchée.

Il avait beau ne pas faire confiance à Scarlett, ça ne l'empêchait de la désirer. Pourtant, il devinait qu'elle n'était pas femme à se contenter d'une aventure sans lendemain. Et elle n'aspirait probablement pas non plus à finir dans un ranch, avec un homme simple comme lui.

Ce qui rendait tout bonnement les choses impossibles entre eux.

Agacé que ses pensées aient pris cette direction, il secoua la tête. Son cheval renâcla, sensible à son humeur.

Travis raccourcit la bride et accentua la pression de ses jambes contre le flanc de l'animal puis lui fit faire quelques tours pour le détendre, avant d'emprunter un chemin de terre.

Bientôt apaisé par l'oscillation régulière des pas de sa monture, sensible au chant d'un oiseau dans un arbre tout proche, il respira l'air doux et parfumé, savourant la belle journée qui s'annonçait.

La sonnerie de son téléphone le fit sursauter. Sur l'écran s'affichait le numéro de la ligne fixe de chez lui, ce qui signifiait que sa mère ou sa sœur avait besoin de quelque chose.

Bien qu'il leur ait dit des quantités de fois qu'elles ne devaient pas l'appeler quand il travaillait, sauf en cas d'urgence, elles continuaient à le faire.

Comme il lui restait encore quelques minutes avant d'atteindre la zone où il savait que les hommes seraient occupés à travailler, il arrêta son cheval et répondit.

— Bonjour mon chéri, chantonna Vivian. Je voulais te voir avant que tu ne partes, mais j'ai dormi trop tard.

Depuis qu'elle vivait chez lui, pas une fois il ne l'avait vue se lever de bonne heure, aussi ne répondit-il pas.

— Bref, je voulais te parler de cette fille.

Évidemment. Vivian était sortie la nuit dernière et n'avait pas eu l'opportunité d'aborder le sujet plus tôt.

— Qu'y a-t-il ?

Malgré ses efforts, son agacement se perçut dans sa voix.

— Crois-tu qu'elle soit sincère ?

— Ce que je crois n'est pas important. Hal en est persuadé, et c'est tout ce qui compte.

Le soupir appuyé de Vivian lui apprit ce qu'elle en pensait.

— J'avais l'intention d'aller rendre visite à Hal aujourd'hui, mais je ne sais plus trop si je dois le faire. D'un autre côté, je me dis que je devrais essayer de la connaître.

— C'est ce que je pense aussi. Amber et toi pourriez apprendre des choses à son sujet plus facilement que moi.

— Tu as raison. Il vaut mieux garder ses ennemis à l'œil.

Pauvre Scarlett. Il se sentait presque désolé pour elle. Comme s'il avait lâché sur elle une horde de chiens en furie. Il faut dire que sa mère pouvait être particulièrement teigneuse quand elle s'y mettait.

— Je te tiens au courant.

— C'est ça, répondit-il.

Et il s'empressa de mettre fin à la communication.

Travis venait à peine de remettre son cheval au pas, quand son téléphone sonna à nouveau. Constatant qu'il s'agissait du même numéro, il grommela.

— Quoi encore, Vivian ? aboya-t-il.

— Ce n'est pas maman, c'est Amber. Tu viens vraiment d'envoyer Vivian en expédition punitive ?

— Je ne le dirais pas comme ça. Si Scarlett a l'intention de rester un moment, il faut qu'elle connaisse tout le monde.

Amber ricana.

— Ce n'est pas faux, mais tu aurais peut-être pu y aller plus graduellement.

— Écoute, Scarlett est une grande fille. Je suis sûr qu'elle saura faire face aux attaques de Vivian. Et maintenant, sauf si tu as besoin de quelque chose d'autre, il faut que j'aille travailler.

— Non. J'ai terminé. Mais, laisse-moi te prévenir, mon cher frère. Ne sois pas surpris si ça te revient comme un boomerang.

Et sur ces mots, Amber mit fin à la communication avant qu'il ait eu le temps de lui demander ce qu'elle sous-entendait.

4

— Qu'est-ce qui lui a pris ?

Médusé, Hal se grattait la tête en fixant la porte qui venait de claquer derrière Travis.

— Je crois que je l'ennuie, répondit Scarlett, d'un ton détaché.

— Il s'y habituera.

Hal tendit le bras et lui tapota la main.

— Il est du genre bougon, mais il a bon cœur, je t'assure.

Même si elle commençait à en douter, Scarlett hocha la tête.

— Qu'as-tu prévu de faire aujourd'hui ? demanda Hal.

— Je pensais rester avec toi, répondit Scarlett, passant au tutoiement.

— Vivian sera là à 10 heures. Elle doit m'emmener chez le médecin. Tu pourrais en profiter pour explorer le coin. Tu sais monter ?

— Monter ? répéta-t-elle, avant de comprendre ce qu'il voulait dire. À cheval ?

Hal eut un petit rire.

— J'en déduis, à ta façon de répondre, que c'est non.

— Bien vu.

Elle réfléchit un moment.

— Par contre, j'aimerais bien me rendre dans la ville

la plus proche, si tu veux bien m'indiquer la direction. J'ai quelques achats à faire.

— Et si tu venais avec nous ?

Soudain enthousiasmé, Hal la regarda comme si elle avait déjà accepté.

— Tu pourras faire tes courses pendant que je serai chez le médecin, et ensuite nous déjeunerons tous ensemble.

Avec Vivian ? La femme qui l'avait pour ainsi dire traitée de menteuse et de manipulatrice deux minutes après avoir fait sa connaissance ?

Scarlett s'efforça de conserver une expression neutre, tandis qu'elle pesait le pour et le contre.

L'ex-femme de Hal ne se montrerait probablement pas aussi désagréable devant lui. Et puis elle avait bien conscience qu'elle ne pourrait pas l'éviter indéfiniment.

— Ça me plairait beaucoup, répondit-elle. Je vais aller me préparer. Est-ce qu'il y a quelque chose que je peux faire pour toi avant ?

— Non, merci.

Il manipula son fauteuil avec plus d'énergie qu'elle ne lui en avait vu auparavant.

— À tout à l'heure.

Tandis qu'elle se séchait les cheveux, Scarlett se dit qu'elle avait probablement pris trop à cœur la réaction que Vivian avait eue la veille. Après tout, sa soudaine apparition avait de quoi causer un choc.

Cependant, elle appliqua son maquillage avec soin et choisit de porter sa robe rouge préférée. Elle s'était fait poser du vernis semi-permanent avant de quitter Atlanta, et ses ongles étaient encore parfaits. Des créoles argent et une série de bracelets complétaient sa tenue.

Observant son reflet dans le miroir, elle sourit. Le

rouge était sa couleur préférée. Quand elle la portait, elle se sentait confiante, capable de réaliser n'importe quoi. Si une tenue pouvait l'aider à affronter Vivian, c'était bien celle-ci.

Lorsqu'elle sortit de sa chambre, elle constata que Hal était déjà prêt.

En entendant cliqueter ses talons sur le plancher, il releva la tête.

— Eh bien ! s'exclama-t-il. Tu es très belle, ma chérie.

— Merci.

Ravie du compliment, elle jeta un coup d'œil à sa montre.

10 h 05.

Elle se demanda si Vivian était généralement en retard, ou si elle l'avait fait exprès pour l'agacer dès le début.

Quelques minutes plus tard, un claquement de portière lui apprit que la confrontation n'allait pas tarder à commencer.

— Elle a sa clé, dit Hal.

Vivian entra précipitamment dans la maison et s'arrêta net en découvrant Scarlett.

— Vous êtes vraiment… ravissante, dit-elle.

Mais son ton sous-entendait exactement le contraire.

— J'ai invité Scarlett à déjeuner avec nous, expliqua Hal. J'ai cru comprendre que vous vous étiez déjà rencontrées.

— En effet. Et j'ai hâte de mieux la connaître.

Vivian afficha une moue réprobatrice.

— Mais, ma chère, nous allons simplement déjeuner à la brasserie locale.

— Vous trouvez que je suis trop habillée pour l'occasion ?

Scarlett s'efforçait de ne pas envenimer la conversation,

surpris malgré tout que Vivian ait déjà déclenché les hostilités.

— Ce que Vivi essaie de dire…, commença Hal.

— Je peux parler toute seule.

L'interruption avait été cassante.

— Tout ce que je dis, c'est qu'Anniversary est une petite ville. Les gens du coin sont surtout des fermiers, ou des petits commerçants. Il me semble que vous seriez plus à l'aise avec un jean et des bottes.

Scarlett leva le menton et soutint son regard.

— Je suis très à l'aise dans ce que je porte. C'est ma robe préférée. Et je ne possède pas de bottes.

— Eh bien, il va falloir remédier à cela, décida Hal. Il y a un excellent bottier en ville.

Il déplaça son fauteuil vers l'entrée.

— Dépêchons-nous. Je ne veux pas être en retard chez le Dr Dugan.

Vivian soupira et passa devant lui. Elle lui tint la porte ouverte et laissa Scarlett fermer la marche.

L'imposant SUV que conduisait Vivian était équipé d'une rampe. Scarlett l'observa tandis qu'elle aidait Hal à s'installer.

Lorsque ce dernier fut dûment sanglé, Vivian jeta un coup d'œil à Scarlett.

— Vous pouvez prendre la place du mort, dit-elle, avec un étrange sens de la formule. Ce n'est pas très confortable derrière, avec la place que prend le fauteuil.

Puis elle se mit au volant et tourna la clé de contact.

— La ville est loin d'ici ? demanda Scarlett, en s'efforçant de faire poliment la conversation.

— Environ vingt-cinq minutes. Si vous en profitiez

pour me parler un peu de vous. Quelle est l'histoire entre votre mère et Hal ?

— Vivian !

Le cri de protestation de Hal lui fit hausser les épaules.

— Désolée, mais je suis curieuse. J'ai vraiment envie de savoir.

— Maggie était ma petite amie. Bien avant notre rencontre. Elle voulait se marier, mais j'ai refusé car elle était beaucoup plus jeune que moi. J'ai pensé qu'elle finirait par se lasser. Quand elle s'est enfuie, je me suis dit que j'avais vu juste, même si elle m'a brisé le cœur.

— Tu ne m'en as jamais parlé.

L'intonation de Vivian exprimait l'irritation et la rancœur.

— M'as-tu parlé de tous tes amants ?

— Bien sûr que non.

Vivian soupira.

— Tu marques un point. Mais j'aimerais écouter Scarlett, à présent. Pourquoi avez-vous attendu jusqu'à maintenant pour prendre contact avec Hal ?

Une fois de plus, Scarlett raconta son histoire, sans s'attarder sur la maladie de sa mère, expliquant comment elle avait, en rangeant des papiers, découvert le nom de son père. Elle ne mentionna pas le journal intime, n'ayant pas envie de partager cela avec quelqu'un d'autre.

— Eh bien, commenta Vivian, lorsqu'elle eut fini. Je me demande pourquoi elle ne vous a jamais rien dit.

— Moi aussi.

— Mon histoire est complètement différente, ajouta Vivian, à la grande surprise de Scarlett. Hal est mon deuxième mari. Je l'ai rencontré quand Travis et Amber étaient encore tout petits. Nous avons une différence d'âge de quinze ans, mais il a été un mari formidable et un beau-père fantastique pour mes enfants.

— Dis-lui pourquoi nous avons divorcé, dit Hal, depuis l'arrière du véhicule. Elle est trop polie pour demander.

Vivian secoua la tête.

— Je ne crois pas que ce sont ses affaires.

Hal ricana.

— Tu te mêles pourtant des siennes.

Inquiète à l'idée qu'ils commencent à se disputer, Scarlett essaya de faire dévier la conversation.

— Le fils d'Amber est adorable. Ce doit être agréable d'avoir votre petit-fils avec vous.

Vivian lui lança un regard amusé.

— Joli changement de sujet.

— Merci. Je n'avais pas très envie de connaître votre vie privée.

S'arrêtant à un panneau « STOP », Vivian pressa l'épaule de Scarlett, à la grande surprise de celle-ci.

— Vous savez quoi ? Je vous aime bien finalement. Je crois que nous pourrions nous entendre parfaitement.

— J'en serais ravie.

Bizarrement, Scarlett pensa à Travis. Elle avait envie d'interroger Vivian à son sujet mais redoutait que cette dernière trouve cela bizarre.

Tournant la tête vers sa vitre, elle vit que le paysage devenait plus citadin. À la place des pâturages et du bétail, on voyait maintenant des maisons regroupées en vastes lotissements et pourvues de jardins d'ornement.

— Nous sommes presque arrivés en ville, dit Vivian, en remarquant l'intérêt de Scarlett pour son environnement.

— Ça me rappelle un endroit au sud-est d'Atlanta, Newnan. J'ai travaillé là-bas dans une galerie d'art.

— Une galerie d'art ? C'est ainsi que vous gagnez votre vie ? Frank, mon ami de cœur, est un artiste.

— Je suis diplômée en histoire de l'art et j'ai commencé dans cette petite galerie à Newnan pour apprendre. Après deux ans là-bas, j'ai trouvé une place dans une galerie plus importante à Atlanta.

Elle garda pour elle son rêve d'ouvrir un jour sa propre galerie.

— Je pensais faire un tour à la galerie d'art locale, s'il y en a une.

— À Anniversary ?

Hal et Vivian avaient parlé d'une même voix.

— Il n'y en a pas, ajouta Vivian.

— C'est dommage.

— Si vous voulez voir de l'art, je peux vous emmener chez Frank, un de ces jours. Il est vraiment doué.

— C'est une question d'opinion, intervint Hal, d'un ton dubitatif.

Vivian l'ignora.

— Vous savez, Anniversary aurait bien besoin d'une galerie. Il serait temps que nous ayons davantage accès à la culture par ici.

— Cela viendra sûrement. Est-ce qu'il y a une librairie ?

— Ça, oui, nous en avons une.

— Bien. Je vais pouvoir acheter quelques romans.

Au détour d'un virage, une enseigne de restauration rapide apparut. D'autres magasins s'alignaient de part et d'autre de la rue.

— Le médecin de Hal se trouve dans le centre. Voulez-vous que je vous dépose devant la brasserie où nous devons déjeuner ? La librairie se trouve à quelques pas.

— C'est une bonne idée.

— Je t'appelle dès que j'ai terminé avec le médecin, dit Hal. Mais, ça risque d'être un peu long car j'ai des examens sanguins à faire.

Scarlett s'apprêtait à sortir de la voiture, quand elle se rendit compte qu'elle n'avait pas donné son numéro à Hal. Tandis qu'elle le disait à haute voix, elle vit que Vivian l'ajoutait aussi à ses contacts.

— Pouvez-vous m'envoyer vos numéros par texto ? demanda-t-elle.

Vivian accepta et promit d'aider Hal qui apparemment ne maîtrisait pas bien cette fonction.

Il ne restait plus à Scarlett qu'à partir explorer Anniversary.

Elle n'avait pas fait un pas qu'une jeune femme, installée à la terrasse de la brasserie se leva et l'aborda.

— Excusez-moi, j'ai cru vous voir descendre de la voiture de Vivian et Hal Gardner.

— En effet.

Blonde, les cheveux au carré, elle avait à peu près son âge et portait un pantalon noir ajusté, un élégant chemisier en soie, et de fantastiques boucles d'oreille de créateur que Scarlett lui envia aussitôt.

— J'adore vos boucles d'oreilles.

— Merci. Je peux vous demander comment vous les connaissez ?

Sachant combien les ragots se développaient vite dans les petites villes, Scarlett répondit simplement qu'elle séjournait chez eux.

— Oh…

La jeune femme lui tendit la main.

— Je suis Kendra. Vous pouvez peut-être me dire comment va Travis. J'espérais tomber sur lui, mais il ne vient pas souvent en ville.

— Travis ?

Surprise, Scarlett ne savait pas trop quoi répondre.

— Je viens de le rencontrer, mais il a l'air d'aller bien. Vous êtes amis ?

— Pas vraiment, non.

Kendra grimaça.

— Nous avons été fiancés. Je l'ai quitté et je suis partie vivre à Dallas. Maintenant que je suis de retour, je pensais renouer le contact. Vous lui direz que je suis en ville ? Je suis sûre qu'il a encore mon numéro.

Scarlett hocha la tête, soulagée quand la jeune femme la remercia et s'en alla.

Cette rencontre remettait en question l'opinion qu'elle s'était faite de Travis.

Devait-elle lui dire qu'elle avait fait la connaissance de son ex ? En parler à quelqu'un d'autre ? En tout cas, c'était bizarre, à tout le moins.

Quant à la pointe de jalousie qu'elle ressentait, c'était un sujet qu'elle préférait ne pas approfondir.

Même s'il savait que Hal avait rendez-vous chez le médecin, Travis passa à la maison vers midi, en imaginant qu'il pourrait déjeuner avec Scarlett et essayer d'en apprendre davantage sur elle.

Pour protéger Hal, bien sûr.

Mais lorsqu'il arriva, il n'y avait personne. Comme la voiture de Scarlett était toujours là, il en déduisit qu'elle était partie en ville avec Vivian et Hal.

Se sentant étrangement abandonné, il se prépara deux sandwichs et sortit un soda du réfrigérateur.

Il prit son repas à la table de la cuisine, en vérifiant ses e-mails sur son téléphone.

Il s'apprêtait à partir, quand son téléphone sonna. C'était Frank, l'ami de sa mère.

— Qu'est-ce que tu veux ? demanda-t-il, d'un ton peu amène. Je dois retourner au travail.

— Je voudrais que tu me rendes un service.

Même si l'après-midi venait tout juste de commencer, le tremblement dans la voix de Franck éveilla les soupçons de Travis. L'ami de sa mère avait-il déjà commencé à s'enivrer au whisky ?

— Pas si ça concerne une dispute avec ma mère. Je t'ai déjà dit que je ne veux pas me mêler de ça.

— Non, ça n'a rien à voir. Mais Vivian m'a dit qu'une fille avait débarqué en prétendant être la fille de Hal. C'est une arnaque ?

Étrangement réticent à l'idée de dire quoi que ce soit de négatif sur Scarlett, Travis soupira.

— Hal la croit sincère, et c'est tout ce qui compte.

— Il va demander un test ADN ? Je veux dire, c'est une question de bon sens.

— Je n'en sais rien. C'est lui que ça regarde.

— Tu pourrais peut-être le raisonner. Il a confiance en toi.

— Peut-être…

— Mais, tu vas parler à Hal, n'est-ce pas ?

— Qu'est-ce qui te prend ?

L'insistance de Frank commençait sérieusement à l'agacer.

— Je sais que ma mère ne t'a pas chargé de me parler, car elle n'aurait pas hésité à le faire elle-même.

— Je tiens à Vivian. Et, comme Hal est important pour elle, il est important pour moi.

Frank laissa échapper un profond soupir.

— En fait, ça me blesse que tu demandes ça. Tu sais que Hal et moi nous entendons bien. Si je ne sortais pas avec ta mère, j'ose dire que nous serions même les meilleurs amis du monde.

Se massant le cou, Travis marmonna ce qui ressemblait à un assentiment et réussit à mettre fin à l'appel.

Le reste de la journée se déroula sans événement notable. Et chaque fois qu'une image de Scarlett surgissait dans son esprit, il s'obligeait à penser à autre chose.

Lorsque 18 heures arrivèrent, Travis se sentait bien. Agréablement fatigué, et contrôlant à nouveau ses pensées.

À son retour, la maison était vide. Même Amber et Will étaient partis quelque part.

Comme il n'avait aucune idée du temps que cela allait durer, il décida d'en tirer le meilleur parti.

Après avoir mis une pizza au four, il prit une douche et enfila une tenue confortable.

Il venait juste de commencer sa pizza, quand son téléphone sonna.

Jetant un coup d'œil à l'écran, il fixa avec incrédulité le nom de l'appelant.

Kendra Stewart, son ancienne fiancée.

Il aurait dû effacer son numéro de ses contacts et le bloquer depuis longtemps, mais il voulait se prouver qu'il avait de la volonté en ne la rappelant pas.

Aujourd'hui, c'était elle qui l'appelait.

La question du siècle était de savoir s'il allait répondre.

La curiosité l'emporta, et il prit l'appel. Cela faisait bien longtemps qu'elle avait perdu le pouvoir de le blesser.

— Salut, Travis.

Kendra semblait excessivement enjouée, ce qui signifiait qu'elle était nerveuse.

— Je n'étais pas sûre que tu allais décrocher.

— Qu'est-ce que tu veux ?

Malgré son agacement, il s'était efforcé d'adopter un ton neutre.

— J'ai du mal à imaginer ce que tu as à me dire après tout ce temps.

— Je sais. Moi-même, je n'en reviens pas que ça fasse déjà deux ans. J'ai parlé avec la fille qui réside chez Hal, et je lui ai demandé de te passer un message. Elle l'a fait ?

— Scarlett ? Je ne l'ai pas vue aujourd'hui, donc elle n'a rien pu me dire. Comment l'as-tu rencontrée ?

— Je l'ai vue qui descendait de la voiture de Vivian et je l'ai abordée. Elle est jolie, non ?

Comme il ne répondait pas, elle eut un rire de gorge qui se voulait charmeur, et continua.

— Bref, je suis en ville pour affaires et je me suis dit que nous pourrions dîner ensemble et rattraper le temps perdu.

— Je n'ai rien à te dire.

Il y eut un silence et, lorsqu'elle reprit la parole, son intonation était déterminée.

— Je veux te parler d'une opportunité commerciale.

Immédiatement soupçonneux, il attendit.

— Tu pourrais gagner beaucoup d'argent, poursuivit-elle, apparemment encouragée par le fait qu'il n'avait pas raccroché.

— Pour qui travailles-tu ? demanda-t-il, même s'il l'avait deviné.

— Parlons-en autour d'un repas. C'est moi qui t'invite.

— Tu travailles dans l'industrie pétrolière, maintenant ?

— Oui. Comment le sais-tu ? Je viens d'accepter un poste chez Wave Oil. Et comme nous avons eu une relation privilégiée, tous les deux, j'ai pensé que je pourrais les aider à conclure un marché.

— Vraiment ?

Cette fois, Travis ne chercha pas à masquer la colère dans sa voix.

— J'aurais cru que tu verrais cela comme une corvée.

— Oh voyons, Travis…

Elle ronronnait littéralement.

— Tu sais que nous pouvons toujours être amis. Et même plus, si affinités… Retrouvons-nous pour dîner. Dis-moi l'heure et l'endroit, et j'y serai.

Elle marqua une pause infime.

— Ne me dis pas que je ne te manque pas, même un tout petit peu.

— Si, je te le dis. Tu ne me manques pas du tout. Ne m'appelle plus.

Et il mit brutalement fin à la communication.

5

Scarlett avait beaucoup apprécié sa découverte du centre-ville d'Anniversary.

Tout le monde s'était montré amical, même si elle avait surpris quelques regards médusés sur sa robe et ses escarpins.

Ça lui était égal. Elle avait toujours aimé s'habiller avec style, et selon les dernières tendances.

Toutefois, alors qu'elle passait devant une ravissante petite boutique, elle songea que ce ne serait peut-être pas plus mal de posséder quelques vêtements plus usuels.

Elle pouvait très bien porter un jean et être à la mode…

Lorsqu'elle arriva finalement à la librairie, elle croulait sous les sacs de courses. Après avoir jeté son dévolu sur quelques jeans et toute une série de hauts ravissants, elle s'arrêta dans une boutique qui vendait des bottes Western, et acheta un modèle en cuir rouge. Avant de sortir, elle repéra un chapeau de cow-boy rouge et l'acheta également.

Bataillant avec son chargement, elle regretta que Vivian et Hal ne soient pas encore de retour, afin de pouvoir tout charger dans le SUV.

Pour finir, elle acheta le dernier best-seller de son auteur de romance préféré et décida d'aller attendre à la brasserie.

Elle était assise en terrasse depuis quelques minutes, quand Vivian et Hal arrivèrent.

Durant le repas, Vivian raconta d'amusantes anecdotes de son passé, puis ils retournèrent au ranch.

Scarlett alla déposer ses achats dans sa chambre et rejoignit les autres au salon.

Repus par le délicieux et copieux repas qu'ils avaient partagé à la brasserie, ils firent l'impasse sur le dîner.

Après avoir regardé son bulletin d'informations, Hal déclara qu'il était fatigué et qu'il voulait aller se coucher.

Vivian s'en alla peu après, expliquant qu'elle devait retrouver Frank chez lui.

Après son départ, Scarlett alla rejoindre Delilah, qui était restée terrée dans la cuisine pour éviter Vivian.

— Elle vient de partir, dit-elle.

Delilah laissa échapper un soupir de soulagement.

— Dieu merci. Elle m'a encore fait tout un cours sur l'importance des smoothies vitaminés dans l'alimentation de Hal. Elle doit passer demain matin m'en apporter un nouveau stock.

— Elle vous les apporte tout faits, plutôt que de vous donner les ingrédients pour les fabriquer ici ?

— Oui. Elle doit considérer cela comme sa contribution personnelle. Depuis quelque temps Frank et elle se sont entichés de compléments nutritionnels et de nourriture saine, et ils ont concocté une espèce de mixture verte supposée aider Hal. Il doit en boire deux cent millilitres chaque matin. D'après lui, ça n'a pas trop mauvais goût.

— C'est gentil de sa part, non ?

— Si on veut… Mais, dites-moi, vous avez l'air fatiguée. Comment s'est passée votre journée en ville ?

— J'ai fait la tournée des boutiques. C'est mon activité favorite. Et Vivian s'est montrée plaisante. Elle a beaucoup de choses intéressantes à raconter. Personne d'autre n'a pu placer un mot, mais j'ai aimé l'écouter. Je pense que Hal aussi, même s'il a déjà dû entendre ces histoires des dizaines de fois.

— C'est vrai que Vivian peut être amusante, parfois, reconnut Delilah. Tant que toute l'attention est concentrée sur elle.

— Je l'avais deviné.

Scarlett étouffa un bâillement.

— Je pense que je vais me coucher de bonne heure, moi aussi.

Le lendemain matin, quand Delilah arriva, Hal somnolait devant la télévision, et Scarlett sirotait sa deuxième tasse de café. Ce matin, elle avait opté pour un de ses nouveaux jeans et ses bottes, bien mieux adaptés à la vie au ranch que sa garde-robe de citadine.

— Il a mangé ? demanda Delilah.

Scarlett secoua la tête, avouant sa défaite.

— Malheureusement, non.

Jetant un coup d'œil vers Hal, Delilah se rembrunit.

— Il s'affaiblit de jour en jour. Il faut qu'il mange. Est-ce que Vivian a apporté son smoothie vitaminé ?

— Pas encore.

Delilah consulta sa montre.

— Il est vrai que c'est encore tôt pour elle.

Scarlett ne fit pas de commentaire.

Il était évident que Delilah ne portait pas Vivian dans son cœur, mais elle n'avait pas envie de se prêter au jeu des commérages et des jérémiades.

— Est-ce que je peux faire quelque chose pour vous aider ? Je n'ai pas l'habitude de rester assise à ne rien faire, mais je ne vois pas à quoi je pourrais m'occuper.

— Eh bien… Ça vous ennuierai d'aller chercher le

courrier ? J'ai oublié de m'arrêter devant la boîte aux lettres en arrivant.

— Pas de problème. Où est-elle ?

— Au bout du chemin. Ça fait une bonne trotte, et mon genou me fait souffrir.

— Vraiment, ça ne me dérange pas.

Ravie d'avoir quelque chose à faire, Scarlett s'en alla d'un pas décidé.

Autrefois, elle pratiquait le jogging. Peut-être pourrait-elle s'y remettre ? Quel meilleur endroit pour cela que la campagne ?

Un soleil déjà chaud donnait à l'air la limpidité du cristal et parait le ciel d'un bleu presque irréel. Le vert uni et vibrant de l'herbe contrastait avec le feuillage plus sombre des arbres, où pépiaient des oiseaux. Une brise parfumée s'engouffrait dans ses cheveux, tandis qu'elle marchait d'un pas vif sur le long chemin.

Il y avait bien longtemps qu'elle ne s'était pas sentie aussi heureuse et détendue, et elle se surprit à chantonner.

La boîte débordait de courrier, et Scarlett se demanda depuis combien de temps personne ne l'avait relevé. Tandis qu'elle sortait les enveloppes et les dépliants publicitaires, une grande enveloppe blanche attira son attention.

Tracé au feutre noir, en lettres majuscules, son prénom y figurait. Juste Scarlett. Rien d'autre. Pas d'adresse ou de timbre.

Soudain apeurée, elle regarda autour d'elle, s'attendant presque à voir rôder une ombre malfaisante. Mais à l'exception des vaches qui broutaient paisiblement dans la prairie, elle était seule.

Elle glissa l'enveloppe sur le dessus de la pile de courrier et retourna à la maison. Là, elle déposa le tout dans la cuisine et souleva l'enveloppe blanche pour l'observer sous toutes les coutures.

Delilah s'approcha.

— Quelque chose ne va pas ? Vous faites une drôle de tête.

— Il y avait ça au courrier.

Elle brandit l'enveloppe.

— Je ne sais pas de qui ça vient.

— Pourquoi supposer que c'est quelque chose de mauvais ? Quelqu'un veut peut-être vous souhaiter la bienvenue à Anniversary.

— Je ne sais pas…

— Eh bien, ouvrez-la. C'est la seule façon de le savoir.

Delilah ouvrit un tiroir et lui tendit un couteau.

Incapable d'expliquer cette impression de menace qu'elle ressentait, Scarlett se dit que l'auxiliaire de vie avait probablement raison.

Elle glissa la lame sous le coin de l'enveloppe et trancha le rabat.

À l'intérieur, elle ne trouva qu'une feuille de papier.

Lorsqu'elle la déplia, elle comprit que ses craintes étaient fondées.

Quatre mots s'y étalaient, faits d'un assemblage de lettres découpées dans un journal.

RENTRE CHEZ TOI !
SINON…

Delilah fit entendre un claquement de langue réprobateur.

— Qui peut être assez stupide pour faire une chose pareille ?

Sous le choc, Scarlett se contenta de secouer la tête.

— Pourquoi ne pas utiliser une imprimante ? insista Delilah. Pourquoi se donner le mal de se faire passer pour un corbeau, comme dans l'ancien temps ?

Une fois encore, Scarlett n'avait pas de réponse.

— Je ne comprends vraiment pas. Depuis mon arrivée, les gens agissent bizarrement, à commencer par Travis qui se comporte comme si mon intention était de faire du mal à Hal. La réaction initiale de Vivian était semblable, même si elle semble s'être un peu radoucie hier. Le problème, c'est que je ne comprends pas pourquoi.

— Eh bien…

Delilah regarda autour d'elle afin d'être sûre que personne d'autre n'écoutait.

— Apparemment, la compagnie Wave Oil est persuadée qu'il y a du pétrole sur ces terrains. Ils ont multiplié les offres pour convaincre Hal de les laisser forer. Mais il ne veut pas. Travis non plus. En revanche, Vivian, son soupirant Frank, et Amber, sont très enthousiastes.

— C'est intéressant, mais je ne vois pas en quoi ça me concerne.

Au lieu de répondre, Delilah lui laissa une minute pour réfléchir.

— Oh… Ils croient que je travaille pour Wave Oil ?

— C'est possible. Mais je crois plutôt qu'ils craignent que vous ayez entendu parler de la fortune que le pétrole pourrait rapporter à la famille, et que c'est pour cette raison que vous êtes venue.

Scarlett écarquilla les yeux.

— Vous êtes sérieuse ?

Delilah haussa les épaules.

— C'est juste une impression. Personne ne me l'a dit en face. Mais ça reste l'explication la plus plausible.

Scarlett étudia à nouveau la lettre.

— Et ça ? Vous ne pensez quand même pas que Travis ou Vivian aient pu l'envoyer.

— Non. Ils ne feraient jamais une chose pareille.

Travis est un honnête homme. Quand il a quelque chose à dire, il le dit en face.

— Et Vivian ?

— Elle ne se gêne pas non plus pour dire ce qu'elle a sur le cœur.

— J'ai rencontré une certaine Kendra en ville. Elle a dit qu'elle était l'ex de Travis. Elle voulait que je lui passe le message de l'appeler, ce que je n'ai pas pu faire car je ne l'ai pas vu. Est-elle du genre jaloux ?

— Kendra ? Je n'étais pas là à l'époque. Je ne la connais pas. Mais, je ne vois pas de quoi elle pourrait être jalouse. Et puis, comme vous vous êtes parlé, je pense qu'elle vous l'aurait dit en face, si elle avait quelque chose à vous reprocher.

— Qui, alors ?

— Je ne sais pas. Parlez-en à Travis. Mais, par pitié, ne montrez pas cette lettre à Hal.

Scarlett hocha la tête et remit le papier dans l'enveloppe.

— Je vais la ranger dans ma chambre. Et ensuite, je vais aller marcher un peu. L'air frais m'aidera peut-être à mettre de l'ordre dans mes pensées, et à y voir plus clair.

Dans sa chambre, Scarlett noua ses cheveux en queue-de-cheval et coiffa sa vieille casquette de base-ball des Atlanta Braves, qu'elle affectionnait particulièrement. Puis elle repassa par la cuisine pour y prendre une bouteille d'eau et dit au revoir à Delilah.

Après un petit déjeuner en solitaire, Travis se rendit à l'écurie et sella son cheval. Il se sentait un peu gêné d'éviter Hal mais, maintenant que Scarlett était là, il voulait leur laisser du temps ensemble.

Et, à dire vrai, il avait aussi besoin de prendre ses distances avec elle. Le constant mélange d'attirance et de suspicion qu'il ressentait en sa présence le mettait mal à l'aise.

Lorsqu'il arriva à l'embranchement, au sortir du chemin d'accès à la propriété, il prit sur la droite.

Un peu plus loin devant lui, quelqu'un marchait.

En se rapprochant, il comprit qu'il s'agissait de Scarlett. Elle devait être perdue dans ses pensées, car il eut tout le loisir d'arriver à sa hauteur, avant qu'elle ne remarque le bruit des sabots.

Tournant la tête, elle le dévisagea, avant de lui adresser un sourire réticent.

— Vous êtes bien loin de la maison, remarqua-t-il. Vous n'êtes pas perdue, au moins ?

— Pas du tout. J'avais besoin de marcher. Chez moi, je vais à la salle de sport au moins trois fois par semaine. Mais comme il n'y en a pas à Anniversary, il fallait que trouve un autre moyen d'évacuer mon stress.

— Si, il y en a une, elle est dans Main Street. J'y vais de temps en temps. Généralement le soir.

Il laissa passer un silence, ne trouvant pas d'autre sujet de conversation.

— Eh bien, je vais vous laisser à vos occupations…

— Non, attendez ! Je voudrais vous parler de quelque chose.

— De quoi s'agit-il ?

— Quelqu'un a déposé une lettre de menaces à mon intention. Elle était dans la boîte, avec le courrier.

— Quel genre de menace ?

— Rien de spécial. C'est assez vague. Je ne m'inquiète pas trop.

Son ton posé et ses paroles contrastaient avec la crainte qui se lisait dans ses yeux.

— Dites-moi ce qui est écrit.

— Rentre chez toi ! Sinon…

— C'est tout ?

— Oui. Je vous ai dit que ce n'était pas très inquiétant. Mais le fait que quelqu'un ait pris le temps de découper des lettres dans un journal, au lieu d'imprimer simplement le texte m'a un peu surprise.

— Je comprends. Vous n'en avez pas parlé à Hal, n'est-ce pas ?

— Non. Seulement à Delilah. Et j'ai caché la lettre dans ma chambre. Ce que je ne comprends pas, c'est ce qui peut motiver un tel acte.

— Bah… C'est sans doute une blague.

— C'est possible. Mais qui ferait ça ? Et pourquoi ? Très peu de gens sont au courant de ma présence à Anniversary.

— C'est là que vous vous trompez. C'est une petite ville, et les ragots se répandent vite. J'ai déjà reçu plusieurs textos d'amis à moi qui me posaient des questions à votre sujet.

— Vraiment ? Que voulaient-ils savoir ?

Comprenant tardivement son ambivalence à ce sujet, Travis décida de lui dire quand même la vérité.

— Ils vous ont vue déambuler en ville et se demandaient si vous étiez célibataire.

— Oh…

Elle rougit.

— C'est flatteur, je suppose.

— Vous l'êtes ?

— Pardon ?

— Célibataire.

— Pourquoi voulez-vous le savoir ?

Comme il n'avait pas de réponse à cela, il ne dit rien.

Il aurait pu lui proposer de lui arranger un rendez-vous avec l'un de ses amis, mais l'idée qu'un autre homme pose les mains sur elle lui faisait grincer les dents.

— Travis ? Pourquoi m'avez-vous embrassée ?

— Je n'en sais rien. Je suis désolé.

— Ne le soyez pas. Mais je ne crois pas que ce soit une bonne idée que ça aille plus loin entre nous. Faisons-en sorte que ça ne se reproduise pas.

Il hocha la tête mais ne voulut pas faire de promesse qu'il n'était pas certain de pouvoir tenir.

— C'est vraiment ce que vous voulez ? finit-il par demander.

Si elle lui disait franchement qu'il ne lui plaisait pas, ça l'aiderait peut-être à se débarrasser de cette absurde attirance.

La réponse de Scarlett le surprit.

— Je n'en suis pas certaine, répondit-elle. Vous embrassez plutôt bien.

Un élan de désir l'envahit, qu'il maîtrisa aussitôt.

Il avait envie d'elle, oui, mais il devait être prudent. Tant qu'il ne saurait pas quelles étaient ses véritables motivations, il avait tout intérêt à garder ses distances.

Même si quelque chose lui disait que ce serait plus facile à dire qu'à faire.

6

Une légère fraîcheur dans l'air semblait indiquer que l'été faisait ses adieux au Texas du sud, et que l'automne n'allait pas tarder à reprendre ses droits.

À Atlanta, les citrouilles décorées feraient bientôt leur apparition sur les perrons. Dans le sud de la Géorgie, les feuilles avaient sans doute commencé à se teinter de jaune et de rouge.

Pour le moment, Scarlett n'avait pas noté le moindre changement dans la végétation ici, mais Delilah lui avait assuré que ça viendrait.

Comme ils se trouvaient dans un endroit très isolé, aucun enfant déguisé ne viendrait réclamer des bonbons, et il n'était donc pas nécessaire d'installer des décorations d'Halloween.

Scarlett trouvait cela dommage. Elle adorait cette fête et avait amassé avec le temps une belle collection d'ornements macabres.

Lorsqu'elle entra dans la cuisine, un carton d'invitation posé sur la table attira son attention. On y voyait une lanterne en forme de citrouille sur fond noir, un croissant de lune dans l'angle droit, et les mots « vous êtes invités » tracés en paillettes argentées.

— Qu'est-ce que c'est ? demanda-t-elle, en soulevant le bristol.

— Une invitation au bal costumé annuel de la ville,

à l'occasion d'Halloween, répondit Delilah. Hal préside le comité d'organisation.

— Je n'ai rien pu faire cette année, marmonna l'intéressé. J'étais trop malade. Je me demande à quoi ça va ressembler. J'espère qu'ils n'ont pas profité de mon absence pour faire n'importe quoi.

— Je suis sûre que ce sera très bien, décréta Delilah. Et rien ne vous empêche d'y assister. Même si vous ne restez pas toute la soirée.

— Pas question ! Je n'ai pas envie que les gens me dévisagent et me pointent du doigt, en remarquant combien j'ai maigri.

— Mais pas du tout ! protesta Delilah. Et ça vous ferait du bien de sortir un peu.

— J'adorerais y aller avec toi, ajouta Scarlett.

— Désolé, dit Hal, d'un ton radouci. Tu n'as qu'à demander à Travis de t'accompagner.

— Je ne suis pas certaine qu'il en ait envie. Je ne sais pas ce que j'ai fait, mais il n'a pas l'air de m'aimer beaucoup.

— Et pourtant, il a proposé de vous apprendre à monter à cheval, intervint Delilah.

Elle croyait sûrement bien faire, mais Scarlett regretta de le lui avoir dit.

— Ah bon ? dit Hal. Tu vois qu'il t'apprécie. Il n'aurait pas proposé de te laisser approcher ses précieux chevaux si ce n'était pas le cas.

— Peut-être…

— Je m'inquiète pour lui, confia Hal. Même enfant, il était déjà d'une nature trop sérieuse. Il travaille dur, et ne prend jamais le temps de s'amuser. Déjà du temps de Kendra…

— Je l'ai rencontrée en ville.

— Ah bon, elle est revenue ? Ce n'est pas une bonne nouvelle.

— Que s'est-il passé entre eux ?

— Je n'aime pas colporter les ragots. Mais si je te le dis, ça t'aidera peut-être à comprendre pourquoi il agit comme il le fait.

Intriguée, Scarlett attendit.

— Ils se sont rencontrés au lycée et s'étaient promis de se marier. Kendra a voulu étudier à l'université d'Austin, et a demandé à Travis de l'accompagner. Mais lui, tout ce qu'il voulait, c'était diriger le ranch. Cependant, il était content pour elle. Il disait qu'il ne lui reprocherait jamais d'avoir voulu faire des études supérieures.

Scarlett l'interrompit.

— Je devine ce qui s'est passé. Elle a rencontré un autre garçon et a rompu leur engagement.

— Pas tout à fait. Ils sont restés liés durant les quatre années où elle a étudié à Austin. Elle revenait à la maison pendant les vacances, et il essayait d'aller là-bas au moins une fois par mois. C'était difficile pour tous les deux, mais ils y arrivaient.

— Je suis impressionnée. Ça demande de la persévérance.

— Sans doute.

— Et ensuite ?

— Elle est revenue diplômée et a commencé à envoyer des CV. Mais elle voulait travailler dans une grande ville, Houston ou Dallas. Quand elle a trouvé le poste de ses rêves, elle a gardé le secret pendant deux semaines.

Scarlett grimaça. Delilah, qui entendait visiblement cette histoire pour la première fois, fit de même.

— Elle voulait une relation à distance, comme lorsqu'elle était étudiante. Travis a dit non. Quand il lui a demandé de choisir, il devait avoir deviné que le choix était déjà fait.

— Ça s'est passé quand ? demanda Scarlett.

— Il y a deux ans. Travis était dévasté, et il s'est jeté dans le travail pour oublier.

— Je suppose qu'il a tourné la page.

— À ma connaissance, je dirais que oui. Quoi qu'il en soit, si je t'ai raconté cette histoire, c'est pour te faire comprendre pourquoi il est un peu mal à l'aise avec toi.

— Parce que je suis une femme ?

— Parce que tu ressembles beaucoup à Kendra. Tu as fait des études supérieures et tu préfères les grandes villes. Tu portes des vêtements de créateurs et des talons. Et tu es belle.

— Je suis diplômée en art, pas en commerce ou en affaires. C'est très différent.

— Peut-être, mais pas pour lui.

— Merci de me l'avoir dit, en tout cas. Ça explique beaucoup de choses.

— Ne dis rien à Travis.

— C'est promis.

Soudain, Hal lui prit la main.

— Tu l'aideras ?

Elle ne comprit pas.

— À quoi ?

— Il a besoin d'amitié.

— Je suis certaine qu'il a des quantités d'amis.

— Oui, il y a un petit groupe avec qui il joue au poker ou va voir des matchs de football. Ils sont tous mariés avec des enfants, à l'exception de deux d'entre eux.

Hal soupira, laissant transparaître sa frustration.

— Je ne sais pas vraiment ce que je te demande. Peut-être simplement d'être là s'il veut se confier. Il a beaucoup de responsabilités en ce moment. Il gère le ranch, se fait du souci pour moi, prend soin de sa mère, de sa sœur et de son neveu…

Émue, Scarlett hocha la tête.

— Je ferai de mon mieux. Mais honnêtement je ne pense pas qu'il veuille devenir ami avec moi.

Comme chaque jour, Travis vint déjeuner au ranch.

— J'ai besoin de vous dire un mot en privé, déclara-t-il, à l'issue du repas.

Intriguée, et le cœur battant plus vite que la normale, Scarlett se leva de table et suivit Travis à l'extérieur.

Tandis qu'ils se tenaient sur le perron, il commença à se dandiner d'un pied sur l'autre, et elle comprit qu'il était mal à l'aise.

— Qu'y a-t-il ? C'est à propos de Hal ?

— Non. Ça n'a rien à voir.

Il s'éclaircit la gorge.

— J'ai une faveur à vous demander.

La réticence dans sa voix révélait à quel point cela lui coûtait.

— D'accord.

— Comme vous le savez, mon ex est en ville – c'est une longue histoire – et j'ai besoin d'une cavalière pour le bal d'Halloween. Chaque année, la ville organise un grand bal costumé le 31 octobre. Et, comme je représente le ranch HG, j'y vais toujours.

Au début, elle eut des soupçons.

— C'est Hal qui vous a demandé ça ?

— Pas du tout. Il ne sait même pas que Kendra est en ville.

— Il le sait. Je l'ai mentionné en passant.

Travis haussa les épaules.

— Il ne l'a jamais aimée, de toute façon. Alors, pour le bal, c'est oui ?

— Vous êtes en train de me dire que vous ne pouvez pas trouver une autre cavalière parmi les autres femmes de la ville ?

— Je pourrais, mais j'ai besoin de quelqu'un de spectaculaire. Quelqu'un comme vous.

Pendant quelques secondes, elle se réjouit d'apprendre que Travis la trouvait spectaculaire.

Puis elle comprit. Et ça lui fit mal.

— Alors, vous êtes toujours amoureux de votre ex, et vous voulez la rendre jalouse ?

— Ce n'est pas ça du tout ! Elle a déjà commencé à me harceler. Figurez-vous qu'elle travaille pour Wave Oil, maintenant. Je veux qu'elle me laisse tranquille. Si elle pense que je suis amoureux d'une autre, elle le fera.

— Amoureux…

Elle sentit ses jambes se dérober.

— Vous avez perdu la tête ?

— Non. Je n'avais pas fini de vous expliquer la faveur que j'attends de vous. Non seulement, vous serez ma cavalière pour le bal, mais vous devrez prétendre être follement amoureuse de moi. Et vice versa.

— Et vice versa, répéta-t-elle, médusée. Qu'est-ce qui vous fait croire que je suis douée pour jouer la comédie ?

Au lieu de répondre, il lui tendit un morceau de papier.

— Voici mon numéro de téléphone. Vous n'êtes pas obligée de répondre tout de suite. Appelez-moi quand vous aurez pris votre décision.

Elle prit le papier, en se demandant s'il comprenait qu'avec une requête comme ça il lui était impossible de refuser.

— Je n'ai pas besoin d'y réfléchir. C'est d'accord. J'irai avec vous.

Puis elle lui tourna le dos et retourna dans la maison, en se disant qu'elle ne battait pas en retraite.

Non. Elle évitait tout simplement de céder à la tentation de l'embrasser à nouveau.

Les mâchoires serrées, Travis suivit Scarlett du regard. Il aurait bien aimé qu'on lui explique comment il avait réussi à passer pour un idiot.

Son intention était simplement de l'inviter au bal, en lui expliquant la raison, et d'en rester là.

Au lieu de quoi, il avait trouvé le moyen de lui dire qu'il la trouvait spectaculaire – et d'ailleurs, d'où avait-il sorti ce mot ?

Et pour couronner le tout, il lui avait demandé de prétendre être amoureuse de lui.

Quoi qu'il en soit, elle avait accepté de l'accompagner et lui avait ainsi retiré une belle épine du pied.

À l'issue d'un après-midi consacré au stockage de ballots de paille pour l'hiver, le téléphone de Travis sonna.

Il s'agissait d'Amber.

— Tu ne devineras jamais qui a débarqué à la maison, il y a quelques minutes.

— Ne me dis pas que c'est Kendra.

— Comment le sais-tu ?

— Elle m'a appelé, hier. Figure-toi qu'elle travaille pour Wave Oil, maintenant, et qu'elle veut me convaincre de signer avec eux.

— Sérieusement ? Tu sais que je suis favorable aux forages, mais pas si ça peut lui rapporter quelque chose.

— Elle est encore là ?

— Non. Je l'ai virée.

— Merci. On en reparle plus tard ?

— Absolument.

Pour la première fois, il se demanda s'il devait se méfier de Kendra.

Ce n'était pas une mauvaise personne. Elle avait simplement choisi un mode de vie différent, et leurs chemins s'étaient séparés.

Bien sûr, il y avait eu du chagrin des deux côtés. Et de l'amertume. Mais le temps l'avait aidé à guérir, et il avait toujours pensé que c'était la même chose pour elle.

Pourquoi le harcelait-elle de cette façon ?

Même si elle était ambitieuse et voulait absolument réussir sa mission, elle devrait savoir qu'un tel comportement ne pouvait que le braquer.

Fallait-il voir un lien entre l'arrivée de Kendra et l'étrange lettre de menaces envoyée à Scarlett ?

Cette pensée à peine formulée, il la rejeta.

Cela n'avait aucun sens.

Le soir, Travis rejoignit comme convenu son ami Mike dans un bar.

Lorsqu'il arriva, Mike était déjà installé sur un tabouret au comptoir, devant un grand verre de bière.

— Comment va Hal ? demanda-t-il. Beaucoup de gens s'inquiètent pour lui.

— Il n'y a pas d'amélioration. Ma mère veut l'envoyer à Dallas, chez un praticien réputé. Pas un seul médecin de la région n'a réussi à identifier ce qu'il a. Il y en a même un qui a suggéré que c'était psychosomatique.

— Ridicule !

— Je suis bien d'accord. Mais certains médecins ont tendance à se mettre sur la défensive quand on les questionne un peu trop.

Travis fit signe au barman de lui servir la même chose que son ami.

— En parlant de questions…

Mike lui donna un coup de coude.

— Pourquoi tu ne m'as pas dit que tu avais des vues sur cette fille, quand je t'ai demandé son numéro ?

Travis en déduisit que toute la ville était déjà au courant qu'il allait emmener Scarlett au bal costumé.

— Je ne savais pas si elle accepterait de m'accompagner, répondit-il.

Il essayait de coller le plus possible à la réalité, sans mentionner Kendra.

— Si elle avait refusé, je vous aurais peut-être présentés. Maintenant, tu peux toujours te brosser.

Mike éclata de rire.

— Je ne peux pas te le reprocher. Elle est vraiment belle, ça c'est sûr. J'ai aussi entendu qu'elle avait été menacée. Qu'est-ce que c'est que cette histoire ?

Aussitôt en alerte, Travis se demanda si Mike faisait allusion à la lettre anonyme, ou si autre chose s'était produit.

— Qu'est-ce que tu as entendu, exactement ? Visiblement, je ne suis pas aussi fan des ragots que toi.

Mike haussa les épaules.

— J'ai juste parlé avec Amber. Je l'emmène au bal.

— Ma sœur ?

Travis ne savait pas ce qu'il devait en penser. Mais Amber était adulte et se remettait à peine d'un divorce compliqué. Donc, elle devait savoir ce qu'elle faisait.

— Ouais. Amber adore les ragots, tu le sais. Mais j'ai entendu des trucs avant même qu'elle ne m'en parle. Rien de sérieux. Mais tu sais comment sont les gens ici. Vu qu'ils n'ont pas grand-chose d'autre à faire, ils adorent parler. Tout le monde est fasciné par Scarlett.

Les hommes ne peuvent pas en détacher les yeux, et les femmes sont jalouses.

Travis s'impatienta.

— Abrège ! Qu'est-ce que tu as entendu ?

— Eh bien, certaines personnes pensent qu'elle pourrait être une manipulatrice, prétendant être apparentée au vieux pour récupérer le ranch.

Entendre cela de la part de quelqu'un d'autre éveilla en Travis un étonnant instinct de protection.

Même s'il avait pensé la même chose au début, il découvrait avec surprise qu'il n'aimait pas que des étrangers à la famille le fassent.

Il but une gorgée de bière et feignit la nonchalance.

— Elle a l'air sincère. Mais, tu as parlé de menaces. Quelqu'un a dit quelque chose de précis contre elle ?

Mike mentionna la lettre, et quand Travis fit remarquer que c'était bien vague, il acquiesça.

Ils changèrent de sujet, parlant de tout et de rien comme ils en avaient l'habitude.

Une fois sa bière finie, Travis refusa une deuxième tournée et décida qu'il était temps pour lui de rentrer.

Son téléphone sonna tandis qu'il roulait vers le ranch.

Kendra.

Parfait. Il était temps de mettre un terme à tout ça.

— Pourquoi tu ne m'as pas dit que tu étais lié à quelqu'un d'autre ?

La colère donnait à la voix de Kendra un ton perçant qui vrilla les oreilles de Travis.

— Tout le monde en ville ne me parle que de cette Scarlett.

— Je ne t'en ai pas parlé, parce que ça ne te regarde pas. Et arrête de m'appeler. Je n'ai rien à te dire.

Il mit fin à la communication. Si Kendra le rappelait, il bloquerait son numéro.

En route vers sa maison, il décida de s'arrêter prendre des nouvelles de Hal.

La possibilité de voir Scarlett, était peut-être un facteur secondaire dans sa décision.

Lorsqu'il s'arrêta, il la vit assise dans l'un des grands fauteuils à bascule de la galerie.

Il resta un moment dans sa voiture à l'observer.

Elle l'avait vu s'arrêter et s'était redressée, attendant visiblement qu'il sorte.

Apparemment, il se déplaçait trop lentement pour elle. Elle se leva et dévala les marches du perron, se hâtant de le rejoindre.

Il eut un fantasme éclair, où il se vit ouvrir sa portière, bondir hors de sa voiture et l'attirer à lui pour un baiser à couper le souffle.

Cette folie lui confirma qu'il valait mieux limiter les moments où ils devraient se trouver en présence l'un de l'autre.

— Je vous attendais, dit Scarlett, tandis qu'il sortait posément de l'habitacle.

— Ah bon ? répondit-il, d'un ton nonchalant. Pourquoi ?

— Parce que je viens de recevoir un étrange appel.

Elle leva les yeux vers lui.

— De votre ex-fiancée Kendra. Et je ne sais pas comment elle a eu mon numéro.

Il jura entre ses dents.

— Je suis désolé. Elle vient de m'appeler aussi. Je vais lui dire d'arrêter de vous harceler.

— Oh ! ce n'est pas ça du tout. Elle veut prendre un verre avec moi.

Elle esquissa un sourire.

— Pour que nous soyons amies. Et aussi pour me donner des tuyaux sur vous.

Travis écarquilla les yeux, ne sachant que répondre.

— Ne vous inquiétez pas, j'ai décliné. Et j'ai bloqué son numéro pour qu'elle ne puisse plus me rappeler.

Ça le fit rire.

— Vous savez quoi ? Je crois que je vous aime bien.

Il avait parlé impulsivement mais le pensait.

Elle sourit, d'une façon incroyablement sexy, qui fit danser une flamme étrange dans ses yeux.

— Je vous aime bien aussi.

L'air se chargea soudain d'électricité.

Travis fit un pas vers elle, puis il comprit que, s'il l'embrassait maintenant, il ne pourrait plus s'arrêter.

7

La respiration altérée par l'attente, Scarlett savait que Travis allait l'embrasser. Même s'ils avaient admis que cela ne devait pas se reproduire, elle s'en moquait.

Elle le voulait, elle avait besoin de lui…

D'accord, elle en mourait d'envie.

Derrière elle, la porte d'entrée s'ouvrit brusquement, et Delilah sortit précipitamment.

— Venez vite ! cria-t-elle. Quelque chose ne va pas avec Hal.

Travis se rua vers la maison, suivi de près par Scarlett.

Affaissé dans son fauteuil roulant, Hal était saisi de convulsion.

— Vous avez appelé les secours ? demanda Travis.

— Oui. Ils envoient une ambulance, mais comme nous sommes tellement loin de tout, ça va prendre du temps.

Scarlett s'agenouilla à côté de Hal. Elle n'avait pas de formation médicale et ne savait pas quoi faire d'autre que de lui caresser doucement le bras, en lui murmurant des paroles rassurantes.

Après avoir vérifié ses constantes, les ambulanciers décidèrent de transporter Hal à l'hôpital pour des examens approfondis.

Hal, qui avait repris conscience, se mit en colère et

refusa. Comme Scarlett et Delilah protestaient, les ambulanciers les informèrent qu'ils ne pouvaient emmener un adulte contre sa volonté.

Travis, qui s'était tenu à l'écart et avait gardé le silence, s'approcha de Hal et s'accroupit à côté de lui.

— Il faut découvrir de quoi il s'agit, dit-il d'une voix douce. D'autant que tu n'avais jamais eu ce genre de malaise avant. Laisse-les t'emmener aux urgences. Cette fois, les médecins trouveront peut-être de quoi tu souffres.

— J'en ai assez d'être manipulé et piqué de toutes parts. Ces idiots ne savent rien. Ça ne sera pas différent cette fois-ci.

— Tu ne peux pas le savoir si tu n'essaies pas.

Travis posa sa large main sur la frêle épaule du vieil homme.

— Je vais t'accompagner et rester avec toi jusqu'à ce que tu puisses revenir à la maison.

— Moi aussi, dit Scarlett. Je pourrai prendre la relève si Travis est appelé en urgence au ranch.

Laissant échapper un soupir épuisé, Hal les observa tour à tour.

— Vous n'allez pas me laisser en paix tant que je n'aurai pas accepté, n'est-ce pas ?

Ils secouèrent tous les deux la tête.

— Très bien.

Il fit signe aux ambulanciers.

— Chargez-moi là-dedans, et allons-y.

Après avoir été pris en charge par l'interne de garde des urgences, Hal fut transféré dans une salle d'examen et placé sous monitorage.

Épuisé, les yeux fermés, il avait répondu aux questions par monosyllabes.

Assise à côté de son lit, luttant pour cacher son inquiétude, Scarlett lui tenait la main.

— Je vous avais bien dit que ce serait une perte de temps, marmonna-t-il. Ils vont dire qu'ils ne savent pas ce que j'ai et me renvoyer chez moi.

— Mais, tu as fait une attaque. Ils vont sûrement demander un scanner ou une IRM.

— Ça a déjà été fait. Sans résultat. Ils n'en feront pas d'autres. Mon assurance santé ne les prendra pas en charge.

Un médecin fit irruption dans la chambre, l'air pressé. La cinquantaine, les cheveux gris, des lunettes à fine monture métalliques sur le nez, il ne prit pas la peine de les saluer.

— Est-ce qu'il a pu se tromper dans ses médicaments ? demanda-t-il, d'un ton cassant. Peut-être dépasser les doses, ou prendre ceux de quelqu'un d'autre ?

Scarlett et Travis se regardèrent.

— C'est peu probable, répondit Travis. Nous avons une aide à domicile qui supervise tout cela. Pourquoi ?

— Nous avons fait plusieurs tests, dont une analyse d'urine. Certains doivent être traités à l'extérieur, et nous n'aurons pas les résultats avant quelques jours.

— Nous avons déjà entendu ça, dit Travis. Sa santé ne cesse de se dégrader, et pas un seul médecin n'est capable de nous dire pourquoi.

Le médecin baissa la tête vers ses notes.

— Est-ce qu'il a un passé de drogué ou d'alcoolique ?

— Absolument pas !

Voyant à quel point il était tendu, Scarlett posa une main sur le bras de Travis.

Il lui lança un coup d'œil, et elle eut l'impression qu'il s'apaisait un peu.

— Est-ce qu'il prend des traitements non validés par les services de santé ?

— Non.

— Nous avons eu un patient qui commandait des gélules de caféine sur Internet et qui a fait des attaques à répétition.

— Hal sait à peine se servir d'un ordinateur et ne commande jamais rien sur Internet.

— Bon… Nous allons le garder en observation pour la nuit.

— Non ! protesta Hal, qui n'avait pas dit un mot jusqu'à présent. Je me sens bien. Je veux rentrer chez moi.

— Je vous laisse discuter de cela avec lui, dit le médecin, sans dissimuler son agacement.

Puis il s'en alla comme il était venu, l'air toujours aussi affairé, et sans saluer personne.

— Trouvez-moi mes vêtements, dit Hal. Je veux rentrer à la maison.

— Tu devrais peut-être rester en observation, suggéra gentiment Scarlett. Ton attaque était assez violente.

Hal ricana.

— Travis, dis-lui combien de fois ils m'ont gardé en observation. Et pendant que tu y es, dis-lui aussi ce qu'ils ont trouvé.

— Je crois qu'elle le sait.

Travis soupira.

— Je vais t'aider à t'habiller, et nous allons rentrer.

Scarlett faillit protester, mais elle se tut en voyant Travis secouer la tête.

— Je vais attendre dans le couloir, dit-elle.

Dès que Hal fut prêt, Travis envoya Scarlett chercher un fauteuil roulant. Elle en trouva un près du bureau des infirmières, déserté.

Tandis qu'elle poussait le fauteuil vers la chambre de Hal, elle ressentit une poussée d'adrénaline.

Contrairement à ce qu'elle redoutait, personne ne l'arrêta. Il n'y avait d'ailleurs pas un chat dans les couloirs.

Travis souleva Hal comme s'il ne pesait rien et le déposa dans le fauteuil. Puis il sourit à Scarlett.

— Vous êtes prête ?

Elle regarda autour d'eux.

— On ne doit pas signer une décharge, ou quelque chose ?

— Non, dit Hal. Ils seront furieux, mais ils s'en remettront. Crois-moi, je le sais. Ce n'est pas mon premier rodéo, comme on dit par chez nous. J'ai déjà connu ça.

Scarlett haussa les épaules.

— Eh bien, allons-y.

Ils passèrent sans encombre devant le bureau des infirmières et gagnèrent la sortie.

Scarlett n'était pas rassurée et ne cessait de jeter des coups d'œil par-dessus son épaule, persuadée que la sécurité allait leur tomber dessus.

Arrivé à sa voiture, Travis souleva Hal dans ses bras, et l'installa sur la banquette arrière.

— Pendant que je m'assure qu'il est bien attaché, vous pouvez rapporter le fauteuil aux urgences ? demanda-t-il.

Vaguement mal à l'aise, Scarlett poussa le fauteuil jusqu'à l'accueil des urgences et l'abandonna discrètement dans la salle d'attente.

Soulagée, elle regagna précipitamment la voiture.

Lorsqu'ils arrivèrent à la maison principale, Vivian et Amber en sortirent, affolées, et commencèrent à poser des questions depuis le perron.

Travis demanda à sa sœur d'apporter le fauteuil roulant

de Hal. Ce dernier sortait rarement dans le jardin, mais une rampe avait été aménagée sur le côté. Amber l'emprunta pour pousser le fauteuil jusqu'à eux.

Travis installa à nouveau Hal et, si toutes ses manipulations semblaient ennuyer le vieil homme, il ne se plaignit pas.

Dans le salon, Will était assis sur le canapé et jouait sur une tablette. Il leva les yeux et sourit en voyant Travis et Hal, mais il continua à jouer.

— Alors ? demanda Vivian, avec impatience. Delilah nous a prévenues. Que disent les médecins ?

Au lieu de répondre, Hal se cala contre son dossier et ferma les yeux.

Travis soupira et fit un compte rendu à sa mère et à sa sœur.

— Je n'y crois pas ! protesta Vivian. Comment se fait-il que personne n'arrive à trouver ce qu'il a ?

— Je voudrais aller me coucher, dit Hal, d'une voix faible. Vous discuterez tant que vous voudrez une fois que je serai sorti. Travis, je vais avoir besoin de toi.

Lorsqu'elle entendit cela, les yeux de Delilah s'emplirent de larmes. Elle attendit que Hal soit hors de portée de voix pour parler.

— Je me suis toujours dit que, tant qu'il pourrait se sortir tout seul de son fauteuil et faire sa toilette, tout irait bien. À présent, on dirait bien qu'il est sur la mauvaise pente.

— Ne dites pas ça ! protesta Vivian. Il peut toujours guérir. Nous devons tous rester positifs si nous voulons gagner cette bataille.

Delilah hocha la tête mais, quand elle se tourna, Scarlett vit les larmes rouler sur ses joues.

Très émue, elle aussi, Scarlett se rappela les questions

du médecin et décida de fouiller dans les placards, à la rechercher de substances dangereuses.

Hal conservait tous ses médicaments dans une boîte en plastique hermétique rangée dans le cellier, et elle commença par là.

La plupart des médicaments correspondaient à des ordonnances. Les quelques compléments vitaminiques en vente libre provenaient de laboratoires bénéficiant d'une excellente réputation.

— Qu'est-ce que tu fais ? demanda Amber, en la rejoignant.

Scarlett lui expliqua et continua sa recherche.

— Rien ici, marmonna-t-elle.

Amber, qui avait commencé à inspecter un autre placard, secoua la tête.

— Moi non plus. De toute façon, je ne pense pas que Hal soit du genre à prendre des compléments alimentaires.

— Oh ! non ! dit Vivian. Cela fait des années que j'essaie de le convaincre de prendre mes remèdes aux herbes.

— Maman est à fond là-dedans, expliqua Amber. Médecines holistiques, traitements alternatifs…

— Combien de fois dois-je te répéter de ne pas m'appeler maman, protesta Vivian.

Soudain, Scarlett ne put s'empêcher de considérer l'ex-femme de Hal avec suspicion.

— Lui avez-vous donné quelque chose qui pourrait avoir causé son attaque ?

Vivian se redressa de toute sa taille, tel un coq sur ses ergots.

— Certainement pas ! La seule chose que je lui donne, ce sont des smoothies verts, que je bois également.

— Qu'y a-t-il dedans ?

— Chou, épinards, banane, yaourt à la grecque, vitamines et protéines en poudre. Il en boit depuis longtemps. Moi aussi. Même Amber les a essayés.

— C'est vrai, dit Amber, en grimaçant. Je n'en suis pas fan, mais on dirait que ça me donne un coup de tonus quand j'en ai besoin.

Vivian se dirigea vers le réfrigérateur et ouvrit la porte.

— Il en reste, si vous voulez essayer.

Scarlett hésita.

— À vrai dire, ça ne m'inspire pas tellement.

— Tu devrais quand même essayer, insista Amber. Juste pour te rendre compte.

— Alors, juste une gorgée.

Vivian sortit un verre à jus de fruit d'un placard, et versa quelques centimètres de ce qui ressemblait à de la boue verte.

— Et voilà !

Vivian lui tendit le verre avec un grand sourire.

— Vous allez être surprise. C'est très sain, et délicieux.

— Je n'irais pas jusqu'à dire délicieux, corrigea Amber. Mais c'est buvable.

Scarlett décida de boire la mixture d'un trait, pour en minimiser le goût.

Contre toute attente, elle y parvint, réussissant même à contrôler son haut-le-cœur, tandis que le goût s'attardait sur sa langue.

— Ce n'est pas mauvais, prétendit-elle, ce qui était un mensonge éhonté.

— Vous voyez !

Vivian se rengorgea.

— Je vous l'avais dit. Je peux en préparer plus si vous voulez faire une cure.

— Non, merci.

Amber éclata de rire. S'essuyant les yeux du revers

de la main, Delilah l'imita. Après avoir pincé les lèvres, Vivian se joignit à elles.

Lorsque Travis entra dans la pièce, les quatre femmes étaient hilares. Ne sachant pas quoi en penser, il se contenta de les observer depuis l'embrasure de la porte de la cuisine, en se demandant si elles avaient toutes perdu la tête.

Finalement, il remarqua le verre que tenait Scarlett.

— Tu lui as vraiment fait boire ta mixture ?

Vivian retrouva son sérieux.

— Nous ne l'avons pas forcée.

Il haussa les épaules.

— Qu'en pensez-vous ? demanda-t-il à Scarlett. C'est votre nouvelle boisson préférée ?

— Je suis certaine que c'est très sain. Mais, désolée, ce n'est pas du tout mon truc. Comment va Hal ?

Le silence tomba sur la pièce, leur joie soudain éteinte.

— Il est épuisé. Il pouvait à peine garder les yeux ouverts.

— Ce n'est pas possible, dit Delilah. Il doit bien y avoir un moyen de trouver ce qu'il a.

— Je suis d'accord, répondit Travis. L'hôpital a fait beaucoup d'analyses. Je vais appeler demain pour savoir s'ils ont les résultats.

— Bien, dit Vivian.

Consultant sa montre, elle s'affola.

— Ouh là ! Je dois filer. Tu viens, Amber ?

Sa fille hocha la tête.

— Je suppose. Laisse-moi le temps d'arracher Will à sa tablette.

Elle quitta la cuisine, et ils ne tardèrent pas à entendre Will protester.

— Je vais y aller aussi, dit Delilah. Si Hal a faim, il y a du poulet froid dans le réfrigérateur. Servez-vous aussi.

Une fois que tout le monde fut parti, Travis songea qu'il ferait bien de rentrer chez lui également. Mais Scarlett semblait tellement perdue et vulnérable qu'il ne voulait pas l'abandonner comme ça.

Même s'il ne voulait pas la toucher, il ne put résister à l'envie de l'attirer dans ses bras pour une simple accolade de réconfort.

Il était évident qu'elle en avait besoin et, pour être tout à fait honnête, lui aussi.

Ils restèrent immobiles un moment, et Travis ressentit une impression de plénitude, à la tenir ainsi contre lui.

Elle avait la joue plaquée contre son torse, et il se demanda si elle pouvait entendre le battement de son cœur. Elle sentait la vanille. La douceur de ses courbes pressées contre son corps lui donnait envie de les caresser.

Comment faisait-elle pour l'affecter aussi fortement, sans même essayer ? Il la désirait plus qu'il n'avait jamais désiré aucune autre femme.

Mais à cet instant il n'était pas question de lui et de ce qu'il ressentait, mais tout simplement d'empathie envers son prochain.

Quand il la libéra, il se tourna aussitôt vers le réfrigérateur et s'occupa à sortir le poulet froid et la salade de pomme de terre que Delilah leur avait préparée.

— Ça a l'air bon, dit Scarlett, mais je ne suis pas sûre d'avoir faim.

— Juste un petit morceau. De quoi tenir jusqu'au petit déjeuner.

— Peut-être…

Elle ouvrit un placard et en sortit deux assiettes.

— Ce serait dommage de laisser se perdre toute cette nourriture.

— C'est vrai, dit Travis, tout en s'occupant des couverts et des serviettes en papier.

Ils s'assirent, et Travis s'étonna de se sentir aussi à l'aise avec elle. S'il n'y avait pas eu cette attirance toujours sous-jacente, ils auraient pu devenir amis.

Quand le repas fut terminé, Scarlett remit au frais ce qui restait et mit leurs assiettes et leurs couverts dans le lave-vaisselle. Puis elle se tourna vers lui, presque timidement, et lui demanda s'il voulait rester regarder un film.

Il accepta, étonnamment soulagé de ne pas avoir à la quitter tout de suite.

Elle s'installa sur le canapé, lui laissant l'ancien fauteuil inclinable de Hal. Ça ne le dérangeait pas. Il s'y asseyait souvent depuis que Hal était confiné dans son fauteuil roulant.

Bien que le film choisi par Scarlett soit une comédie romantique – c'est-à-dire pour lui un film de filles – Travis l'apprécia.

Tandis que le générique de fin se déroulait sur l'écran, il se tourna vers Scarlett.

— C'était très bon. Je ne regarde jamais ce genre de films, mais je suis content d'avoir vu celui-ci.

Elle sourit.

— Vous avez peut-être besoin d'élargir vos horizons.

Il ressentit l'impact de ce sourire jusqu'au plus profond de lui.

Le bulletin d'information du soir suivit, et personne ne bougea.

De temps à autre, Travis glissait des regards à Scarlett, blottie sous un plaid, en regrettant de ne pouvoir la rejoindre.

Il savait qu'il devrait bien finir par se lever et rentrer

chez lui, mais il aurait pu rester là toute la nuit avec Scarlett.

— Ma mère regardait toujours le journal du soir, commenta-t-elle, pensive. Elle me manque.

— Comment était-elle ? D'après Hal, vous lui ressemblez beaucoup.

— C'est vrai. Mais, je n'ai pas son énergie. Elle était infatigable. Une vraie dynamo.

Évoquant ses souvenirs, Scarlett esquissa un sourire.

— Elle faisait partie de ces personnes qui vous rendent heureux rien qu'en respirant le même air qu'elles. Elle parlait et riait fort, ce qui me gênait beaucoup quand j'étais adolescente. Mais elle avait tellement bon cœur que personne ne s'en souciait. Tous ceux qui la rencontraient l'adoraient.

Son regard mouillé de larmes émut Travis, mais il s'obligea à ne pas bouger, même s'il avait envie de la toucher de toutes les fibres de son être.

— Elle m'a tellement appris… À voir la beauté dans chaque être et chaque chose. À sourire aux gens qui ne vous aiment pas…

Elle baissa les yeux, tandis que sa voix se brisait.

— Elle me manque tellement.

— Je me demande pourquoi elle ne vous a jamais parlé de votre père.

Même s'il n'était toujours pas sûr à cent pour cent qu'elle soit la fille de Hal, Scarlett en était persuadée et, pour le moment, c'était tout ce qui comptait.

— Je ne sais pas.

Elle haussa les épaules.

— J'ai trouvé ses carnets. Elle appelait ça son journal intime. Elle avait pris l'habitude d'y écrire tous les soirs, jusqu'à ce qu'elle soit trop malade pour tenir un stylo.

Elle m'avait interdit de les lire, et j'ai tenu ma promesse jusqu'à son décès.

— Le cancer, murmura Travis.

Il aurait donné n'importe quoi pour pouvoir effacer le chagrin qui voilait ses yeux de jade.

Elle hocha la tête.

— Elle a mené un rude combat, mais à la fin la maladie a fini par gagner. Je l'ai aidé autant que je pouvais…

Un sanglot l'empêcha de continuer. Et cette fois, Travis ne se retint pas d'aller la consoler. Se laissant tomber à côté d'elle sur le canapé, il l'attira dans ses bras.

— Je suis désolé, dit-il, en lui caressant gentiment le dos. J'imagine combien ce doit être douloureux.

— Et maintenant, je risque de perdre Hal, avant même d'avoir pu le connaître.

Elle se blottit plus étroitement contre lui, et le désir enflamma ses sens.

— Travis ?

Elle leva la tête vers lui, les lèvres entrouvertes.

— Vous me rendriez un service ?

À cet instant, il lui aurait promis la lune.

— Bien sûr. De quoi s'agit-il ?

— Pouvez-vous m'embrasser ? demanda-t-elle, dans un souffle.

Et, juste comme ça, elle parvint à détruire l'armure dont il s'était entouré.

Avec un grognement, il abattit sa bouche sur la sienne, et l'embrassa passionnément.

Nouant les bras autour de son cou, elle l'embrassa avec la même ferveur.

Cette fois, il s'autorisa à toucher du bout des doigts sa peau douce, la courbe de sa taille et de ses hanches, le globe de ses seins…

Et elle le caressa aussi, passant les paumes sur son

torse, frôlant du bout des doigts la ceinture de son jean, hésitant devant le renflement de son désir…

— Scarlett, dit-il, avec une note d'avertissement dans la voix.

Ses mains s'immobilisèrent, mais elle ne s'écarta pas de lui.

— Nous devons arrêter, s'obligea-t-il à dire, alors qu'il ne rêvait que de lui arracher ses vêtements et de la renverser sous lui.

— Le devons-nous vraiment ?

Rejetant légèrement la tête en arrière, elle le regarda, les lèvres gonflées par ses baisers, et les yeux assombris de désir.

— Êtes-vous en train de dire…

Les mots parvenaient à peine à franchir la barrière de ses dents serrées. Le contrôle qu'il exerçait sur son désir épuisait chaque parcelle de son énergie.

— Oui.

Elle lui prit le visage à deux mains et lui donna un baiser incroyablement sensuel.

— Fais-moi l'amour, Travis. Ici. Tout de suite.

— Allons plutôt dans ta chambre.

Il l'entraîna dans le couloir, la poussa dans la pièce et claqua la porte derrière lui d'un coup de pied.

Puis ils se dévêtirent mutuellement, sous l'emprise d'une frénésie aveugle, se jetèrent enlacés sur le lit, et cédèrent au désir qui grondait en eux, tel un torrent en furie.

8

Scarlett se réveilla, emmêlée entre les draps, et se rendit compte qu'elle était seule dans le lit.

Le réveil sur la table de chevet indiquait 00 h 03.

Travis s'était-il vraiment esquivé pendant qu'elle dormait ?

Sans même un baiser d'adieu ?

Mais la porte de sa chambre s'ouvrit tout doucement, et Travis apparut. Il avait dû se rendre dans la salle de bains, de l'autre côté du couloir.

Ne voyant pas qu'elle était éveillée, il commença à s'habiller, en se servant de la lampe de son téléphone pour trouver ses vêtements.

Quand il eut terminé, il traversa la pièce et resta au pied du lit, à la regarder.

Se refusant à faire semblant de dormir, elle se redressa et lui sourit.

— Salut, murmura-t-elle.

— Je dois y aller.

Il s'avança et se pencha pour déposer un baiser sur son front.

Elle hocha la tête.

— Tu as raison. Je ne veux pas que Hal apprenne ce qui s'est passé entre nous.

— Exactement.

Il se tourna et quitta la pièce, en fermant silencieusement la porte derrière lui.

Scarlett resta immobile, écoutant le bruit de son pick-up qui démarrait.

Quand il se fut éloigné, elle roula sur le côté et essaya de se rendormir.

Le lendemain matin, Scarlett se réveilla avec une étrange impression de mal-être et d'angoisse.

Que lui avait-il pris de céder à son attirance pour Travis ?

Et lui, que devait-il penser d'elle ? Pour ainsi dire, elle s'était jetée sur lui.

D'ordinaire, elle avait confiance en elle. Jamais elle ne remettait en question une décision qu'elle avait prise, ni ne doutait de son jugement.

Et elle n'allait pas commencer maintenant.

Travis et elle étaient adultes et consentants. En plus, cette expérience avait été incroyable.

Qui aurait cru qu'elle connaîtrait avec lui un tel éblouissement des sens ? Un vertige d'une intensité encore jamais éprouvée avec aucun autre homme.

Il n'y avait qu'un seul petit problème. Au lieu de satisfaire sa curiosité et son désir, faire l'amour avec lui n'avait fait que renforcer l'envie qu'elle avait de lui.

Ne tenant pas en place, elle se doucha et s'habilla, puis elle se dirigea vers la cuisine.

Hal dormait toujours, ce qui l'inquiétait un peu. Son attaque avait dû l'éprouver bien plus qu'elle ne l'avait compris.

Après avoir hésité, elle décida finalement d'aller voir comment il allait.

Veillant à ne pas faire de bruit, elle ouvrit la porte de la chambre de Hal et se faufila à l'intérieur.

Apparemment, il dormait profondément. Son torse se soulevait et s'abaissait au rythme de sa respiration.

Comme elle ne voulait pas le réveiller, elle retourna à la cuisine. S'il n'était pas levé à l'arrivée de Delilah, elle demanderait à cette dernière de s'occuper de lui.

Ragaillardie par deux tasses de café fort et une assiette d'œufs brouillés, Scarlett sortit sur la terrasse située à l'arrière de la maison et inspira profondément.

L'air, encore doux pour la saison, contenait une touche de fraîcheur suggérant l'arrivée de l'automne. Le dernier bulletin météo avait annoncé l'arrivée d'un front froid mais, pour le moment, le temps était idéal pour une activité à l'extérieur.

Mais quoi ?

Travis n'avait toujours pas trouvé le temps de lui apprendre à monter, et elle ne pouvait pas débarquer à l'écurie, seller un cheval, et partir toute seule en excursion.

Elle opta finalement pour une balade à pied et retourna à l'intérieur pour enfiler une paire de sneakers. Si les bottes étaient plus confortables que ce à quoi elle s'attendait, elle avait besoin de chaussures de sport pour parcourir confortablement de longues distances.

Arrivée au bout du chemin d'accès à la maison, Scarlett ne put s'empêcher, en voyant la boîte aux lettres, de repenser à la lettre de menaces.

À un moment, elle s'était demandé si l'ex-fiancée de Travis ne l'avait pas écrite par jalousie. Mais, comme personne d'autre ne semblait s'en inquiéter, elle avait décidé de faire de même.

Ce qui ne l'empêchait pas de rester attentive à son environnement, chaque fois qu'elle se promenait seule.

Cette fois, au lieu de prendre à droite, elle partit dans la direction opposée. Flanquée de part et d'autre de pâtures à perte de vue, la route s'incurva bientôt autour d'un petit bois. Lorsqu'elle arriva de l'autre côté, Scarlett découvrit un lac, dont l'eau bleue scintillait au soleil comme si elle était piquetée de diamants. Émerveillée par cette découverte, elle prit le temps de l'admirer. De l'autre côté du lac, elle aperçut soudain un nuage de fumée.

Un incendie ?

Plissant les paupières, elle comprit qu'il s'agissait d'un véhicule roulant à vive allure. Était-il arrivé quelque chose à Hal ? Inquiète, elle vérifia son téléphone et se détendit en voyant qu'il n'y avait aucun message de Delilah ou Travis. Et d'ailleurs, maintenant que la voiture approchait, elle pouvait voir qu'elle n'avait pas de gyrophare. C'était un pick-up blanc, comme on en voyait partout dans la région.

Mettant une main en visière au-dessus de ses yeux, Scarlett se demanda s'il s'agissait d'un des véhicules du ranch. En tout cas, le conducteur roulait vraiment trop vite sur le chemin de terre cahoteux. La voiture rebondissait et zigzaguait. Des adolescents en virée ? Ou un des ranchers voisins devant faire face à une urgence ?

Quoi qu'il en soit, Scarlett se rangea sur le côté de la route, longeant la clôture pour plus de sécurité. Pour le moment, le conducteur semblait contrôler son véhicule, mais elle ne voulait prendre aucun risque.

Étant donné qu'elle portait un chemisier rouge, elle se dit qu'elle devait être bien visible.

Comme la voiture approchait, elle agita quand même le bras pour attirer l'attention. À cause des vitres teintées, elle ne vit pas si le conducteur lui faisait signe aussi.

Une centaine de mètres les séparaient maintenant.

Mais au lieu de continuer sur sa lancée la voiture heurta un énorme nid-de-poule et fit une embardée, quittant la route pour se diriger droit vers elle.

Scarlett n'eut pas le temps de réfléchir. Elle sauta par-dessus la clôture. Les barbelés déchirèrent ses vêtements et sa peau, mais elle réussit à passer de l'autre côté et à éviter la voiture, juste avant qu'elle ne vienne heurter la clôture.

Finalement, le conducteur parvint à reprendre le contrôle et à ramener le pick-up sur la route.

En sang, Scarlett se releva et attendit qu'il s'arrête. Mais la voiture continua à rouler sur quelques mètres, et fit demi-tour dans l'entrée d'un chemin, repartant dans la direction d'où elle était venue.

Sous le choc, Scarlett regarda ses bras entaillés et son chemisier déchiré. Était-ce accidentel ou délibéré ? Le fait que le conducteur ne se soit pas arrêté ne plaidait pas en sa faveur. Mais pourquoi ? Personne ne savait qu'elle était partie se promener. Où allait la voiture, avant qu'elle ne manque de se faire tuer ? Et pourquoi avait-elle rebroussé chemin ?

Titubant légèrement, elle fit l'inventaire de ses blessures. Rien de sérieux, même si quelques entailles étaient profondes et lui faisaient un mal de chien.

Elle chercha son téléphone dans la poche arrière de son jean, mais il n'y était pas. Il avait dû tomber quand elle avait sauté par-dessus la clôture.

Lentement, elle revint sur ses pas. Ce faisant, elle se rendit compte que son jean aussi était déchiré, et qu'elle était blessée à la jambe. Une partie des barbelés était à terre, ce qui voulait dire que le pick-up aurait des rayures, le rendant facile à identifier.

Elle finit par trouver son téléphone dans de hautes

herbes. Heureusement, il fonctionnait toujours. Elle déroula la liste de ses contacts, trouva le numéro de Travis et l'appela.

— C'est Scarlett, dit-elle, essoufflée. J'ai besoin d'aide.

— Que se passe-t-il ? C'est Hal ?

— Aux dernières nouvelles, il allait bien.

Elle prit une profonde inspiration, détestant la légère hystérie dans sa voix, et lui expliqua rapidement ce qui lui était arrivé.

— Où es-tu ?

— Je ne sais pas. Près d'un lac.

— Un lac ? Le plus proche se trouve à une demi-heure de route. Tu as pris ta voiture ?

— Non, je suis à pied. Et je pense que je me trouve toujours sur les terres du ranch. C'est peut-être une mare, je ne sais pas. J'ai tourné à gauche au bout du chemin privé, j'ai marché jusqu'à un bois, et de l'autre côté il y avait de l'eau.

— C'est un des réservoirs pour le bétail. Reste où tu es. J'arrive.

Scarlett glissa son téléphone dans la poche de son jean et lutta pour ne pas pleurer.

Elle ne voulait pas avoir l'air d'une loque quand Travis arriverait. Elle devait être forte.

Travis dit à un de ses employés qu'il devait partir, et lui confia la responsabilité du ranch pour le reste de la journée. Puis il sauta dans sa voiture et roula aussi vite qu'il le pouvait. L'endroit où Scarlett l'attendait se trouvait à l'opposé de là où il travaillait, et ça allait prendre un petit moment pour arriver jusqu'à elle. Même s'il avait pu gagner du temps en coupant à travers champs, il lui aurait fallu s'arrêter pour ouvrir et refermer les barrières, et au final le bénéfice aurait été moindre. Il décida donc de rester sur la route.

Travis vit Scarlett bien avant d'être à sa hauteur.

Au début, il crut que le rouge de son chemisier était du sang et il eut l'impression que son cœur s'arrêtait de battre.

S'arrêtant dans un crissement de pneus sur le bas-côté, il sauta de la cabine du pick-up et courut vers elle.

À son grand soulagement, il découvrit qu'elle n'était que superficiellement blessée et, pour ne pas lui faire mal, se retint de la prendre dans ses bras, malgré l'envie qu'il avait de le faire.

— Est-ce que ça va ? demanda-t-il.

Elle hocha la tête, en faisant un effort pour refouler ses larmes. Gentiment, il la guida vers sa voiture et l'aida à prendre place sur le siège passager. Puis il appela le ranch pour demander qu'on envoie deux hommes réparer la clôture et s'installa au volant. Tournant la clé de contact, il marqua une hésitation.

— Je me demandais si je ne devrais pas te conduire à l'hôpital. Ta blessure à la jambe a besoin d'être recousue. Et tes vaccins ? Est-ce qu'ils sont à jour ? À quand remonte ton dernier rappel de tétanos ?

— Je ne sais pas. Mais je n'ai pas besoin d'aller à l'hôpital. Vous n'avez pas un dispensaire dans le coin ?

— Si. Il y en a un en ville.

— Très bien. Et ensuite, je voudrais porter plainte.

— Je peux appeler et demander à un policier de nous retrouver au dispensaire. Tu as vu l'immatriculation de la voiture ?

— Non.

Elle secoua la tête.

— J'étais trop occupée à essayer de rester en vie. Tout ce que je sais, c'est que c'était un pick-up blanc.

— Chevrolet ? Ford ? Dodge ?

— Je n'en sais rien. Je suis désolée.

Reprenant son souffle, elle observa sa jambe.

— Ça ne saigne plus. Je ne pense pas que ce soit assez profond pour nécessiter des points.

Il lui tapota le bras.

— Nous laisserons le médecin décider. D'accord ?

— Oui, dit-elle, d'un ton boudeur.

Après quelques secondes de silence, elle reprit :

— Je ne comprends pas pourquoi quelqu'un a voulu me tuer.

— Tu es sûre que ce n'était pas un accident ?

— Évidemment. Sinon, le conducteur se serait arrêté.

— Pas forcément. Il avait peut-être bu. Ou c'était un adolescent sans permis de conduire.

— Admettons…

Scarlett ne semblait pas convaincue.

— Ou c'était peut-être la personne qui m'a envoyé la lettre de menaces.

Intéressant qu'elle relie les deux. Il avait complètement oublié cette lettre, essentiellement parce qu'elle semblait tellement inoffensive.

Après avoir désinfecté ses entailles aux bras et aux mains, le médecin, une frêle jeune femme qui ressemblait à une adolescente de seize ans, s'intéressa à la jambe de Scarlett.

— Vous allez devoir enlever votre jean. Avez-vous quelque chose d'ample à porter chez vous, comme une jupe ? J'ai l'impression qu'il va falloir vous faire un bandage.

Scarlett secoua la tête.

— Je vais en acheter une, proposa Travis.

— Je vais aussi avoir besoin d'un chemisier. Il y a une jolie petite boutique à côté de la librairie. Ça s'appelle « chez Annie ». Si tu pouvais me trouver une jupe longue. Et comme taille, prends du S pour tout.

Comme elle avait l'air de vouloir qu'il s'en aille avant qu'elle ôte son jean, Travis hocha la tête et fila.

Il savait exactement à quelle boutique elle faisait référence. C'était là qu'il achetait les cadeaux pour sa sœur.

En chemin, il appela le bureau du shérif et expliqua à l'officier de service ce qui s'était passé.

— Elle est sûre que c'était délibéré ?

— Oui. Et comme elle a reçu une lettre anonyme lui ordonnant de partir ou elle allait le regretter, elle pense que les deux sont liés.

— Ce n'est pas impossible.

— Pourriez-vous passer au dispensaire ? On est en train de lui faire un pansement.

— Elle a été blessée ?

Le ton de l'officier changea.

— Pourquoi ne me l'avez-vous pas dit plus tôt ? C'est grave ?

— Quelques égratignures et entailles. Rien de préoccupant.

— Bien. Je vais y aller et prendre sa déposition.

— Merci.

Travis se gara devant la boutique de vêtement et entra.

À son grand soulagement, il ne connaissait pas la vendeuse, une sexagénaire à l'allure effacée.

— Une jupe longue ? J'en ai justement à prix cassés.

Elles sont très prisées en été, mais beaucoup moins en automne. Une couleur en particulier ?

Il eut une grimace perplexe, puis se rappela ce que disait toujours sa sœur : « le noir va avec tout. »

— Une noire, en taille S.

— J'en ai justement une.

La vendeuse alla chercher la jupe et la lui montra.

— Voulez-vous également un haut pour votre femme ?

Il ne la reprit pas, car il ne voyait pas l'intérêt d'expliquer la situation.

— Oui.

Il jeta un regard paniqué autour de lui.

— Mais je ne sais pas quoi choisir. Pouvez-vous m'aider ?

Il se retrouva finalement avec la jupe, un T-shirt à manches longues avec un profond décolleté en V, et un long gilet qui, selon la vendeuse, « compléterait à merveille la tenue ».

De retour au dispensaire, Travis découvrit Scarlett dans le box d'examen, en train de parler au policier.

Vêtue d'une blouse d'hôpital, elle arborait un large bandage blanc à la jambe.

— Tu avais raison, annonça Scarlett, il fallait des points de suture.

— Eh bien, je suis content que nous soyons venus ici. On dirait qu'ils t'ont bien rafistolée.

Elle sourit.

— C'est vrai. Et je viens de faire ma déposition à ce charmant officier.

— J'en ai terminé avec vous, dit l'homme.

Son ton professionnel et mesuré indiquait qu'il prenait Scarlett au sérieux.

— Merci.

Scarlett adressa un lumineux sourire au policier, qui rougit et marmonna ses adieux avant de sortir précipitamment.

Amusé, Travis brandit les sacs de courses.

— Et voilà pour madame. Une tenue complète. La vendeuse était ravie de la composer pour toi.

— C'est parfait.

Lorsqu'elle lui sourit, il comprit ce que le policier avait dû ressentir. Comme il ne voulait pas rester planté là comme un idiot, il désigna la porte d'un signe de tête.

— Je t'attends dans le couloir.

Cinq minutes plus tard, Scarlett sortit du box d'examen.

— J'adore cette tenue. Je la reporterai plus tard avec plaisir.

Travis observa la longue jupe qui dansait autour de ses chevilles, et le T-shirt rouge qui moulait ses formes et offrait une vue plongeante sur son généreux décolleté.

— Eh bien, je n'en reviens pas que ça t'aille aussi bien.

— Moi non plus. On dirait du sur-mesure. Et le gilet qui complète l'ensemble est parfait. Je te rembourserai quand nous serons à la maison, puisque je n'ai pas mon sac avec moi.

— Ce n'est pas la peine.

— Mais…

Il secoua la tête.

— Considère cela comme un cadeau. Tu le mérites bien, après tout ce que tu as vécu aujourd'hui.

— Eh bien… Je te remercie. Je devrais frôler la mort plus souvent.

Elle redevint sérieuse.

— Il va falloir que je revienne avec ma carte d'assurance maladie et mon chéquier. Heureusement, ils connaissent Hal et me font confiance. C'est l'avantage des petites villes.

De retour chez Hal, Travis découvrit qu'il avait des textos de Vivian et Amber et des appels manqués. Il avait mis son téléphone sur silencieux au dispensaire et avait oublié de faire le changement.

— Eh bien, dit-il en secouant la tête. Elles sont déjà au courant de ta mésaventure et tentent de me soutirer des informations.

— Tu es sérieux ?

Scarlett vérifia son téléphone.

— Rien. Je me demande pourquoi elles s'adressent à toi plutôt qu'à moi.

— Probablement parce qu'elles savent que je suis avec toi, puisque j'ai appelé le bureau du shérif.

Il grimaça.

— J'espère qu'elles n'ont rien dit à Hal. Il a déjà assez de soucis comme ça.

— Je suis d'accord. Oh ! regarde, ta mère est là. C'est sa voiture. Et Delilah n'est pas encore partie. Je me demande si ta sœur est venue aussi.

Alors que normalement Scarlett était la première à sortir de la voiture, elle attendit cette fois que Travis fasse le tour pour lui ouvrir la portière et l'aider à descendre de la cabine surélevée.

La voyant quasiment prostrée, elle toujours si vive et si enthousiaste, il s'inquiéta.

— Quelque chose ne va pas ? Tu as mal quelque part ?

— Non, je n'ai pas mal, répondit-elle. Ils m'ont donné quelque chose pour ça.

Après une hésitation, elle ajouta :

— Je redoute les questions. Je crois que je vais dire que je ne me sens pas bien et aller dans ma chambre…

Avant même qu'il ait dit quelque chose, elle ajouta, sur la défensive :

— C'est peut-être de la lâcheté, mais c'est comme ça.

— Je ne te le reproche pas.

Il lui pressa la main.

— Je vais m'occuper du problème. Va dans ta chambre et repose-toi.

— Je veux d'abord prendre des nouvelles de Hal. Je m'inquiète pour lui depuis son attaque.

— C'est notre cas à tous.

Lorsqu'ils arrivèrent à la porte d'entrée, Travis vit que Scarlett se crispait.

— Tu es sûre que ça va ?

— Je m'arme de courage.

Sa tentative de sourire se termina en grimace.

— Je t'assure que je ne suis pas aussi trouillarde d'habitude.

La porte s'ouvrit brusquement.

— Eh bien, il était temps, s'exclama Vivian avec irritation. Nous étions tous inquiets. Surtout en voyant que Travis ne répondait pas à nos textos.

— Je…

Scarlett ne put pas placer un mot de plus.

— Vous êtes ravissante. On ne dirait pas que vous avez failli vous faire renverser par une voiture.

Scarlett se crispa mais parvint à résister au regard accusateur de Vivian.

Travis brandit le sac avec les vêtements déchirés de Scarlett.

— Elle a dû se racheter une nouvelle tenue. L'autre était fichue.

Derrière Vivian, Hal se mit à vociférer.

— Scarlett ! Pourquoi ne m'as-tu pas appelé ?

— Je ne voulais pas t'inquiéter.

Elle contourna Vivian, alla s'asseoir sur le canapé, à côté du fauteuil roulant de son père, et lui prit la main.

— Comment vas-tu ? demanda-t-il, d'un ton radouci. On m'a dit que tes blessures n'étaient pas graves, mais…

— Je vais bien. J'ai quelques points à la jambe, mais les coupures aux bras n'ont eu besoin que d'une pommade antiseptique.

— Et j'ai envoyé une équipe réparer la clôture, intervint Travis.

— Je me fiche de la clôture. Ma fille a failli être tuée. J'espère que le shérif s'occupe de cette affaire.

— Évidemment, le rassura Travis. La voiture impliquée doit être endommagée. Avec un peu de chance, quelqu'un la remarquera et la signalera.

Pour la première fois depuis le début de cette mésaventure, il se surprit à se demander quel genre de voiture Kendra conduisait aujourd'hui.

9

Pendant les vingt minutes qui suivirent, Scarlett combattit courageusement sa fatigue, tandis que tout le monde, y compris Vivian, faisait tout un tintouin autour d'elle.

D'un côté, elle était flattée de savoir qu'on tenait à elle mais, de l'autre, elle n'aspirait qu'à se glisser dans son lit et dormir.

Plusieurs fois, elle surprit sur elle le regard de Travis. La calme confiance de son expression lui faisait savoir qu'il la rattraperait si elle tombait.

Delilah composa un plateau de charcuteries, fromages, crackers et fruits pour tout le monde, mais la simple vue de la nourriture lui donna la nausée.

Elle se dit que ce devait être dû aux médicaments qu'on lui avait administrés au dispensaire. Lorsque la pièce se mit à tourner autour d'elle, elle comprit qu'elle devait aller se coucher.

Espérant passer inaperçue, elle se leva mais se mit aussitôt à tituber.

Travis se précipita vers elle et lui offrit son bras, qu'elle accepta avec soulagement.

Tout le monde se tut tandis qu'il l'escortait dans le couloir.

Travis l'aida à s'asseoir sur le lit et lui retira ses chaussures de sport. Si elles étaient presque neuves quand elle les avait enfilées, elles étaient maintenant sales, tachées, déchirées.

Elle grimaça.

— Il va falloir les jeter avec mon sac de vêtements.

Puis elle se souvint que son téléphone avait été mis dans le sac et le réclama.

Travis le mit sur silencieux et le posa sur sa table de chevet.

— Merci.

— Tu as besoin que je t'aide à te déshabiller ?

Son petit sourire narquois lui apprit qu'il plaisantait.

— Tu sais, je suis trop fatiguée pour accepter ton offre, parvint-elle à répondre, sur le même ton. On remet ça à une prochaine fois ?

— Avec plaisir.

Il repoussa doucement ses cheveux et déposa un baiser sur son front.

— Repose-toi. On se voit demain.

Lorsque Scarlett se réveilla le lendemain matin, toujours vêtue de sa nouvelle tenue, elle avait mal partout.

Elle défit tous ses bandages et se doucha, en grimaçant au contact de l'eau sur ses coupures. La plaie recousue était gonflée et rouge, mais on lui avait administré des antibiotiques, et elle ne s'inquiéta pas.

Comme elle avait dormi plus tard que d'habitude, Delilah s'affairait déjà dans la cuisine quand elle y entra.

— Asseyez-vous. Je vais vous servir votre café et quelque chose à manger.

— Merci. Où est Hal ? Est-ce qu'il va bien ?

— Il a l'air. Travis l'a emmené en ville.

Delilah lui lança un regard en coin.

— Hal voulait s'entretenir avec le shérif.

— À propos de ce qui m'est arrivé ? Pourquoi ?

— Il est inquiet.

Delilah plaça une tasse de café fumant devant elle.

— Il dit que ça s'est passé sur sa propriété et il veut faire arrêter la personne qui a fait ça.

Tandis que Scarlett sirotait son café, Delilah lui prépara une assiette de *biscuits and gravy.*

Si elle connaissait ce plat typique du Sud, composé de galettes de pain nappées d'une sorte de béchamel à la viande de porc, Scarlett n'en mangeait que très rarement, considérant que c'était un peu trop riche pour sa ligne.

Mais après ce qu'elle avait enduré la veille, elle considérait qu'elle le méritait.

Elle s'y attaqua avec appétit et mangea jusqu'à la dernière miette.

— C'était délicieux, dit-elle.

— Je suis ravie que ça vous ait plu.

L'auxiliaire de vie semblait étonnamment hésitante.

Après avoir mis l'assiette dans le lave-vaisselle, elle revint et tira une chaise à côté de Scarlett.

— J'espère que vous n'allez pas me trouver trop indiscrète mais, que se passe-t-il entre vous et Travis ?

Un peu surprise, Scarlett haussa les épaules.

Comme elle appréciait et respectait Delilah, elle opta pour l'honnêteté.

— Je ne sais pas. Nous éprouvons de l'attirance l'un pour l'autre, mais j'ignore où ça va nous mener.

— C'est un homme bien. Il vous donnerait sa chemise. Il travaille dur, et tout le monde dans le coin sait qu'on peut compter sur lui en cas d'urgence. Il n'y en a pas beaucoup comme lui.

Touchée, Scarlett hocha la tête.

— Il n'est pas vilain à regarder non plus.

Mais sa plaisanterie ne fit pas rire Delilah.

— Le pauvre garçon a déjà eu le cœur brisé. Je ne travaillais pas ici à l'époque, mais on me l'a raconté. Hal pensait même qu'il ne s'en remettrait jamais.

Scarlett comprenait à présent.

— Vous me dites ça parce que vous avez peur que je le fasse souffrir ?

— Oui.

Delilah posa une main sur le bras de Scarlett.

— Je ne sais pas quels sont vos projets, si vous allez rester ou rentrer chez vous. Et vous avez l'air d'être une gentille fille. Alors, s'il vous plaît, réfléchissez-y avant de trop vous impliquer avec lui. Je ne suis pas sûre qu'il supporterait une deuxième rupture.

— Je…

Scarlett n'eut pas le temps de finir sa phrase. La porte d'entrée venait de claquer. Quelques secondes après, Vivian et Amber déboulaient dans la cuisine.

Delilah bondit et s'écarta de la table. Scarlett resta assise et parvint à grimacer un sourire.

— Bonjour, dit-elle. Qu'est-ce qui vous amène de si bonne heure ?

— Nous sommes venues vous parler de votre costume pour le bal, dit Vivian, d'un ton décidé.

Elle portait un pantalon orange, avec des escarpins argentés, une blouse en soie à rayures orange, jaune et rouge. Ses longues boucles d'oreilles figuraient des perroquets sur leur perchoir.

Remarquant son regard, Amber lui sourit d'un air complice.

— Nous n'avons pas encore décidé, répondit Scarlett. En fait, Travis et moi n'avons pas eu le temps d'en parler.

— En parler ?

Vivian eut une petite moue.

— Je me rends compte que vous ne connaissez pas

bien mon fils. Comme tous les hommes, il déteste parler chiffons. Le mieux, c'est que vous choisissiez pour lui et que vous l'en informiez après.

Le sourire d'Amber s'élargit. En total contraste avec sa mère, elle était comme à son habitude entièrement vêtue de noir, son T-shirt portant le logo d'un groupe de *heavy metal*, Assorti à son vernis à ongles, son rouge à lèvres était bleu électrique.

Delilah proposa du café, mais les deux femmes demandèrent un verre de thé glacé.

Dès qu'elle les eut servies, l'auxiliaire prétexta qu'elle avait quelque chose à faire et disparut.

— J'avais pensé que ce serait marrant si nous étions tous coordonnés, suggéra Amber.

— Vous y allez aussi ?

— Bien sûr, dit Vivian. J'y vais avec Franck, et Amber ira avec Mike qui est un ami de Travis. Et maintenant, passons aux choses sérieuses.

Elle plongea dans son fourre-tout en toile, orné d'un motif jungle, et en sortit une liasse de feuilles cartonnées, agrémentées de photos qui semblaient avoir été découpées dans des magazines.

— Ce qu'il vous faut, c'est un costume qui vous mette en valeur, vous me suivez ?

Scarlett songea à Kendra, l'ex de Travis, et la raison pour laquelle il lui avait demandé de l'accompagner. Soudain, elle comprit qu'elle avait envie d'être la plus belle possible face à elle.

— Très bien, répondit-elle.

Amber tapa dans ses mains, tout excitée.

— J'ai hâte d'y être.

— Et pour les costumes ? se renseigna Scarlett. Vous les achetez en ligne, vous les louez, ou quoi ?

— Je suis assez bonne couturière, se rengorgea Vivian,

mais je n'ai pas le temps d'habiller tout le monde en moins de deux semaines. Amber a proposé de chercher en ligne, mais il y a aussi une boutique de costumes de location à Dallas. Il faut faire vite, toutefois. Si nous attendons trop longtemps, il n'y aura plus rien.

Pour la première fois, Scarlett comprit que tout le monde prenait ce bal costumé très au sérieux.

— À quel thème avez-vous pensé ?

— J'ai fait quelques planches de présentation.

La première feuille présentait les personnages de Peter Pan. Même si Scarlett se voyait bien en Fée Clochette, elle n'imaginait pas Travis se déguiser en Peter ou même en Capitaine Crochet.

La deuxième et la troisième planche se rapportaient également à l'univers des contes de fées.

— Quels sont les goûts de Travis ?

Vivian et Amber échangèrent un regard.

— Il a déjà personnifié un cow-boy, un agent de police, et Frankenstein.

Voyant qu'elle faisait la moue, Amber insista.

— Regarde les autres planches. Ce sont mes idées.

Ce qui voulait dire que Vivian avait choisi les premiers thèmes, ce qui ne surprenait guère Scarlett.

Sans surprise, la page suivante mettait en scène une famille de vampires, plus ou moins inspirée de l'œuvre d'Anne Rice.

Scarlett essaya d'imaginer Travis en vampire, mais n'y parvint pas.

Elle continua à tourner les pages, s'arrêtant sur le thème Anges et Démons. Cette fois, il ne s'agissait pas d'un collage. Les personnages étaient dessinés, et Scarlett apprécia le coup de crayon d'Amber.

— Ça me plaît bien, dit-elle, en tapotant la page. Il y a du potentiel.

Amber parut ravie du compliment.

— Il y en a d'autres. Nous avons voulu te laisser le choix pour ton premier bal d'Halloween.

Les idées suivantes étaient toutes très bonnes mais, quand elle arriva à l'avant-dernière dernière planche, Scarlett marqua un temps d'arrêt.

— Alors ça… dit-elle dans un souffle. Ça pourrait être sympa…

Vivian se pencha pour voir.

— Oh… Vous ne pensez pas que ça a été vu et revu ?

— Pas du tout, protesta Scarlett.

Elle était fascinée par les costumes dans le style du XIXe siècle sudiste, et en particulier celui du personnage à qui elle devait son prénom.

— *Autant en emporte le vent* est un classique, plaida-t-elle. Et je vois très bien Travis en Rhett Butler. Ma seule crainte, c'est de ne pas pouvoir trouver une robe à crinoline.

— Je suis d'accord, dit Vivian. Nous n'avons que deux semaines, et toutes les boutiques ne proposent pas de costumes inspirés de la guerre de Sécession.

— Il reste une proposition, dit Amber. Dans le genre roi Arthur et chevaliers de la Table Ronde.

Tandis qu'elle observait les photos, Amber imagina Travis en Lancelot du Lac.

— Qui ferait Guenièvre ? demanda-t-elle.

— Mais toi, bien sûr, répondit Amber. Et moi, je veux être Morgane.

— Et que va-t-il me rester ? demanda Vivian, d'un ton boudeur.

— Ygraine, s'écria Amber.

Vivian ne parut pas convaincue.

— La mère du roi Arthur ? Ce n'est pas un personnage majeur.

— Oui, mais comme c'est aussi la mère de Morgane, la demi-sœur d'Arthur, ce serait logique, plaida Amber.

— Ou alors, la fée Viviane, suggéra Scarlett. Après la mort d'Ygraine, elle s'est occupée de Morgane. Et puis il ne vous aura pas échappé que ça évoque votre prénom…

— La Dame du Lac…, dit songeusement Vivian. Oui, pourquoi pas ? Mais ça ne va pas être facile non plus pour les costumes.

— En fait, j'ai une solution, dit Amber. Une de mes amies fait partie d'une troupe de théâtre à Longview. Ils ont un grand stock de costumes à vendre ou à louer. Je peux voir avec elle…

— Eh bien, c'est réglé, alors ! décréta Vivian.

Elle finissait de regrouper les planches lorsque Travis apparut, poussant le fauteuil de Hal. Ce dernier parut un peu surpris de voir tout le monde, mais il manœuvra seul son fauteuil vers Scarlett.

— Comment te sens-tu ce matin, ma chérie ? demanda-t-il.

— Très bien. Et toi ?

Elle le trouvait fatigué, avec des cernes sous les yeux plus sombres, et les traits plus creusés.

Il balaya la question d'un geste agacé de la main.

— Je vais bien. Mais que se passe-t-il ici ?

— Nous sommes venues parler des costumes du bal, expliqua Amber.

Travis chercha le regard de Scarlett, et un frisson la parcourut sous la caresse de ses yeux.

— J'ai pensé que nous pourrions nous inspirer de la légende arthurienne. Je serais Guenièvre, et toi Lancelot.

Immédiatement, il secoua la tête.

— Non. Désolé, mais il n'est pas question que je sois Lancelot.

Sa déclaration avait jeté un froid, et Travis se rendit compte après coup qu'il avait été un peu brutal.

Mais, si Scarlett ne pouvait pas comprendre son raisonnement, c'était parce qu'elle ne le connaissait pas suffisamment.

Quant à sa mère et sa sœur, c'était le genre de chose qui leur passait au-dessus de la tête.

Hal, toutefois, comprit immédiatement.

— Il faut que tu comprennes quelque chose, expliqua-t-il à Scarlett. L'honneur et la loyauté font partie des valeurs que Travis place au-dessus de tout. Il ne peut pas personnifier quelqu'un qui a trahi son roi.

Elle hocha la tête.

— Je comprends. Et si tu étais le roi Arthur, à la place ?

À nouveau, il secoua la tête. Il allait sans dire qu'il ne voulait pas représenter un roi bafoué par un de ses chevaliers.

Sans compter que Kendra avait toujours voulu être Guenièvre quand ils étaient ensemble.

— Peut-être prends-tu tout ça un peu trop au sérieux, suggéra Vivian, d'un ton pincé. Ce n'est qu'un bal costumé.

— C'est comme ça. Proposez-moi autre chose, et nous verrons.

Pour finir sur une note d'humour, il ajouta :

— Je vous donne un indice. Je crois que je ferais un assez bon cow-boy.

Le lendemain soir, après une rude journée de travail, Travis passa prendre des nouvelles de Hal.

Il avait été occupé aux confins de la propriété et n'avait pas eu la possibilité de rentrer déjeuner.

Étant donné l'heure tardive, il n'y avait personne. Même Delilah était rentrée chez elle.

En poussant la porte, il fut étonné par le silence. D'ordinaire, la télévision était allumée en permanence.

Des voix étouffées semblaient provenir du bureau de Hal. C'était étrange car le vieil homme s'y aventurait rarement ces derniers temps.

Dépassant la cuisine, Travis s'avança jusqu'à la porte entrebâillée du bureau, avec l'intention de signaler sa présence.

Scarlett parlait de contrats de forage, et il s'arrêta net.

Aussitôt, ses soupçons revinrent en force.

Son arrivée au ranch n'était-elle qu'une mise en scène depuis le début ?

Travaillait-elle pour Wave Oil ?

Et si elle était la complice de Kendra ?

S'approchant le plus silencieusement possible, il essaya de suivre la conversation.

— Mais pourquoi refuses-tu de les laisser forer sur ton terrain ? demanda Scarlett. Avec l'argent que ça te rapporterait, tu pourrais faire beaucoup de choses. Et si ça ne dérange pas le bétail, je ne vois pas où est le problème.

Elle parlait exactement comme les représentants des compagnies pétrolières.

Les poings serrés, Travis attendit la réponse de Hal.

Comme d'habitude, Hall évoqua l'environnement, les dommages causés à la terre, les équipements et les camions envahissant le ranch… Mais il ne semblait plus aussi convaincu qu'autrefois.

Il semblait vieux, fatigué, et désabusé.

Même si Travis aurait voulu rester caché pour voir jusqu'où irait la détermination de Scarlett à convaincre son soi-disant père, il devait penser à Hal.

Plaquant un sourire sur son visage, il entra dans le bureau.

— Hé, salut vous deux, dit-il. Vous parlez de quoi ?

— De rien, répondit aussitôt Scarlett.

— Je lui montrais les offres de la compagnie pétrolière, répondit Hal. J'ai réfléchi à l'avenir, et à ce que deviendra le ranch quand je ne serai plus là.

Travis eut l'impression d'avoir reçu un coup de poing à l'estomac.

Il n'était pas préparé à l'idée que Hal s'en aille prématurément, ni qu'il s'inquiète du devenir du ranch.

— Il ne se passera rien, dit-il.

Traversant la pièce, il passa un bras autour des épaules trop frêles du vieil homme.

— Tout continuera à fonctionner comme avant. Nous en avons déjà parlé.

Conscient que Scarlett le regardait, Travis resta concentré sur Hal, comme il n'aurait jamais dû cesser de le faire.

— Je sais, je sais, marmonna Hal.

Il posa sa main sur celle de Travis.

— J'ai toujours pu compter sur toi. Mais c'est normal que je m'inquiète, maintenant que j'ai une fille. Je veux m'assurer qu'elle ne manquera de rien quand je ne serai plus là.

Travis eut l'impression d'avoir été pris pour un idiot.

Il avait fait l'amour avec elle, lui avait demandé d'être sa cavalière pour le bal, s'était dit qu'il l'aimait bien… Et même peut-être un peu plus que ça.

En bref, il avait baissé sa garde et il le payait cher à présent.

— Je devine à ton expression ce que tu penses de moi, dit Scarlett. Tu te dis que j'essaie de convaincre Hal de signer avec la compagnie pétrolière, pour que je puisse avoir l'argent.

— Ce n'est pas le cas ?

— Pas du tout ! Je posais des questions pour comprendre.

Rien de plus. Je n'ai pas besoin de l'argent de Hal. Ma mère a veillé à ce que je ne sois pas sans rien après son décès. Elle a réalisé de très bons investissements, et tu n'as vraiment pas à t'inquiéter pour moi.

Travis ne s'attendait pas à cela.

Il risqua un coup d'œil vers Scarlett, pour voir si l'attirance était toujours là.

Oui. Ça n'avait pas changé.

Il pesta intérieurement. Il n'avait vraiment pas besoin de ça pour tout compliquer un peu plus.

— Ravie de savoir que tu roules sur l'or, dit-il, d'un ton sarcastique.

Hal intervint, l'air fâché.

— Travis, ça suffit ! Je pensais que tu serais content pour Scarlett. Ça te fera une chose de moins à prendre en charge quand je serai parti.

— D'abord, tu n'es pas encore parti, rectifia Scarlett. Et ensuite, je ne vois pas pourquoi Travis devrait me prendre en charge.

Hal leva un sourcil mais ne dit rien, et Travis lui en fut reconnaissant.

La dernière chose dont il avait besoin, c'était d'un commentaire sur une éventuelle relation entre Scarlett et lui.

D'autant que cette éventualité n'existait pas.

Ni maintenant, ni jamais.

— Travis ? demanda Scarlett, d'une voix douce. Je peux te dire un mot en privé ?

La gorge nouée, il se contenta d'un signe de tête, et la suivit dans le couloir, en ignorant le regard entendu de Hal.

Au lieu d'aller vers la cuisine, comme il s'y attendait, elle le guida jusqu'à sa chambre.

Il hésita mais la suivit finalement à l'intérieur.

Lorsqu'elle ferma la porte et se tourna vers lui, il se figea.

— Je ne crois vraiment pas que nous devrions être seuls ici, protesta-t-il.

Elle le saisit par le devant de sa chemise et, se hissant sur la pointe des pieds, l'embrassa.

— Je te veux, murmura-t-elle contre ses lèvres, juste avant que leurs langues s'unissent.

Il avait envie d'elle.

Terriblement.

Mais il ne voulait pas être l'esclave de son désir.

Faisant appel à toute sa volonté, il se laissa embrasser, mais resta aussi peu réactif que possible.

Finalement lassée par son manque d'enthousiasme, Scarlett s'écarta.

— Que se passe-t-il ?

— Je ne veux pas que Hal pense que nous sommes un couple, ni lui laisser croire que je vais m'occuper de toi.

Elle écarquilla les yeux.

— Mais, de quoi parles-tu ?

— Hal s'en veut de ne pas s'être occupé de toi quand tu étais petite. Il me l'a dit. Je sais qu'il s'inquiète pour ton avenir.

— Que les choses soient bien claires, je n'ai pas besoin qu'on s'occupe de moi. Comme j'ai essayé de te l'expliquer, ma mère m'a laissé beaucoup d'argent. J'ai même de quoi ouvrir ma propre galerie. Si je suis venue ici, c'est uniquement pour connaître mon père. Je ne savais pas qu'il était malade.

— Dans ce cas, pourquoi posais-tu des questions sur les offres de la compagnie pétrolière ? J'ai entendu ta discussion avec Hal, avant d'entrer.

Elle soupira.

— Travis, tu diriges le ranch. Tu dois donc savoir que

Hal a de gros soucis financiers. Tous ces tests médicaux et ces traitements sont coûteux, et ils ne sont pas tous couverts par son assurance maladie. Il ne s'inquiète pas seulement pour moi. Il se fait du souci pour toi également, Travis. S'il ne trouve pas de fonds complémentaires pour payer ses frais de santé, il est très possible qu'il perde le ranch.

10

Il ne savait pas.

Scarlett vit la stupéfaction et l'incrédulité dans le regard de Travis, et elle ne put s'empêcher de se demander pourquoi Hal n'en avait pas parlé avec lui.

— Hal ne m'aurait jamais caché ça, protesta-t-il. Et il voue une haine féroce aux compagnies pétrolières qui, selon ses propres dires, détruisent l'environnement.

— Peut-être devrais-tu en discuter avec lui. En tout cas, sache que je n'ai aucun intérêt là-dedans.

— Tu viens de l'est, répliqua-t-il.

Elle soupçonna que c'était pour lui une sorte d'insulte.

— Tu n'aimes pas cette terre comme moi. Tu ne l'as jamais parcourue à cheval, en ayant l'impression qu'elle n'avait pas de limites.

— Je ne demande pas mieux, mais je ne sais pas monter à cheval. Tu avais dit que tu m'apprendrais.

Il la dévisagea comme s'il venait de lui pousser une deuxième tête.

— Tu me l'as proposé. Je sais que tu t'en souviens.

Et comme tout le monde disait que Travis était un homme de parole, elle sut qu'il ne pourrait pas refuser.

Il soupira, l'air contrarié, et finit par hocher la tête.

— Demain. Retrouve-moi à l'écurie à 7 heures précises.

Puis il tourna les talons et quitta non seulement sa chambre, mais aussi la maison.

Quelques instants après, elle entendit son pick-up démarrer et s'éloigner.

Lorsque Scarlett retourna vers l'avant de la maison, elle vit que Hal s'était déplacé vers le salon et avait allumé la télévision.

— Qu'est-ce qui lui a pris ? demanda-t-il. Il a filé comme s'il avait le diable aux trousses.

Elle décida d'être honnête.

— Je crois qu'il pense toujours que j'en veux à ton argent.

— Quel argent ?

Hal gloussa.

— Tu vois, je suis encore capable de faire une plaisanterie.

Scarlett sourit mais ne perdit pas le fil de la conversation.

— Pourquoi n'as-tu pas parlé à Travis de tes problèmes d'argent ?

— Je ne voulais pas l'inquiéter. En plus, si sa mère l'apprend, elle va m'amener son horrible petit ami, avec ses idées ridicules pour gagner de l'argent rapidement. Ça ne lui suffit pas de faire des sculptures et des tableaux affreux, il prétend jouer les hommes d'affaires. Il voulait que j'investisse dans la fabrication de compléments alimentaires. J'ai refusé et je lui ai dit de ne plus jamais m'embêter avec ça.

— Franck ? Figure-toi que je ne l'ai jamais rencontré.

Hal haussa les épaules.

— Peut-être que Vivian a rompu. Ce ne serait pas une grosse perte. En tout cas, elle peut trouver mieux.

— Tu ne trouves pas bizarre de vivre si près de ton ex-femme et de rencontrer ses petits amis ?

— Pas vraiment. Mais, ça n'a jamais été la grande

passion entre Vivian et moi. Nous nous sommes séparés en bons termes, et je la considère comme une amie.

Une lueur de curiosité passa dans le regard d'ordinaire éteint de Hal.

— Que se passe-t-il entre Travis et toi ?

— Il va m'apprendre à monter à cheval demain.

— C'est bien. Mais, tu as très bien compris ce que je voulais dire. Êtes-vous un couple ?

— Non.

— C'est dommage. J'espérais que vous vous plairiez.

— Oh ! c'est le cas. Mais ce n'est pas le genre de chose qui peut mener quelque part.

— Ça a l'air de t'attrister.

Sur le point de répondre, Scarlett réfléchit.

C'était curieux comme ce père qu'elle connaissait si peu la comprenait. Peut-être plus qu'elle ne se comprenait elle-même.

En effet, elle venait seulement de comprendre qu'elle avait envie d'un avenir avec Travis.

Ça lui nouait la gorge, lui serrait le cœur…

Pour le moment, elle ne pouvait pas analyser ses sentiments. Ça viendrait plus tard.

Tout ce qu'elle savait, c'était que Travis ne devait pas le savoir. Et Hal non plus.

— Non, je ne suis pas triste, dit-elle. C'est comme ça. Travis est un homme bien. Il trouvera une femme faite pour lui.

— C'est à toi qu'il a demandé de l'accompagner au bal d'Halloween.

— Uniquement parce que Kendra sera là et qu'il veut lui faire comprendre qu'elle ne signifie plus rien pour lui.

Elle tapota le bras de son père.

— N'en tire pas de conclusions erronées.

Malgré son expression déçue, Hal hocha la tête, avant

de prendre la télécommande de la télévision et de monter le son, lui signifiant qu'il n'avait plus rien à lui dire.

Scarlett s'aventura dans la cuisine et prit l'un des brownies que Delilah avait confectionnés pour le dessert.

Elle n'y avait jamais pensé auparavant mais, avant le décès de sa mère, elle menait une vie insouciante et dénuée de complications. Elle était heureuse, ne manquant de rien…

À présent, elle avait des sentiments pour un homme qui pensait qu'elle n'était pas faite pour lui.

Et elle ne savait pas s'il avait tort ou raison.

Elle se plaisait ici. Mais elle aimait aussi la Géorgie. Sauf qu'elle n'y avait plus de famille, juste une dizaine d'amis qui n'avaient probablement pas remarqué son absence.

Ici, elle avait une famille. Pas seulement Hal, mais tous les autres. Vivian et Amber. Will et, bien sûr, Travis.

La petite communauté soudée d'Anniversary l'avait enchantée, et elle avait hâte de mieux connaître tout le monde.

Elle pouvait même envisager de faire de cet endroit sa résidence permanente.

Tout comme elle commençait à imaginer faire de Travis l'homme de toute une vie.

Le lendemain matin, Scarlett se réveilla avec une sensation d'impatience mêlée d'une légère angoisse.

Elle accéléra ses préparatifs matinaux et avala son petit déjeuner à la hâte.

Elle arriva à l'écurie quelques secondes avant 7 heures.

Travis l'attendait déjà. Elle le découvrit en train de passer un coup de chiffon sur une selle western.

Lorsqu'il la vit, il se contenta d'un bref signe de tête.

— Pour commencer, on va apprendre à seller un cheval, dit-il. J'ai sorti et nettoyé cette selle. Elle appartient à ma mère, mais elle ne monte plus beaucoup à cheval maintenant. J'ai pensé qu'elle te conviendrait.

— Ça m'a l'air bien.

Elle regarda autour d'elle, ne cherchant pas à dissimuler son impatience.

— Quel cheval je vais monter ?

— La jument de Vivian. Elle a onze ans et elle est douce comme tout. Je vais la chercher et te montrer comment la seller.

Elle hocha la tête et le regarda s'arrêter devant un box au milieu de l'allée, prendre un licol et entrer.

Quelques instants plus tard, il émergea avec un magnifique cheval gris.

Suivant scrupuleusement les instructions de Travis, elle posa d'abord une couverture vivement colorée sur le dos de l'animal puis installa la selle, qu'elle trouva étonnamment lourde. Il lui montra ensuite comment fixer les sangles avant et arrière, sans trop serrer.

Quand ils eurent terminé, il prit une bride et lui montra de quelle façon le mors exerçait une pression dans la bouche du cheval.

— C'est pour cela qu'il ne faut pas tirer trop fort sur les rênes. Il faut une main ferme mais douce. Et Bobbie est entraînée pour comprendre l'appui des rênes sur son cou et la pression des jambes sur ses flancs.

— Elle s'appelle Bobbie ?

— Oui. Tu es prête ?

— Maintenant ? Tu ne selles pas ton cheval ?

— Non. Je vais d'abord te faire travailler dans le manège extérieur, pour être sûr que tu as bien compris les bases. Il te faudra un peu de pratique avant de partir en randonnée.

Il lui expliqua ensuite comment glisser son pied gauche dans l'étrier, agripper le pommeau de la selle, et se hisser en basculant sa jambe droite par-dessus la selle.

À sa grande surprise, elle y parvint et se retrouva assise sur le large dos de Bobbie.

— Ça alors, c'est beaucoup plus haut que ce que je pensais.

— Tout va bien se passer.

Il lui tendit les rênes.

— Souviens-toi : pas de mouvements brusques.

Au bout de deux heures, durant lesquelles Scarlett apprit les bases de l'équitation, Travis décida que cela suffisait pour une première fois.

— Déjà ? protesta-t-elle. Je croyais que nous allions faire une promenade à travers champs.

— Une autre fois. Bobbie est fatiguée. Tu vas la rentrer et t'occuper du pansage.

Il ouvrit la grille du manège, et Scarlett avança au pas, pas peu fière de savoir diriger sa monture.

Soudain, des bruits de pétard retentirent.

Malgré sa placidité, Bobbie fit un écart brutal et se mit à ruer.

Poussant un cri, Scarlett essaya de se tenir au pommeau de la selle, mais elle perdit l'équilibre et tomba.

Elle heurta durement le sol gravillonné et eut la présence d'esprit de rouler sur le côté, alors que l'un des sabots de Bobbie frôlait sa tête.

Travis intervint, saisissant les rênes, et la jument se calma aussitôt.

Scarlett se redressa sur les genoux et tenta de vérifier si elle était blessée.

Pour Travis, l'urgence était d'éloigner Bobbie de Scarlett. Après avoir attaché le cheval à une barrière, il se précipita vers elle.

— Est-ce que ça va ?

Avant qu'elle ait eu le temps de répondre, une nouvelle série de déflagrations éclata.

La première fois, il avait pensé à des coups de feu. À présent, il était à peu près certain qu'il s'agissait de pétards.

S'il attrapait cet idiot, il lui passerait un sacré savon.

Il y eut bientôt un autre bruit, encore plus inquiétant celui-là : celui d'une clôture qui se brisait.

Alarmé, il se tourna vers le bétail, rassemblé dans une pâture toute proche.

Affolés, les bovins se pressaient tous contre la clôture, cherchant à fuir.

Travis cria à Scarlett de se lever et de courir.

Par miracle, il parvint à la rejoindre et à l'attirer à l'écart juste quelques secondes avant que le bétail ne déferle vers eux.

Courant toujours à toute allure, le troupeau se dirigea vers la route d'accès au ranch. Une fois que les bovins se seraient éparpillés dans la nature, ça allait demander un sacré travail de les rassembler et de les ramener au bercail. Heureusement, Travis avait des hommes pour ça.

Scarlett se tortilla contre lui.

— Laisse-moi voir si je peux me lever toute seule demanda-t-elle.

Il desserra son étreinte pour qu'elle puisse bouger, mais ne la libéra pas totalement, au cas où elle tomberait.

Elle testa son équilibre, et lui fit signe de s'écarter.

— Ça va. Rien de cassé.

Ils retournèrent à l'écurie. Travis confia Bobbie à un palefrenier, puis il fit asseoir Scarlett sur une botte de paille et l'inspecta sous toutes les coutures.

— Vêtements déchirés, coudes en sang, et quelques entailles. Tu as beaucoup de chance de ne pas t'être blessée plus sérieusement.

Elle hocha la tête.

— Tu vas faire quelque chose pour le bétail qui s'est enfui ?

— Je m'en occupe tout de suite.

Il prit son téléphone et donna des ordres pour envoyer une équipe récupérer les bovins.

À dire vrai, il ne s'inquiétait pas trop. Il n'y avait pas un endroit où ils pouvaient aller qui ne fasse pas partie de la propriété. Ses employés les rassembleraient, et les installeraient provisoirement dans une autre pâture, en attendant que la clôture soit réparée.

Mais, aussi longtemps qu'il vivrait, il n'oublierait jamais l'horreur que cela avait été de voir Scarlett tomber de cheval, et manquer se faire piétiner par une horde en furie.

— Merci de m'avoir sauvée, dit-elle. Il paraît qu'il faut toujours remonter à cheval après une chute, mais je crois que je vais attendre un peu.

— C'est compréhensible.

Elle paraissait si fragile, soudain. Peut-être parce qu'il était habitué à son attitude confiante et insouciante.

— Ça va aller, dit-il, en asseyant à côté d'elle.

Elle leva le menton et croisa son regard.

— C'était délibéré, tu sais. Quelqu'un a de nouveau essayé de me faire peur, ou de me tuer.

Alors qu'il avait lui-même songé à cette hypothèse, Travis protesta :

— Nous n'en savons rien.

— Vraiment ?

L'intonation de Scarlett était légèrement agressive.

— Qu'est-ce que ça pourrait être d'autre ? Qui pourrait s'amuser à tirer des pétards au beau milieu du ranch, si près d'un troupeau ?

Il dit la première chose qui lui vint à l'esprit.

— Des gamins qui ont séché l'école, peut-être. Ils ne réfléchissent pas toujours avant d'agir.

— C'est vrai.

Elle soupira.

— Si ça ne te dérange pas, j'aimerais rentrer à la maison. Mais je vais avoir besoin de ton aide pour marcher.

— Je vais te raccompagner en voiture, ce sera encore mieux.

De retour à l'écurie, Travis passa une heure à inspecter la zone à pieds.

À en juger par le bruit des déflagrations, celui qui avait allumé les pétards se tenait très près. S'il avait pris assez de précautions pour ne pas être vu, il avait sûrement laissé des indices derrière lui, et Travis avait bien l'intention de les trouver.

Tandis qu'il s'approchait d'un bosquet de pins, il découvrit des emballages. Il ramassa tous ceux qu'il pouvait trouver, cherchant d'autre indices. Malheureusement, avec la route toute proche, le coupable avait probablement pris la fuite en voiture.

Par mesure de sécurité, il alla jusqu'en ville et s'arrêta chez le shérif. Même s'il n'avait pas de rendez-vous, la réceptionniste le fit entrer aussitôt.

Encore un des avantages de vivre dans une petite ville.

Le shérif leva les yeux quand il s'avança dans son bureau.

— Travis Warren.

Il se leva et lui tendit la main.

— Ça fait longtemps. Que se passe-t-il ?

Travis lui donna le sachet d'emballages de pétards et lui expliqua la situation.

— Une voiture a également failli la renverser, et elle a reçu une lettre de menaces, composée de lettres découpées dans des magazines.

— Vous avez cette lettre ?

— Pas sur moi, mais Scarlett l'a conservée.

— Faites-en une copie, et envoyez-la moi par e-mail.

Le shérif se pencha, le regard soucieux, et l'air de prendre très au sérieux cette affaire.

— Pourquoi voudrait-on lui faire quitter la ville ?

— J'y ai réfléchi. Et, si j'admets que j'étais un peu suspicieux au début, cette arrivée concordant étrangement avec la pression grandissante de la compagnie pétrolière pour que nous autorisions les forages, je n'ai plus aucune raison de douter d'elle à présent. Non seulement sa présence rend Hal heureux, mais elle a trouvé sa place, et tout le monde l'apprécie, même ma mère.

— C'est surprenant.

Le shérif savait combien Vivian pouvait être difficile parfois.

— Mais je pourrais quand même vérifier ses antécédents, proposa-t-il. Juste pour être sûr.

Bien que Travis se sente vaguement coupable de faire une telle chose sans la permission de Scarlett, il hocha la tête.

Autant découvrir la vérité une bonne fois pour toutes.

— Vous connaissez sa date de naissance ?

Travis secoua la tête.

— Non. Je pense qu'elle a dans les vingt-huit ou trente ans. Elle vit en Géorgie, quelque part près d'Atlanta. Son nom de famille est Kistler.

Le shérif nota tout cela.

— Je m'en occupe et je vous appelle si je trouve quelque chose.

— Merci.

Travis se leva, lui serra la main et s'en alla.

Alors qu'il montait dans sa voiture, sa sœur l'appela.

— J'ai appris ce qui s'est passé.

— Déjà ?

Surpris, il consulta sa montre. Ça faisait à peine deux heures.

— Oui, Delilah a croisé Scarlett alors qu'elle allait se faire couler un bain.

Il grimaça.

— J'espère qu'elles n'ont rien dit à Hal.

— Non. Mais Delilah a appelé Vivian, et tu sais comment ça fonctionne. En tout cas, ça fait peur. Est-ce que tu vas bien ?

Touché par la sollicitude d'Amber, il lui assura que c'était le cas.

— C'est surtout Scarlett qui en a fait les frais. Bobbie l'a désarçonnée.

— Non ? C'est pourtant le plus placide de nos chevaux. Ça devait être vraiment effrayant si Bobbie a pris peur.

Il lui expliqua ce qui s'était passé, et ce qu'il avait découvert.

— Je viens de quitter le shérif. Il va s'en occuper.

— Eh bien… Tu crois que c'est délibéré ?

— Pourquoi quelqu'un s'amuserait-il à tirer des pétards près d'un troupeau, sinon ?

— Tu penses que ça pourrait être Kendra ?

La pensée ne lui avait pas traversé l'esprit.

— C'est une possibilité. Il faut que j'en parle au shérif.

— Mais Scarlett va bien, n'est-ce pas ? D'après Delilah, elle était vraiment choquée.

— Elle a juste quelques égratignures. Elle a eu beaucoup de chance.

Il soupira.

— Je ne sais pas si elle aura envie de remonter à cheval un jour.

— Bien sûr que si !

La certitude dans la voix d'Amber le surprit.

— Je sais que tu es occupé, donc je lui proposerai de faire une balade à cheval avec moi.

— C'est gentil de ta part.

— Je l'aime bien, tu sais. Je pense vraiment que nous pouvons être amies.

Amber soupira.

— Je n'avais jamais réalisé combien ce ranch peut être isolé et déprimant pour quelqu'un de mon âge. Scarlett n'a que quelques années de plus que moi. Je vais l'inviter à aller en ville et déjeuner. Nous pourrons peut-être aussi aller au cinéma, ou boire un verre…

— Je suis sûr que ça lui plaira.

Plus que jamais, il espérait que le shérif ne trouverait rien sur Scarlett. Non seulement Hal en serait affecté, mais Amber aussi. Même Vivian se comportait comme si elle appréciait Scarlett.

Quant à lui… Eh bien, il l'appréciait un petit peu trop.

— Ohé, Travis ? Tu es toujours là ?

L'apostrophe de sa sœur le fit sursauter. Il avait dû se perdre dans ses pensées.

— Oui. Désolé. J'ai beaucoup de choses en tête. Qu'est-ce que tu disais ?

— Je te demandais si vous sortiez ensemble.

Il sentit son cœur s'emballer, ce qui l'ennuya.

— Non. Pourquoi cette question ?

— Je ne sais pas. Peut-être parce que tu sembles bien accro à elle.

Ne sachant pas quoi répondre à cela, d'autant qu'Amber avait raison, il préféra changer de sujet.

— Vous en êtes où, à propos des costumes pour le bal ?

Personnellement, cela ne le dérangerait pas de porter la même tenue que l'année précédente, mais il savait que les organisateurs feraient la tête.

D'autant qu'il y avait un concours du plus beau costume, et que la remise de prix constituait le clou de la soirée.

Amber éclata de rire.

— Habile changement de sujet.

— Pas du tout. Je m'intéresse vraiment à la question.

Le soupir de sa sœur lui apprit qu'elle n'était pas dupe.

— Maman doit en discuter avec Scarlett. Pour ma part, je m'en moque, du moment qu'on ne m'oblige pas à porter du rose.

Travis était à peu près dans le même état d'esprit. Même s'il n'était pas emballé par cette histoire de légende arthurienne, il était prêt à jouer le jeu… À condition qu'on ne lui demande pas de porter des collants.

11

Ravie que Delilah lui ait trouvé du bain moussant, même s'il appartenait à Will et qu'il était conditionné dans une bouteille en forme de bonhomme de neige, Scarlett s'enfonça dans l'eau chaude jusqu'au cou.

Après avoir retiré ses vêtements déchirés, ce qui avait été plus douloureux que prévu, elle s'était couverte d'un court peignoir en satin et avait foncé vers la salle de bains réservée aux invités.

La chance n'étant pas de son côté, elle était entrée en collision avec l'auxiliaire de vie. Delilah avait jeté un coup d'œil à ses blessures et avait pris les choses en mains.

Souffrant de l'absence de sa mère, Scarlett avait laissé Delilah nettoyer ses plaies et lui donner un antalgique.

— Et maintenant, expliquez-moi ce qui s'est passé, avait ordonné la charmante quinquagénaire.

Après avoir écouté, l'air horrifié, elle avait déclaré qu'il valait mieux ne rien dire à Hal.

Arrachant à Scarlett la promesse de passer une lotion antiseptique sur ses plaies, et d'appliquer des sutures adhésives là où c'était nécessaire, Delilah l'avait laissée faire couler son bain seule.

Elle était revenue un moment plus tard avec le flacon de bain moussant.

— C'est mieux que rien, je suppose, avait-elle commenté, en riant tandis qu'elle le lui tendait.

À présent, tandis qu'elle laissait l'eau chaude détendre ses muscles douloureux, Scarlett pensait à l'ex-fiancée de Travis.

Se pouvait-il qu'elle soit derrière tout ça ? La lettre, la voiture, et maintenant les pétards qui avaient affolé le bétail ?

À vrai dire, elle ne voyait pas très bien ce que Kendra pensait obtenir en lui faisant peur. Ce n'était certainement pas ainsi qu'elle récupérerait Travis.

Lorsqu'elle sortit de son bain, l'eau avait considérablement refroidi. Mais Scarlett se sentait bien. Presque normale.

Après s'être précautionneusement séchée, elle appliqua la lotion antiseptique et posa les sutures adhésives.

Puis, à nouveau couverte de son peignoir, elle se hâta de gagner sa chambre.

Elle avait l'impression qu'une petite sieste lui ferait le plus grand bien…

Mais cela ne faisait pas cinq minutes qu'elle s'était glissée sous la couette, quand on frappa doucement à la porte.

Passant la tête dans l'embrasure, Delilah demanda gentiment :

— Vous avez faim ? Il y a de la soupe à la tomate, et des croque-monsieur. Je peux vous apporter un plateau, si vous voulez.

C'étaient ses plats préférés. Si quelque chose pouvait la faire sortir du lit, cette combinaison était parfaite.

— J'adorerais, répondit-elle.

Elle se redressa contre le dossier du lit et alluma sa lampe de chevet.

Quelques minutes plus tard, Delilah revenait avec un

plateau contenant un bol de soupe à la tomate fumant, et un croque-monsieur grillé à la perfection. Elle avait ajouté un yaourt, et un de ses fameux cookies géants aux pépites de chocolat.

— C'est fantastique, s'exclama Scarlett. Merci infiniment. Je ne sais pas ce que chacun de nous ferait sans vous.

L'auxiliaire de vie haussa les épaules.

— Vous y arriveriez sans peine. Ni Amber ni Vivian ne travaillent. Il suffirait qu'elles viennent plus souvent.

Sur le point de porter une cuillerée de soupe à sa bouche, Scarlett suspendit son geste.

— Vous semblez y avoir réfléchi. Dois-je m'inquiéter ?

— Oh ! non voyons ! Mon fils vit à Phoenix, et cela fait bien longtemps que je ne lui ai pas rendu visite, mais je n'ai pas l'intention de partir, même pour quelques jours. Hal a trop besoin de moi.

— C'est tellement gentil à vous.

En attaquant son repas, Scarlett se rendit compte à quel point elle avait faim.

Delilah resta assise à côté d'elle pendant qu'elle mangeait, et lui parla du concours de tartes pour Halloween.

— J'y participe toujours et je gagne généralement le deuxième ou troisième prix. C'est toujours Sarah Sepkie, la boulangère de Third Street, qui remporte la première place. Cette année, je suis absolument déterminée à la battre.

Elle se pencha et ajouta sur le ton de la confidence :

— J'ai perfectionné une recette classique de *butterscotch pie*, en ajoutant de la meringue sur le dessus. Cette tarte au caramel était le dessert préféré de ma chère maman.

— Si vous avez besoin de quelqu'un pour tester vos essais, je suis partante.

Delilah sourit.

— Travis s'est déjà proposé. Et il dit toujours très franchement ce qu'il pense, ce dont j'ai besoin.

— J'imagine.

Voyant que le plateau était vide, Delilah se leva et en débarrassa Scarlett.

— Reposez-vous, maintenant. Je suis certaine que vous vous sentirez beaucoup mieux après.

Elle quitta la chambre, en fermant doucement la porte derrière elle.

Scarlett éteignit sa lampe et se blottit sous la couette.

Elle se réveilla deux heures plus tard, toujours un peu groggy, et s'étira en bâillant. Puis elle alla se regarder dans le miroir et grimaça. Au moins, elle n'avait rien au visage.

Après avoir enfilé un T-shirt propre – elle pourrait s'habituer à porter ce genre de vêtements en permanence – et un confortable caleçon de yoga, elle trottina jusqu'à la salle de bains pour se laver le visage et les dents. Et pendant qu'elle y était, elle se brossa les cheveux, appliqua un peu de mascara sur ces cils, et un soupçon de gloss sur ses lèvres.

Se sentant beaucoup mieux à présent, elle enfila une chemise en denim à manches longues pour couvrir ses bandages, et la laissa ouverte.

Lorsque Scarlett entra dans le salon, Hal était devant la télévision.

Mais cette fois, il ne dormait pas.

Dès qu'il l'aperçut, il utilisa la télécommande pour couper le son.

— Salut, comment va ? dit-il, d'une voix enrouée.

— Beaucoup mieux.

Elle se percha sur l'accoudoir du canapé et l'observa.

— Tu passes vraiment beaucoup de temps devant la télévision.

Il eut un haussement d'épaules désabusé.

— Que veux-tu que je fasse d'autre ? Monter à cheval ? Marcher ?

— Je pourrais te pousser jusqu'au bout de l'allée, ça te ferait une promenade.

Bien qu'elle aie cru voir une lueur d'intérêt dans son regard, il secoua la tête.

— Peut-être une autre fois. J'ai mal à la tête. Et, en parlant de cheval, comment s'est passée ta leçon ?

Elle hésita.

— Je suis tombée.

— Vraiment ?

Elle vit sa bouche se tordre, comme s'il se retenait de rire.

— Quel cheval t'avait-il donné ?

— Bobbie.

— Quoi ? Tu es tombée de Bobbie ?

Elle ne pouvait pas lui dire que la jument avait fait un écart et s'était mise à ruer, sans lui expliquer pourquoi. Alors, elle grimaça, l'air embarrassé.

— Oui, je sais, ce n'est pas glorieux. Il paraît que même Will tient mieux en selle que moi. Parlons d'autre chose, tu veux bien ?

Il éclata de rire et, venant de lui, ce moment de joie lui fit chaud au cœur.

Même Delilah, attirée par le bruit, passa la tête par l'embrasure de la porte de la cuisine.

Croisant le regard de Scarlett, elle leva les deux pouces, en guise de félicitations.

Finalement, Hal se calma. Essuyant les larmes aux coins de ses yeux, il secoua la tête.

— Tu es impayable. Je suis tellement content que tu sois là. Tu rends mes journées moins longues et tellement plus intéressantes.

— Heureuse de pouvoir rendre service !

Sa boutade cachait son inquiétude. Depuis les dernières vingt-quatre heures, Hal semblait engagé sur la mauvaise pente.

C'était tellement triste. Tellement frustrant.

Comment admettre que pas un seul médecin était capable de déterminer de quoi il souffrait ?

La porte d'entrée s'ouvrit, et Vivian fit irruption dans le salon.

— Ah, vous êtes là, dit-elle, en se dirigeant droit sur Scarlett. Comment allez-vous ?

Elle l'enveloppa d'une accolade parfumée.

— J'ai appris ce qui s'est passé, lui murmura-t-elle à l'oreille. Mais vous semblez aller bien.

— Je suis en pleine forme, déclara Scarlett, en élevant la voix, pour le bénéfice de Hal.

Il grommela et remit le son de la télévision, se désintéressant de la visiteuse.

— Je voulais vous parler du bal masqué, reprit Vivian. La date approche et, puisque Travis refuse le thème de Camelot, il faut trouver autre chose.

Hal monta un peu plus le son, rendant la conversation impossible, et les deux femmes se replièrent dans la cuisine.

— Nous devrions peut-être attendre qu'il soit là pour décider, protesta Scarlett, tandis que Vivian déposait de nouvelles planches de présentation sur la table.

Cette remarque fit rire à la fois Vivian et Delilah.

— Ça ne fonctionne pas comme ça, ma belle, dit

l'auxiliaire de vie. Vous choisissez le costume et vous le lui donnez. Ne le laissez pas donner son avis.

— Ça ne semble pas très juste.

— Sottises ! décréta Vivian. Depuis que ce bal existe, les femmes ont toujours choisi les costumes, et les hommes ont suivi. De toute façon, les hommes détestent choisir leurs vêtements, quelle que soit l'occasion.

Sur le point de faire un commentaire, Scarlett se tut. Qu'en savait-elle, après tout ? Elle n'avait jamais été mariée, et sa dernière relation sérieuse remontait à presque deux ans.

— Mettons-nous au travail, déclara Vivian.

Vaincue, Scarlett s'assit, et Delilah l'imita, afin de pouvoir participer à la discussion.

— Vous venez toujours avec nous ? demanda Vivian.

— Absolument ! Vous êtes tellement plus créative que ma famille. Mon mari n'aura qu'à suivre le mouvement.

Vivian se rengorgea.

— Vous voyez, Scarlett ? C'est comme cela que ça fonctionne.

Décidant de laisser filer le sujet, Scarlett songea à son alliée.

— Où est Amber ?

Elle appréciait réellement la contribution de la jeune femme, d'autant que Vivian pouvait être un peu autoritaire.

— Elle prépare la fête de l'école, avec d'autres volontaires.

— Oh… Et vous ne pensez pas qu'elle a son mot à dire ?

— Surtout pas ! Si on la laissait faire, on se retrouverait tous en vampires et en loups-garous.

Scarlett se promit d'appeler Amber plus tard dans la soirée.

Vivian lui présenta les planches une à une. Nobles

romains, dieux grecs… Rien ne retint son attention, jusqu'à ce qu'elle voie une présentation d'elfes.

— Attendez, dit-elle. Laissez-moi regarder ça de plus près. C'est assez intéressant.

Mais après réflexion elle se dit que Travis n'apprécierait aucun des costumes masculins.

— Non, finalement ça ne me tente pas, dit-elle en rendant la page à Vivian.

La proposition suivante qui retint son attention s'inspirait du style gangster des années 1920.

— Et ça ? demanda-t-elle. Travis a-t-il déjà porté quelque chose dans ce genre ?

— Non. Et c'est une très bonne idée. Il pourrait faire un personnage dans le genre d'Al Capone, et nous serions des garçonnes, avec des coupes au carré à la Louise Brooks.

Plus elle y pensait, plus Scarlett aimait cette idée.

Surtout quand elle pensait aux autres propositions qu'elle avait vues auparavant.

— Les costumes seraient faciles à trouver, n'est-ce pas ?

— Certainement.

Une lueur d'intérêt s'était allumée dans les yeux de Vivian.

— C'est votre choix ? Ou bien…

Elle indiqua ce qui devait représenter au moins trente pages.

— Voulez-vous continuer à regarder ?

Soudain démoralisée à cette idée, Scarlett se décida rapidement.

— Je pense que ça va marcher. Allons-y pour ça. Je le dirai à Travis la prochaine fois que je le verrai.

En fait, elle avait l'intention de le lui dire le plus vite possible. Comme cela, si ça lui posait un problème, il pourrait en parler à sa mère.

Le lendemain matin, Travis s'arrêta à la maison principale, avant d'aller aux champs.

Le soleil venait de se lever, mais Scarlett sortit sur le perron à l'instant où il se gara sur le parking, comme si elle l'attendait.

L'air automnal transportait une agréable fraîcheur, même si les feuilles n'avaient pas encore commencé à tomber.

Il marcha jusqu'à elle et fut agréablement surpris quand elle lui tendit une tasse de café.

— Merci, dit-il. Mais, comment savais-tu que j'allais venir ce matin ?

— Je l'ignorais. Mais je suis sortie sur le perron pour prendre un peu l'air et j'ai vu tes phares. Comme j'avais déjà fait du café, je t'en ai versé une tasse. Ce n'est pas grand-chose.

Peut-être pas, mais ça le touchait.

— Nous nous sommes décidées pour les costumes, dit-elle, de but en blanc. Ce sera le style gangsters des années folles.

Il ne laissa rien paraître de ce qu'il en pensait.

— Tu veux que je sois un bandit ?

Elle hocha la tête.

Après quelques secondes de silence, il mit fin au suspense.

— Pourquoi pas…

Visiblement soulagée, elle but une gorgée de café.

— Je suis contente que ça te convienne. Vivian, Amber et moi avons prévu d'aller à Dallas pour chercher les costumes.

— Formidable. Amuse-toi bien.

Il finit son café d'un trait et commença à se diriger vers la porte.

— Attends ! J'ai une question. Ça te pose un problème

d'être Lancelot ou le roi Arthur, mais être un bandit ça te va ? Je ne comprends pas.

— Un bandit, c'est générique. Les autres sont des individus spécifiques, dont l'histoire est connue.

Même si ça paraissait un peu stupide, expliqué de cette façon, il ne voulait pas mentionner que son ex avait toujours voulu être Guenièvre.

— Je vois. Tu es un homme compliqué.

— Merci. Je le prends comme un compliment. Et maintenant, il faut que je prenne mon petit déjeuner. Une longue journée m'attend.

Scarlett ne fit pas de commentaire et le suivit à l'intérieur.

Delilah avait fait une tortilla la veille, et ils n'avaient plus qu'à la réchauffer au four à micro-ondes.

Ils déjeunèrent rapidement et en silence, chacun restant plongé dans ses pensées.

Quand il eut terminé, Travis mit son assiette dans le lave-vaisselle et but une deuxième tasse de café.

— Tu diras bonjour à Hal de ma part, dit-il.

Puis il s'en alla.

Travis commença à se sentir fébrile et nauséeux peu avant le déjeuner.

Au lieu de s'arrêter à la maison principale, il rentra chez lui. S'il couvait quelque chose, il ne voulait pas le transmettre à Hal. Toute maladie supplémentaire pourrait sérieusement mettre le vieil homme en danger.

Amber était la seule à se trouver là quand il arriva. Elle lui jeta un coup d'œil et se leva précipitamment du canapé.

— Tu as une tête épouvantable, dit-elle. Ne t'approche pas de moi.

Il avait encore assez d'énergie pour essayer de plaisanter.

— Bel effort pour te montrer sympathique, sœurette.

En réponse, elle lui fit une grimace.

— C'est une bonne chose que maman, Scarlett et moi allions à Dallas demain. Non seulement tu es peut-être contagieux, mais tu es invivable quand tu es malade.

Il haussa les épaules.

— Je vais me coucher.

Il tituba jusqu'à sa chambre, en proie soudain à un mal de tête terrible, ferma les stores, se mit en caleçon, et se glissa dans son lit.

Alors qu'elle était sur le point de sortir faire une promenade, le téléphone de Scarlett sonna.

Elle sourit en découvrant le numéro d'Amber. Elle était impatiente de la retrouver demain pour leur voyage à Dallas.

— Hé, quoi de neuf ?

— Prie pour moi, dit Amber. Travis est patraque. C'est peut-être la grippe, je ne sais pas. En tout cas, il est aussi aimable qu'un ours quand il est malade. Je suis contente de quitter la maison toute la journée demain.

— Mais… Quelqu'un va rester avec lui ?

— Non. C'est un grand garçon. Il peut se débrouiller tout seul.

Même si c'était vrai, Scarlett ne pouvait s'empêcher de ressentir un peu d'inquiétude.

— Il est malade à quel point ?

— Comment veux-tu que je le sache ?

Une pointe d'impatience commençait à s'entendre dans la voix d'Amber.

— Je sais que tu craques pour lui, mais ne va pas

faire quelque chose de stupide. Comme d'annuler notre virée pour t'occuper de lui.

C'était précisément ce que Scarlett avait envie de faire. Si Travis était sérieusement malade, bien sûr.

— Peut-être qu'il se sentira mieux demain matin. Il a peut-être seulement besoin de se reposer, suggéra-t-elle.

— Mais oui, répondit Amber, avec insouciance. De toute façon, maman ne va pas tarder à arriver, et elle s'occupera de lui. Moi, il faut que j'aille chercher Will à l'école.

— Tiens moi au courant.

— Promis.

Se sentant un peu ridicule de s'inquiéter autant pour Travis qui pouvait probablement se débrouiller tout seul, Scarlett ne put s'empêcher d'aller en parler à Delilah.

— Je vous conseille de ne pas l'approcher, dit l'auxiliaire de vie. Travis est généralement un homme facile à vivre mais, quand il est malade, on dirait un autre homme. C'est Dr Jekyll et Mr Hyde.

— Vous n'exagérez pas un peu ? La plupart des hommes sont un peu pénibles quand ils ne se sentent pas bien.

— Pénible ? On est loin du compte.

Les pensées de Scarlett durent se lire sur son visage, car Delilah prit une mine réprobatrice.

— Oh ! non, non, non !

Elle agita impérieusement son index.

— Ne songez même pas à essayer de prendre soin de lui. Je vous promets que vous le regretterez si vous le faites.

— Je crois que je connais bien Travis maintenant, et je trouve cela difficile à croire.

— Oh ! mais vous apprendrez. Croyez-moi.

Plus tard dans la soirée, Scarlett appela Amber.

— Comment va-t-il ?

— Je n'en sais rien. Je ne suis même pas à la maison. Tu n'as qu'à appeler maman. Ou alors… Appelle Travis. S'il répond, tu verras que j'avais raison.

Au mépris de toute prudence, Scarlett décida d'essayer.

À sa surprise, il répondit à la deuxième sonnerie.

— Quoi ? marmonna-t-il.

Comme il semblait se réveiller, elle se sentit un peu gênée.

— Je voulais savoir comment tu te sentais, et si tu avais besoin de quelque chose.

— J'ai besoin qu'on me fiche la paix, aboya-t-il.

Et il mit fin à la communication.

— Eh bien, dit-elle pour elle-même, entre ses dents.

Peut-être y avait-il un peu de vrai dans ce qu'on lui avait dit.

Elle décida d'appeler Vivian.

— Oh ! bonjour Scarlett, s'exclama Vivian, d'un ton pétulant. J'ai tellement hâte d'être à demain.

— Moi aussi. Je vous appelle pour prendre des nouvelles de Travis.

Elle se sentait déjà un peu mieux. Ça ne devait pas être bien grave si Vivian était aussi joyeuse.

— Je lui ai fait du bouillon de poule avec des vermicelles, que j'ai laissé dans le réfrigérateur. Je lui dirai avant de partir.

— Vous allez le laisser seul ?

— Ce n'est plus un bébé, ma chère. Et puis je ne peux pas prendre le risque d'attraper quoi que ce soit et de gâcher notre journée entre filles. En plus, je ne sais pas si on vous l'a dit, mais Travis est insupportable quand il est malade.

— Oui, c'est ce que j'ai cru comprendre. Vous savez ce qu'il a ?

— Sûrement un rhume. Ou alors, la grippe. Il a dû attraper ça à la salle de sport. Ces endroits sont des nids à microbes.

— La grippe, ça peut être sérieux. Vous ne pensez pas que quelqu'un devrait rester avec lui ?

Vivian ricana.

— Non. À moins que vous soyez volontaire ?

Soudain, la décision de Scarlett fut prise.

— Eh bien, oui. Je suis volontaire. Vous devrez aller à Dallas sans moi. Je vais rester ici et m'occuper de Travis.

Rien de ce que dit Vivian ne la fit changer d'avis.

Même Amber s'y cassa les dents, quand elle appela plus tard dans la soirée pour essayer de la convaincre qu'elle faisait une grosse sottise.

— Tu as demandé son avis à Travis ?

— Inutile, décréta Scarlett, d'un ton ferme. Il est malade, et je vais l'aider. Et, si ça ne lui plaît pas, c'est la même chose.

— Tant pis pour toi.

Amber soupira avec exagération.

— Tu ne sais vraiment pas dans quoi tu mets les pieds. Sans compter que tu laisses ma mère choisir ton costume. Croise les doigts pour qu'il ne soit pas affreux.

— Justement, je compte sur toi pour y veiller. Tu sais que je ferais la même chose pour toi.

— Très bien. Tout ce que je peux dire, c'est que tu dois vraiment craquer pour mon frère. Mais ça risque de changer quand tu auras passé quelques heures avec lui. Nous partons à 9 heures. Donc, il faut que tu viennes avant, si tu veux que quelqu'un t'ouvre la porte. Et, pense à t'équiper d'un masque et de solution hydroalcoolique pour ne pas contaminer Hal avec les germes.

12

Travis se réveilla au milieu de la nuit, emmêlé dans ses draps, et brûlant de fièvre.

Il se leva en jurant et tituba jusqu'à la salle de bains. Il trouva des comprimés d'ibuprofène et en prit deux.

Bon sang, il détestait être malade.

Aspergeant d'eau fraîche son visage brûlant, il se regarda dans le miroir et le regretta.

La dernière fois qu'il avait eu cette tête-là, il avait eu la grippe pendant quinze jours. Depuis, il veillait à se faire vacciner. Il ne l'avait pas fait cette année, mais ce n'était pas encore la saison de la grippe.

Quoi qu'il en soit, il se sentait vraiment mal en point.

Il se traîna jusqu'à son lit et s'y laissa tomber.

Durant tout le reste de la nuit, il alterna entre des grelottements de froid, et la sensation d'étouffer de chaleur. Il se tourna et se retourna, appelant le sommeil de tous ses vœux.

Lorsque Travis ouvrit les yeux à nouveau, un rayon de soleil filtrait à travers les stores, l'obligeant à ciller.

Se souvenant que c'était aujourd'hui que sa mère, sa sœur et Scarlett devaient aller à Dallas, il s'en réjouit. Dans les rares occasions où il tombait malade, tout le monde savait qu'il voulait qu'on le laisse seul. Il semblait que, cette fois, il allait être exaucé.

Un regard à la pendulette posée sur la table de chevet lui apprit qu'il était 9 heures. Will devait être à l'école, et les femmes étaient probablement parties.

Le silence de la maison en attesta.

Toussant, la respiration sifflante, il se dirigea vers la salle de bains et se lava les dents, en espérant évacuer cet horrible goût de sa bouche.

Puis il se rendit à la cuisine, vêtu seulement de son caleçon, et prit une bouteille d'eau pétillante.

En se tournant pour regagner sa chambre, il s'arrêta net, médusé.

Scarlett était assise à la table de la cuisine.

— Salut, dit-elle, d'une voix douce. Comment te sens-tu ?

— Tu ne devais pas être à Dallas ? demanda-t-il, d'un ton peu amène.

— J'ai annulé. Je voulais rester avec toi.

— Inutile. Je suis contagieux. Je ne veux pas que tu sois malade.

Même si elle ne s'en rendait pas compte, il faisait un effort pour être aimable.

Il regagna sa chambre en titubant et parvint à poser la bouteille sur sa table de chevet sans la faire tomber.

Aussi incroyable que ça puisse paraître, Scarlett l'avait suivi.

— Tiens.

Elle lui tendit une boîte de mouchoirs en papier toute neuve.

— On dirait que tu vas en avoir besoin. Qu'est-ce que je peux faire d'autre ?

— Ficher le camp !

Saisissant un mouchoir, il se moucha bruyamment.

— Vraiment, Scarlett, j'apprécie que tu t'inquiètes pour moi, mais j'aimerais vraiment être seul.

— Je serai dans le salon ou la cuisine, si tu as besoin de moi.

Sur ces mots, elle quitta tranquillement la pièce et ferma sans bruit la porte derrière elle.

Peu après midi, un coup discret frappé à sa porte réveilla Travis. Il envisagea de l'ignorer, mais il avait fini sa bouteille d'eau et en voulait une autre.

— Quoi ?

Ses efforts pour paraître désagréable furent ruinés par une quinte de toux.

Tandis qu'il essayait de reprendre son souffle, la porte s'ouvrit.

— Je t'ai fait réchauffer du bouillon de poule, annonça Scarlett. Et je t'ai apporté aussi quelques crackers.

— Je ne sais pas… marmonna-t-il.

Elle s'approcha, et l'odeur du bouillon de poule le mit étonnamment en appétit.

— Essaie, au moins, dit-elle d'un ton encourageant. Tu as besoin d'aide pour t'asseoir ?

Il faillit lui répondre qu'il n'était pas invalide mais se retint de justesse.

Parfaitement conscient que sa mauvaise humeur, quand il était malade, était légendaire dans sa famille, il comprit soudain qu'il n'avait pas envie que Scarlett le voie ainsi.

— Merci, mais ça va, répondit-il. C'est très gentil de m'avoir préparé un repas. Je ne suis pas sûr de pouvoir manger, mais je vais essayer.

L'effort de parler autant l'avait épuisé, Mais il fut récompensé par un sourire éblouissant.

Une fois qu'il fut installé dans son lit, elle déposa le

plat sur ses genoux. Il vit alors qu'elle lui avait apporté une nouvelle bouteille d'eau.

— Je t'ai mis un petit bol, histoire de commencer doucement. Et il n'y a que cinq crackers. Si tu en veux plus, dis-le-moi.

En la voyant se diriger vers la porte, il eut envie de lui demander de rester, mais il ne le fit pas.

Sans grande conviction, il plongea la cuillère dans le bouillon de poule et, après quelques gorgées, constata que cela lui faisait du bien. Il s'aventura alors à grignoter un cracker, attendit de voir comment son estomac réagissait, et finit par dévorer le tout.

Il parvint à se lever pour déposer le plateau sur sa commode, fit un voyage rapide à la salle de bains et se recoucha.

Travis fut réveillé par une sonnerie de téléphone portable et entendit Scarlett répondre. Avec une grimace, il massa ses tempes douloureuses et fut surpris de voir qu'il était presque 15 heures.

Il s'étira et comprit qu'il se sentait un peu mieux. Comme si le pire était passé. Il avait toujours mal à la tête, mais il n'avait plus cette horrible impression que son corps brûlait de l'intérieur.

Il n'était pas souvent malade, mais quand ça lui arrivait, il était vraiment très malade. Et comme il détestait se sentir diminué, il avait tendance à faire payer à son entourage le prix de sa frustration. C'était ce qui lui avait valu la réputation d'être un malade invivable.

Il songea à tout ce que Hal endurait depuis des mois, sans jamais se plaindre, et sans faire vivre un enfer à ses proches. Il avait été piqué, sondé, manipulé, testé et retesté, en voyant sa santé se dégrader de jour en jour, et sans qu'aucun diagnostic ne soit établi.

Peut-être ferait-il bien de prendre exemple sur lui…

Basculant les jambes par-dessus le matelas, il attendit que son vertige passe et se dirigea vers la salle de bains, où il se passa de l'eau sur le visage et se lava les dents.

Puis il fouilla dans les tiroirs de sa commode, à la recherche d'un pyjama que quelqu'un lui avait offert l'année dernière pour Noël et qu'il n'avait jamais porté.

Il hésita à chercher une paire de chaussons, encore un cadeau de Noël inutilisé, et décida finalement que ça représentait trop d'efforts.

En chaussettes, il déambula à travers sa maison silencieuse, à la recherche de Scarlett.

Il la trouva endormie sur le canapé.

En la regardant, il comprit deux choses :

Tout d'abord, c'était la plus belle femme qu'il ait jamais rencontrée.

Et deuxièmement, il l'aimait.

Oui, il l'aimait.

Autrefois, une telle pensée aurait engendré chez lui du déni et de la panique. Après tout, il avait bien cru aimer Kendra. Elle lui avait pris son cœur et l'avait piétiné. À l'évidence, elle ne l'avait jamais aimé, même si elle avait accepté de l'épouser. Sinon, elle aurait compris qu'il soit aussi dévasté, au lieu de traiter sa souffrance par le mépris.

En tout cas, il n'avait pas prévu de se mettre à nouveau dans une telle situation de vulnérabilité.

Surtout avec une femme qui choisirait probablement toujours la ville plutôt que la campagne, un homme d'affaires plutôt qu'un rancher.

En d'autres mots, une femme qui n'était absolument pas faite pour lui.

Scarlett se réveilla brusquement et s'assit perplexe. Il lui fallut quelques secondes pour se rendre compte qu'elle s'était endormie sur le canapé de Travis.

Elle fut surprise de découvrir qu'il somnolait dans un fauteuil à côté d'elle, enveloppé dans un plaid.

Un élan de tendresse l'envahit, tandis qu'elle le regardait.

Pour un homme aussi grand et fort, il pouvait être étonnamment doux. Elle pensa à ses baisers, à la façon dont il l'avait tenue dans ses bras, et se rappela aussi leur passion.

Ses sentiments pour lui étaient compliqués et intenses.

Et vrais. Bien plus vrais que ce qu'elle avait pu ressentir jusqu'à présent.

Perdue dans ses pensées, elle sursauta lorsque son téléphone sonna. Elle avait baissé le volume, mais elle se hâta cependant de répondre, en espérant que le son n'avait pas réveillé Travis.

— Alors, comment ça se passe ?

À en juger par l'intonation rieuse dans la voix d'Amber, cette dernière ne s'attendait pas à une réponse positive.

— Désolée de te décevoir, mais je vais bien.

Scarlett jeta à nouveau un regard à Travis et sourit, le cœur gonflé d'amour.

— Vraiment ? Il ne t'a pas fait passer un sale quart d'heure ? Crois-moi, ça va venir.

— Non. Il était un peu ronchon au début, mais il semble reconnaissant de l'attention que je lui porte.

— Quoi ?

Amber lui avait hurlé dans l'oreille.

— Attends ! Il faut que je dise ça à maman.

Bien que Amber ait posé le téléphone, Scarlett entendit la majeure partie de la conversation. Vivian exprima son incrédulité, à grand renfort d'exclamations, tandis qu'Amber disait quelque chose qui lui fit énormément plaisir. D'après elle, cela voulait dire que Travis l'appréciait vraiment beaucoup.

Elle espérait que c'était vrai. Parce qu'elle aussi l'appréciait vraiment beaucoup.

Lorsque Amber reprit le téléphone, Scarlett l'interrogea sur leur voyage et les costumes. Apparemment, les deux femmes s'étaient bien amusées, déjeunant dans un restaurant à la mode du centre de Dallas, et s'offrant un détour chez Neiman Marcus. Elles n'avaient rien acheté dans ce magasin iconique, mais le simple fait de regarder les avait fait rêver.

— Tu reviens quand, à la maison principale ? demanda Amber. Delilah a fait un repas pantagruélique, étant donné que nous sommes tous là.

— Pas tout de suite.

— De toute façon, maman et moi avons décidé de rester ici jusqu'à ce que Travis soit guéri. Nous ne voulons pas qu'il nous contamine, et que nous repassions ensuite les germes à Hal.

— Comment va-t-il, justement ?

— Mieux, on dirait. Il est alerte et participe à la conversation. Il a aussi demandé des nouvelles de Travis.

— Dis-lui que je suis désolée de ne pas pouvoir être là ce soir, et aussi que Travis semble aller mieux.

Elle mit fin à la communication et, quand elle tourna la tête vers Travis, elle vit qu'il la regardait.

— Je suppose que c'était ma sœur, dit-il d'une voix moins enrouée. Elle a dû te mettre en garde contre moi.

— En effet. Comme tout le monde, d'ailleurs. Du coup, je me suis préparée à affronter le monstre qui sommeille en toi. Je ne l'ai pas encore vu.

— Désolé. J'apprécie vraiment que tu restes avec moi pour m'aider à affronter ça.

Le lendemain matin, après une nuit passée sur le canapé, Scarlett se leva et trouva Travis dans la cuisine. Il avait fait du café et préparé du porridge.

— Je me sens presque normal, déclara-t-il. Je me demande si je ne vais pas retourner au travail. Si je prends le pick-up au lieu de monter à cheval, ça devrait aller.

Scarlett attendit de s'être servi une tasse de café, avant de se tourner vers lui.

— J'ai remarqué que tu avais dit « presque ». Tu peux être plus précis ?

Il haussa les épaules.

— Je me sens peut-être un peu faible. Et j'ai encore légèrement mal à la tête. Mais, ça n'a rien à voir avec avant. J'ai pris ma température, et elle est quasiment normale.

— Je crois que tu devrais quand même te reposer une journée de plus. D'autant que tu es probablement encore contagieux.

— Tu sais, je n'ai pas l'intention d'embrasser tous ceux que je croiserai.

Il sourit.

— Tant que je reste à distance raisonnable, les autres n'ont rien à craindre. À part Hal, bien sûr. Il n'est pas question que j'aille chez lui pour le moment.

— C'est très bien, mais je m'inquiète pour toi.

Elle observa son sourire se transformer en grimace.

— Si tu ne donnes pas à ton corps le temps de récupérer, tu pourrais rechuter. Tu veux vraiment prendre ce risque ?

Il marmonna quelque chose entre ses dents mais, à la fin, il esquissa un sourire et hocha la tête.

— D'accord pour un jour de plus. Mais à la condition que tu retournes à la maison principale. J'ai apprécié ton aide, mais je vais assez bien maintenant pour me débrouiller tout seul.

— Comme tu voudras. Hal me manque, de toute façon.

Cela faisait du bien de rentrer chez soi, se dit Scarlett, en repoussant une stupide impression de perte et de solitude. Être avec Travis, même malade, illuminait sa vie, rendait son cœur plus heureux.

Preuve s'il en était qu'elle avait vraiment perdu la tête.

À en juger par le bruit qui en provenait, tout le monde s'était rassemblé dans la cuisine.

Ravie d'avoir pris le temps de se rafraîchir et de se rendre présentable, Scarlett entra d'un pas guilleret dans la pièce.

— Bonjour tout le monde, chantonna-t-elle.

— Tu es rentrée ! s'exclama Hal.

Scarlett s'avança vers lui et planta un baiser sur sa joue parcheminée.

— Tu as l'air d'aller beaucoup mieux.

— C'est vrai. J'ai l'impression d'avoir retrouvé un peu de forces. Et Travis ?

— Oui, dit Vivian, d'une voix stridente. Dites-nous comment va mon fils.

Derrière elle, Amber adressa un sourire d'encouragement à Scarlett.

— Nous avons hâte de l'entendre. Je suppose, puisque tu es ici, qu'il va mieux.

— Il se sent tellement bien qu'il envisage de reprendre le travail demain.

Tandis que Scarlett allait se servir un café, un silence embarrassé tomba sur la pièce.

Elle décida de prendre le taureau par les cornes.

— Au cas où vous vous poseriez la question, il n'a pas été aussi désagréable que ça.

— Eh bien, tant mieux, dit Vivian. Mais, il n'est pas question que je retourne là-bas tant que je ne suis pas sûre à cent pour cent qu'il n'est plus contagieux.

— Maman a une peur bleue des microbes, expliqua Amber.

Vivian, qui détestait que ses enfants l'appellent maman, lui fit aussitôt les gros yeux.

— C'est une bonne chose que ma maladie, quelle qu'elle soit, ne soit pas contagieuse, dit Hal. Sinon, Vivian resterait aussi loin de moi que possible.

— C'est vrai, reconnut Vivian, avec un haussement d'épaules insouciant.

Puis elle changea de sujet.

— Maintenant que vous êtes là, vous voulez voir votre costume ?

Ses yeux bruns pétillaient d'impatience, tandis qu'elle attendait la réponse de Scarlett, et celle-ci s'efforça de montrer un minimum d'enthousiasme. À l'évidence, ce bal était une affaire d'État.

— Bien sûr, dit-elle.

— Tu seras Bonnie, et Travis sera Clyde, annonça Amber, tandis que sa mère allait chercher les costumes.

Au grand soulagement de Scarlett, son costume n'était pas trop sexy ou, pire, de mauvais goût : une robe noire à fines rayures verticales blanches, un borsalino avec une petite plume rouge et un pistolet en plastique.

— Je suppose que vous avez des escarpins noirs à porter avec ? demanda Vivian.

— Bien sûr. Et, à quoi ressemble le costume de Travis ?

Amber et sa mère échangèrent un regard.

— Costume noir, chemise blanche, cravate rouge et chapeau, récita Vivian. Vous serez charmants.

— Et pour vous, qu'avez-vous choisi ?

— Je serai la fiancée d'un parrain de la mafia, annonça-t-elle, en se rengorgeant. Et Franck tiendra le rôle du mafieux.

— J'ai hâte de rencontrer ce mystérieux Franck, dit Scarlett.

Pendant un bref instant, les lèvres de Vivian se crispèrent, puis sa bonne humeur revint.

— Il a été très occupé, ces derniers temps.

— Occupé ? répéta Amber, d'un ton aussi sceptique que son expression. J'aimerais bien savoir à quoi.

Vivian lui adressa un regard noir.

— À peindre. Frank est un artiste, tu le sais.

— J'aime énormément les artistes, dit Scarlett.

— Alors, vous adorerez Frank, affirma Vivian, aux anges. Il est extraordinaire.

À en juger par les efforts de Amber et de Hal pour garder leur sérieux, Scarlett eut des doutes.

— Oh ! mais j'y pense… N'avez-vous pas dit que vous avez travaillé dans une galerie d'art à Atlanta ?

Scarlett sentit le piège venir.

— Oui, répondit-elle, d'un ton prudent.

— Alors, vous devez vous y connaître. Si j'organise un rendez-vous dans l'atelier de Frank, viendrez-vous voir son travail et lui donner votre avis ?

Cherchant un moyen poli de décliner, Scarlett s'en tint au classique « pourquoi pas ? ».

— Formidable ! s'exclama Vivian, en choisissant de prendre sa réponse pour un accord. Vous ferez sa connaissance au bal et fixerez la date ensemble.

Scarlett eut le plus grand mal à garder son sérieux, quand elle vit la grimace que fit Amber dans le dos de sa mère.

— Bien.

Capitulant, Scarlett reporta son attention sur son costume.

— J'attends ce bal avec beaucoup plus d'impatience que je ne l'aurais cru, reconnut-elle.

13

Après le départ de Scarlett, Travis regretta de l'avoir renvoyée. Et cependant il avait eu l'impression qu'il devait le faire. Comme si, à mesure que la maladie reculait, le fait d'être en sa présence attisait son désir.

Lutter pour garder le contrôle sur son corps aurait été épuisant. Voilà pourquoi il valait mieux qu'il soit seul.

Il savait qu'elle avait été blessée par sa manière de faire – elle n'était pas très douée pour dissimuler ce qu'elle ressentait. Il s'assurerait de lui expliquer plus tard, quand il pourrait l'embrasser sans crainte de la contagion.

Malgré tout, elle lui manquait.

Plus il passait de temps avec Scarlett, plus il se sentait sur le point de succomber. Et plus il devait se rappeler la nécessité de lutter contre cette dangereuse attirance.

Il avait déjà vécu ça avec Kendra, et elle lui avait brisé le cœur.

Mais quelque part, au fond de son esprit, une petite voix lui soufflait que Scarlett était peut-être différente.

Il passa le reste de la journée à s'ennuyer et à tourner en rond et alla se coucher de bonne heure.

Le lendemain, Travis se sentait un homme neuf. Plus de courbature et de douleur, pas même un léger mal de tête.

Enfin, il pouvait reprendre le travail, retrouver sa vie normale.

Il avait besoin de passer du temps loin de Scarlett, d'y voir plus clair dans ses pensées.

Les deux jours suivants passèrent dans un brouillard. Il se leva tôt, rentra tard, dînant rapidement, avant de se jeter au lit.

Sa famille était toujours logée dans la maison principale, ce qui lui allait très bien.

Le soir du troisième jour, il envisagea d'aller boire une bière en ville, après être passé par la maison pour se changer.

En découvrant le SUV de sa mère et la citadine de sa sœur, il sut que la récréation était finie.

Lorsqu'il poussa la porte, une délicieuse odeur de poulet rôti l'accueillit. L'eau à la bouche, il la suivit jusqu'à la cuisine.

Assises autour d'une table vide, Vivian et Amber avaient fini de dîner. Will jouait par terre avec ses petites voitures. Lorsqu'il vit son oncle, il se releva d'un bond et courut se jeter contre ses jambes.

Après avoir câliné l'enfant et admiré ses voitures, Travis chercha des yeux une assiette avec des restes de poulet. Il la trouva à côté du four à micro-ondes, recouverte d'un film plastique.

— Je suis contente de voir que tu es en pleine forme, dit Vivian.

— Ouais, c'est vrai, ajouta Amber. Tu as l'air totalement normal.

Travis fit réchauffer son assiette et sortit une bouteille de bière du réfrigérateur.

Dévorant le contenu de son assiette en quelques minutes, il prit soudain conscience que le silence régnait dans la pièce.

— Quoi ? dit-il.

— Rien, répondit Vivian. Je vois que ton appétit est revenu. J'ai fait de la salade de pommes de terre. Tu en veux ?

Il hocha la tête et attendit que sa mère sorte un saladier du réfrigérateur et le serve. Puis il s'attaqua à son assiette avec une détermination aveugle, jusqu'à ce qu'il ne reste plus rien.

Terminant sur une longue gorgée de bière, il remercia sa mère pour ce fantastique repas.

— Je t'en prie, mon chéri, répondit-elle, visiblement ravie. C'est bon d'être de retour à la maison.

Puis elle lui donna des nouvelles de Hal.

— Je suis tellement heureuse qu'il aille mieux. Je continue à espérer qu'il remportera la lutte contre cette maladie.

— Moi aussi, dit Travis, avec ferveur. Moi aussi.

— J'en déduis que tu n'as pas été trop invivable avec Scarlett, se moqua Amber. Merci de nous avoir fait passer pour des folles de l'avoir mise en garde contre toi.

— Mais je t'en prie, dit-il, en réprimant un bâillement. À présent qu'il avait dîné, sa seule envie était d'aller se coucher.

— Je crois que je vais vous laisser, dit-il.

— Pas tout de suite.

Vivian agita l'index devant lui.

— Tu ne veux pas voir ton costume ?

Sans attendre sa réponse, elle alla dans le couloir et revint avec une housse à vêtement.

— J'ai laissé le sien à Scarlett.

Travis se força à paraître intéressé.

— Regarde-moi ça, annonça Vivian. C'est fantastique.

Quand elle dévoila le costume de gangster, il fut

soulagé. Finalement, ce n'était pas quelque chose de trop excentrique. Il aurait même pu le choisir lui-même.

— Toi et Scarlett, vous ferez un couple magnifique, décréta Vivian. Je crois que son costume lui plaît beaucoup. En plus, il lui va à merveille. Ce ne sera même pas nécessaire de faire des retouches. Sur ce, je m'en vais retrouver Franck. J'ai une nouvelle formidable à lui apprendre.

Dès que sa mère eut quitté la pièce, Amber leva les yeux au ciel.

— Elle est en boucle depuis que nous avons quitté la maison. J'ai l'impression que ce bon vieux Frank se fait rare, et qu'elle en fait des tonnes pour attirer son attention.

— C'est quoi, la nouvelle ?

Amber soupira.

— Maman a coincé cette pauvre Scarlett en lui demandant un avis professionnel sur le travail de Frank.

— Ne t'en fais pas pour elle. Scarlett ne manque pas de répondant.

— J'espère.

Lorsque Amber se leva pour faire prendre son bain à Will, Travis en profita pour retourner dans sa chambre.

Il était levé depuis 4 h 30 et, même s'il était à peine 20 heures, il avait le plus grand mal à garder les yeux ouverts.

Totalement absorbé par son travail, Travis ne vit pas passer la semaine.

Il n'avait pas parlé à Scarlett depuis qu'il lui avait demandé de s'en aller de chez lui. Évidemment, Amber et Vivian ne pouvaient s'empêcher de lui faire des comptes rendus réguliers.

Hal appelait régulièrement, et ils avaient de longues

conversations. Si le vieil homme se doutait de la raison pour laquelle il se tenait à l'écart, il n'y fit pas une fois allusion.

La veille du bal, Travis rentra à une heure normale. Vivian avait prévu de passer la nuit chez Frank, et Amber avait déposé Will chez un de ses copains, pour une soirée pyjama, avant d'aller boire un verre avec Mike.

Ce qui voulait dire qu'il avait à nouveau la maison pour lui seul.

Pour la première fois depuis longtemps, il songea à la parcelle qu'il avait prévu d'acheter à Hal pour y construire sa propre maison. Le projet avait été oublié lorsque Kendra l'avait quitté, mais il était à nouveau intéressé par cette perspective.

Et ce n'était pas à cause de Scarlett. Simplement, le moment était venu pour lui d'avoir son propre espace. Et, comme il ne pouvait pas jeter dehors sa mère et sa sœur, la seule solution était qu'il déménage.

Il décida d'en parler avec Hal après le bal.

Le bal costumé d'Halloween était l'événement de la saison. La fin du moins d'octobre annonçant la fin des moissons, l'activité dans les exploitations agricoles ralentissait quelque peu, et les ranchers pouvaient s'accorder un peu de détente.

En sortant de sa chambre, vêtu de son costume, Travis ne put s'empêcher de se dire qu'il avait oublié quelque chose.

Puis ça lui revint.

Cela faisait tellement longtemps qu'il n'avait pas invité une femme au bal qu'il en avait oublié la tradition remontant aux années 1950 : Le *corsage*, un petit bouquet de fleurs porté au poignet, qu'il était supposé offrir à Scarlett.

Après un coup d'œil à sa montre, il se dit qu'il avait le temps d'aller en ville et de passer chez la fleuriste. Même si June travaillait sur commande, pour des occasions comme celle-ci, elle avait toujours un petit stock de bouquets tout prêts pour les distraits comme lui.

En passant devant le country club, il vit que les décorateurs étaient déjà sur place pour apporter la dernière touche aux festivités à venir.

Quand il arriva chez la fleuriste, il n'y avait pas de place, et il dut se garer une cinquantaine de mètres plus loin.

Il remonta le trottoir en courant et s'engouffra dans la boutique, en espérant qu'il n'arrivait pas trop tard.

Il ne restait plus que trois bouquets de poignet dans la vitrine réfrigérée, à côté du comptoir. Par chance, l'un d'eux se composait de roses rouges et blanches. Il était un peu volumineux à son goût, mais il n'avait pas le luxe de chipoter.

Il sortait de la boutique, quand il tomba nez à nez avec Bubba Weber, son voisin le plus proche, dont la famille possédait un élevage de moutons. Farouchement opposé à Wave Oil, l'homme, connu pour ses coups de sang et son goût des armes, avait organisé un groupe de protestation avec des fermiers du coin.

— Salut, Travis ! T'as une minute ?

Travis hocha la tête.

— Bien sûr. Qu'est-ce que je peux faire pour toi ?

Bubba envoya un jet de tabac à chiquer dans le caniveau et fixa Travis dans les yeux.

— Je suis un peu inquiet à propos d'un truc que j'ai entendu. Alors, il faut que je te pose la question.

— Je t'écoute.

— Je me demandais si tu étais toujours contre les forages, ou si tu avais changé d'avis.

— Je n'ai pas changé d'avis, répondit fermement Travis.

— Alors, tu peux m'expliquer ce que cette employée de Wave Oil fait chez Hal ?

— Qu'est-ce que tu racontes ? La seule personne qui se trouve chez Hal, c'est sa fille qui vient d'Atlanta. Elle n'a rien à voir avec Wave Oil.

— Ce n'est pas ce que j'ai entendu. Tu ferais bien de vérifier.

— À ta place, j'écouterais moins les ragots.

— Elle te plaît, hein ? Si ça se trouve, ça faisait partie de leur plan. Ils sont malins, ces gens-là. Ils jouent sur les deux tableaux. Ils essaient de t'embobiner en même temps que le vieux. Si ça ne marche pas avec l'un, ça marchera avec l'autre.

— Ne dis pas n'importe quoi !

Bubba fixa la boîte en plexiglas contenant le bouquet de poignet.

— Il paraît que tu vas au bal avec elle.

— C'est vrai, mais…

— Ne gâche pas ta salive. Nous sommes plusieurs à vouloir lui demander de vive voix si ce que nous avons entendu est vrai.

— Tu n'arrêtes pas de dire que tu as entendu des choses. Où, et venant de qui ?

Bubba haussa les épaules.

— En ville. Ici et là…

— Écoute, tu sais bien que les rumeurs sont souvent infondées…

Frustré, Travis chercha les bons mots.

— Crois-moi, lorsque Scarlett est arrivée, j'ai eu des doutes aussi. Puis j'ai appris à la connaître et j'ai compris que j'avais tort de la soupçonner. Il n'y a aucune raison de l'interroger sur de telles âneries.

— Mouais…

Bubba ne paraissait pas convaincu.

— On verra, marmonna-t-il, avant de s'éloigner.

Scarlett avait dû regarder sa montre une trentaine de fois, tandis que l'après-midi s'éternisait. Elle avait follement hâte que vienne l'heure de partir pour le bal.

Son téléphone sonna.

— Scarlett ? dit Amber, d'un ton affolé. J'ai oublié de te parler de la boutonnière.

— La quoi ?

— C'est une tradition. Les hommes offrent à leur cavalière un *corsage*, ou si tu préfères, un petit bouquet de fleurs porté au poignet. Et les femmes offrent une boutonnière pour le revers de leur veste. Figure-toi que j'ai oublié d'en prendre une pour Mike. Je n'ai pas le temps de passer chez la fleuriste, car je dois déposer Will chez la baby-sitter.

Amber marqua une courte pause pour reprendre son souffle.

— Tu me rendrais un immense service si tu me prenais une boutonnière, en plus de celle pour Travis.

Scarlett vérifia à nouveau sa montre.

— Bien sûr. Je pense que j'ai le temps. En fait, ça me fera une distraction. Je tourne en rond en attendant l'heure du départ. Tu veux une couleur en particulier ?

— Ça m'étonnerait qu'il reste beaucoup de choix. La boutique est sur Main Street. Tu ne peux pas la louper. Merci beaucoup. Et à charge de revanche.

Scarlett sortait de chez la fleuriste et se dirigeait vers sa voiture, quand une voix masculine l'interpella.

— Madame ?

Elle se retourna. Jeune et séduisant, l'homme portait un costume parfaitement coupé et des richelieus noirs d'un grand chausseur italien et semblait tout aussi déplacé à Anniversary qu'elle-même le jour de son arrivée. Aujourd'hui, elle portait un jean et des bottes, et se fondait dans le paysage.

— C'est à moi que vous parlez ?

Étonnée, elle regarda autour d'elle et vit que les autres piétons continuaient leur chemin.

— Oui. Excusez-moi.

Il lui tendit la main.

— Je suis John Mellon. Auriez-vous un moment à m'accorder ?

Ah, maintenant elle comprenait.

— Quoi que vous vendiez, je ne suis pas intéressée, dit-elle, fermement.

— Je ne vends rien, protesta-t-il, alors qu'elle commençait à tourner les talons. Écoutez, je ne vais pas y aller par quatre chemins. Je travaille pour Wave Oil, et je voudrais discuter avec vous de la possibilité de forer sur les terrains de votre père.

Scarlett se figea.

— Vous vous trompez de personne. Je n'ai aucun pouvoir sur ce genre de choses. C'est avec lui que vous devez en parler, pas avec moi.

L'homme insista, affichant un sourire charmeur.

— Puis-je vous offrir un café, afin que nous puissions parler tranquillement quelques minutes ?

Elle consulta sa montre.

— Je n'ai pas le temps. Vous ne le savez peut-être

pas, puisque vous n'êtes pas d'ici, mais c'est un grand jour pour la ville.

Il sourit, avec un petit air content de lui.

— J'en ai entendu parler. C'est une sorte de compromis entre l'ancien bal des moissons du village et les festivités d'Halloween. Mais ça dure tout le week-end, non ?

— Le festival, oui. Mais le bal costumé a lieu ce soir. Et je dois me préparer.

— S'il vous plaît, accordez-moi dix minutes.

Il fit une mine d'enfant boudeur et suppliant, avant d'éclater de rire.

— Comme ça, je pourrai au moins dire à mon patron que j'ai essayé.

Amusée, Scarlett commença à fléchir. Après tout, il lui restait encore deux heures pour se préparer…

Finalement, elle haussa les épaules.

— Puisque vous insistez. Mais, sachez que tous vos beaux discours pour essayer de me convaincre n'y changeront rien. Je ne suis absolument pas décisionnaire en ce qui concerne le ranch.

Avec un sourire et un hochement de tête, il désigna un café situé à quelques pas.

Il lui tint la porte, lui demanda ce qu'elle voulait et alla passer commande tandis qu'elle prenait place à la seule table disponible, le long de la vitrine.

Il revint bientôt avec un *latte* pour elle et un *cappuccino* pour lui et s'installa en face d'elle.

— Ils font les meilleurs cafés de la ville, dit-il.

Scarlett but une gorgée. Il avait raison. C'était excellent.

— Vous savez, je vous comprends, commença John. Nous sommes un peu pareils. Nous arrivons d'une grande ville, nous sommes déracinés ici. Pas vraiment à notre place. Et pour vous, ce doit être encore plus difficile, étant donné que votre père est malade. Je sais qu'il a de grosses factures médicales, et pas d'argent pour les payer.

Scarlett se redressa sur son siège et le regarda sévèrement.

— Même si c'était vrai, je ne vois pas en quoi cela vous concerne.

— Doucement.

Il leva une main parfaitement manucurée, en signe de défense.

— Ne vous emballez pas. Je voulais simplement vous faire savoir que, si c'était le cas, il suffirait de nous autoriser à installer un ou deux puits de forages, et tous vos soucis seraient réglés.

Il marqua une pause infime.

— Ça vaut la peine d'y réfléchir, n'est-ce pas ?

Scarlett but une nouvelle gorgée de café, tout en l'observant.

— Je vous le répète, c'est avec Hal qu'il faut en parler.

— Nous avons essayé, mais son contremaître nous interdit de le voir.

— Travis ?

Scarlett comprit soudain qu'elle avait fait une énorme erreur en parlant avec ce type. Travis avait déjà des doutes sur ses liens avec Wave Oil.

— Travis agit sous l'autorité de Hal. S'il vous interdit de le voir, c'est que la consigne vient de Hal lui-même.

— Peut-être… Ou peut-être pas. Moi, tout ce que je vous demande, c'est d'en parler à votre père. Comme ça, vous en aurez le cœur net.

Il marquait un point.

— Je suppose que je peux toujours lui poser la question, dit-elle à contrecœur.

Et ce faisant, elle se demanda pourquoi elle avait l'impression de faire quelque chose de mal.

— Mais, je ne vous promets rien. Je ne m'engage à rien.

— Ce n'est pas ce que je vous demande.

Il termina son café d'un trait et se leva.

— Merci de m'avoir accordé du temps.

Il s'en alla, la laissant pensive, à se demander si elle ne venait pas de se faire embobiner.

Mais elle se réconforta en se disant qu'elle avait seulement accepté de parler de cette rencontre à Hal. Elle n'avait même pas dit quand. Seulement qu'elle le ferait.

En arrivant à la maison, Scarlett n'y songea plus.

Elle avait des choses beaucoup plus importantes à envisager.

14

Malgré ses efforts pour rester calme et concentrée, Scarlett ne tenait plus en place.

Elle avait accordé un soin particulier à son maquillage et avait lissé ses cheveux. Puis elle avait enfilé la robe, ajusté le chapeau sur sa tête, et chaussé ses stilettos noirs.

Comme elle n'était pas fan du pistolet en plastique qui accompagnait la tenue, elle avait décidé de s'en passer.

Quand elle apparut dans le salon, Hal eut un sifflement admiratif.

— Tu es bien jolie.

— Merci. Vivian a bien choisi mon costume.

— Elle est douée pour ça. Mais je te garantis que sa tenue sera plus époustouflante que la tienne et celle d'Amber réunies.

— Cela ne me dérange pas. Comme je suis nouvelle ici et que je ne connais personne, je préfère rester en retrait.

— Je doute que ce soit possible, puisque tu y vas avec Travis. J'ai hâte de voir sa tête quand il te découvrira.

Elle aussi avait hâte, mais elle ne le dit pas, de crainte que Hal ne se mette à spéculer sur les sentiments qu'elle éprouvait pour son beau-fils.

En entendant des pneus crisser sur les gravillons, elle se crispa.

— Je crois qu'il est là, dit-elle, de plus en plus nerveuse. Tu es sûr que je suis bien pour ce genre d'événement ?

— Tu es parfaite, affirma Hal.

Au même moment, la porte d'entrée s'ouvrait, livrant le passage à Travis.

— N'est-ce pas, qu'elle est parfaite, Travis ?

Depuis l'embrasure de la porte, Travis la détailla de la tête aux pieds, et elle eut l'impression de sentir la chaleur de son regard comme s'il la caressait.

Quant à lui, il ressemblait à un mauvais garçon, sexy en diable, et elle avait du mal à en détacher les yeux.

— Tu es superbe, dit-il. Mais je ne sais pas comment une fugitive pourrait courir avec ces talons.

— Tu penses qu'il faut que je change de chaussures ? J'ai des ballerines noires…

— Surtout pas ! Ces escarpins ne font peut-être pas authentiques, mais ils sont parfaits.

Il tendit la main qu'il avait gardée dans son dos et révéla une petite boîte transparente.

— Ton *corsage*.

En découvrant le bouquet rouge et blanc, elle sourit de ravissement et s'empressa de le fixer à son poignet.

— Attends !

Elle se précipita vers le réfrigérateur et revint avec une boîte identique.

— Voilà pour toi. Je peux l'accrocher à ton revers de veste, si tu veux.

— Nos bouquets sont assortis, remarqua-t-il.

Il se tint tranquille tandis qu'elle fixait sa boutonnière.

— Parfait, déclara-t-elle, après avoir reculé d'un pas pour juger l'effet.

— Tu es prête ?

Il désigna la console de l'entrée.

— N'oublie pas ton masque.

Récupérant son masque et une petite minaudière constellée de strass, elle hocha la tête.

— Prête.

Travis l'aida à se hisser dans la cabine du pick-up, et la façon dont sa main s'attardait dans le creux de son dos fit courir des frissons le long de sa colonne vertébrale.

Elle remarqua la façon dont son regard s'attardait sur ses jambes, tandis qu'il se mettait au volant.

L'intense chaleur qu'elle ressentit l'obligea à tourner la tête, jusqu'à ce qu'elle reprenne le contrôle d'elle-même.

Elle ne savait pas pourquoi, mais le fait de porter un costume et un masque rendait plus sensuel chaque frôlement, chaque regard.

Travis alluma la radio, et ils chantèrent en compagnie de George Strait et Keith Urban, ce qui allégea sa tension et fit naître un sourire sur son visage.

La route était dégagée mais les choses changèrent quand ils atteignirent les faubourgs de la ville, et ils furent bientôt pare-chocs contre pare-chocs.

— Regarde toutes ces voitures, dit Scarlett. On se croirait à Atlanta.

— Ils vont tous au bal.

— Eh bien. Quand tu disais que c'était un événement majeur, tu n'exagérais pas.

Travis éteignit la radio et profita du fait qu'ils étaient à l'arrêt pour tourner la tête vers elle.

— Tu es nerveuse ?

— Oui. Et ça ne me ressemble pas. D'habitude, j'adore les rassemblements mondains. Je ne sais pas pourquoi je m'inquiète.

Peut-être était-ce le fait qu'il lui avait demandé de prétendre être amoureuse de lui.

Ce qu'il ignorait, c'était qu'elle n'aurait pas à faire semblant.

— Ça va aller, dit-il, en lui pressant l'épaule. Ce sont les mêmes gens que tu voies quand tu vas en ville, sauf qu'ils sont déguisés. Eh bien que ces simples loups de velours ne nous apportent pas vraiment l'anonymat, c'est amusant de faire comme si.

Surprise, elle l'observa plus attentivement.

— Ça te plaît, n'est-ce pas ?

Quand il tourna la tête et lui sourit, elle lui sourit à son tour.

— Exact. C'est une chance pour nous, les ranchers, de nous détendre et de discuter. La ville se rassemble et fait la fête. C'est très amusant, tu verras.

Finalement, ils arrivèrent jusqu'au parking, et Travis prit l'une des dernières places, assez loin du bâtiment.

— Tu vas pouvoir marcher avec ces chaussures ?

Sa question la fit rire.

— Oui. J'ai perfectionné l'art de porter des stilettos. J'ai eu tout le loisir de m'y entraîner dans mon ancien travail à la galerie.

Il lui offrit son bras, et ils se joignirent à la foule qui progressait vers l'entrée.

Tandis que Travis évoluait dans la foule comme un poisson dans l'eau, présentant Scarlett à des quantités de gens, elle abandonna toute tentative de se rappeler leurs noms.

Il la touchait souvent, de cette façon naturelle qu'avaient les vrais couples de chercher constamment le contact. À plusieurs reprises, il se pencha même pour lui déposer un baiser dans le cou.

Lorsque enfin ils purent s'asseoir à une table, drapée de blanc et décorées de fleurs et de bougies, elle s'effondra sur sa chaise avec un soupir de soulagement.

— Après le dîner, un orchestre jouera, et nous danserons.

Travis s'était penché au-dessus d'elle, son souffle lui caressant l'oreille, et son enthousiasme la fit sourire.

Au bout de quelques minutes, passées à observer les costumes des participants, elle demanda à Travis où se trouvaient les toilettes.

— Au fond du couloir à gauche. Je vais rester ici pour ne pas perdre nos places.

— Bonne idée.

Elle se leva et, cédant à la tentation, déposa un rapide baiser sur ses lèvres. Se réjouissant de son regard médusé, elle se fraya un chemin à travers la foule.

Elle trouva les toilettes sans difficulté et fut surprise de voir qu'il n'y avait pas de file d'attente. Poussant la porte, elle découvrit que les trois stalles étaient libres.

Tout en se lavant les mains, elle observa son reflet dans le miroir. Elle avait les joues un peu rouges mais elle aimait la façon dont le masque noir rendait son regard plus mystérieux.

Pour tout dire, elle se sentait jolie et sexy.

Au moment où elle quittait la pièce, quelqu'un sortit de l'ombre, et un bras puissant s'enroula autour de son cou, tandis qu'une large main lui couvrait la bouche.

Suffocant, elle se débattit tandis qu'on la ramenait dans les toilettes, cherchant son souffle, luttant pour se libérer. Mais son agresseur était trop fort.

— Écoutez-moi, dit-il. Tenez-vous tranquille et écoutez. C'est mon dernier avertissement.

Il desserra légèrement son bras, et elle en profita pour inspirer profondément.

— Soit vous quittez la ville immédiatement, soit vous mourrez. C'est compris ?

Sous le choc, elle ne put que hocher la tête.

— Allez-vous en discrètement, sans rien dire à personne. Si vous le faites, je le saurai.

Il la libéra et la poussa brutalement contre l'une des stalles. L'instant d'après, le claquement de la porte lui apprit qu'il était parti.

Prise d'une quinte de toux, elle porta les mains à sa gorge douloureuse, en se demandant s'il y avait des marques.

Quand elle tituba jusqu'au miroir, elle vit que des traces rouges avaient déjà commencé à se former. Malgré le mascara waterproof, des taches noires marquaient le dessous de chaque œil, et son rouge à lèvres rubis avait bavé, lui faisant une bouche de clown.

La porte s'ouvrit à nouveau, et elle se crispa. Deux femmes en robes à la *Autant en emporte le vent*, entrèrent en discutant gaiement.

Scarlett reconnut Kendra et pesta intérieurement.

Il ne manquait plus que ça.

Kendra la vit à son tour et poussa un petit cri.

— Que vous est-il arrivé ? Est-ce que ça va ?

— Pouvez-vous aller chercher Travis ?

Kendra s'adressa à son amie.

— Vas-y, toi. Je reste avec elle.

Travis se rua dans les toilettes. Quand il vit l'état dans lequel se trouvait Scarlett, la fureur et la panique l'envahirent.

Aussitôt, il l'attira dans ses bras et repoussa doucement ses cheveux en arrière.

— Ça va ?

— Oui.

Derrière elle, Kendra toussota pour attirer son attention.

— Que s'est-il passé ? demanda-t-il, entre ses dents serrées, se retenant à grand-peine de se déchaîner sur elle.

— Je n'en sais rien. Sarah et moi sommes entrées et

l'avons trouvée comme ça. Elle nous a demandé d'aller te chercher, et c'est ce que nous avons fait.

Le visage contre son torse, Scarlett hocha la tête pour confirmer.

Travis fixa sévèrement Kendra puis désigna la porte d'un geste du menton.

— Sors de là !

— Mais…

Son amie Sarah lui prit la main et essaya de l'entraîner. Kendra résista quelques secondes et finit par capituler.

Quand ils furent seuls, Travis souleva le menton de Scarlett et l'obligea à le regarder.

— Que s'est-il passé ? demanda-t-il, d'une voix douce. Qui t'a fait ça ?

— Je ne sais pas. C'était un homme grand et fort, avec un costume noir, et un masque qui lui couvrait la moitié du visage.

Étant donné que de nombreux hommes présents ce soir correspondaient à cette description, cela ne les aidait pas.

— Couleur des cheveux ? demanda-t-il. Mince ou corpulent ? Un signe caractéristique ?

— Il était mince, je pense. Sinon, je ne sais pas. Ça s'est passé trop vite.

— Que voulait-il ?

— Il a dit que je devais quitter la ville immédiatement, où il me tuerait.

Elle déglutit avec peine.

— Je crois qu'il le pensait.

Elle utilisa une serviette en papier humidifiée pour se nettoyer sommairement le visage.

Travis prit une profonde inspiration pour contrôler sa colère, puis il lui prit le bras.

— Viens, il faut porter plainte.

Puisque le shérif et plusieurs officiers participaient au bal, ce ne serait pas compliqué.

— S'il le faut, nous passerons la salle au peigne fin et nous le trouverons.

— Non. Je ne veux pas perturber le bal.

— Et pourquoi pas ?

L'observant avec incrédulité, il secoua la tête.

— Quelqu'un t'a agressé. Il faut trouver qui il est, et s'il est lié aux autres incidents.

— J'en suis persuadée.

Son ton était étonnamment calme.

— Je vais déposer une main courante, et c'est tout. Les gens d'ici ont attendu ce bal toute l'année, je ne veux pas gâcher leur plaisir.

L'admiration se mêla à la frustration, tandis qu'il observait son expression butée.

— Tu le penses, n'est-ce pas ?

— Oui.

— Bien. Mais, promets-moi que tu garderas un œil sur la foule, et que tu me préviendras discrètement si tu le vois.

— Promis. Et maintenant, laisse-moi me remaquiller.

Tandis qu'ils revenaient dans la salle de bal, Travis repéra le shérif qui discutait avec Vivian.

Il s'approcha et posa la main sur l'épaule du représentant de l'ordre.

— Vous permettez que je vous dise un mot en privé ?

— Bien sûr. Vous avez un problème ?

Avant que Travis ait pu répondre, Vivian poussa un petit cri.

— Scarlett ! Qu'est-il arrivé à votre cou ?

— Chut ! fit Scarlett, tandis que plusieurs têtes se

tournaient vers eux. C'est de ça dont nous voulons parler au shérif. S'il vous plaît, nous ne voulons pas faire de scène.

— Venez avec moi.

Le shérif James les conduisit vers un bureau à l'écart.

Quand ils furent à l'intérieur, la porte fermée, il croisa les bras.

— Que se passe-t-il ?

Scarlett répéta ce qu'elle avait dit à Travis. Tandis qu'elle parlait, Vivian s'accrochait au bras de son fils.

— Pourriez-vous reconnaître cet homme, si nous rassemblions tous ceux qui correspondent à cette description ?

— J'en doute. De plus, je ne veux pas perturber le bal.

— Je trouve ça stupide, intervint Travis, mais je l'admire de penser d'abord à nos concitoyens.

— Je suis d'accord avec elle, dit Vivian. En plus, son agresseur a probablement déjà filé.

— Pas forcément, objecta le shérif. Il a très bien pu se fondre dans la foule.

— Je veux juste déposer une main courante et solliciter une protection policière.

— Bien. Vous n'aurez qu'à passer au poste. Et je vais envoyer une patrouille surveiller les abords du ranch. C'est tout ce que je peux faire.

— Parfait, déclara Scarlett, avec un sourire forcé. Il ne nous reste plus qu'à retourner dans la salle de bal, et faire comme si rien ne s'était passé.

Lorsqu'ils revinrent, ils découvrirent qu'un couple s'était approprié leur table. Heureusement, Vivian repéra Amber et Mike assis un peu plus loin.

— On dirait qu'Amber nous a gardé des places.

Ils s'installèrent, et Travis regarda autour de lui.

— Où est Frank ?

— Mystère.

Vivian haussa les épaules, apparemment peu concernée. Sa robe à franges soyeuses était du même bleu que ses yeux. Elle portait dans les cheveux un bandeau orné d'une aigrette. Un long sautoir en perles et une multitude de bracelets complétaient sa tenue.

Mike proposa d'offrir une tournée et se dirigea vers le bar. Amber et Vivian s'éclipsèrent vers les toilettes.

— Tu es sûr que ça va aller ? demanda Travis, à voix basse.

Pendant un instant, elle songea à mentir. Puis elle secoua la tête.

— Honnêtement, je n'en sais rien. Je suis toujours sous le choc. Une fois que les festivités auront commencé, ça me distraira.

Il posa une main sur la sienne.

— Je ferai de mon mieux pour t'aider. J'espère que tu aimes danser.

Ses paroles eurent l'effet escompté.

Elle le dévisagea avec un léger sourire.

— Un homme qui aime danser ? C'est rare. Et, pour répondre à ta question, oui j'aime danser.

Revenant du bar à temps pour entendre les paroles de Travis, Mike ricana.

— Depuis quand tu aimes danser, toi ?

— Depuis que j'ai la chance de pouvoir tenir cette femme dans mes bras.

Vivian et Amber revinrent, mettant un terme à cette conversation.

Bientôt, les gens commencèrent à se diriger vers le buffet. Vivian se mit à chercher Frank dans la foule, avec un air impatient.

— Oh ! et puis zut ! dit-elle. Je vais dîner sans lui. Quand il daignera arriver, il se débrouillera tout seul.

Au même moment, son téléphone sonna.

Elle répondit, et son expression agacée se fit inquiète.

— J'arrive, commença-t-elle.

Puis, après avoir écouté quelques secondes, elle protesta.

— Mais… Non. Je pense… Tu es sûr ?

La communication prit fin, et elle glissa le téléphone dans son sac.

— C'était Frank. Il est malade. J'ai proposé d'aller m'occuper de lui, mais il préfère rester seul.

— Eh bien, dit Travis, laisse-le se débrouiller, et essaie de t'amuser.

Travis, Scarlett et Vivian venaient de regagner leur table après avoir longuement patienté dans la file d'attente devant le buffet, lorsque Kendra et un homme qui devait être son cavalier s'approchèrent.

— Vous permettez qu'on se joigne à vous ? demanda-t-elle, en désignant les sièges vides de Mike et Amber.

— La place est prise, dit Vivian, avant même que Travis ait pu parler.

— Ce n'est pas grave, dit Kendra, avec un sourire amical, tandis que son compagnon fixait étrangement Scarlett.

— Vous allez bien ? demanda-t-il. Kendra m'a dit ce qui vous était arrivé.

— Oui, merci, dit-elle, en triturant ses couverts.

L'homme adressa un grand sourire à tout le monde.

— Ravi de vous avoir revue. N'oubliez pas notre accord.

Puis Kendra l'entraîna, laissant Scarlett en proie aux regards perplexes de tout le monde.

15

Scarlett savait que son sentiment de culpabilité se voyait sur son visage.

Non qu'elle ait fait quelque chose de mal, mais…

Évitant de croiser le regard de Travis, elle fut soulagée de voir arriver Amber et Mike.

— Était-ce… ? demanda Amber.

— Oui.

L'air pincé, Vivian coupa nerveusement son poulet en tout petits morceaux.

— Elle a un sacré toupet de demander à s'asseoir avec nous.

Travis était dangereusement silencieux.

Quand Scarlett osa finalement le regarder, elle découvrit qu'il fixait avec obstination son assiette.

Mike était perplexe mais se disait sans doute qu'il valait mieux ne faire aucun commentaire. Il pensait probablement que la mauvaise humeur de Travis était due à la soudaine apparition de Kendra.

Mais Scarlett savait que ce n'était pas le cas. Il se demandait comment il se faisait que le cavalier de Kendra la connaissait.

— Et alors, dit Vivian. Que voulait dire cet homme en parlant de votre accord ? De quel accord s'agit-il ?

— Je…

Tandis qu'elle cherchait les mots justes, Scarlett fut

surprise d'entendre Travis prendre la parole avant qu'elle ait pu s'exprimer.

— Il s'agit de quelque chose dont Scarlett et moi devons parler en privé.

Et son ton autoritaire fit comprendre à tout le monde que le sujet était clos.

Bien qu'elle lui en soit reconnaissante, Scarlett savait qu'il était inutile de le remercier. Tôt ou tard, il exigerait une réponse.

Et, si elle pouvait aisément s'expliquer, elle savait que Travis se sentirait trahi.

Et d'une certaine façon il avait raison. Même si elle n'avait jamais eu de mauvaises intentions. Elle n'avait tout simplement pas trouvé la bonne façon d'aborder le sujet.

L'orchestre commença à jouer, et les tables se vidèrent peu à peu, tandis que les convives gagnaient la piste de danse.

Lorsque les premières notes langoureuses d'un slow s'élevèrent, Travis proposa à Scarlett de danser.

S'armant de courage, elle hocha la tête et se força à se lever.

Lorsqu'ils rejoignirent les autres couples, les bras de Travis se resserrèrent autour d'elle, et ils commencèrent à se mouvoir au rythme lent et sensuel de la musique.

— Tu allais m'en parler ? murmura-t-il à son oreille.

— Il n'y a pas grand-chose à dire.

Aussitôt, elle sut que c'était la mauvaise réponse.

Travis se crispa, bien qu'ils continuent à évoluer en rythme.

— Peut-être pourrions-nous en parler plus tard, suggéra-t-elle.

— Oh ! mais nous le ferons.

Il soutint son regard.

— Toutefois, j'aimerais vraiment savoir à quoi je suis confronté.

— Je te promets que ce n'est pas ce que tu penses. S'il te plaît, essayons de profiter de ce bal autant que possible, et nous en parlerons à la maison.

À en juger par la crispation de sa mâchoire, il n'était pas satisfait, mais il hocha néanmoins la tête.

Ils dansèrent jusqu'à la fin du morceau, mais Travis la reconduisit à leur table quand le tempo se fit plus vif.

— Ah, c'est beau d'être jeune, dit Vivian d'un air songeur, tandis qu'elle observait Amber et Mike en train de danser.

En proie à un mal de tête grandissant, Scarlett resta prostrée sur sa chaise, en priant pour que la soirée se termine vite.

Après que le concours du plus beau costume eut été annoncé, le moment tant attendu par Scarlett arriva enfin.

Vivian décida de partir avant les résultats, ayant, selon ses dires, mieux à faire.

Amber et Mike se dévoraient du regard et, si Travis n'avait pas été là, ils se seraient probablement montrés plus démonstratifs. Ils partirent quelques minutes après Vivian, laissant Travis et Scarlett seuls à table.

Après avoir été retenus par un groupe de personnes qui s'arrêta pour discuter avec eux, ils purent enfin lever le camp.

Ils marchèrent en silence jusqu'à la voiture et, d'un geste presque mécanique, Travis lui ouvrit la portière.

Il attendit d'avoir quitté le parking pour parler.

— Tu avais prévu de me dire que tu avais accepté un rendez-vous avec un type de chez Wave Oil ?

Le ressentiment dans sa voix hérissa Scarlett.

— D'abord, ce n'était pas un rendez-vous. Il m'est tombé dessus dans la rue, alors que je sortais de chez la fleuriste, et m'a proposé de boire un café.

Elle prit une profonde inspiration, consciente soudain que cela pouvait prêter à confusion.

— Je sais que je n'aurais pas dû accepter, mais j'étais en plein centre-ville, à deux pas du café. Ça me semblait sans danger, et j'ai accepté.

Elle haussa les épaules.

— Tout ce qu'il voulait, c'était que je parle à Hal.

— Tu vas le faire ?

— Oui.

Elle ne voyait pas de raison de mentir.

— J'ai l'impression que ça t'inquiète. Pourquoi ?

— Parce que tu es sa fille et, si tu lui demandes quelque chose, il pourrait le faire rien que pour te faire plaisir.

— Peut-être. Mais, pourquoi penses-tu que je lui demanderai d'autoriser les forages s'il n'en a pas envie ?

Comme il ne répondait pas, elle grimaça.

— Ne me dis pas que tu penses toujours que je suis en cheville avec Wave Oil.

— Je ne sais plus quoi penser. Cette histoire de forage divise notre ville. Certaines personnes pensent que c'est formidable, ils y voient l'occasion de développer l'économie de la région. D'autres, principalement les ranchers dont les terrains sont visés, ne veulent pas en entendre parler. Ils sont même prêts à recourir à la violence pour faire barrage à Wave Oil.

— Justement, je commence à me demander si les menaces et les tentatives d'agression ne viendraient pas des opposants qui croient que je travaille pour Wave Oil.

À la façon dont Travis chercha son souffle, elle devina qu'il n'avait pas pensé à cela.

Un silence tendu plana dans la voiture pendant le reste du trajet.

Travis la déposa devant la maison principale et redémarra aussitôt pour gagner le logement du contremaître.

Heureusement, Hal était couché, et Scarlett put rejoindre sa chambre sans avoir à raconter comment la soirée s'était passée.

Elle passa une nuit agitée, à ruminer un sentiment de culpabilité qui n'avait pas vraiment de raison d'être.

Le lendemain matin, lorsque Scarlett alla prendre son petit déjeuner, Hal se trouvait déjà dans la cuisine. Jamais elle ne l'avait vu en aussi bonne forme. Vêtu d'une jolie chemise Western et d'un jean, il était assis bien droit et, lorsqu'il lui sourit, ses yeux verts pétillèrent.

— Tu as l'air bien guilleret ce matin, dit-elle.

— Je me sens en grande forme. J'ai même envie de demander à Delilah de prendre rendez-vous avec ce kiné dont elle m'a parlé. Je voudrais essayer de remarcher. Je sais que je dois encore reprendre des forces, mais je sens que je pourrais tenir debout.

— C'est fantastique.

Scarlett déposa un baiser sur sa joue et alla se servir un café.

— Tu t'es bien amusée au bal ?

Elle se crispa et, profitant de ce qu'elle lui tournait le dos, elle réfléchit prudemment à sa réponse. Elle ne voulait pas l'inquiéter en lui disant qu'elle avait été agressée, mais elle ne trouvait pas juste non plus de lui mentir.

Elle décida finalement de se concentrer sur les choses qu'elle avait aimées.

— Les costumes étaient fantastiques, dit-elle en se tournant, sa tasse à la main, et l'orchestre était excellent.

— Travis et toi avez dansé ?

— Oui.

Elle but une gorgée de café.

— Je ne me doutais pas qu'il y aurait autant de monde.

— Et Frank ? Qu'en as-tu pensé ?

— Il était malade et il n'est pas venu.

— Oh ! c'est dommage. J'aurais bien aimé avoir ton avis sur lui.

Scarlett prit une grande inspiration pour se donner du courage et décida qu'il était temps de parler de John Mellon.

— Hal, j'ai fait une curieuse rencontre hier, quand j'étais en ville et je voulais te poser une question.

— Tu parais bien sérieuse, soudain. Que se passe-t-il ?

— Un homme m'a abordée, alors que je sortais de chez la fleuriste. Il s'appelle John Mellon et travaille pour Wave Oil.

L'expression de Hal s'assombrit.

— S'en prendre à ma fille ! C'est bien dans leurs manières. Je suis désolé, ma chérie. Que lui as-tu dit ?

— Que ce n'était pas avec moi qu'il fallait parler. Qu'il devait te rencontrer. Et il a dit que Travis ne le permettrait pas.

Elle chercha son souffle.

— Il a insinué que Travis prenait des décisions sans ton consentement.

Hal ricana.

— Quel petit salaud ! Ces types-là sont prêts à tout pour parvenir à leurs fins.

Soulagée, Scarlett sourit.

— J'en déduis que c'est toi qui as demandé à Travis de les refouler.

— Pas directement, mais Travis sait ce que je pense.

— Autre chose. Ce type a prétendu que tu as des factures médicales impayées.

— C'est vrai. Mais ça ne le regarde pas.

— C'est ce que je lui ai dit, s'empressa-t-elle de dire, pour rassurer Hal. Mais il a dit aussi que tu pourrais aisément les payer si tu autorisais les forages.

— On dirait que tu es de leur côté, maintenant, marmonna-t-il.

— Je croirais entendre Travis.

— Tu lui en as parlé ?

— Kendra est venue à notre table avec Mellon, et il s'est fait un malin plaisir de dire que nous nous étions rencontrés.

— Avec ces gens-là, il faut s'attendre à tout. Mais, pourquoi m'en parles-tu ?

— Parce que j'ai promis que je le ferais. Tu sais, moi je n'ai aucun intérêt dans tout ça. Je voulais juste que tu saches qu'il existe des alternatives. Et j'en suis une. Maman m'a laissé beaucoup d'argent. Si je peux payer tes factures médicales, c'est avec plaisir que je le ferai. Dans l'hypothèse où tu aurais besoin d'argent, bien sûr. Si ce n'est pas le cas, oublie que nous avons eu cette discussion.

— Je vais parler à Travis.

— Pourquoi ?

— Parce que c'est ridicule, cette façon qu'il a de laisser Wave Oil vous diviser.

— C'est trop tard. Après le coup d'éclat de Mellon hier soir, nous avons discuté.

— Et ?

— Il croit que je veux te convaincre de signer avec Wave Oil.

Hal soupira.

— Je vais lui parler. Et sache que, si je suis fou de

joie de t'avoir dans ma vie, je fais ce que je veux. Travis devrait le savoir aussi.

Le lendemain du bal, Travis se trouva livré à lui-même et sans projet.

Vivian était allée prendre des nouvelles de Frank. Amber et Mike étaient partis au festival d'automne. À l'origine, il avait prévu de demander à Scarlett de l'accompagner. Delilah participait au concours de pâtisserie, et il avait vraiment envie d'aller la soutenir.

Bizarrement, cela ne lui disait rien d'y aller seul, même s'il l'avait fait les deux années précédentes.

Lorsque Hal l'appela et lui demanda de passer, il sauta sur l'occasion.

Non pas parce qu'il espérait voir Scarlett, mais parce que ça lui permettait de sortir de chez lui. Puis, comme il n'avait pas pour habitude de se mentir, il admit que c'était pour voir Scarlett.

Quand il s'arrêta devant la maison, la voiture de Scarlett n'était pas là.

Déçu, il entra et trouva Hal dans la cuisine, en train de dévorer un gros sandwich.

— Tu peux me donner un verre de lait ? demanda-t-il. Vivian m'a préparé le déjeuner et voulait absolument me faire goûter un nouveau smoothie. Je lui ai fait mettre au réfrigérateur, en disant que je le boirais plus tard. J'en ai assez de prétendre aimer ces trucs infects.

Amusé, Travis alla lui chercher le lait et en versa dans son verre.

— Pour ton information, Scarlett et moi avons parlé du bien-fondé d'autoriser les forages.

Travis se tourna si vite qu'il trébucha et renversa un peu de lait.

Tandis qu'il observait son beau-père avec stupeur, son estomac se révulsa à l'idée qu'il avait vu juste depuis le début.

— Et alors, ? demanda-t-il, en s'efforçant de paraître indifférent. Quelles sont tes conclusions ?

— Eh bien, je me suis rendu compte que tu connaissais très mal Scarlett.

— Que veux-tu dire ?

— Ne sois pas idiot. Ouvre tes yeux et ton cœur. Ce n'est pas parce que Kendra était pourrie jusqu'à la moelle que Scarlett l'est aussi.

— Elle s'est quand même acoquinée avec Wave Oil.

— Tu en as la preuve ?

— Elle a essayé de te convaincre d'autoriser les forages.

— Pas du tout. Elle m'a simplement démontré que, si je le faisais, je pourrais payer mes factures médicales. Puis elle a proposé de les payer elle-même.

— Quoi ?

— Apparemment, sa mère lui a laissé beaucoup d'argent. Elle n'a aucun intérêt là-dedans. Qui plus est, j'ai fait mon testament depuis longtemps. Tout te revient, Travis. Et je n'ai pas l'intention de changer cela.

Stupéfait, Travis alla chercher une bouteille d'eau dans le réfrigérateur, le temps de recouvrer ses esprits et de se donner une contenance.

— Tu veux que je jette ce truc ? demanda-t-il, en brandissant le récipient contenant un liquide brunâtre à l'aspect peu engageant.

— Non, apporte-le-moi. Elle est bien intentionnée, tu sais. Je vais essayer d'en boire un peu. Et, si je n'y arrive pas, je le jetterai moi-même.

— Comme tu voudras.

Travis posa le récipient sur la table et but une grande gorgée d'eau.

— En parlant de Scarlett, où est-elle ?

— Elle a dit qu'elle devait retrouver Amber en ville pour le festival.

— Je vais peut-être y aller aussi et essayer de la retrouver.

— C'est une bonne idée.

Évidemment, les abords du festival étaient envahis de badauds, et Travis eut le plus grand mal à trouver une place pour se garer.

Le temps était parfait, ensoleillé, avec un ciel sans nuage. À en juger par la file d'attente pour acheter des billets, l'édition de cette année allait sûrement battre des records d'affluence.

Une fois qu'il eut franchi les grilles, Travis se dirigea vers le bâtiment où se tenait le concours de pâtisseries. Il trouva Delilah qui lui dit que Scarlett et Amber étaient déjà passées, et qu'elles étaient parties visiter les autres stands.

Il essaya d'appeler Scarlett mais tomba sur sa messagerie. La même chose se produisit quand il appela Amber. Il se dit qu'elles étaient soit sur un manège, soit dans un endroit où il y avait trop de bruit pour entendre la sonnerie du téléphone.

Deux heures après être parti à leur recherche, Travis décida de déclarer forfait. Il s'accorda un moment pour manger un hot-dog et boire une bière et décida de rentrer.

Il regagnait sa voiture quand son téléphone sonna.

En voyant le nom de Scarlett s'afficher, un sourire lui vint.

— Où es-tu ? J'ai arpenté toute la foire pour essayer de te retrouver.

— Je suis à la maison. Hal a fait une nouvelle attaque. Je l'ai trouvé inanimé. Une ambulance vient de l'emmener. Je pars à l'instant pour l'hôpital.

Je te retrouve là-bas.

16

— Je ne comprends pas, dit Scarlett, tandis qu'elle faisait les cent pas dans la salle d'attente des urgences. Il semblait aller tellement mieux.

— C'est curieux, approuva Amber, tout en consultant sa montre. Maman et Frank ne vont pas tarder à arriver. Will passait la journée avec eux, et ils l'amènent aussi.

Elle laissa échapper un soupir tremblant.

— J'espère que tout le monde sera là avant qu'il ne soit trop tard.

— Ne parle pas comme ça ! lui ordonna sèchement Scarlett. Il va s'en sortir, comme la dernière fois qu'il a fait une attaque.

— Je l'espère.

Mais Amber n'en avait pas l'air certaine.

La porte vitrée s'ouvrit dans un souffle, et Travis entra en courant. Il alla tout droit vers Scarlett et la prit dans ses bras.

Elle s'autorisa à se laisser aller contre lui, essayant de puiser du réconfort dans sa force.

— Comment va-t-il ?

— Pas bien, admit-elle, tout en s'écartant à regret.

— Je peux le voir ?

— Non. Personne ne peut y aller pour le moment. Ils essaient de le sauver.

— Ah, voilà maman, annonça Amber.

Scarlett essuya rapidement ses larmes, ne voulant pas effrayer Will.

Vivian se précipita vers eux. Will trottinait derrière elle. Un grand homme aux cheveux gris suivait d'un pas plus tranquille.

— Que s'est-il passé ? demanda Vivian. Il avait pourtant l'air d'aller mieux.

— Je ne sais pas, répondit Scarlett.

Au moins, sa voix ne tremblait pas trop.

— Quand je suis rentrée de la foire, je l'ai trouvé inconscient.

— Je l'ai vu, il y a deux heures environ, dit Travis. Il allait bien.

Scarlett coula un regard en biais vers l'homme qui se tenait en retrait. Quelque chose dans son allure lui semblait familier.

Voyant qu'elle le fixait, Vivian fit les présentations.

— Scarlett, voici Frank.

— Ravi de vous rencontrer, dit Frank, en tendant la main.

Son attitude élégante contrastait étrangement avec son froid regard de serpent.

— … Même si j'aurais préféré que ce soit en d'autres circonstances.

Scarlett vacilla, en proie à une terrible intuition.

Elle se força à lui serrer la main et recula jusqu'à ce qu'elle percute Travis.

— Attention, dit-il, en passant un bras autour de ses épaules. Est-ce que ça va ?

Hochant la tête un peu trop vite, elle pivota pour le regarder.

Cherchant désespérément un moyen de lui parler, elle opta pour le plus évident.

— Je crois que j'ai besoin de prendre l'air.

— Viens, dit-il, en gardant le bras autour de ses épaules.

S'adressant aux autres, il ajouta :

— Appelez-nous s'il y a du nouveau.

— C'est lui, déclara Scarlett, le dos à la porte vitrée des urgences. C'est l'homme qui m'a agressée au bal.

— Frank ? Tu es sûre ? Il n'arrête pas de nous rabâcher qu'il est pacifiste.

— Certaine.

Elle frissonna.

— Je ne peux pas oublier ces yeux inexpressifs. Et il a la même taille et la même corpulence.

Avant que Travis ait eu le temps de répondre, Amber les rejoignit.

— Venez. Le médecin veut nous parler.

Travis prit la main de Scarlett.

— Viens.

— Veuillez me suivre dans la salle des familles, dit le médecin.

Scarlett se crispa. Ce n'était pas bon signe. Elle avait connu cela avec sa mère.

Une aide-soignante proposa de s'occuper de Will. Amber accepta, les yeux emplis de larmes. Puis ils entrèrent tous en silence dans la pièce. Une table en bois et huit chaises en plastique moulé constituaient le seul ameublement.

— M. Gardner souffre d'insuffisance rénale. Nous avons testé ses électrolytes, et trouvé de l'éthylène glycol. Ça peut être de l'antigel ou un autre produit ménager. Avec le temps, il forme des cristaux dans les reins et peut être fatal. Nous avons commencé un traitement. Il est en soins intensifs pour le moment, et son état est préoccupant. Des questions ?

— Vous aviez déjà fait ce test avant ? demanda Vivian. Hal a vu de nombreux médecins et s'est rendu dans de nombreux hôpitaux, et personne n'a jamais mentionné cela.

— Ce test n'a pas été fait car il ne fait pas partie des prélèvements de base. Nous avons décidé de le faire, au cas où, et nous nous en félicitons.

Le biper du médecin sonna.

— Je vous laisse discuter entre vous, dit-il. Je dois y aller.

Et il sortit en fermant la porte derrière lui.

— Quelqu'un a empoisonné Hal, dit Amber, avec incrédulité. Mais qui ? Et pourquoi ?

— C'est vous ! dit Frank, en pointant un doigt accusateur vers Scarlett. Vous aviez trop hâte de toucher votre héritage.

— Venant de la part de l'homme qui m'a agressée au bal, c'est la meilleure ! rétorqua Scarlett, sans se laisser impressionner. Et je suis sûre que vous êtes responsable des autres incidents.

— Mais Frank n'était pas au bal, protesta Amber.

— Oh si, il y était. Il portait un masque, mais j'ai reconnu ses yeux.

— Vous savez quoi, je vous crois, dit Vivian. Je ne sais pas pourquoi il a fait ça, mais je sais que vous n'inventeriez pas une telle chose.

— Merci. Et je pense aussi que c'est Frank qui empoisonnait Hal.

Frank ouvrit la bouche pour protester, mais Vivian se jeta sur lui comme une furie.

— C'était toi ! Tu as mis de l'antigel dans les smoothies que je faisais pour lui.

— Ça explique pourquoi Hal allait mieux, dit Travis. Il avait arrêté d'en boire depuis quelques jours. Mais ce matin, il a voulu faire preuve de bonne volonté et tester le nouveau goût.

— Et si quelqu'un d'autre l'avait bu ? dit Amber. Si vous aviez empoisonné Will ? Vous êtes un monstre !

Frank se leva d'un bond et se précipita vers la porte. Travis l'intercepta et le força à se rasseoir.

— J'appelle la police, dit Amber.

Vivian se planta vers Frank, les bras croisés.

— J'exige une explication. Pourquoi as-tu fait ça ?

— Mais pour toi, bien sûr. À la mort de Hal, le ranch te reviendra. Tu as été sa femme, et il ne s'est jamais remarié. Mais pour cela il ne fallait pas qu'il modifie son testament en faveur de sa fille. Nous nous serions mariés et, avec l'argent des forages, nous aurions voyagé. Je sais que tu as toujours voulu parcourir le monde. Paris, Rome, la Grèce…

— J'espère que tu vas payer très cher pour ce que tu as fait ! s'exclama Vivian, l'air horrifié. En plus, tu as fait tout ça pour rien. Hal a changé son testament, il y a quelque temps. À son décès, le ranch reviendra à Travis.

En larmes, elle secoua la tête.

— Je n'arrive pas à y croire.

— La police arrive, annonça Amber.

Quatre jours après avoir été admis aux urgences, Hal put finalement rentrer chez lui. Il avait encore besoin de son fauteuil roulant, mais des séances de kinésithérapie avaient été programmées, afin qu'il puisse retrouver de la force dans ses jambes.

Travis alla seul le chercher. Scarlett, Vivian et Amber étaient occupées à préparer une fête de bienvenue.

— Il était temps que tu arrives, bougonna Hal. J'ai hâte de retrouver une vie normale.

— Moi aussi. Tu n'as pas idée. Je n'ai pas posé les fesses sur un cheval depuis des jours.

— Tu es sérieux ? Et qui s'occupe du ranch ?

— Mon équipe. Les gars sont bien formés et travailleurs. Je leur fais confiance.

Une infirmière arriva avec un fauteuil roulant et tendit à Travis une enveloppe avec tous les papiers signés.

— On y va, jeune homme ? demanda-t-elle à Hal.

Puis elle poussa le fauteuil jusqu'à la sortie.

Une fois Hal installé en sécurité dans la voiture, ils prirent la route du ranch.

— Delilah cuisine depuis hier matin, dit Travis. Et comme elle interdit à qui que ce soit de goûter ses plats, c'est une torture.

Hal rit et se frotta les mains d'impatience.

— J'ai une faim de loup. La nourriture avait mauvais goût depuis un moment. Je suppose que c'était à cause du poison de Frank.

Travis refusa de laisser quoi que ce soit assombrir cette journée.

— Il est en prison. Tu vas mieux et tu as une famille qui t'aime et qui se démène pour t'offrir une belle fête. Ne parlons plus de lui, d'accord ?

— D'accord. J'espère qu'il y aura du poulet rôti. J'adore ça.

Pour ne pas fatiguer Hal, les invités étaient peu nombreux. Amber avait convié Mike, et elle annonça à tout le monde qu'ils étaient en couple. Travis essaya de parler en privé à Scarlett, mais elle sembla prendre un malin plaisir à l'éviter.

Finalement, tout revint à la normale. Travis croulait

sous le travail. Vivian, Amber et Will passaient le plus de temps possible avec Hal et Scarlett.

Malgré un emploi du temps chargé, Travis prit le temps d'aller jusqu'à Longview pour acheter une bague. Même s'il y avait une bijouterie à Anniversary, il ne voulait pas que les langues se délient avant qu'il ait fait sa demande.

Finalement, Hal était rentré à la maison depuis une semaine quand le kiné vint pour sa première séance. Vivian et Amber allèrent au cinéma. Delilah avait des courses à faire en ville, et Travis eut enfin l'opportunité d'être seul avec Scarlett.

Il la rattrapa, alors qu'elle sortait de la maison pour aller marcher.

— Salut, dit-il. Ça t'ennuie si je me joins à toi ?

Elle haussa les épaules et attendit qu'il la rejoigne.

— Pas du tout. J'avais besoin de prendre l'air.

— Comment ça va ?

— Bien.

Elle lui glissa un regard en biais.

— Et toi ?

La banalité de leur conversation lui arracha un sourire. Il se sentait nerveux et inquiet, le cœur battant déjà trop vite, avant même d'avoir posé la grande question.

— J'ai eu l'impression que tu m'évitais.

— Tu as raison. Je t'évitais.

— Pourquoi ?

Il avait la gorge nouée soudain, ne pouvant se départir de l'idée horrible qu'elle ne ressentait pas la même chose que lui.

— À cause de Hal. Ce que tu m'as dit quand nous étions à l'hôpital, à veiller sur lui…

— Tu veux dire… À propos de mes sentiments pour toi.

— Oui.

— Eh bien ?

— Eh bien, je ne voulais pas que nous prenions des décisions susceptibles de changer nos vies, alors que nous étions au beau milieu d'une crise. Nous méritons mieux que ça.

— Je ne suis pas sûr de comprendre ton raisonnement.

— Quand les gens sont confrontés à la possibilité d'une immense perte, ils s'accrochent à la première chose venue pour se sentir mieux.

— C'est ridicule. Ce qu'il y a entre nous n'a jamais rien eu à voir avec Hal, et tu le sais.

— Tu as raison, mais je voulais que tu sois sûr.

— Je le suis. Et toi ?

Finalement, il décida qu'il ferait mieux de dire les choses franchement.

— Je ne sais pas ce que tu ressens pour moi.

— Vraiment ?

Elle écarquilla les yeux.

— Tu es sérieux ?

La tension qu'il ressentait commençait déjà à se dénouer.

— Oui, je suis sérieux.

Elle secoua la tête.

— Comment peux-tu ne pas savoir que je t'aime ? Je te l'ai montré de toutes les façons possibles.

— Peut-être que j'ai simplement besoin d'entendre les mots.

Il croisa les bras, ne se sentant plus aussi vulnérable. Au contraire, il était serein. Certain de ce qu'il voulait, de ce dont il avait besoin, et sans quoi il ne pourrait pas vivre.

— Très bien.

Souriante, elle s'approcha.

— Je t'aime, Travis.

Même s'il brûlait d'envie de l'embrasser, il ne le ferait

pas avant d'avoir eu toutes les réponses qu'il voulait entendre.

— Que dirais-tu de faire du ranch ta résidence principale ? Anniversary a vraiment besoin d'une galerie d'art. Et j'ai vraiment besoin d'une femme.

— C'est comme ça que tu as prévu de faire ta demande ? demanda-t-elle, partagé entre le rire et l'incrédulité.

Le cœur gonflé de joie, il secoua la tête.

— Non. Voici comment j'ai prévu de faire ma demande.

Il mit un genou en terre et sortit un petit écrin de velours de sa poche.

— Scarlett Kistler, veux-tu m'épouser ?

— Oui ! Bien sûr que je veux t'épouser.

Il ouvrit l'écrin et glissa la bague à son doigt qui tremblait.

Et enfin, il fit ce qu'il rêvait de faire depuis le début.

Il l'embrassa à perdre haleine.

Retrouvez en juin 2020,
dans votre collection

BLACK ROSE

Des jumeaux à protéger, de Janie Crouch - N°592

SÉRIE DEUX FACE AU RISQUE 1/4

Des épaules larges, un sourire irrésistible… Assurément Tanner Dempsey, le shérif de Risk Peak, est un homme très séduisant. Pourtant, lorsqu'il pose sur elle son regard interrogateur, c'est la peur qui envahit Bree. Peur qu'il découvre sa véritable identité. Peur qu'il révèle par inadvertance sa présence à ceux qui les pourchassent, elle et les jumeaux que sa cousine lui a confiés avant de disparaître…

Une présence dans l'ombre, de Justine Davis

Depuis des semaines, Cassidy se sent épiée… Aussi lorsque Jace, qui était autrefois le meilleur ami de son frère, revient en ville après des années d'absence, c'est vers lui qu'elle se tourne pour demander de l'aide. Sans oser lui avouer qu'elle a toujours été amoureuse de lui. Sans lui révéler que la menace qu'elle sent peser sur elle pourrait bien être en rapport avec les frasques de son frère…

Retrouvailles avec le passé, de Heather Graham - N°593

Émue aux larmes, Maura regarde Brock… Certes il a mûri. Mais elle retrouve en lui l'adolescent qui lui jurait autrefois un amour éternel. Et elle lui en veut. Car jamais il ne lui a donné de nouvelles depuis le meurtre qui s'est déroulé dans l'hôtel où ils travaillaient alors. Un drame qui les réunit aujourd'hui : lui pour enquêter sur une série d'étranges disparitions, elle pour tourner un film sur les légendes de Floride…

Des soupçons à haut risque, de Debra Webb

Qui est réellement Smith Flynn ? C'est la question que se pose Sadie tandis qu'elle remplit une mission d'infiltration dans un groupe de dangereux extrémistes. En effet, Smith ne ressemble en rien aux hommes du camp, et elle a bien du mal à maîtriser le trouble qu'il lui inspire. Une attirance dangereuse car elle se rend compte bientôt que Smith lui-même nourrit de sérieux soupçons la concernant…

Retrouvez en juin 2020,
dans votre collection

BLACK ROSE

La couleur de l'orage, de Carla Cassidy - N°594

Indiscrète, exaspérante... mais si séduisante. Depuis qu'il a rencontré Monica, Jake a du mal à mettre de l'ordre dans ses sentiments à l'égard de la jolie journaliste. Car, s'il recherche lui aussi l'homme qui vient d'éliminer l'assassin de sa sœur, il veut rester discret pour qu'on ne le soupçonne pas. Et la soif de scoop de Monica risque non seulement d'attirer l'attention de la police sur lui, mais surtout de les mettre tous les deux en danger...

Un message menaçant, de Regan Black

Depuis des mois, Bethany se demande comment elle va pouvoir annoncer à Caleb, son fils de quatorze ans, que son père, un important militaire, est vivant et travaille à quelques kilomètres seulement de chez eux... Un secret lourd à porter et qui doit être levé de toute urgence. En effet un message vient de parvenir à Bethany. Un mail l'enjoignant de tout dire à Caleb et dans lequel elle devine une sourde menace...

Un secret si lourd à porter, de Robin Perini - N°595

Jamais Noah n'aurait dû accepter de protéger Lyssa, la fiancée de Jack, son ami assassiné quelques mois plus tôt. D'abord parce qu'il a toujours été amoureux de Lyssa. Ensuite, et surtout, parce que Lyssa, traquée depuis la mort de Jack par le maniaque qui a brisé sa vie, refuse toute protection et prétend piéger seule le tueur...

L'enquête de sa vie, de Beverly Long

Qui est le psychopathe qui, depuis un mois, tue un adolescent par semaine en ne laissant aucun indice derrière lui ? Désemparé, l'inspecteur Rob Hanson croit tenir un début de piste quand, au cours d'une soirée, il rencontre la séduisante Carmen Jimenez qui lui confie son désespoir : son frère est tombé sous la coupe d'un inconnu qui le pousse à agir de manière étrange... Et si cet homme et le tueur ne faisaient qu'un ?

Composé et édité par HarperCollins France.

Achevé d'imprimer en avril 2020.

CPI
BLACK PRINT

Barcelone

Dépôt légal : mai 2020.

MIXTE
Papier issu de
sources responsables
FSC® C108412

Pour limiter l'empreinte environnementale de ses livres, HarperCollins France s'engage à n'utiliser que du papier fabriqué à partir de bois provenant de forêts gérées durablement et de manière responsable.

Imprimé en Espagne.

OFFRE DÉCOUVERTE !

Vous souhaitez découvrir nos collections ? Recevez **votre 1er colis gratuit*** **av** **2 cadeaux surprises !** Une fois votre colis de bienvenue reçu, si vous souhai continuer à recevoir nos livres, cela se fera automatiquement. Vous recevrez alc vos livres inédits** en avant-première.

Vous n'avez aucune obligation d'achat et cette offre est sans engagement de duré

*1 livre offert + 2 cadeaux / 2 livres offerts pour la collection Azur + 2 cadeaux. Les collections Gentleme et Aliénor démarrent avec le 1er colis payant.

**Les livres Ispahan, Sagas, Best-Sellers Féminins, Gentlemen et Hors-Série sont des réédités.

☛ COCHEZ la collection choisie et renvoyez cette page au
Service Lectrices Harlequin – CS 20008 – 59718 Lille Cedex 9 – France

Collections	Références	Prix colis*
❑ **AZUR**	Z0ZFA6	6 livres par mois 28,79€
❑ **BLANCHE**	B0ZFA3	3 livres par mois 23,65€
❑ **LES HISTORIQUES**	H0ZFA2	2 livres par mois 16,59€
❑ **ISPAHAN**	Y0ZFA3	3 livres tous les 2 mois 23,35€
❑ **PASSIONS**	R0ZFA3	3 livres par mois 25,09€
❑ **SAGAS**	N0ZFA3	3 livres tous les 2 mois 27,66€
❑ **BLACK ROSE**	I0ZFA3	3 livres par mois 25,09€
❑ **VICTORIA**	V0ZFA3	3 livres tous les 2 mois 25,69€
❑ **GENTLEMEN**	G0ZFA2	2 livres tous les 2 mois 17,35€
❑ **BEST-SELLERS FÉMININS**	E0ZFA2	2 livres tous les 2 mois 18,75€
❑ **ALIÉNOR**	A0ZFA2	2 livres tous les 2 mois 17,35€
❑ **HORS-SÉRIE**	C0ZFA2	2 livres tous les 2 mois 17,35€

N° d'abonnée Harlequin (si vous en avez un) ____________

Mme ❑ Mlle ❑ Nom : ____________

Prénom : ____________ Adresse : ____________

____

Code Postal : ______ Ville : ____________

Pays : ____________ Tél. : ____________

E-mail : ____________

Date de naissance : ____________

❑ Oui, je souhaite recevoir par e-mail les offres promotionnelles des éditions Harlequin.

❑ Oui, je souhaite recevoir par e-mail les offres promotionnelles des partenaires des éditions Harlequin.

Date limite : 31 décembre 2020. Vous recevrez votre colis environ 20 jours après réception de ce bon. Offre soumise à acceptation et réservée aux personnes majeures, résidant en France métropolitaine, dans la limite des stocks disponibles. Prix susceptibles de modification en cours d'année. Vous pouvez demander à accéder à vos données personnelles, à les rectifier ou à les effacer. Il vous suffit de nous écrire en nous indiquant vos nom, prénom et adresse à : Service Lectrices Harlequin CS 20008 59718 LILLE Cedex 9. Service Lectrices disponible du lundi au vendredi de 8h à 18h : 01 45 82 47 47.